OS SEGREDOS DE COLIN BRIDGERTON

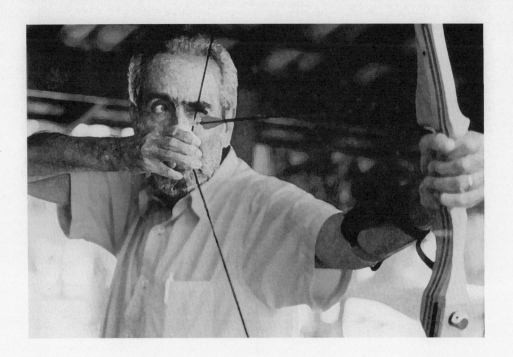

O Arqueiro

GERALDO JORDÃO PEREIRA (1938-2008) começou sua carreira aos 17 anos, quando foi trabalhar com seu pai, o célebre editor José Olympio, publicando obras marcantes como *O menino do dedo verde*, de Maurice Druon, e *Minha vida*, de Charles Chaplin.

Em 1976, fundou a Editora Salamandra com o propósito de formar uma nova geração de leitores e acabou criando um dos catálogos infantis mais premiados do Brasil. Em 1992, fugindo de sua linha editorial, lançou *Muitas vidas, muitos mestres*, de Brian Weiss, livro que deu origem à Editora Sextante.

Fã de histórias de suspense, Geraldo descobriu *O Código Da Vinci* antes mesmo de ele ser lançado nos Estados Unidos. A aposta em ficção, que não era o foco da Sextante, foi certeira: o título se transformou em um dos maiores fenômenos editoriais de todos os tempos.

Mas não foi só aos livros que se dedicou. Com seu desejo de ajudar o próximo, Geraldo desenvolveu diversos projetos sociais que se tornaram sua grande paixão.

Com a missão de publicar histórias empolgantes, tornar os livros cada vez mais acessíveis e despertar o amor pela leitura, a Editora Arqueiro é uma homenagem a esta figura extraordinária, capaz de enxergar mais além, mirar nas coisas verdadeiramente importantes e não perder o idealismo e a esperança diante dos desafios e contratempos da vida.

Os Bridgertons — 4

Julia Quinn

Os Segredos de Colin Bridgerton

Título original: *Romancing Mister Bridgerton*
Copyright © 2002 por Julie Cotler Pottinger
Copyright da tradução © 2014 por Editora Arqueiro Ltda.

Todos os direitos reservados. Nenhuma parte deste livro pode ser utilizada ou reproduzida sob quaisquer meios existentes sem autorização por escrito dos editores.

tradução: Cláudia Guimarães

preparo de originais: Taís Monteiro

revisão: Clarissa Peixoto e Rebeca Bolite

diagramação: Ilustrarte Design e Produção Editorial

capa: Raul Fernandes

imagens de capa: mulher: Richard Jenkins Photography; paisagem: Latinstock/James W. Porter/Corbis (DC)

impressão e acabamento: Lis Gráfica e Editora Ltda.

CIP-BRASIL. CATALOGAÇÃO NA PUBLICAÇÃO
SINDICATO NACIONAL DOS EDITORES DE LIVROS, RJ

Q64s Quinn, Julia, 1970-
    Os segredos de Colin Bridgerton / Julia Quinn; [tradução de Cláudia Guimarães]. – São Paulo: Arqueiro, 2014.
    336 p.; 16 x 23 cm

Tradução de: Romancing Mister Bridgerton
ISBN 978-85-8041-307-6

1. Ficção americana. I. Guimarães, Cláudia. II. Título.

14-13410
    CDD: 813
    CDU: 821.111(73)-3

Todos os direitos reservados, no Brasil, por
Editora Arqueiro Ltda.
Rua Artur de Azevedo, 1.767 – Conj. 177 – Pinheiros
05404-014 – São Paulo – SP
Tel.: (11) 2894-4987
E-mail: atendimento@editoraarqueiro.com.br
www.editoraarqueiro.com.br

Para as mulheres do avonloop, todas as colegas e amigas:
obrigada por me darem assunto para falar o dia inteiro.
O apoio e a amizade de vocês significaram mais do que
eu jamais conseguiria expressar.

E para Paul, embora em seu campo de trabalho
o máximo que se possa alcançar de romantismo seja uma
palestra intitulada "O beijo da morte".

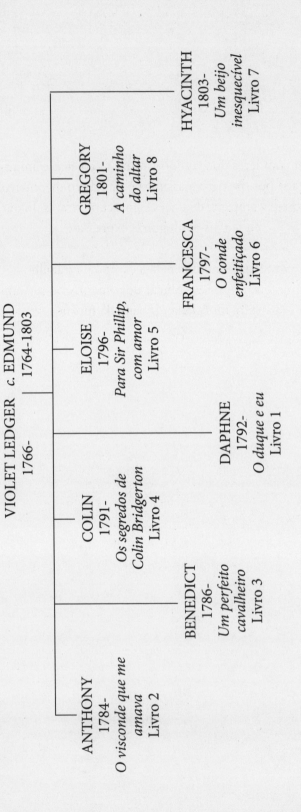

Abril está quase chegando, e com ele começará uma nova temporada em Londres. Por toda a cidade, mães ambiciosas já podem ser vistas em lojas de vestidos com suas adoráveis debutantes, ansiosas por comprarem aquele traje mágico que acreditam que fará toda a diferença entre o matrimônio e a solteirice.

E quanto às suas presas – os solteiros convictos –, o Sr. Colin Bridgerton mais uma vez ocupa o topo da lista de maridos desejáveis, embora ainda não tenha retornado de sua recente viagem ao exterior. Ele não possui título de nobreza, é verdade, mas é belo, rico e, como qualquer um que tenha passado ao menos um minuto em Londres sabe, encantador.

O problema é que ele chegou à idade um tanto avançada de 33 anos sem jamais demonstrar interesse por nenhuma jovem em particular, e há pouca razão para supor que 1824 vá ser diferente de 1823 nesse aspecto.

Talvez as adoráveis debutantes – e, mais importante, as mães ambiciosas – devam procurar em outra parte. Se o Sr. Bridgerton está à cata de uma esposa, esconde bem esse desejo.

Por outro lado, não é exatamente desse tipo de desafio que uma debutante mais gosta?

Crônicas da sociedade de Lady Whistledown

PRÓLOGO

No dia 6 de abril de 1812 – dois dias antes de seu aniversário de 16 anos –, Penelope Featherington se apaixonou.

Foi, em uma palavra, emocionante. O mundo estremeceu. Seu coração deu saltos. Ela ficou sem fôlego e foi capaz de dizer a si mesma, com alguma satisfação, que o homem em questão – um tal de Colin Bridgerton – se sentiu da mesma forma.

Ah, não com relação à parte amorosa. Com certeza ele não se apaixonou por ela em 1812 (nem em 1813, 1814, 1815, nem – ora, ora! – nos anos entre 1816 e 1822, e também não em 1823, quando, de qualquer forma, passou o ano todo fora do país). Mas o mundo dele estremeceu, seu coração deu saltos e Penelope soube, sem a menor sombra de dúvida, que ele perdeu o fôlego, assim como ela. Por uns bons dez segundos.

É o que geralmente acontece quando um homem cai do cavalo.

Aconteceu assim: ela estava caminhando pelo Hyde Park com a mãe e as duas irmãs mais velhas quando sentiu um trovejante ribombar (ler acima o trecho sobre o mundo estremecer). A mãe não estava prestando muita atenção nela (como sempre), então Penelope se afastou um pouco para ver o que havia mais adiante. As outras Featheringtons estavam concentradas em sua conversa com a viscondessa de Bridgerton e a filha, Daphne, que acabara de iniciar a segunda temporada em Londres, de forma que fingiam ignorar o barulho. Os Bridgertons eram, de fato, uma família importante, e conversas com eles *não* eram algo a ser ignorado.

Ao contornar uma árvore especialmente grossa, Penelope avistou dois cavaleiros vindo em sua direção, galopando como se não houvesse amanhã, ou seja lá qual fosse a expressão usada em relação a tolos montados a cavalo que não se importavam com a própria segurança ou com o próprio bem-estar. Penelope sentiu o coração bater mais rápido (teria sido difícil manter a pulsação normal diante de tal agitação, e, além do mais, isso lhe permitiria dizer que seu coração deu um salto quando ela se apaixonou).

Então, numa dessas inexplicáveis artimanhas do destino, o vento de repente soprou mais forte, arrancando de sua cabeça o chapéu (que, para grande desgosto da mãe, ela não amarrara direito, já que a fita roçava e irritava o seu queixo) e, *poft!*, lançando-o bem no rosto de um dos cavaleiros.

Penelope arquejou (ficando, assim, sem respiração) e o homem caiu do cavalo, aterrissando de maneira muito deselegante numa poça de lama próxima.

Ela avançou, quase sem pensar, grunhindo algo que pretendia que fosse uma pergunta sobre como ele se sentia, mas que ela suspeitava ter saído como um guincho abafado. Ele estaria, é claro, furioso com ela, uma vez que Penelope praticamente o derrubara do cavalo e o cobrira de lama – duas coisas que com certeza deixariam qualquer cavalheiro no pior dos humores. No entanto, quando ele enfim ficou de pé e começou, na medida do possível, a limpar a lama da roupa, não praguejou. Não lhe passou uma dolorosa descompostura, não gritou e nem mesmo a fuzilou com o olhar.

Ele riu.

Ele riu.

Penelope não tinha muita experiência com a risada masculina e nas poucas ocasiões em que a presenciara, ela não fora gentil. Mas os olhos daquele homem – de um tom muito intenso de verde – pareciam estar achando graça enquanto ele limpava uma mancha de lama localizada de forma bastante embaraçosa em seu rosto, para depois dizer:

– Bem, aquilo não foi muito habilidoso da minha parte, não é mesmo?

E, naquele momento, Penelope se apaixonou.

Quando encontrou a voz (o que, era-lhe doloroso admitir, ocorreu uns bons três segundos depois que qualquer pessoa com algum grau de inteligência teria respondido), ela falou:

– Ah, não, eu é que deveria me desculpar! Meu chapéu voou da minha cabeça e...

Parou de falar ao se dar conta de que ele não lhe pedira desculpas, de maneira que não fazia muito sentido contradizê-lo.

– Não foi incômodo algum – retrucou ele, dando um sorriso um tanto divertido. – Eu... Ah, bom dia, Daphne! Não sabia que estava aqui.

Penelope deu meia-volta e se viu frente a frente com Daphne Bridgerton, de pé ao lado da Sra. Featherington, que no mesmo instante sibilou:

– O que você aprontou, Penelope Featherington?

Penelope não pôde nem responder seu "Nada" de sempre porque, na realidade, o acidente fora totalmente culpa sua e ela acabava de fazer papel de tola na frente de um homem que era, com toda a certeza – a julgar pela expressão da mãe – um solteiro *muito* cobiçável.

Não que a Sra. Featherington considerasse que *ela* teria qualquer chance com ele. Mas a matriarca nutria grandes esperanças matrimoniais em relação às suas filhas mais velhas. Além do mais, Penelope nem mesmo fora apresentada à sociedade ainda.

No entanto, se a Sra. Featherington tinha a intenção de ralhar com ela mais um pouco, não pôde fazê-lo, pois isso teria exigido desviar a atenção dos importantíssimos Bridgertons, cuja família incluía o homem agora coberto de lama, segundo Penelope logo descobriu.

– Espero que seu filho não tenha se machucado – disse a Sra. Featherington a Lady Bridgerton.

– Estou ótimo – interferiu Colin, esquivando-se com bastante habilidade antes que a mãe o cobrisse de mimos.

As devidas apresentações foram feitas, mas o resto da conversa foi desinteressante, sobretudo porque Colin, de forma rápida e precisa, entendeu que a Sra. Featherington era uma matriarca ansiosa por casar as filhas. Penelope não ficou nem um pouco surpresa quando ele logo bateu em retirada.

Mas o estrago já fora feito. Penelope agora tinha um motivo para sonhar.

Mais tarde, naquela noite, enquanto repassava o encontro pela milésima vez em sua cabeça, ocorreu-lhe que teria sido mais apropriado poder dizer que se apaixonara por Colin quando ele lhe beijara a mão antes de uma dança, os olhos verdes cintilando cheios de malícia enquanto ele segurava sua mão durante um tempo mais longo do que o comum. Ou, talvez, que tivesse acontecido enquanto ele cavalgava, audaz, por campos açoitados pelo vento, o já mencionado vendaval incapaz de contê-lo enquanto ele (ou, melhor, o cavalo) galopava cada vez mais rápido, sendo a sua única intenção (de Colin, não do cavalo) chegar perto dela.

Mas, não, ela teve que se apaixonar quando ele caiu do cavalo e aterrissou com o traseiro numa poça de lama. Um fato bastante incomum e nem um pouco romântico, embora houvesse certa justiça poética nisso, uma vez que o acontecido não teria maiores desdobramentos.

Para que perder tempo com um amor que jamais seria correspondido? Melhor deixar os devaneios sobre os campos açoitados pelo vento para pessoas que de fato tivessem um futuro juntas.

E se havia algo que Penelope sabia, mesmo na época, com 16 anos quase completos, era que o seu futuro não incluía Colin Bridgerton no papel de marido.

Ela simplesmente não era o tipo de garota que atraía um homem como ele, e temia jamais ser.

∽

No dia 10 de abril de 1813 – dois dias após o seu aniversário de 17 anos –, Penelope Featherington debutou na sociedade londrina. Ela não o quisera. Implorara à mãe que a deixasse esperar um ano. Estava pelo menos 12 quilos acima do peso e ainda tinha a péssima tendência a desenvolver um monte de espinhas no rosto sempre que ficava nervosa, o que significava que *vivia* com espinhas, já que nada no mundo a deixava mais nervosa do que um baile em Londres.

Tentou lembrar a si mesma que a beleza era algo superficial, embora isso não fosse uma desculpa útil quando ela não sabia o que *dizer* às pessoas. Não havia nada mais deprimente do que uma menina feia sem personalidade. E naquele primeiro ano no mercado casamenteiro, era exatamente isso que Penelope era. Uma garota feia sem nenhuma – ah, está certo, ela tinha que se dar *algum* crédito: com muito pouca – personalidade.

No fundo, ela sabia quem era: uma garota inteligente, generosa e muitas vezes até mesmo engraçada, mas, de alguma forma, sua personalidade sempre se perdia em algum lugar a caminho da boca e ela acabava dizendo a coisa errada ou – o que era mais comum – nada.

Para tornar tudo ainda menos atraente, a mãe se recusava a permitir que Penelope escolhesse as próprias roupas, e quando ela não estava com o indispensável branco que a maioria das jovens usava (e que, é claro, não valorizava em *nada* a sua pele), era forçada a vestir amarelo, vermelho e laranja, cores que a deixavam com uma aparência deplorável. A única vez que Penelope sugerira verde, a Sra. Featherington colocara as mãos nos largos quadris e declarara que a cor era melancólica demais.

O amarelo, argumentou a Sra. Featherington, era *alegre*, e uma moça *alegre* conseguiria fisgar um marido.

Penelope decidiu naquele instante, naquele local, que era melhor não tentar compreender como a mente da mãe funcionava.

Assim, ela se via vestida de amarelo e laranja, e às vezes vermelho, embora tais cores a deixassem com uma aparência *nada* alegre e, na realidade, ficassem assustadoras combinadas a seus olhos castanhos e seus cabelos avermelhados. Não havia nada que pudesse fazer a respeito, no entanto, de forma que decidira sorrir e ser tolerante. Se não conseguisse sorrir, ao menos não choraria em público.

Algo que, por ser orgulhosa, jamais fazia.

E como se isso não bastasse, 1813 foi o ano em que a misteriosa (e fictícia) Lady Whistledown começou a publicar suas *Crônicas da sociedade*, três vezes por semana. O jornal de página única se transformou numa sensação instantânea. Ninguém sabia quem era a autora. Durante semanas – não, meses –, Londres não conseguia falar de outra coisa. O jornal foi distribuído gratuitamente por duas semanas – tempo suficiente para viciar os mais sedentos por novidades –, e de repente não chegou mais – para adquiri-lo, era necessário comprá-lo das mãos dos entregadores ao preço exorbitante de cinco *pennies* por exemplar.

No entanto, ninguém conseguia viver sem suas doses semanais de mexericos e quase todos pagavam.

Em certo lugar, uma mulher (ou talvez um homem, especulavam alguns) estava ganhando bastante dinheiro.

A diferença entre o jornal de Lady Whistledown e qualquer boletim anterior sobre a sociedade era o fato de a autora informar o nome verdadeiro de seus sujeitos. Não havia como se esconder por trás de abreviações como Lorde P. ou Lady B. Caso Lady Whistledown desejasse escrever sobre alguém, ela usava o nome completo da pessoa.

E quando a colunista desejou escrever a respeito de Penelope Featherington, o fez. A primeira menção à garota no periódico foi assim: "O infeliz vestido da Srta. Penelope Featherington deixou a pobre menina parecida com nada menos que uma fruta cítrica madura demais."

Sem dúvida, uma alfinetada para lá de dolorosa, embora nada menos do que a verdade.

A sua segunda menção na coluna não foi melhor: "Nenhuma palavra foi ouvida da Srta. Penelope Featherington, e não é para menos! A pobre menina parece ter se afogado nos babados do próprio vestido."

Nada que, temia Penelope, fosse aumentar a sua popularidade.

Mas a temporada não chegou a ser um desastre completo. Havia algumas pessoas com quem ela parecia capaz de conversar. Lady Bridgerton se afeiçoou a ela e a garota logo descobriu que podia contar à encantadora viscondessa coisas que jamais sonharia em dizer à própria mãe. Foi por meio de Lady Bridgerton que conheceu Eloise, a irmã mais nova de seu adorado Colin. A jovem também acabava de fazer 17 anos, mas a mãe sabiamente lhe permitira debutar no ano seguinte, embora Eloise possuísse a beleza da família e fosse cheia de encantos.

E, enquanto Penelope passava as tardes na sala de visitas verde e creme da Casa Bridgerton (ou, com mais frequência, no quarto de Eloise, onde as duas meninas se divertiam, davam risadinhas e falavam com bastante convicção sobre tudo o que havia para falar), às vezes travava contato com Colin, que, aos 22 anos, ainda não deixara a casa da família para morar em acomodações de solteiro.

Se Penelope achava que tinha se apaixonado por ele antes, isso não era nada comparado ao que passou a sentir depois de realmente conhecê-lo. Colin era espirituoso, bem-humorado, tinha um jeito brincalhão e despreocupado que fazia as mulheres suspirarem, mas, acima de tudo...

Colin Bridgerton era simpático.

Simpático. Uma palavrinha tão boba... Deveria ser algo banal, mas de alguma forma combinava com ele à perfeição. Colin sempre tinha algo agradável para dizer a Penelope, e quando ela enfim reunia coragem suficiente para responder (além dos cumprimentos e despedidas mais básicos), ele a escutava. O que acabava por tornar as coisas mais fáceis para a vez seguinte.

Ao final da temporada, Penelope achava que Colin fora o único homem com o qual conseguira ter uma conversa inteira.

Aquilo era amor. Ah, era amor, amor, amor, amor, amor, amor. Uma tola repetição de palavras, talvez, mas foi exatamente o que Penelope rabiscou numa folha de papel de carta caríssimo, junto com os nomes "Sra. Colin Bridgerton", "Penelope Bridgerton" e "Colin Colin Colin". (O papel seguiu para o fogo no instante em que a menina ouviu passos no corredor.)

Que maravilha era amar – mesmo que o sentimento não fosse correspondido – uma pessoa simpática. Fazia com que ela se sentisse tão sensata...

É claro que não atrapalhava em nada o fato de Colin possuir, assim como todos os homens da família, a mais fabulosa aparência física. Ele tinha aquela famosa cabeleira castanha, a boca grande e sorridente, os ombros largos, 1,80 metro de altura e, no caso de Colin, os mais devastadores olhos verdes que já adornaram um rosto humano.

Eram olhos que dominavam os sonhos de uma moça.

E Penelope sonhava, sonhava e sonhava.

⁓

Em abril de 1814, Penelope voltou a Londres para uma segunda temporada e, embora tenha atraído o mesmo número de pretendentes do ano anterior (zero), para ser honesta, a temporada não fora tão ruim. Contribuiu para tal o fato de ela ter perdido quase 13 quilos e agora poder se denominar uma "cheinha agradável", em vez de uma "gorducha horrorosa". Ainda não chegava nem perto do esbelto ideal feminino reinante à época, mas pelo menos mudou o suficiente para exigir um guarda-roupa todo novo.

Infelizmente, a mãe mais uma vez insistiu em tons de amarelo, laranja e no ocasional vermelho. E, desta vez, Lady Whistledown escreveu: "A Srta. Penelope Featherington (a menos fútil das irmãs) usou um vestido amarelo-limão que deixou um gosto azedo na boca de quem o viu."

O que, pelo menos, pareceu sugerir que ela fosse o membro mais inteligente de sua família, apesar de o elogio ter sido, no mínimo, ambíguo.

Mas Penelope não era a única alvejada pela ácida colunista. A morena Kate Sheffield, com seu vestido amarelo, fora comparada a um narciso chamuscado e acabou se casando com Anthony Bridgerton, irmão mais velho de Colin e um visconde, ainda por cima!

Assim, Penelope mantinha as esperanças.

Bem, na verdade, não mantinha. Sabia que Colin não se casaria com ela, mas ao menos a convidava para dançar em todos os bailes, fazia-a rir e, de vez em quando, também ria do que ela lhe dizia. Penelope sabia que aquilo teria de bastar.

⁓

E, assim, a vida dela foi em frente. Participou de sua terceira temporada, e depois da quarta. As duas irmãs mais velhas, Prudence e Philippa, por fim encontraram os próprios maridos e saíram de casa. A Sra. Featherington mantinha a esperança de que Penelope ainda conseguisse se casar – as outras filhas haviam levado cinco temporadas para fazê-lo –, embora a jovem soubesse que estava destinada a permanecer solteira. Não seria justo casar-se com alguém quando continuava tão apaixonada por Colin. E talvez, nos recônditos da sua mente, naquele cantinho mais distante, escondido por trás das conjugações de verbos em francês que jamais dominara e da aritmética que nunca usara, ela ainda guardasse um minúsculo frangalho de esperança.

Até *aquele* dia.

Mesmo hoje, sete anos depois, ainda se referia a ele como *aquele* dia.

Tinha ido à casa dos Bridgertons, como fazia com frequência, para tomar chá com Eloise, as irmãs dela e Violet. Isso foi um pouco antes de o irmão da amiga, Benedict, se casar com Sophie, embora não soubesse quem ela era – bem, isso não significava nada, a não ser pelo fato de que talvez tenha sido o último grande segredo da década anterior que Lady Whistledown não conseguira desvendar.

Pois bem, ela vinha atravessando o saguão de entrada, ouvindo a cadência rítmica dos próprios passos no piso de mármore ao ir embora da casa sozinha. Ajeitava a capa e se preparava para caminhar a curta distância até sua residência (que ficava logo ao dobrar a esquina) quando ouviu vozes. Vozes masculinas. Vozes de Bridgertons do sexo masculino.

Eram os três irmãos mais velhos: Anthony, Benedict e Colin. Estavam tendo uma daquelas conversas que os homens costumam ter, em que ficam grunhindo e ridicularizando uns aos outros. Penelope sempre gostara de observá-los interagirem dessa forma: eram tão *família*...

Penelope podia vê-los através do vidro da porta da frente, mas não pôde ouvir o que diziam até chegar ao vão. E como prova do péssimo timing que a assolara a vida toda, a primeira voz que escutou foi a de Colin, e as palavras que ouviu não foram nada generosas:

– ... eu não vou me casar tão cedo, e muito menos com Penelope Featherington!

– Ah!

A palavra simplesmente saiu de seus lábios em um lamento desafinado antes mesmo que ela pudesse pensar.

Os três Bridgertons voltaram-se para encará-la, horrorizados, e Penelope soube que acabara de dar início aos piores instantes de sua vida.

Ficou em silêncio pelo que pareceu ser uma eternidade e então, por fim, com uma dignidade que jamais sonhara possuir, olhou direto para Colin e retrucou:

– Eu nunca pedi que se casasse comigo.

O rosto dele, já rosado, tornou-se rubro. Ele abriu a boca, mas não emitiu nenhum som. Talvez, pensou Penelope com estranha satisfação, aquela tivesse sido a única vez na vida que ele ficou sem palavras.

– E eu nunca... – acrescentou Penelope, engolindo em seco sem parar. – Eu nunca falei a ninguém que queria que você me pedisse em casamento.

– Penelope – conseguiu, enfim, falar Colin –, eu sinto muito.

– Não tem do que se desculpar.

– Não – insistiu ele. – Tenho, sim. Eu a magoei e...

– Você não sabia que eu estava aqui.

– Mesmo assim...

– Você não vai se casar comigo – declarou ela, a voz soando estranha e falsa aos seus ouvidos. – Não há nada de errado com isso. Eu não vou me casar com o seu irmão Benedict.

Até então, Benedict estava olhando para o outro lado, tentando não encará-la, mas a partir desse momento passou a prestar atenção.

Penelope fechou as mãos ao lado do corpo.

– Ele não fica magoado quando eu digo que não vou me casar com ele. – Virou-se para Benedict e forçou-se a fitá-lo diretamente nos olhos. – Fica, Sr. Bridgerton?

– Claro que não – respondeu ele, com rapidez.

– Então está resolvido – disse ela decididamente, impressionada por, ao menos uma vez na vida, estar conseguindo pronunciar as palavras exatas que queria. – Ninguém ficou magoado. Agora, se me derem licença, cavalheiros, preciso ir para casa.

Os três cavalheiros no mesmo instante deram um passo para trás, a fim de que ela pudesse passar, e Penelope teria escapado ilesa se Colin, de repente, não tivesse gritado:

– Não tem uma acompanhante?

Ela negou com a cabeça.

– Eu moro logo depois da esquina.

– Eu sei, mas...

– Eu a acompanho – ofereceu Anthony com delicadeza.

– Realmente não é necessário, milorde.

– Permita-me – insistiu ele, num tom que deixava claro que ela não tinha escolha.

Ela assentiu e os dois partiram rua abaixo. Após umas duas casas, Anthony comentou numa voz estranhamente respeitosa:

– Ele não sabia que você estava ali.

Penelope sentiu os cantos dos lábios ficarem tensos – não de raiva, mas de um misto de cansaço e resignação.

– Eu sei. Ele não é mau. Imagino que sua mãe o esteja pressionando para que se case.

Anthony assentiu. O desejo de Lady Bridgerton de ver cada um dos oito rebentos casados e felizes era lendário.

– Ela gosta de mim – declarou Penelope. – Eu me refiro a sua mãe. Temo que não consiga ver além disso. Mas a verdade é que não importa muito que ela goste ou não da noiva de Colin.

– Bem, eu não diria isso – refletiu Anthony, soando menos como um visconde muito temido e respeitado e mais como um filho bem-comportado. – Eu não gostaria de ter me casado com alguém de quem a minha mãe não gostasse. – Ele balançou a cabeça num gesto que demonstrava grande admiração e respeito. – Ela é uma força da natureza.

– A sua mãe ou a sua esposa?

Ele pensou por meio segundo.

– Ambas.

Caminharam por mais alguns instantes e Penelope deixou escapar:

– Colin deveria sair daqui.

Anthony a olhou, curioso.

– Como assim?

– Ele deveria sair daqui. Viajar. Não está pronto para se casar e a sua mãe continuará pressionando-o, ainda que sem querer. Ela tem boas intenções...

Penelope mordeu o lábio inferior, horrorizada. Esperava que o visconde entendesse que ela não estava criticando Lady Bridgerton. Até onde sabia, não havia senhora mais digna em toda a Inglaterra.

– Minha mãe sempre tem boas intenções – comentou Anthony, com um sorriso indulgente. – Mas talvez você tenha razão. Talvez ele devesse sair de Londres. Colin de fato gosta de viajar. Acabou de voltar do País de Gales.

– É mesmo? – murmurou Penelope, educadamente, como se não soubesse.

– Chegamos – disse ele, depois de assentir em resposta. – É aqui que você mora, certo?

– É, sim. Obrigada por me acompanhar.

– O prazer foi todo meu, posso lhe garantir.

Penelope observou-o enquanto ele partia, então entrou e começou a chorar.

No dia seguinte, Lady Whistledown relatou em sua coluna:

"Ora, mas quanta agitação se viu ontem em frente à casa de Lady Bridgerton, na Bruton Street!

Primeiro, Penelope Featherington foi vista na companhia não de um, nem de dois, mas de TRÊS irmãos Bridgertons, um feito até então impossível para a pobre menina, já um tanto conhecida por ser bastante sem graça. Infelizmente (mas talvez de forma previsível) para a Srta. Featherington, quando ela enfim partiu, foi acompanhada pelo visconde, o único casado do grupo.

Se a Srta. Featherington conseguisse, de alguma forma, arrastar um dos irmãos Bridgertons para o altar, isso seria o fim do mundo como o conhecemos, e esta autora, que admite que não entenderia mais nada de tal mundo, seria forçada a renunciar ao seu posto no mesmo instante."

Ao que parecia, até Lady Whistledown compreendia a inocuidade dos sentimentos de Penelope por Colin.

Os anos se passaram e, de alguma forma, sem perceber, Penelope deixou de ser uma debutante e ocupava agora o grupo das damas de companhia e observava a irmã mais nova, Felicity – a única das irmãs Featheringtons abençoada com graça e beleza natural –, desfrutar da própria temporada londrina.

Colin desenvolveu uma inclinação especial pelas viagens e passava cada vez mais tempo fora de Londres. Parecia que a cada mês seguia para um destino diferente. Quando estava na cidade, sempre guardava uma dança e um sorriso para Penelope, e ela, de algum jeito, conseguia fingir que nada havia acontecido, que ele jamais tinha declarado sua aversão a ela numa via pública e que seus sonhos nunca tinham sido despedaçados.

E sempre que ele estava na cidade, o que não ocorria com frequência, os dois pareciam desfrutar de uma amizade fácil, mesmo que não muito profunda. O que era tudo o que uma solteirona de 28 anos poderia esperar, certo?

Um amor não correspondido não era nada fácil de administrar, mas ao menos Penelope Featherington já estava acostumada a isso.

CAPÍTULO 1

Mamães casamenteiras, podem comemorar: Colin Bridgerton retornou da Grécia!

Para os gentis (e ignorantes) leitores recém-chegados à cidade, o Sr. Bridgerton é o terceiro da lendária série de oito irmãos Bridgertons (por isso o nome Colin, que começa com a letra C: ele nasceu depois de Anthony e Benedict e antes de Daphne, Eloise, Francesca, Gregory e Hyacinth).

Embora o Sr. Bridgerton não possua nenhum título de nobreza, e talvez jamais venha a possuir (é o sétimo na linha de sucessão do título de visconde de Bridgerton, atrás dos dois filhos do atual visconde, de seu irmão Benedict e dos três filhos dele), é considerado, apesar disso, um dos melhores partidos da temporada devido à sua fortuna, à sua beleza, à sua forma física e, acima de tudo, aos seus encantos. É difícil, no entanto, prever se ele irá sucumbir às bênçãos matrimoniais nesta temporada. Sem dúvida, tem idade para se casar (33 anos), mas jamais demonstrou interesse decisivo por nenhuma dama apropriada e, para complicar ainda mais as coisas, possui a terrível tendência de deixar Londres a qualquer instante em direção a algum destino exótico.

CRÔNICAS DA SOCIEDADE DE LADY WHISTLEDOWN,
2 DE ABRIL DE 1824

— Olhe só para isto! – guinchou Portia Featherington. – Colin Bridgerton está de volta!

Penelope ergueu os olhos do bordado. A mãe segurava a última edição do *Whistledown* da maneira que Penelope talvez segurasse, digamos, uma corda, caso estivesse prestes a despencar de um penhasco.

– Eu sei – murmurou ela.

Portia franziu a testa. Odiava quando alguém – qualquer um – ficava sabendo de uma fofoca antes dela.

– Mas como você conseguiu pôr as mãos no *Whistledown* antes de mim? Eu pedi a Briarly que o separasse e que não permitisse que ninguém o tocasse...

– Eu não li no *Whistledown* – interrompeu Penelope antes que a mãe saísse para incomodar o pobre e já tão requisitado mordomo. – Felicity me contou ontem à tarde. Hyacinth Bridgerton comentou com ela.

– A sua irmã passa muito tempo na casa dos Bridgertons.

– Assim como eu – observou Penelope, perguntando-se aonde aquele comentário iria dar.

Portia tamborilava na lateral do queixo, como sempre fazia quando tramava alguma coisa.

– Colin Bridgerton está numa idade em que deveria procurar uma esposa.

Penelope conseguiu piscar para evitar que os olhos lhe saltassem das órbitas.

– Ele não vai se casar com Felicity!

Portia deu de ombros levemente.

– Coisas mais estranhas já aconteceram.

– Não que eu tenha visto – murmurou Penelope.

– Anthony se casou com Kate Sheffield, e ela era ainda menos popular do que você.

Aquilo não era exatamente verdade. Penelope achava que as duas tinham ocupado o mesmo lugar na base da pirâmide social. Mas parecia não adiantar dizer isso à mãe, que estava achando que tinha feito um elogio à filha ao afirmar que ela não fora a menina menos popular da temporada.

Penelope sentiu os lábios ficarem tensos. Os "elogios" da mãe tendiam a ter o efeito de ferrões de vespas sobre ela.

– Não pense que minha intenção é criticá-la – continuou Portia, transformando-se de repente na própria imagem da preocupação. – Na verdade, fico satisfeita com a sua solteirice. Estou só neste mundo, a não ser pelas minhas filhas, e é reconfortante saber que uma de vocês poderá cuidar de mim na velhice.

Penelope teve uma visão do futuro segundo a descrição da mãe e sentiu um súbito desejo de sair correndo e se casar com o limpador de chaminés. Fazia tempo que se resignara à vida de solteirona eterna, embora, de alguma forma, sempre tivesse se imaginado morando na própria casinha com varanda. Ou talvez num confortável chalé à beira-mar.

Mas, nos últimos tempos, Portia vinha pontuando as conversas com a filha com referências à sua velhice e à sorte que tinha pelo fato de que Penelope cuidaria dela. Não importava o fato de que tanto Prudence quanto Philippa haviam se casado com homens ricos e que possuíam dinheiro mais do que suficiente para proporcionar todo o conforto à mãe. Ou que a própria Portia fosse uma mulher de algumas posses: quando a família estabelecera o seu dote, um quarto da quantia fora separado numa conta de uso pessoal dela.

Não, quando Portia falava em ser cuidada na velhice, não se referia a dinheiro. O que ela queria era uma escrava.

Penelope suspirou. Estava sendo muito dura com a mãe, ainda que só em pensamento. Fazia isso com excessiva frequência. Portia a amava. Penelope sabia disso. E ela também a amava.

A questão era que, às vezes, não *gostava* muito dela.

Esperava que isso não a tornasse uma pessoa ruim. Mas, com efeito, a mãe tinha a capacidade de desafiar a paciência até mesmo da mais afável e meiga das filhas, e Penelope era a primeira a admitir que podia ser um pouco sarcástica em alguns momentos.

– Por que acha que Colin não se casaria com Felicity? – indagou Portia.

Penelope ergueu os olhos, aturdida. Achou que aquele assunto já estivesse encerrado. Deveria ter desconfiado. A mãe era persistente.

– Bem – começou ela, devagar –, para início de conversa, ela é doze anos mais nova do que ele.

– Pfff – fez Portia, descartando o comentário com um aceno de mão. – Isso não tem nenhuma importância, e você sabe disso.

Penelope franziu a testa, então espetou a agulha no dedo sem querer e deu um ganido.

– Além do mais – continuou Portia, alegremente –, ele tem... – olhou outra vez para o *Whistledown* procurando a idade exata – 33 anos! Como espera que consiga evitar uma diferença de 12 anos entre ele e a esposa? Com certeza você não acha que Colin vá se casar com alguém da *sua* idade.

Penelope chupou o dedo machucado, mesmo sabendo que o gesto era bastante indelicado. Mas precisava colocar algo na boca para evitar fazer algum comentário terrível *e* maldoso.

Tudo o que a mãe dissera era verdade. Vários homens da alta sociedade – talvez até a maioria – se casavam com moças muito mais novas do que eles. Mas, de alguma forma, a diferença de idade entre Colin e Felicity parecia ainda maior, talvez porque...

Penelope foi incapaz de esconder a repugnância.

– Ela é como uma irmã para ele. Uma irmã mais nova.

– Ora, Penelope, sinceramente, não creio...

– Seria quase um incesto – murmurou Penelope.

– O que foi que você disse?

Penelope pegou o bordado outra vez.

– Nada.

– Estou certa de que disse alguma coisa.

Penelope balançou a cabeça.

– Na verdade, eu pigarreei. Talvez tenha escutado...

– Eu a ouvi dizer alguma coisa. Tenho certeza!

Penelope gemeu. Visualizou a vida longa e tediosa que tinha pela frente.

– Mamãe – retrucou, com uma paciência que se não era a de uma santa era, pelo menos, a de uma irmã de caridade muito devota. – Felicity está praticamente noiva do Sr. Albansdale.

Portia começou a esfregar as mãos uma na outra.

– Não ficará noiva dele se conseguir fisgar Colin Bridgerton.

– Ela preferiria *morrer* a correr atrás de Colin.

– É claro que não. É uma menina inteligente. Qualquer um pode ver que Colin Bridgerton é um partido melhor que o Sr. Albansdale.

– Mas Felicity ama o Sr. Albansdale!

Portia murchou na poltrona.

– Isso é verdade.

– Além do mais – continuou Penelope de forma bastante enfática –, o Sr. Albansdale possui uma fortuna bastante respeitável.

Portia bateu com o indicador no rosto.

– Tem razão. Não tão respeitável quanto parte da fortuna dos Bridgertons – continuou, bruscamente –, mas nada desprezível, suponho.

Penelope sabia que devia deixar o assunto de lado, mas não conseguiu evitar fazer um último comentário:

– Na verdade, mãe, ele é um ótimo par para Felicity. Devíamos estar felicíssimas por ela.

– Eu sei, eu sei – rosnou Portia. – É que eu queria tanto que uma das minhas filhas se casasse com um Bridgerton... Seria maravilhoso! Eu seria o principal assunto de Londres durante semanas. Anos, talvez.

Penelope enfiou a agulha na almofada a seu lado. Não havia dúvida de que se tratava de uma forma bastante tola de dar vazão à sua raiva, mas a alternativa seria se levantar e gritar: "E eu?" Portia parecia acreditar que, uma vez que Felicity se casasse, sua esperança de uma união com os Bridgertons estaria frustrada para sempre. Mas Penelope continuava solteira – será que isso não servia de nada?

Seria pedir demais que a mãe pensasse nela com o mesmo orgulho que sentia das outras filhas? Penelope sabia que Colin não a escolheria como noiva, mas será que uma mãe não deveria ser pelo menos um pouco cega com relação aos defeitos das próprias crias? Era óbvio para Penelope que nem Prudence, nem Philippa e nem mesmo Felicity jamais tinham tido qualquer chance com um Bridgerton. Então por que Portia parecia crer que os encantos das três eram tão maiores que os de Penelope a esse ponto?

Certo, Penelope tinha que admitir que Felicity era mais popular que as três irmãs mais velhas juntas. Mas Prudence e Philippa jamais haviam sido muito requisitadas. Tinham mofado às margens dos salões de baile da mesma forma que Penelope.

Exceto, é claro, pelo fato de estarem, agora, casadas. Penelope não gostaria de ter nenhum dos dois maridos, mas pelo menos as duas eram esposas.

Por sorte, porém, a mente de Portia já percorria outros caminhos.

– Eu deveria fazer uma visita a Violet – dizia ela. – Deve estar tão aliviada por Colin ter voltado...

– Estou certa de que Lady Bridgerton ficará encantada em vê-la – comentou Penelope.

– Pobre mulher – comentou Portia, com um suspiro dramático. – Ela se preocupa com ele, sabe...

– Eu sei.

– Para ser sincera, acho que é mais do que uma mãe deveria suportar. Ele vive vagando por aí, só Deus sabe por onde, nesses países *sem fé*...

– Acredito que pratiquem o cristianismo na Grécia – murmurou Penelope, com os olhos mais uma vez voltados para o bordado.

– Não seja impertinente, Penelope Anne Featherington, e eles são *católicos*! Portia estremeceu ao pronunciar a última palavra.

– Não têm nada de católicos – replicou Penelope, desistindo do bordado e colocando-o de lado. – Pertencem à Igreja Ortodoxa Grega.

– Bem, não são da Igreja Anglicana – queixou-se Portia, fungando.

– Considerando que são gregos, não imagino que estejam muito preocupados com isso.

Portia estreitou os olhos em sinal de desaprovação.

– E, de qualquer forma, como você sabe sobre essa religião grega? Não, não me diga – continuou em tom de lamento, com um gesto dramático. – Você leu em algum lugar.

Penelope se limitou a piscar enquanto pensava numa resposta adequada.

– Eu gostaria que não lesse tanto – observou Portia com um suspiro. – Talvez eu tivesse conseguido casá-la há anos se houvesse se concentrado mais no seu traquejo social e menos em... menos em...

Penelope teve que perguntar:

– Menos em quê?

– Não sei. No que quer que faça com que você fique olhando para o nada, sonhando acordada com tanta frequência.

– Eu apenas penso – disse Penelope, baixinho. – Às vezes gosto de simplesmente parar e pensar.

– Parar de quê? – quis saber Portia.

Penelope não pôde deixar de sorrir. A pergunta da mãe parecia resumir todas as diferenças entre as duas.

– Nada, mãe – respondeu Penelope. – Sério.

Portia tinha um ar de que queria dizer mais alguma coisa, então pensou duas vezes. Ou talvez estivesse apenas com fome. Apanhou um biscoito da bandeja de chá e o pôs na boca.

Penelope ia pegando o último para si, mas decidiu deixá-lo para a mãe. Era melhor manter a boca de Portia cheia. A última coisa que desejava era se ver no meio de outra conversa sobre Colin Bridgerton.

– Colin está de volta!

Penelope ergueu os olhos do livro que lia – *Uma breve história da Grécia* – e viu Eloise entrar em seu quarto. Como sempre, a amiga não fora anunciada. O mordomo dos Featheringtons estava tão acostumado a vê-la por ali que a tratava como membro da família.

– É mesmo? – retrucou Penelope, conseguindo fingir (em sua opinião) uma indiferença bastante realista.

Ela tinha colocado *Uma breve história da Grécia* por dentro de *Mathilda*, o romance de S.R. Fielding que fora um enorme sucesso no ano anterior. Todo mundo possuía um exemplar na mesinha de cabeceira. E era grosso o bastante para esconder o livro que Penelope estava lendo de fato.

Eloise sentou-se na cadeira da escrivaninha da amiga.

– É. E está bronzeadíssimo. Também, era de se esperar, depois de ter passado tanto tempo sob o sol.

– Ele foi à Grécia, não foi?

Eloise fez que não com a cabeça.

– Ele disse que a guerra piorou por lá e que era perigoso demais. Então, acabou indo para Chipre.

– Ora, ora – comentou Penelope, sorrindo. – Então Lady Whistledown errou.

Eloise deu um daqueles sorrisos insolentes típicos dos Bridgertons e, mais uma vez, Penelope se deu conta da sorte que tinha em tê-la como melhor amiga. Ela e Eloise eram inseparáveis desde os 17 anos. Tinham debutado no mesmo ano e, para consternação de suas mães, haviam se tornado solteironas juntas.

Eloise afirmava não ter encontrado a pessoa certa.

Penelope, é claro, não recebera nenhuma proposta.

– E ele gostou de lá? – perguntou Penelope.

Eloise deixou escapar um suspiro.

– Disse que é um lugar impressionante. Ah, como eu adoraria viajar... Ao que parece, todo mundo já foi a algum lugar, menos eu.

– E eu – lembrou-lhe Penelope.

– E você – concordou Eloise. – Graças a Deus você existe.

– Eloise! – gritou Penelope, atirando uma almofada nela.

Mas ela mesma agradecia a Deus por Eloise. Todos os dias. Muitas mulheres passavam a vida toda sem uma amiga próxima e ali estava ela com uma pessoa a quem podia contar qualquer coisa. Bem, praticamente qualquer coisa. Penelope jamais lhe dissera o que sentia por Colin, embora imaginasse que Eloise suspeitasse. A amiga era muito discreta para comentar alguma coisa, o que só confirmava a certeza de Penelope de que Colin jamais a amaria. Se Eloise pensasse, mesmo por um instante, que a amiga tinha alguma chance de fisgar o irmão como marido, teria tramado estratégias casamenteiras com uma tenacidade que impressionaria qualquer general de exército.

Quando necessário, Eloise era uma pessoa com bastante instinto de liderança.

– ... então ele contou que o mar sacudia tanto que ele despejou tudo no oceano pela lateral do barco e... – Eloise fez uma careta. – Você não está escutando.

– Não – admitiu Penelope. – Bem, estou, em parte. Não consigo acreditar que Colin tenha lhe contado que vomitou.

– Ora, eu sou irmã dele.

– Ele ficaria furioso com você se soubesse que me disse isso.

Eloise descartou a queixa de Penelope com um aceno de mão.

– Ele não ligaria. Você é como uma irmã para ele.

Penelope sorriu, mas ao mesmo tempo deixou escapar um suspiro.

– É claro que mamãe quis saber se ele pretende ficar na cidade durante a temporada – continuou Eloise –, e é claro que ele fugiu da pergunta, mas quando eu resolvi interrogá-lo pessoalmente...

– Muito engenhoso da sua parte – murmurou Penelope.

Eloise atirou a almofada de volta nela.

– ... consegui que ele admitisse que sim, que passará pelo menos alguns meses aqui. Mas ele me fez prometer não contar nada a mamãe.

– Ora, mas isso não é muito inteligente da parte dele – comentou Penelope, pigarreando em seguida. – Se a sua mãe achar que a estadia dele aqui será limitada, irá redobrar os esforços para vê-lo casado. Imagino que ele haveria de querer evitar isso.

– De fato esse parece ser o objetivo de vida dele – concordou Eloise.

– Se ele conseguir enganá-la, fazendo-a acreditar que não tem pressa para ir embora, talvez ela não o pressione tanto.

– Uma ideia interessante – disse Eloise –, embora talvez seja mais verdadeira em teoria do que na prática. Minha mãe está tão decidida a vê-lo casado que o fato de redobrar os esforços para isso não tem importância alguma. Seu empenho normal já será o bastante para levá-lo à loucura.

– Será possível uma pessoa ser levada duplamente à loucura? – refletiu Penelope.

Eloise inclinou a cabeça para o lado.

– Não sei, mas acho que não gostaria de descobrir.

As duas ficaram um momento em silêncio (algo bastante raro), então Eloise se levantou de repente e disse:

– Tenho que ir.

Penelope sorriu. Quem não conhecia Eloise muito bem achava que ela tinha o hábito de mudar de assunto do nada, mas Penelope sabia que a verdade era outra. Quando a amiga colocava algo na cabeça, simplesmente não desistia até conseguir o que queria. O que significava que, se Eloise tinha querido ir embora de repente, isso devia estar relacionado a algo que conversaram mais cedo, naquela mesma tarde, e...

– Estamos esperando Colin para o chá – explicou Eloise.

Penelope sorriu. Adorava estar certa.

– Você deveria vir – sugeriu Eloise.

Penelope fez que não com a cabeça.

– Ele iria preferir que fosse só a família.

– Talvez você tenha razão – concordou Eloise, assentindo de leve. – Muito bem, então, estou indo. Sinto muito por sair correndo, mas eu só queria lhe contar que Colin voltou para casa.

– Eu li no *Whistledown* – lembrou-lhe Penelope.

– Certo. E onde é que essa mulher consegue as informações? – considerou Eloise, balançando a cabeça, impressionada. – Juro que às vezes ela sabe tanto sobre a minha família que eu me pergunto se deveria ter medo.

– Ela não pode continuar com isso para sempre – comentou Penelope, levantando-se para acompanhar a amiga até a porta. – Em algum momento alguém haverá de descobrir quem ela é, não acha?

– Não sei. – Eloise colocou a mão na maçaneta e abriu a porta. – Eu costumava achar isso, mas já faz dez anos. Mais que isso, na verdade. Se fosse para ela ser pega, acho que já teria acontecido.

Penelope seguiu Eloise escada abaixo.

– Em algum momento ela haverá de cometer um erro. Tem que acontecer. Afinal, ela é humana.

Eloise riu.

– E eu aqui achando que era uma semideusa.

Penelope sorriu.

Eloise parou e se virou tão subitamente que Penelope trombou com ela e as duas quase rolaram os últimos degraus da escada.

– Sabe de uma coisa? – falou.

– Não consigo nem imaginar.

Eloise nem se deu o trabalho de fazer uma careta.

– Aposto que ela *já* cometeu um erro – declarou.

– Como assim?

– Você mesma disse. Ela, ou ele, escreve essa coluna há mais de uma década. Ninguém consegue fazer isso por tanto tempo sem cometer erros. Então, sabe o que eu acho?

Penelope se limitou a abrir as mãos num gesto de impaciência.

– Que todos nós somos burros demais para notar os seus erros.

Penelope a fitou por um instante, depois começou a rir.

– Ah, Eloise – falou, secando as lágrimas dos olhos. – Eu realmente amo você.

Eloise riu.

– Ainda bem que ama, solteirona que sou. Vamos morar juntas quando fizermos 30 anos e nos tornarmos duas velhas de verdade.

Penelope se apegou à ideia como quem se agarra a um barco salva-vidas.

– Acha que poderíamos? – retrucou. Em seguida olhou de maneira furtiva de um lado para outro no corredor e continuou em voz baixa: – Minha mãe vem falando sobre a velhice dela com uma frequência alarmante.

– O que há de alarmante nisso?

– Eu estou em todas as suas visões, atendendo a todos os seus desejos.

– Minha nossa.

– O que me passou pela cabeça foi uma imprecação menos branda do que essa.

– Penelope!

Mas Eloise estava rindo.

– Eu amo a minha mãe – afirmou Penelope.

– Eu sei que ama – assentiu Eloise, numa voz quase apaziguadora.

– Não, é sério, eu amo mesmo.

O canto esquerdo da boca de Eloise começou a se curvar num meio sorriso.

– Eu sei que ama. Sério.

– É só que...

Eloise ergueu uma das mãos.

– Não precisa dizer mais nada. Eu entendo perfeitamente. Eu... Ah! Bom dia, Sra. Featherington!

– Eloise – começou Portia, apressando-se pelo corredor em direção a elas. – Não sabia que estava aqui.

– Eu fui furtiva, como sempre – brincou Eloise. – Mal-educada, até.

Portia lhe lançou um sorriso indulgente.

– Eu soube que seu irmão está de volta.

– Sim, estamos todos transbordando de alegria.

– Tenho certeza disso, sobretudo a sua mãe.

– Sem dúvida. Não cabe em si de felicidade. Acredito que esteja fazendo uma lista agora mesmo.

Portia no mesmo instante ficou mais atenta, como sempre ocorria à menção de qualquer coisa que pudesse ser interpretada como uma intriga.

– Lista? Que espécie de lista?

– Ora, a senhora sabe, do mesmo tipo que fez para todos os filhos adultos. Cônjuges em potencial e tudo o mais.

– Fico me perguntando o que pode ser o "tudo o mais" – comentou Penelope com a voz seca.

– Às vezes ela inclui uma ou duas pessoas completamente inadequadas para realçar as qualidades das *reais* possibilidades.

Portia riu.

– Quem sabe ela não a coloca na lista de Colin, Penelope!

Penelope não riu. Nem Eloise. Portia não pareceu notar.

– Bem, é melhor eu ir andando – disse Eloise, pigarreando para disfarçar o momento desconfortável para duas das três pessoas que se encontravam no corredor. – Estamos esperando Colin para o chá. Mamãe quer a família toda presente.

– E vocês todos vão caber lá? – perguntou Penelope.

A casa de Lady Bridgerton era grande, mas, contando com os cônjuges e netos, os parentes já eram 21. De fato, uma grande família.

– Bem, o chá será na Casa Bridgerton – explicou Eloise.

A mãe se mudara da residência oficial dos Bridgertons em Londres depois que o filho mais velho se casara. Anthony, visconde desde os 18 anos, garantira a Violet que ela não precisava partir, mas ela insistira que ele e a esposa precisavam de privacidade. Como resultado, Anthony e Kate viviam lá com os três filhos, enquanto Violet morava com os filhos solteiros (com exceção de Colin, que tinha as próprias acomodações) a poucas quadras, na Bruton Street, número 5. Após quase um ano de tentativas infrutíferas de dar um nome ao novo lar de Lady Bridgerton, a família começara a chamá-lo apenas de Número Cinco.

– Divirta-se – disse Portia. – Preciso encontrar Felicity. Temos hora na costureira e estamos atrasadas.

Eloise observou enquanto Portia desaparecia escada acima, então disse a Penelope:

– Sua irmã tem passado bastante tempo na costureira.

A amiga deu de ombros.

– Ela está enlouquecendo com tantas provas de roupa, mas é a única esperança de minha mãe para um casamento realmente grandioso. Acho que está convencida de que, com o vestido correto, minha irmã vá fisgar um duque.

– Ela não está quase noiva do Sr. Albansdale?

– Imagino que ele fará um pedido formal na semana que vem. Mas, até lá, minha mãe prefere manter as opções em aberto. – Penelope revirou os olhos. – É melhor avisar ao seu irmão que mantenha distância por enquanto.

– Gregory? – indagou Eloise, incrédula. – Ele ainda nem saiu da universidade.

– Colin.

– *Colin?* – Eloise explodiu em gargalhadas. – Ah, essa é boa.

– Foi o que eu falei, mas você sabe como ela é quando enfia uma coisa na cabeça.

Eloise continuou a rir.

– Um tanto como eu, imagino.

– Tenaz até a morte.

– A tenacidade pode ser uma qualidade muito boa – lembrou-lhe Eloise –, no momento certo.

– Certo – retrucou Penelope com um sorriso sarcástico. – E no momento errado pode ser um verdadeiro pesadelo.

Eloise riu.

– Alegre-se, minha amiga. Pelo menos ela permitiu que você se livrasse de todos aqueles vestidos amarelos.

Penelope baixou os olhos para o vestido matinal que usava, de um lisonjeiro – modéstia à parte – tom de azul.

– Ela parou de escolher as minhas roupas quando enfim se deu conta de que eu não ia me casar. Uma moça sem perspectivas de matrimônio não vale o tempo nem a energia que lhe custam para oferecer conselhos de moda. Ela não me leva à costureira há mais de um ano. É uma bênção!

Eloise sorriu para a amiga, cuja pele adquiria um encantador tom de pêssego com creme quando ela usava cores frias.

– Todo mundo notou assim que ela a deixou escolher as próprias roupas. Até Lady Whistledown comentou!

– Escondi essa coluna de mamãe – admitiu Penelope. – Não quis que ficasse magoada.

Eloise piscou algumas vezes antes de dizer:

– Bondade sua, Penelope.

– Eu tenho os meus momentos de caridade e boa vontade.

– Imagino que parte muito importante da caridade e da boa vontade seja a capacidade de não chamar a atenção para o fato de possuí-las – falou Eloise, começando a rir.

Penelope fez uma careta e empurrou a amiga em direção à porta.

– Você não tinha que ir embora?

– Estou indo! Estou indo!

E ela se foi.

Era bastante agradável estar de novo na Inglaterra, pensou Colin enquanto bebericava um excelente *brandy*.

Era estranho, na verdade, gostar na mesma medida de voltar para casa e de partir. Dentro de mais alguns meses – seis, no máximo – estaria se coçando para viajar outra vez, mas, por ora, sentia-se satisfeito: a Inglaterra no mês de abril era absolutamente maravilhosa.

– Bom, não é mesmo?

Colin ergueu os olhos. O irmão Anthony estava encostado na frente da imensa escrivaninha de mogno, acenando com o copo do mesmo *brandy* que ele bebia.

Colin assentiu.

– Não tinha me dado conta da falta que senti disto até voltar. O *ouzo* tem lá os seus encantos, mas isto – falou erguendo o copo – é o paraíso.

Anthony deu um sorriso irônico.

– E quanto tempo planeja ficar conosco desta vez?

Colin se aproximou da janela e fingiu olhar para fora. O irmão mais velho não se esforçava muito para disfarçar sua impaciência em relação à sede de Colin por aventuras. Na verdade, Colin não podia culpá-lo. Às vezes era difícil fazer com que as cartas chegassem em casa – imaginava que com frequência a família tivesse que esperar até mesmo um mês para descobrir se ele estava bem. Mas, embora tivesse consciência de que não gostaria de estar no lugar deles – sem saber se uma pessoa amada estava viva ou morta, sempre à espera da batida de um mensageiro à porta –, isso não era o suficiente para manter seus pés fincados na Inglaterra.

De vez em quando, sentia a necessidade de estar *longe*. Não havia outra forma de descrever. Longe da alta sociedade, que o via como um moleque encantador e nada mais. Longe de seu país, que encorajava seus filhos mais novos a entrar para o serviço militar ou para o clero, quando nenhuma das duas opções se encaixava em seu temperamento. Até mesmo longe da família, que o amava de forma incondicional mas que nem desconfiava de que o que ele mais desejava, no fundo, era ter algo com que se ocupar.

O irmão, Anthony, era um visconde, e com o título vinham as mais variadas responsabilidades. Ele administrava propriedades e as finanças da família e supervisionava o bem-estar de incontáveis inquilinos e criados. Benedict, quatro anos mais velho do que ele, ganhara fama como artista. Começara com papel e lápis, mas, encorajado pela mulher, passara para óleo. Uma de suas paisagens estava, agora, exposta na National Gallery.

Anthony seria sempre lembrado nas árvores genealógicas como o sétimo visconde de Bridgerton. Benedict continuaria vivo por meio de seus quadros muito tempo depois de ter deixado este mundo.

Mas Colin não tinha nada. Administrava a pequena propriedade que lhe fora concedida pela família e frequentava festas. Não podia dizer que não se divertia, mas às vezes queria um pouco mais do que entretenimento.

Queria um objetivo.

Um legado.

Queria, se não saber, ao menos esperar que, quando morresse, fosse celebrado de alguma forma que não com uma menção na coluna de Lady Whistledown.

Suspirou. Não era de estranhar que passasse tanto tempo viajando.

– Colin? – chamou o irmão.

Ele se virou para Anthony e piscou. Tinha quase certeza de que o irmão mais velho lhe fizera uma pergunta, mas, em algum momento de seus devaneios, esquecera-se do que fora.

– Ah. Certo. – Colin pigarreou. – Vou passar pelo menos o resto da temporada aqui.

Anthony não respondeu, mas foi difícil ignorar a satisfação expressa em seu rosto.

– Afinal de contas – acrescentou Colin, abrindo seu lendário sorriso de lado –, alguém tem de mimar os seus filhos. Acho que Charlotte não tem um número suficiente de bonecas, por exemplo.

– Apenas cinquenta – concordou Anthony, com a voz inexpressiva. – A pobre criança de fato é muito negligenciada.

– O aniversário dela é no final do mês, certo? Creio que terei que negligenciá-la mais um pouco.

– E por falar em aniversários – começou Anthony, acomodando-se na imensa cadeira do outro lado da escrivaninha –, o de nossa mãe será no domingo.

– E por que acha que antecipei meu retorno?

Anthony ergueu uma das sobrancelhas e Colin teve clara impressão de que o irmão tentava decidir se ele realmente se apressara para voltar para casa a tempo do aniversário da mãe ou se estava apenas se aproveitando de uma excelente coincidência.

– Vamos dar uma festa para ela – disse Anthony.

– Ela vai deixar?

Na experiência de Colin, mulheres de certa idade não gostavam de comemorações de aniversário. E, embora a mãe continuasse linda, já contava, sem dúvida, com certa idade.

– Fomos forçados a recorrer à chantagem – admitiu Anthony. – Ou ela concordava com a festa ou revelávamos a sua verdadeira idade.

Colin estava em meio a um gole do *brandy*; ele engasgou e, por muito pouco, conseguiu não cuspi-lo inteiro em cima do irmão.

– Eu adoraria ter visto isso.

Anthony abriu um sorriso bastante satisfeito.

– Foi uma manobra brilhante da minha parte.

Colin terminou o drinque.

– Quais são as chances, na sua opinião, de que ela não use a festa como pretexto para encontrar uma esposa para mim?

– Muito poucas.

– Foi o que pensei.

Anthony recostou-se na cadeira.

– Você tem 33 anos, Colin...

O mais novo o fitou, incrédulo.

– Deus do céu, não comece *você* também.

– Eu nem pensaria em fazer isso. Apenas sugiro que você fique de olhos bem abertos esta temporada. Não é preciso buscar uma esposa ativamente, mas não há mal algum em se manter pelo menos atento à possibilidade.

Colin olhou para a porta com toda a intenção de passar logo por ela.

– Posso lhe garantir que não sou contrário à ideia do casamento.

– Não achei que fosse – concedeu Anthony.

– Apenas vejo pouca razão para pressa.

– Nunca há razão para pressa. Bem, quase nunca, quero dizer. Apenas não contrarie a mamãe, está bem?

Colin não se dera conta de que ainda segurava o copo vazio até ele escorregar de seus dedos e aterrissar no tapete com um baque surdo.

– Meu Deus – sussurrou –, ela está doente?

– Não! – garantiu Anthony, a surpresa deixando a voz alta e enérgica. – Vai viver mais tempo do que todos nós, tenho certeza.

– Então que história é essa?

Anthony deixou escapar um suspiro.

– Eu só quero vê-lo feliz.

– Eu estou feliz.

– Está?

– Ora, eu sou o homem mais feliz de Londres. Leia a coluna de Lady Whistledown. Ela lhe dirá.

Anthony baixou os olhos para o jornal que se encontrava na escrivaninha.

– Está certo, talvez não *essa*, mas qualquer uma do ano passado – falou Colin. – Fui classificado como encantador mais vezes do que Lady Danbury foi chamada de intrometida, e nós dois sabemos que isso é um feito e tanto.

– Encantador não quer necessariamente dizer feliz – comentou Anthony baixinho.

– Eu não tenho tempo para isto – murmurou Colin.

A porta nunca lhe parecera tão atraente.

– Se você estivesse mesmo feliz – insistiu Anthony –, não partiria a todo momento.

Colin fez uma pausa com a mão na maçaneta.

– Anthony, eu *gosto* de viajar.

– Sempre?

– Devo gostar, ou então não viajaria.

– Está aí a frase mais evasiva que já ouvi.

– E isto aqui... – retrucou Colin lançando um sorriso travesso para o irmão – é uma manobra evasiva.

– Colin!

Mas ele já deixara o aposento.

CAPÍTULO 2

Sempre foi moda entre a alta sociedade queixar-se do tédio, mas sem dúvida a safra de frequentadores de festas deste ano elevou o enfado a uma nova categoria. Não se pode dar dois passos em nenhum evento da sociedade por esses dias sem ouvir as expressões "terrivelmente tedioso" ou "desesperadamente banal". Na verdade, esta autora foi até informada que Cressida Twombley garantiu que está convencida de que perecerá de enfado eterno se for forçada a comparecer a mais um musical ruim.

(Esta autora tem que concordar com Lady Twombley desta vez. Apesar de a seleção de debutantes deste ano ser bastante agradável, não há uma única jovem dentre elas que seja uma musicista decente.)

Se existe algum antídoto para a doença do tédio, com certeza será a festa de domingo na Casa Bridgerton. A família inteira irá se reunir com cerca de cem amigos próximos para comemorar o aniversário da viscondessa viúva.

É considerado indelicado mencionar a idade de uma dama, portanto esta autora não irá revelar quantos anos Lady Bridgerton celebrará.

Mas não se preocupem! Esta autora sabe!

Crônicas da sociedade de Lady Whistledown,
9 de abril de 1824

*S*olteirona era uma palavra que costumava invocar pânico ou pena, mas Penelope começava a perceber que havia muitas vantagens em seu estado civil.

Em primeiro lugar, ninguém esperava que as solteiras dançassem nos bailes, o que significava que ela não era mais forçada a ficar à beira da pista de dança, olhando para cá e para lá, fingindo que não queria ser convidada para uma dança. Agora podia ficar sentada nas laterais com as outras solteironas e acompanhantes. Ainda queria dançar, é claro – adorava fazer isso e dançava muito bem, embora ninguém notasse –, mas era bem mais fácil fingir desinteresse quando se estava mais distante dos casais valsistas.

Em segundo lugar, o número de horas de conversas maçantes diminuiu de maneira drástica. A Sra. Featherington desistira oficialmente da esperança de que a filha algum dia fisgasse um marido, portanto parara de atirá-la no caminho de todo e qualquer solteiro disponível do terceiro escalão. Portia jamais considerava, de fato, que Penelope tivesse qualquer chance de atrair um solteiro do primeiro ou do segundo escalão, o que talvez fosse verdade, mas a maioria dos solteiros de terceiro time era assim classificada por um motivo, que infelizmente era a personalidade, ou sua ausência. O que, combinado com a timidez de Penelope na presença de estranhos, não levava a uma conversa muito espirituosa.

E, por fim, ela podia voltar a comer. Era de enlouquecer, considerando a quantidade de comida em geral exposta nas festas da alta sociedade, mas o fato era que jovens à caça de um marido deviam demonstrar o apetite no máximo de um passarinho. Essa, pensava Penelope com alegria (enquanto mordia a melhor bomba de chocolate que já tinha existido fora da França), com certeza era a maior vantagem da solteirice.

– Meu Deus – gemeu ela.

Se o pecado assumisse uma forma sólida, sem dúvida seria a de um doce. De preferência feito de chocolate.

– Está bom assim, é?

Penelope se engasgou com a bomba e tossiu, cuspindo um fino borrifo de creme confeitado.

– Colin – ofegou, rezando com todas as forças para que as migalhas maiores tivessem desviado da orelha dele.

– Penelope. – Ele deu um sorriso carinhoso. – É bom vê-la.

– Igualmente.

Ele se balançou nos calcanhares para a frente e para trás uma, duas, três vezes, então disse:

– Você está com uma aparência ótima.

– Você também – retrucou ela, preocupada demais em encontrar um lugar onde pousar o doce para oferecer uma resposta mais elaborada.

– Bela roupa – elogiou ele, gesticulando em direção ao vestido de seda verde.

Ela deu um sorriso sem graça e explicou:

– Não é amarelo.

– De fato, não é.

Ele sorriu e o gelo foi quebrado. Foi estranho, pois era de se esperar que ela ficasse sem palavras com o homem que amava, mas havia algo em Colin que deixava todo mundo à vontade.

Talvez, Penelope pensara em mais de uma ocasião, parte do motivo pelo qual ela o amava era o fato de ele a fazer sentir-se confortável consigo mesma.

– Eloise me contou que você se divertiu bastante no Chipre – comentou ela.

Ele sorriu.

– Como resistir ao local de nascimento de Afrodite, afinal?

Penelope também sorriu. O bom humor dele era contagiante, mesmo que a última coisa que desejasse fosse ter uma conversa sobre a deusa do amor.

– Faz sempre tanto sol quanto dizem? – perguntou. – Não, esqueça que lhe perguntei isso. Dá para perceber pelo seu bronzeado que sim.

– É, eu me queimei um pouco – concordou ele, assentindo com a cabeça. – Minha mãe quase desmaiou quando me viu.

– De alegria, imagino – disse Penelope de forma enfática. – Ela morre de saudades quando você está fora.

Ele inclinou o corpo para a frente.

– Ora, Penelope, não vá começar você também. Minha mãe, Anthony, Eloise e Daphne já fazem com que eu me sinta bastante culpado.

– E Benedict, não?

Ela não conseguiu evitar o gracejo.

Ele lhe lançou um olhar divertido.

– Está viajando.

– Ah, bem, isso explica o seu silêncio.

Colin estreitou os olhos e cruzou os braços.

– Você sempre foi insolente, sabia?

– Eu disfarço bem – retrucou ela, modesta.

– É fácil perceber por que é tão próxima da minha irmã – comentou ele, seco.

– Isso deveria ser um elogio?

– Tenho quase certeza de que colocaria minha saúde em risco se a intenção tivesse sido outra.

Enquanto Penelope nutria a esperança de pensar numa resposta espirituosa, ouviu um barulho estranho de algo caindo. Olhou para baixo e descobriu que uma enorme bolota de creme despencara da bomba que ela não terminara de comer e aterrissara no imaculado chão de madeira. Ergueu a vista outra vez e deu com os olhos verdíssimos de Colin, cheios de humor, ainda que ele lutasse para manter uma expressão de seriedade.

– Nossa, que constrangedor... – disse Penelope, decidindo que a única forma de não morrer de vergonha era afirmar o óbvio.

– Eu sugiro – começou Colin, erguendo uma das sobrancelhas em um arco petulante – que deixemos a cena do crime.

Penelope olhou para a carcaça vazia da bomba, ainda em sua mão. Colin lhe respondeu acenando com a cabeça em direção a um vaso de planta próximo.

– Não! – exclamou ela, arregalando os olhos.

Ele inclinou o corpo para perto dela.

– Eu a desafio.

Penelope lançou um olhar da bomba à planta e de volta ao rosto de Colin.

– Eu não poderia.

– No que diz respeito a travessuras, essa é até leve.

Tratava-se de um desafio, e Penelope costumava ser imune a artimanhas infantis, mas era difícil resistir ao meio sorriso de Colin.

– Muito bem – retrucou ela, endireitando os ombros e enfiando o doce no vaso. Deu um passo para trás, examinou a obra, olhou à sua volta para verificar se alguém além de Colin a via, então se abaixou e girou o vaso de maneira que um galho folhoso escondesse a evidência.

– Não achei que faria uma coisa dessas – brincou Colin.

– Como você mesmo disse, não é das piores travessuras.

– Não, mas é a palmeira preferida de minha mãe.

– Colin! – Penelope virou-se no mesmo instante, com a intenção de enfiar a mão no meio da planta e recuperar a bomba de chocolate. – Como pôde permitir que eu... Espere aí. – Ela se empertigou e observou melhor. – Isso não é uma palmeira.

Ele era a própria imagem da inocência.

– Não?

– É uma laranjeira em miniatura.

Ele piscou.

– É mesmo?

Ela o encarou, furiosa. Ou, pelo menos, esperava parecer furiosa. Era difícil fazer uma expressão raivosa para Colin Bridgerton. Até mesmo a mãe observara, certa vez, que era quase impossível repreendê-lo.

Ele apenas sorria com um ar de arrependimento, dizia algo engraçado e não dava mais para continuar zangado com ele. Simplesmente não dava.

– Você estava tentando fazer com que me sentisse culpada – acusou Penelope.

– Qualquer pessoa poderia confundir uma palmeira com uma laranjeira.

Ela controlou a vontade de revirar os olhos.

– A não ser pelas laranjas.

Ele mordeu o lábio inferior, com uma expressão pensativa.

– Hum, é verdade, seria de imaginar que fossem um indício revelador.

– Você é um péssimo mentiroso, sabia?

Ele endireitou o corpo e ajeitou o colete de leve enquanto erguia o queixo.

– Na verdade, sou um ótimo mentiroso. Mas sou bom mesmo em me mostrar apropriadamente envergonhado e adorável quando pego.

O que ela podia dizer depois *daquilo*? Porque sem dúvida não havia ninguém mais adoravelmente envergonhado (ou envergonhadamente adorável?) do que Colin Bridgerton com as mãos cruzadas para trás, os olhos vasculhando o teto e os lábios dando um assovio inocente.

– Quando você era pequeno, alguma vez foi castigado? – quis saber Penelope, mudando de assunto de repente.

Colin no mesmo instante se empertigou, prestando atenção.

– Como disse?

– Alguma vez foi castigado, quando criança? – repetiu ela. – É castigado hoje em dia?

Ele se limitou a fitá-la, imaginando se ela por acaso tinha alguma noção do que estava lhe perguntando. Era provável que não.

– Hã... – retrucou ele, em grande parte por não ter mais nada a dizer.

Ela deixou escapar um suspiro um pouco condescendente.

– Imaginei que não.

Se fosse um homem menos tolerante e aquela fosse qualquer pessoa que não Penelope Featherington, que ele sabia que não era nem um pouco maliciosa, talvez tivesse se ofendido. Mas ele era um sujeito muito tranquilo e aquela *era* Penelope Featherington, amiga leal de sua irmã só Deus sabia há quantos anos, então, em vez de assumir uma expressão dura e cínica (que, precisava admitir, jamais dominara), apenas sorriu e murmurou:

– O que quer dizer com isso?

– Não ache que tenho a intenção de criticar os seus pais – começou ela com ar inocente e zombeteiro ao mesmo tempo. – Eu jamais pensaria em sugerir que você foi mimado.

Ele assentiu, afável.

– É só que... – Ela inclinou o corpo para a frente, como se estivesse prestes a compartilhar um importante segredo – acredito que você poderia se safar de um homicídio se quisesse.

Ele tossiu – não para limpar a garganta ou porque não estivesse se sentindo bem, mas por ter ficado perplexo. Penelope era uma figura tão engraçada... Não, não era exatamente isso. Ela era... *surpreendente*. Sim, isso parecia resumi-la. Poucas pessoas a conheciam – sem dúvida ela não tinha a reputação de ser uma companhia agradável. Colin tinha quase certeza de que ela resistira a festas de três horas sem jamais dizer nada além de monossílabos.

Mas quando Penelope estava com alguém com quem se sentia confortável – e Colin se deu conta de que pelo jeito fazia parte desse grupo –, possuía um humor seco, um sorriso malicioso e evidências de uma inteligência admirável.

Não o surpreendia o fato de ela jamais ter atraído qualquer pretendente sério: não era nenhuma beldade, embora, analisando-a de perto, fosse mais atraente do que ele recordava. Os cabelos castanhos tinham um toque avermelhado, realçado pela luz tremeluzente das velas. E a pele era encantadora – daquele tom de pêssego e creme perfeito que muitas mulheres obtinham besuntando o rosto com arsênico.

Mas os atrativos de Penelope não eram do tipo que os homens costumavam notar. E seus modos tímidos e às vezes até mesmo vacilantes não serviam para exibir a sua personalidade.

Ainda assim, era uma pena que fosse tão pouco popular. Teria sido uma esposa perfeitamente adequada para alguém.

– Então, você dizia – refletiu ele, voltando a atenção ao assunto que discutiam – que eu deveria considerar uma carreira no crime?

– Não, nada do gênero – respondeu ela, com um sorriso recatado. – Apenas que eu desconfio que você conseguiria usar a sua lábia para sair de qualquer tipo de situação. – Então, de forma inesperada, ela ficou séria e confessou baixinho: – Eu invejo isso.

Colin se surpreendeu ao estender a mão e convidar:

– Penelope Featherington, acho que deveria dançar comigo.

Então, ela *o* surpreendeu ao rir e responder:

– É muito gentil da sua parte me convidar, mas não precisa mais fazer isso.

Ele sentiu o orgulho estranhamente ferido.

– Que diabo quer dizer com isso?

Ela deu de ombros.

– Agora é oficial. Eu sou uma solteirona. Não precisa mais dançar comigo só para que eu não me sinta excluída.

– Não era por isso que eu dançava com você – protestou Colin, embora soubesse que era esse o motivo exato.

E, metade das vezes, ele a convidara apenas porque a mãe o cutucara, *com força*, nas costas.

Ela o olhou com certa pena, o que o irritou, porque jamais se imaginou sendo objeto da piedade de Penelope Featherington.

– Se você acha – falou Colin, se empertigando – que eu vou permitir que se esquive de dançar comigo *agora*, só pode estar delirando.

– Não precisa dançar comigo só para provar que não se importa em fazê-lo – garantiu ela.

– Eu *quero* dançar com você – retrucou ele, quase rosnando.

– Está bem – concordou ela, após uma pausa que pareceu longa demais. – Creio que seria rude da minha parte recusar.

– Provavelmente foi rude da sua parte duvidar das minhas intenções – comentou ele, dando-lhe o braço –, mas estou disposto a perdoá-la se você conseguir perdoar a si mesma.

Ela tropeçou, o que o fez sorrir.

– Acho que consigo – conseguiu dizer, mesmo que em meio a um engasgo.

– Ótimo. – Ele lhe ofereceu um sorriso afável. – Eu odiaria pensar em você tendo que conviver com a culpa.

A música acabara de começar, então Penelope lhe deu a mão e fez uma reverência ao iniciarem o minueto. Era difícil conversar enquanto dançavam, o que deu a ela alguns instantes para recuperar o fôlego e colocar as ideias em ordem.

Talvez tivesse sido um pouco dura com Colin. Não devia ter ralhado com ele por convidá-la para dançar quando a verdade era que aquelas danças estavam entre as suas lembranças mais queridas. Importava, de fato, que ele tivesse feito aquilo por pura pena? Teria sido pior se jamais a tivesse convidado.

Ela fez uma careta. Pior ainda: será que isso queria dizer que ela precisava se desculpar?

– A bomba de chocolate não estava boa? – indagou Colin quando o passo de dança fez com que se aproximassem.

Dez longos segundos se passaram antes que estivessem próximos o suficiente para ela poder perguntar:

– O que disse?

– Você está com uma expressão de quem comeu e não gostou – comentou ele, bem alto dessa vez, pois estava claro que perdera a paciência de esperar cada aproximação para que pudessem conversar.

Diversas pessoas os olharam, então se afastaram discretamente, como se Penelope pudesse passar mal e vomitar bem ali, no chão do salão de baile.

– Precisa gritar isso para o mundo inteiro ouvir? – sibilou Penelope.

– Sabe – começou ele, pensativo, inclinando-se numa elegante reverência enquanto a música chegava ao fim –, acho que esse foi o sussurro mais alto que já ouvi na vida.

Ele era insuportável, mas Penelope não ia dizê-lo porque só a faria parecer um personagem de romance ruim. Lera um apenas alguns dias antes no qual a heroína usava essa palavra (ou um de seus sinônimos) a cada duas páginas.

– Obrigada pela dança – falou ela, ao saírem da pista de baile.

Quase acrescentou: *Agora pode dizer à sua mãe que cumpriu sua obrigação,* mas logo refreou o impulso. Colin não fizera nada para merecer tanto sarcasmo. Não era culpado do fato de os homens só a convidarem para dançar quando eram forçados pelas mães. Pelo menos ele sempre sorrira e fora agradável enquanto cumpria o seu dever, o que era bem mais do que se podia dizer sobre o resto da população masculina.

Ele assentiu educadamente e murmurou um agradecimento. Estavam prestes a se separar quando ouviram uma voz feminina:

– Sr. Bridgerton!

Ambos ficaram paralisados. Era uma voz que os dois conheciam. Que todos conheciam.

– Salve-me – gemeu Colin.

Penelope olhou por cima do ombro e viu a infame Lady Danbury abrindo caminho em meio aos convidados, que iam fazendo caretas de dor cada vez que sua onipresente bengala aterrissava sobre o pé de alguma mocinha infeliz.

– Quem sabe ela esteja se referindo a outro Sr. Bridgerton? – sugeriu Penelope. – Há vários de vocês presentes, afinal, e é possível...

– Eu lhe dou dez libras para não sair do meu lado – sugeriu Colin.

Penelope se engasgou com o ar.

– Não seja tolo, eu...

– Vinte.

– Feito! – concordou ela com um sorriso, não porque precisasse daquela quantia, mas por ser estranhamente divertido extorquir dinheiro de Colin. – Lady Danbury! – chamou, correndo para o lado da velha senhora. – Que prazer em vê-la.

– Ninguém jamais acha que é um prazer me ver – retrucou ela de forma brusca –, a não ser, talvez, pelo meu sobrinho, e metade das vezes não estou bem certa disso. Mas obrigada por mentir.

Colin não disse nada, mas ela se virou em sua direção e bateu em sua perna com a bengala.

– Fez bem em escolher essa aqui para dançar – comentou. – Sempre gostei dela. É mais inteligente do que o restante da família todo junto.

Penelope abriu a boca para defender ao menos a irmã mais nova quando Lady Danbury latiu:

– Rá! – Depois de uma pausa de menos de um segundo, acrescentou: – Notei que nenhum dos dois me contradisse.

– É sempre um deleite vê-la, Lady Danbury – comentou Colin, dando-lhe o tipo de sorriso que talvez tivesse oferecido a uma cantora de ópera.

– Muito eloquente, este rapaz – disse Lady Danbury para Penelope. – Cuidado com ele.

– Isso quase nunca é necessário – retorquiu Penelope –, pois ele passa a maior parte do tempo fora do país.

– Viu só? – comemorou Lady Danbury. – Eu disse que ela era esperta.

– Note que eu não a contradisse – retrucou Colin, habilmente.

A velha senhora sorriu em aprovação.

– Não, mesmo. O senhor está ficando esperto na velhice, Sr. Bridgerton.

– Já foi dito que eu possuía alguma inteligência na juventude, também.

– Humpf. A palavra mais importante da frase sendo *alguma*, é claro.

Colin fitou Penelope pelos olhos estreitados. Ela parecia se segurar para não rir.

– Nós, mulheres, precisamos cuidar umas das outras – declarou Lady Danbury a ninguém em especial –, já que está muito claro que ninguém o fará por nós.

Colin decidiu que era, definitivamente, hora de partir.

– Acho que vi minha mãe – comentou.

– É impossível escapar – avisou Lady Danbury. – Nem se dê o trabalho. Além do mais, eu sei que você não viu sua mãe coisíssima alguma. Ela está ajudando uma desmiolada que rasgou a bainha do vestido. – Ela se virou para Penelope, que se esforçava tanto para controlar o riso que os olhos brilhavam com lágrimas não vertidas. – Quanto foi que ele lhe pagou para não deixá-lo a sós comigo?

Penelope simplesmente explodiu.

– Como? – arfou ela, tapando a boca com a mão, horrorizada.

– Não, não, pode falar – autorizou Colin, muito expansivo –, você já me foi tão útil mesmo...

– Não precisa me dar as vinte libras – disse ela.

– Eu não ia mesmo lhe dar.

– Apenas vinte libras? – indagou Lady Danbury. – Humpf. Imaginei valer pelo menos 25.

Colin deu de ombros.

– Sou o terceiro filho. Não tenho muito dinheiro, sinto informar.

– Ora! Os seus bolsos vivem sempre tão recheados quanto os de três condes, no mínimo – afirmou Lady Danbury. – Bem, talvez não condes – acrescentou, depois de pensar um pouco. – Mas alguns viscondes e a maioria dos barões, sem dúvida.

Colin deu um sorriso afável.

– Não é considerado indelicado falar sobre dinheiro na companhia de damas?

Lady Danbury deixou escapar um som que podia ser tanto uma respiração asmática quanto uma risada – Colin ficou sem saber qual –, então retrucou:

– É sempre indelicado perguntar sobre dinheiro, quer estejamos na companhia de damas ou de cavalheiros, mas, quando se tem a minha idade, pode-se fazer quase tudo o que se quer.

– Eu me pergunto o que uma pessoa *não* pode fazer na sua idade – refletiu Penelope.

Lady Danbury virou-se para ela.

– Como disse?

– A senhora comentou que se pode fazer *quase* tudo o que se quer.

Lady Danbury a fitou, incrédula, depois sorriu. Colin se deu conta de que também sorria.

– Gosto dela – observou a velha senhora dirigindo-se a ele, apontando para Penelope como se fosse alguma espécie de estátua à venda. – Eu já lhe falei que gosto dela?

– Creio que sim – murmurou ele.

Lady Danbury virou-se para Penelope e afirmou, com a expressão bastante séria:

– Creio que não seria capaz de evitar as consequências caso cometesse um homicídio, mas é tudo.

No mesmo instante, tanto Penelope quanto Colin explodiram em ruidosas gargalhadas.

– O que foi? – indagou Lady Danbury. – O que há de tão engraçado?

– Nada – arfou Penelope.

Já Colin não conseguia dizer nem isso.

– Tem que ser alguma coisa – insistiu Lady Danbury. – E vou ficar aqui e azucrinar os dois a noite toda até me contarem o que foi. Podem acreditar quando lhes digo que *não* é o seu melhor plano de ação.

Penelope secou as lágrimas.

– É que eu acabo de dizer – começou a explicar, acenando com a cabeça na direção de Colin – que ele provavelmente conseguiria matar alguém e se safar.

– Foi mesmo? – Lady Danbury refletiu sobre aquilo, batendo com a bengala no chão de leve, da mesma forma que outra pessoa talvez coçasse o queixo ao pensar sobre uma questão de grande profundidade. – Acho que talvez esteja certa. Acho que Londres nunca conheceu um homem tão encantador.

Colin ergueu uma das sobrancelhas.

– Por que tenho a impressão de que a senhora não diz isso em tom de elogio, Lady Danbury?

– Mas é claro que é um elogio, seu cabeça de vento.

Colin se virou para Penelope.

– Ao contrário *disso*, que foi, sem dúvida, um elogio.

Lady Danbury estava radiante.

– Preciso admitir – comentou (na verdade, *garantiu* com veemência) – que não me divirto tanto assim desde o início da temporada.

– É um prazer servi-la – disse Colin, com um sorriso sincero.

– Este ano tem sido especialmente sem graça, não acha? – perguntou ela a Penelope.

A jovem assentiu.

– O ano passado também foi um pouco entediante – completou.

– Mas não tanto quanto este – insistiu Lady Danbury.

– Não perguntem minha opinião – disse Colin com amabilidade. – Eu estava fora.

– Humpf. Suponho que vá afirmar que a sua ausência é o motivo pelo qual estivemos, todos, tão enfadados.

– Eu nem sonharia com uma coisa dessas – respondeu Colin, com um sorriso desconcertante. – Mas sem dúvida, se a ideia lhe passou pela cabeça, deve ter algum mérito.

– Humpf. Seja qual for o caso, estou entediada.

Colin olhou para Penelope, que parecia muito quieta – presumivelmente prendendo o riso.

– Haywood! – gritou Lady Danbury de repente, acenando para que um cavalheiro de meia-idade se aproximasse. – Não concorda comigo?

Uma vaga expressão de pânico atravessou o rosto de lorde Haywood e então, quando ficou claro que não tinha como escapar, ele disse:

– Eu tenho, como plano de ação, *sempre* concordar com a senhora.

Lady Danbury virou-se para Penelope e perguntou:

– Ando imaginando coisas ou os homens estão ficando mais sensatos?

A única resposta de Penelope foi um descompromissado dar de ombros. Colin decidiu que ela era, de fato, uma moça muito sábia.

Haywood, com seu rosto carnudo e seus olhos azuis, pigarreou e piscou sem parar.

– Hã... Com o que estou concordando, exatamente?

– Com o fato de que esta temporada está monótona – respondeu Penelope, solícita.

– Ah, Srta. Featherington – comentou Haywood, com certo gracejo na voz. – Eu não a vi aí.

Colin a olhou de soslaio apenas o suficiente para perceber seus lábios formarem um pequeno sorriso de frustração.

– Bem aqui, ao seu lado – murmurou ela.

– Claro, claro – retrucou Haywood, de maneira jovial. – E, sim, a temporada está sendo terrivelmente enfadonha.

– Alguém disse que a temporada está chata?

Colin olhou para a direita. Outro homem e duas senhoras acabavam de se juntar ao grupo e concordavam de forma veemente.

– Um tédio – disse um dos integrantes do trio. – Um tédio completo.

– Eu nunca frequentei festas tão banais – anunciou uma das senhoras, com um suspiro afetado.

– Terei que informar o fato à minha mãe – comentou Colin, lacônico.

Estava entre os mais serenos dos homens, mas alguns insultos não dava para deixar passar.

– Ah, não esta – apressou-se em acrescentar a mulher. – Na verdade, este baile é o único raio de luz numa série de eventos escuros e desoladores. Inclusive, eu acabava de dizer a...

– Pare agora – ordenou Lady Danbury –, antes que engasgue com o próprio veneno.

A mulher obedeceu no mesmo instante.

– É estranho – murmurou Penelope.

– Ah, Srta. Featherington – comentou a mulher que acabava de discursar sobre eventos escuros e desoladores. – Eu não a tinha visto aí.

– O que é estranho? – perguntou Colin, antes que mais alguém dissesse a Penelope como a achava pouco interessante.

Ela lhe lançou um pequeno sorriso de gratidão antes de se explicar:

– É estranho que a sociedade pareça se divertir observando como anda se divertindo pouco.

– Como? – indagou Haywood, parecendo confuso.

Penelope deu de ombros.

– Acredito que vocês todos estejam se divertindo bastante ao falar sobre quão entediados estão, só isso.

Seu comentário foi recebido com silêncio. Lorde Haywood continuou a se mostrar confuso e uma das senhoras parecia ter um grão de poeira no olho, pois não conseguia fazer mais nada além de piscar.

Colin não pôde evitar um sorriso. Não imaginara que a afirmação de Penelope fosse um conceito tão complicado assim de se entender.

– A única coisa interessante a se fazer é ler a coluna de Lady Whistledown – observou a outra senhora, como se Penelope jamais tivesse se pronunciado.

O cavalheiro a seu lado murmurou sua concordância.

Então, Lady Danbury começou a sorrir.

Colin ficou alarmado. A velha senhora estava com um ar aterrorizante.

– Tive uma ideia – disse ela.

Alguém abafou um grito. Outra pessoa gemeu.

– Uma ideia brilhante – continuou.

– Não que suas ideias não sejam todas brilhantes – murmurou Colin em sua voz mais afável.

Lady Danbury o calou com um aceno de mão.

– Quantos grandes mistérios existem nesta vida?

Como ninguém respondeu, Colin fez uma tentativa:

– Quarenta e dois?

Ela nem se deu o trabalho de fuzilá-lo com os olhos.

– Eu lhes digo, aqui e agora...

Todos inclinaram-se para a frente. Até mesmo Colin. Era impossível não compartilhar do drama do momento.

– Vocês são minhas testemunhas...

Colin achou ter ouvido Penelope murmurar algo como "Vamos logo com isso".

– Mil libras – declarou Lady Danbury.

A multidão que a cercava começou a crescer.

– Mil libras – repetiu ela, a voz ficando mais alta. Realmente, ela tinha um talento inato para o palco. – Mil libras.

Parecia que o salão de baile inteiro mergulhara num silêncio reverente.

– Para a pessoa que desmascarar Lady Whistledown!

CAPÍTULO 3

Esta autora estaria sendo negligente se não mencionasse que o momento mais comentado da festa de aniversário de ontem à noite, na Casa Bridgerton, não foi o estimulante brinde a Lady Bridgerton (cuja idade não haverá de ser revelada), mas a impertinente oferta de Lady Danbury de mil libras para quem desmascarar...

A mim.

Façam o seu melhor, senhoras e senhores da alta sociedade. Vocês não têm a menor chance de solucionar este mistério.

Crônicas da sociedade de Lady Whistledown,
12 de abril de 1824

Foram necessários exatamente três minutos para que a notícia do escandaloso desafio de Lady Danbury se espalhasse pelo salão de baile. Penelope sabia que era verdade porque, por acaso, estava de frente para um imenso (e, segundo Kate Bridgerton, bastante preciso) relógio de pé quando a senhora fez o anúncio. No momento em que ela pronunciou as palavras "Mil libras para a pessoa que desmascarar Lady Whistledown", ele marcava 22h44. O ponteiro dos minutos não avançara além de 47 quando Nigel Berbrooke tropeçou de encontro a um círculo cada vez maior de pessoas que cercava Lady Danbury e elogiou a proposta dela: "Um suculento divertimento!"

E se Nigel tinha ouvido a respeito, significava que todo mundo tinha, porque o cunhado de Penelope não era conhecido pela inteligência, concentração ou capacidade de ouvir outra pessoa.

Tampouco, pensou Penelope, com sarcasmo, pela riqueza de vocabulário. "Suculento", francamente.

– E quem você acha que vem a ser Lady Whistledown? – perguntou Lady Danbury a ele.

– Não tenho a menor ideia – admitiu o homem. – Eu é que não sou, é só o que sei!

– Isso eu acho que todos nós sabemos – replicou Lady Danbury.

– E quem você acha que é? – indagou Penelope a Colin.

Ele deu de ombros.

– Tenho passado tempo demais fora de Londres para especular.

– Não seja tolo – reclamou Penelope. – O total do tempo que você passou na cidade sem dúvida inclui festas e confusões o bastante para formular algumas teorias.

Mas ele se limitou a balançar a cabeça.

– Eu realmente não saberia dizer.

Penelope o encarou por um instante a mais do que o necessário ou do que seria aceitável aos olhos da sociedade. Havia algo de estranho na expressão de Colin. Algo de efêmero e evasivo. A alta sociedade com frequência o via apenas como um homem encantador e sem grandes preocupações, nada mais, porém ele era muito mais inteligente do que deixava transparecer e ela apostaria a vida se ele não tinha as suas suspeitas.

Por algum motivo, no entanto, não estava disposto a compartilhá-las com ela.

– E quem *você* acha que é? – quis saber Colin, esquivando-se da pergunta dela. – Você frequenta os eventos da sociedade há quase tanto tempo quanto Lady Whistledown. Sem dúvida deve ter pensado a respeito.

Penelope relanceou o salão de baile à sua volta, detendo-se por um instante a mais em uma ou outra pessoa antes de retornar o olhar à pequena multidão que se formara a seu redor.

– Eu acho que poderia muito bem ser Lady Danbury – respondeu. – Não seria uma peça brilhante a se pregar em todos?

Colin fitou a velha senhora, que se divertia bastante discutindo o seu mais recente projeto. Batia a bengala no chão, tagarelava cheia de entusiasmo e sorria como uma gata feliz com um peixe inteirinho na boca.

– Faz sentido – disse ele, pensativo –, de uma forma um tanto perversa.

Penelope sentiu os cantos da boca se retorcerem.

– Perversa é exatamente o que ela é.

Colin observou Lady Danbury durante mais alguns segundos e depois falou baixinho:

– Só que você não acredita que seja ela.

Ele virou a cabeça devagar para encará-la, erguendo uma das sobrancelhas numa pergunta silenciosa.

– Dá para perceber pela sua expressão – explicou Penelope.

Ele ofereceu-lhe aquele sorriso aberto e fácil que dava com tanta frequência.

– E eu, aqui, pensando ser inescrutável.

– Sinto muito em lhe informar que não é – retrucou ela. – Pelo menos, não para mim.

Colin deixou escapar um suspiro.

– Acho que jamais será meu destino ser um herói misterioso e meditativo.

– Talvez você ainda se veja no papel de herói de alguém – concedeu Penelope. – Ainda há esperança. Mas misterioso e meditativo? – Ela sorriu. – Pouco provável.

– Que pena para mim – comentou ele, com vivacidade, dando mais um de seus famosos sorrisos, desta vez do tipo enviesado e infantil. – São os misteriosos e meditativos que ganham todas as mulheres.

Penelope tossiu discretamente, um pouco surpresa por ele estar discutindo aquele assunto com ela, sem falar do fato de Colin Bridgerton jamais ter tido qualquer dificuldade em atrair as mulheres.

Ele continuava sorrindo para ela, esperando uma resposta, e ela tentava decidir se a reação correta seria o polido ultraje de uma dama ou uma gargalhada e uma risadinha que significassem *eu sou muito espirituosa, não é mesmo?*, quando Eloise apareceu correndo e parou na frente deles.

– Vocês souberam da novidade? – perguntou ela, sem fôlego.

– Você estava *correndo*? – retrucou Penelope.

Era um feito e tanto num salão de baile tão abarrotado.

– Lady Danbury ofereceu mil libras para quem desmascarar Lady Whistledown!

– Nós sabemos – disse Colin, naquele tom de ligeira superioridade exclusivo dos irmãos mais velhos.

Eloise suspirou, desapontada.

– Sabem?

Colin gesticulou em direção a Lady Danbury, ainda a poucos metros de distância.

– Estávamos bem aqui quando tudo aconteceu.

Eloise fez uma expressão irritada e Penelope soube exatamente o que ela estava pensando (e que com certeza contaria a ela na tarde seguinte). Uma coisa era perder um momento importante. Outra era descobrir que o irmão havia assistido a tudo.

– Bem, as pessoas já estão comentando – prosseguiu Eloise. – Estão arrebatadas, na verdade. Há anos não vejo tamanha excitação coletiva.

Colin se virou para Penelope e murmurou:

– É por isso que saio do país com tanta frequência.

Penelope tentou não sorrir.

– Eu sei que você está falando de mim e não me importo – continuou Eloise, mal parando para respirar. – Mas me escutem: a sociedade enlouqueceu. Todos, todos *mesmo*, estão especulando sobre a identidade dela, embora os mais espertos fiquem quietos. Não querem que os outros ganhem à custa de seus palpites, é claro.

– Acho que não estou tão necessitado de mil libras para me importar tanto assim com isso – anunciou Colin.

– É muito dinheiro – comentou Penelope, pensativa.

Ele se virou para ela, incrédulo.

– Não me diga que vai participar desse jogo ridículo.

Ela inclinou a cabeça para o lado e ergueu o queixo num gesto que esperava ser enigmático – ou, se não enigmático, ao menos um pouquinho misterioso.

– Não tenho tanto dinheiro que possa ignorar a oferta de mil libras – observou.

– Talvez, se nos unirmos... – sugeriu Eloise.

– Salve-me, meu bom Deus – retrucou Colin.

Eloise o ignorou e se dirigiu à amiga:

– ... poderíamos dividir o dinheiro.

Penelope ia abrindo a boca para responder quando a bengala de Lady Danbury surgiu de súbito em seu campo de visão, agitando-se alucinadamente no ar. Colin teve que dar um passo rápido para o lado a fim de não ter a orelha decepada.

– Srta. Featherington! – ribombou a velha senhora. – Ainda não me disse de quem suspeita.

– Não, Penelope – provocou Colin, com um sorriso bastante afetado –, não disse mesmo.

O primeiro instinto dela foi resmungar algo inaudível e esperar que a idade de Lady Danbury a tivesse deixado surda o bastante para supor que qualquer falta de compreensão fosse culpa dos próprios ouvidos, não de Penelope. Mas mesmo sem olhar para o lado podia sentir a presença de Colin, com seu sorriso sagaz e atrevido a atiçá-la, e se empertigou mais um pouco, levantando o queixo mais do que de costume.

Ele a tornava mais confiante, mais audaciosa, mais... ela mesma. Ou, pelo menos, a versão dela mesma que desejava poder ser.

– Na verdade – disse Penelope, fitando Lady Danbury *quase* nos olhos –, eu acho que é a senhora.

Um arquejo coletivo ecoou à sua volta.

Pela primeira vez na vida, Penelope Featherington se viu bem no centro das atenções.

Lady Danbury a encarou com os olhos azul-claros astutos e avaliadores. Então, a coisa mais impressionante aconteceu: os lábios dela começaram a tremer nos cantos. Em seguida, foram se abrindo até Penelope se dar conta de que o sorriso não parava de crescer.

– Eu gosto de você, Penelope Featherington – afirmou a senhora, batendo com a bengala bem na ponta do pé dela. – Aposto que metade das pessoas neste salão pensa a mesma coisa, embora ninguém tenha a coragem necessária para me dizer.

– Na verdade, eu também não tenho – admitiu Penelope, grunhindo de leve enquanto Colin lhe dava uma cotovelada nas costelas.

– É claro que tem – afirmou Lady Danbury com um brilho estranho no olhar.

Penelope não soube o que responder. Olhou para Colin, que lhe sorria de forma encorajadora, depois olhou outra vez para Lady Danbury, que lhe pareceu quase... maternal.

O que era a coisa mais estranha de todas. Penelope duvidava muito que Lady Danbury já tivesse olhado para os próprios filhos com expressão maternal.

– Não é ótimo descobrirmos que não somos exatamente o que pensávamos ser? – disse a velha senhora, aproximando-se de Penelope de maneira que só ela pudesse ouvir as suas palavras.

Então ela se afastou, deixando a jovem a se perguntar se talvez ela não fosse exatamente o que pensava ser.

Talvez – só talvez – fosse um pouquinho mais.

O dia seguinte era uma segunda-feira, o que significava que Penelope deveria tomar chá com as mulheres da família Bridgerton no Número Cinco. Não sabia ao certo quando dera início a esse hábito, mas o seguia havia quase uma década e, se não aparecesse naquela tarde, imaginava que Lady Bridgerton mandaria alguém buscá-la.

Penelope gostava muito do costume das Bridgertons de tomar chá com biscoitos naquele horário. Não se tratava de um hábito comum. Na verdade, Penelope não conhecia ninguém que fizesse isso todos os dias. Mas Lady Bridgerton dizia que não conseguia se sustentar só com o almoço, sobretudo quando se seguiam os horários da cidade, segundo os quais o jantar era servido bem tarde. Assim, todas as tardes, às quatro, ela, os filhos que estivessem presentes e, com frequência, um ou dois amigos se juntavam na sala de visitas do segundo andar para um lanche.

Chovia de leve, embora o dia estivesse um pouco quente, então Penelope levou o guarda-chuva preto para a curta caminhada até o Número Cinco.

Era um caminho que já fizera centenas de vezes: passava por algumas casas até a esquina da Mount com a Davies Street, depois pela Berkeley Square e continuava até a Bruton Street. Mas naquele dia estava despreocupada, com um humor talvez até um pouco infantil, e decidiu atravessar a parte norte do gramado da Berkeley Square apenas por gostar do barulho que as botas faziam na grama molhada.

A culpa era de Lady Danbury. Só podia ser. Ela andava com o humor instável desde a conversa da noite anterior.

– Não sou o que eu pensava ser – cantarolava para si mesma, acrescentando uma nova palavra cada vez que as solas dos sapatos afundavam na terra. – Algo mais. Algo mais.

Chegou a um trecho especialmente encharcado e passou a andar sobre a grama como se estivesse patinando, cantando (baixinho, é claro – não havia mudado tanto assim desde a noite anterior a ponto de querer que alguém a ouvisse cantar em público) enquanto deslizava para a frente:

– Algo maaaaais.

E foi, é claro (já que ela possuía, pelo menos em sua opinião, o pior timing da história da civilização), bem nesse momento que ouviu uma voz masculina chamar o seu nome.

Parou de repente e deu graças a Deus por conseguir recuperar o equilíbrio no último instante antes que desabasse com o traseiro no gramado encharcado.

É claro que só podia ser *ele*.

– Colin! – exclamou, meio envergonhada, permanecendo parada enquanto ele se aproximava. – Que surpresa.

Ele parecia prender o riso.

– Estava dançando?

– Dançando? – ecoou ela.

– Você parecia estar dançando.

– Ah. Não. – Ela engoliu em seco, culpada, porque, embora não estivesse mentindo, tecnicamente, tinha a sensação de estar. – É claro que não.

Colin estreitou um pouco os olhos.

– Que pena. Eu me sentiria forçado a acompanhá-la. Nunca dancei na Berkeley Square.

Se ele tivesse lhe dito a mesma coisa alguns dias antes, Penelope teria rido e deixado que ele fosse o espirituoso, o encantador dos dois. Mas ela deve ter ouvido a voz de Lady Danbury outra vez em algum lugar da memória, porque, de repente, decidiu que não queria ser a mesma Penelope Featherington de sempre.

Decidiu participar da brincadeira.

Abriu um sorriso de que nem se achava capaz, um do tipo travesso e misterioso, e ela sabia que não estava imaginando coisas porque Colin arregalou bastante os olhos quando ela murmurou:

– Que pena. É muito divertido.

– Penelope Featherington – disse ele, arrastando cada sílaba. – Pensei que tinha dito que não estava dançando.

Ela deu de ombros.

– Eu menti.

– Nesse caso, quero ter o prazer de conduzi-la.

De repente, Penelope se sentiu ridícula. Era por isso que não devia permitir que os sussurros de Lady Danbury lhe subissem à cabeça. Até conseguia ser audaz e sedutora por um curto período, mas não tinha a menor ideia de como sustentar essa imagem.

Ao contrário de Colin, obviamente, que tinha um sorriso diabólico nos lábios e os braços estendidos numa perfeita pose de valsa.

– Colin – arfou ela –, estamos na Berkeley Square!

– Eu sei. Acabei de lhe dizer que eu nunca dancei aqui, se esqueceu?

– Mas...

Colin cruzou os braços.

– Tsc, tsc. Não pode lançar um desafio como este para depois se esquivar. Além do mais, dançar aqui me parece o tipo de coisa que uma pessoa deva fazer pelo menos uma vez na vida, não acha?

– Alguém poderia ver – sussurrou ela, com desespero.

Ele deu de ombros, tentando esconder que estava se divertindo com a reação dela.

– Eu não me importo. E você?

As faces dela ficaram rosadas e, ao que pareceu, ela precisou de um grande esforço para pronunciar as palavras:

– As pessoas vão achar que você está me cortejando.

Ele a observou com atenção, sem compreender por que ela estava tão perturbada. Quem se importava com o fato de as pessoas acharem que ele a estava cortejando? O boato logo se provaria falso e eles dariam boas risadas à custa da sociedade. Estava prestes a dizer "Que se dane a sociedade", mas ficou em silêncio. Havia algo pairando nas profundezas daqueles olhos castanhos, uma emoção que ele não podia nem mesmo começar a identificar.

Uma emoção que ele suspeitava jamais ter experimentado.

Então, Colin se deu conta de que a última coisa que queria fazer era magoar Penelope. Ela era a melhor amiga de sua irmã e, além do mais, era, pura e simplesmente, uma menina muito amável.

Ele fez uma careta. Supunha que não devia mais chamá-la de menina. Aos 28 anos, ela já tinha passado dessa fase, assim como ele, aos 33.

Por fim, de forma bastante cuidadosa e com uma boa dose de sensibilidade, Colin perguntou:

– Há algum motivo pelo qual devamos nos preocupar se as pessoas acharem que eu a estou cortejando?

Penelope fechou os olhos e, por um instante, Colin achou que ela talvez estivesse sofrendo. Quando os abriu, seu olhar era quase agridoce.

– Na verdade, seria muito engraçado – falou. – A princípio.

Ele ficou em silêncio, esperando que ela continuasse.

– Por fim, se tornaria óbvio que não é verdade e ficaria... – Ela parou, engoliu em seco, e Colin se deu conta de que ela não estava tão tranquila quanto queria transparecer – ... ficaria subentendido que foi você que terminou tudo, porque... bem, simplesmente ficaria.

Ele não discutiu. Sabia que suas palavras eram verdadeiras.

Penelope deu um suspiro triste.

– Eu não quero me sujeitar a isso. Até mesmo Lady Whistledown escreveria a respeito. E como haveria de não escrever? Seria um boato delicioso demais para que ela resistisse.

– Peço desculpas, Penelope – disse Colin.

Não sabia ao certo por que se desculpava, mas, ainda assim, lhe pareceu a coisa certa a fazer.

Ela deu um aceno breve com a cabeça, assentindo.

– Eu sei que não deveria me importar com o que os outros pensam, mas me importo.

Ele se afastou um pouco dela enquanto pesava suas palavras. Ou talvez estivesse pesando o seu tom de voz. Ou, quem sabe, ambos.

Colin sempre pensara que estivesse acima da sociedade. Não fora dela, visto que frequentava as festas e costumava se divertir bastante nelas. Mas sempre partira do princípio de que a sua felicidade não dependia da opinião dos outros.

No entanto, talvez não estivesse pensando no assunto da forma correta. É fácil achar que não nos importamos com a opinião dos outros quando elas nos são sempre favoráveis. Será que ele ignoraria com tanta facilidade o que os membros da sociedade achavam se eles o tratassem da maneira como tratavam Penelope?

Ela nunca fora vítima de ostracismo, jamais fora sujeitada a algum escândalo. Apenas não era... popular.

Sim, as pessoas a tratavam com educação e os Bridgertons a haviam acolhido, mas a maior parte das recordações que Colin tinha de Penelope eram de sua figura nas margens dos salões de baile, tentando não olhar para os casais que dançavam, claramente fingindo que não desejava estar em seu lugar. Em geral era nesse momento que ele mesmo se aproximava e a convidava. Ela sempre lhe parecia grata pelo pedido, mas também um pouco envergonhada, porque os dois sabiam que ele o fazia, pelo menos em parte, por sentir um pouco de pena.

Colin tentou se colocar no lugar dela. Não era fácil. Ele sempre havia sido popular. Na escola, os amigos o viam como um modelo a ser seguido e as mulheres se aglomeraram à sua volta quando ele ingressara na sociedade. E, por mais que ele dissesse que não se importava com o que os outros pensavam, no final das contas...

Gostava muito de ser admirado.

De repente, não sabia o que dizer, o que era estranho, porque ele *sempre* sabia o que dizer. Na verdade, era até um pouco famoso por isso. Talvez essa fosse uma das razões pelas quais gostavam tanto dele, refletiu.

Teve a sensação de que os sentimentos de Penelope dependiam de suas próximas palavras e, em algum momento dos últimos dez minutos, os sentimentos dela haviam adquirido grande importância para ele.

– Você tem razão – respondeu, por fim, decidindo que era sempre uma boa ideia dizer a uma pessoa que ela estava certa. – Foi muito insensível da minha parte. Que tal começarmos de novo?

Ela piscou, aturdida.

– Como?

Ele fez um gesto largo, como se isso pudesse explicar tudo.

– Começar do zero.

Ela lhe pareceu adorável e confusa, o que *o* confundiu, porque jamais achara Penelope adorável.

– Mas nos conhecemos há doze anos – observou ela.

– Faz mesmo tanto tempo? – Ele vasculhou a memória, mas não conseguia recordar a primeira vez que os dois se encontraram. – Isso não importa. Eu quis dizer apenas por esta tarde, sua boba.

Ela conseguiu sorrir, apesar do que sentia, e ele soube que chamá-la de boba fora a coisa certa a fazer, embora não tivesse a menor ideia do porquê.

– Então, lá vamos nós – começou ele, alongando as palavras enquanto fazia um imenso floreio dos braços. – Você está passando pela Berkeley Square e me vê ao longe. Eu a chamo e você responde dizendo...

Penelope mordeu o lábio inferior, tentando, por algum motivo desconhecido, conter o sorriso. Sob que estrela mágica nascera Colin, para *sempre* saber o que dizer? Ele parecia o flautista mágico, deixando corações felizes e rostos sorridentes por onde passava. Penelope poderia apostar bem mais do que as mil libras que Lady Danbury oferecera que não era a única mulher em Londres perdidamente apaixonada pelo terceiro dos irmãos Bridgertons.

Ele inclinou a cabeça para um lado e, em seguida, ergueu-a num gesto de encorajamento.

– Eu respondo dizendo... – repetiu Penelope, devagar. – Respondo dizendo...

Colin aguardou dois segundos, então falou:

– Sério, quaisquer palavras servem.

Penelope planejara cravar um sorriso luminoso nos lábios, mas descobriu que já estava sorrindo, e que o gesto era verdadeiro.

– Colin! – exclamou, fingindo estar surpresa com a sua chegada. – O que está fazendo aqui?

– Excelente resposta – elogiou ele.

Ela balançou o dedo em sua direção.

– Está saindo do personagem.

– Sim, sim, é claro, me desculpe. – Ele fez uma pausa, piscou duas vezes e disse: – Pronto. Que tal isto: o mesmo que você, eu imagino. Indo ao Número Cinco para o chá.

Penelope entrou no ritmo da conversa:

– Do jeito que falou, parece que é só uma visita. Não mora mais lá?

Ele fez uma careta.

– Espero que em uma semana ou duas, no máximo, não more mais. Estou procurando outro lugar. Tive que abrir mão do meu antigo alojamento quando parti para o Chipre e ainda não encontrei um substituto à altura. Tinha assuntos para resolver em Piccadilly e senti vontade de voltar caminhando.

– Na chuva?

Ele deu de ombros.

– Não estava chovendo quando saí hoje de manhã. E, agora, é só um chuvisco.

Só um chuvisco, pensou Penelope. Chuvisco que grudava naqueles cílios obscenamente longos, que emolduravam olhos de um verde tão perfeito que inspirara mais de uma jovem a fazer (péssima) poesia sobre eles. Até mesmo Penelope, ajuizada como gostava de pensar ser, passara muitas noites na cama, fitando o teto, sem ver nada além daqueles olhos.

Só um chuvisco, de fato.

– Penelope?

Ela acordou de seu devaneio.

– Certo. Também estou indo tomar chá com a sua mãe. Faço isso toda segunda-feira. E, com frequência, em outros dias também – admitiu. – Quando não... hã... quando não há nada de interessante acontecendo na minha casa.

– Não precisa ficar tão culpada a respeito disso. Minha mãe é uma mulher encantadora. Se quer que você vá tomar chá com ela, deve ir.

Penelope tinha o péssimo hábito de tentar ler nas entrelinhas do que as pessoas diziam e achava que o que Colin queria dizer, na verdade, era que não a culpava se o que ela desejava era fugir da própria mãe de vez em quando. O que, de alguma forma, a fez sentir-se triste.

Ele ficou se balançando sobre os calcanhares por alguns instantes, então disse:

– Bem, eu não deveria mantê-la aqui na chuva.

Ela sorriu, porque já estavam ali ao ar livre havia pelo menos quinze minutos. Ainda assim, se ele tivesse desejado dar continuidade à brincadeira, ela teria feito o mesmo.

– Quem está segurando o guarda-chuva sou eu – observou.

Ele sorriu.

– Isso é verdade. Mas eu não seria muito cavalheiro se não a conduzisse a um ambiente mais hospitaleiro. E falando nisso...

Ele franziu a testa, olhando à sua volta.

– Falando em quê?

– Em ser cavalheiro. Acredito que seja nossa responsabilidade cuidar do bem-estar das senhoras.

– E...?

Ele cruzou os braços.

– Você não deveria estar com uma dama de companhia?

– Eu moro no mesmo quarteirão, dobrando a esquina – retrucou ela, um pouco desapontada por ele não se lembrar disso. Ela e a irmã eram as melhores amigas de duas de suas irmãs, afinal. Ele até a levara em casa algumas vezes. – Na Mount Street – acrescentou, quando a testa franzida dele não voltou ao normal.

Ele estreitou um pouco os olhos em direção à Mount Street, embora Penelope não tivesse a menor ideia do que ele esperava conseguir com isso.

– Ora, pelo amor de Deus, Colin. Fica quase na esquina da Davies Street. Fica a cinco minutos, no máximo, da casa de sua mãe. Quatro se eu andar rápido.

– Eu só estava vendo se havia locais escuros ou recuados na rua. – Ele se virou para encará-la. – Onde um criminoso talvez pudesse ficar à espreita.

– Em *Mayfair*?

– Em Mayfair – repetiu ele, soturno. – Eu realmente acho que você deveria ter uma dama de companhia para caminhar com você em seus passeios. Eu detestaria que algo lhe acontecesse.

Ela ficou estranhamente comovida com a preocupação dele, embora soubesse que Colin teria demonstrado igual atenção para com qualquer dama conhecida sua. Fazia parte de seu caráter.

– Posso lhe garantir que sigo todas as convenções quando percorro distâncias mais longas – disse ela. – Mas lá de fato é perto demais. São apenas alguns quarteirões. Nem a minha mãe se importa.

Colin pareceu travar o maxilar de repente.

– Sem contar que eu tenho 28 anos – acrescentou Penelope.

– E o que isso tem a ver com a questão? Eu tenho 33, se lhe interessa saber.

Ela sabia, é claro, já que sabia quase tudo a seu respeito.

– Colin – retrucou Penelope, transparecendo alguma irritação.

– Penelope – devolveu ele, exatamente no mesmo tom.

Ela deixou escapar um longo suspiro antes de falar:

– Meu status de solteirona já está bastante consolidado a esta altura, Colin. Não preciso me preocupar com todas as regras que me atormentavam aos 17 anos.

– Eu não acho...

Penelope plantou uma das mãos no quadril.

– Se não acredita em mim, pergunte à sua irmã.

Colin de repente adquiriu a expressão mais séria que Penelope já o vira fazer.

– Eu faço questão de não perguntar à minha irmã assuntos relacionados ao bom senso.

– Colin! – exclamou Penelope. – Mas que coisa horrível de se dizer.

– Eu não falei que não a amo. Não falei nem mesmo que não gosto dela. Eu adoro Eloise, você sabe muito bem. Mas...

– Qualquer frase que comece com *mas* só pode terminar mal – murmurou Penelope.

– Eloise já deveria estar casada a esta altura – continuou ele, com uma arrogância atípica.

Ora, *aquilo* já era um pouco demais, sobretudo naquele tom de voz.

– Alguns poderiam dizer – respondeu Penelope, inclinando o queixo de leve em um gesto de superioridade – que você também deveria estar casado a esta altura.

– Ora, por...

– Afinal você tem, como me informou com tanto orgulho, 33 anos.

Um vislumbre de divertimento perpassou o rosto de Colin, apesar de seu ligeiro ar de irritação sugerir que ele não acharia graça por muito tempo.

– Penelope, nem pense...

– Ancião! – trinou ela.

Ele praguejou baixinho, o que a surpreendeu, porque não se lembrava de já tê-lo visto fazer isso na presença de uma dama. Devia ter interpretado aquilo como um aviso, mas estava exasperada demais. Imaginava que o velho ditado fosse verdadeiro: coragem gera coragem.

Ou, em seu caso, talvez a imprudência gerasse imprudência, porque Penelope simplesmente olhou para ele com ar malicioso e disse:

– Os seus dois irmãos mais velhos já não estavam casados aos 30 anos?

Para a própria surpresa, Colin sorriu e cruzou os braços enquanto encostava um dos ombros na árvore sob a qual se encontravam.

– Meus irmãos e eu somos muito diferentes.

Aquela era, Penelope percebeu, uma afirmação muito reveladora, pois diversos membros da alta sociedade, incluindo a lendária Lady Whistledown, sempre faziam grande alarde da semelhança dos irmãos Bridgertons. Alguns haviam chegado a ponto de dizer que eram intercambiáveis. Penelope nunca achara que algum deles se incomodasse com isso – na verdade, supunha que ficassem envaidecidos com a comparação, uma vez que se amavam tanto. Mas talvez estivesse enganada.

Ou talvez nunca tivesse olhado com atenção suficiente.

O que era bastante estranho, pois tinha a sensação de que passara metade da vida observando Colin.

No entanto, se Colin tinha ficado irritado, não a deixara perceber. Penelope sem dúvida ficara bastante satisfeita ao pensar que poderia atingi-lo com sua pequena provocação, dizendo que os irmãos haviam se casado antes dos 30 anos.

Mas não: o método de ataque dele era um sorriso preguiçoso e uma piada perfeitamente colocada. Se Colin algum dia perdesse a compostura...

Penelope balançou a cabeça de leve, incapaz até mesmo de imaginar isso. Colin jamais perderia a paciência. Pelo menos não na frente dela. Teria que estar muito transtornado para se descontrolar. E esse tipo de fúria só podia ser causado por alguém por quem a pessoa tivesse uma afeição real, verdadeira, *profunda*.

Colin gostava dela – talvez até mais do que da maioria das pessoas –, mas não tinha nenhuma grande *afeição* por ela. Não daquele jeito.

– Talvez devamos, apenas, concordar em discordar – propôs ela.

– Sobre o quê?

– Hã... – Ela já não lembrava direito. – Hã... sobre o que uma solteirona pode ou não pode fazer?

Ele parecia se divertir com a sua hesitação.

– Isso provavelmente exigiria que eu acatasse em alguma medida a opinião de minha irmã mais nova, o que seria, como pode imaginar, muito difícil para mim.

– Mas não se importa em acatar a *minha* opinião?

O sorriso que ele lhe deu foi preguiçoso e muito travesso.

– Não, se prometer não contar isto a mais ninguém.

Ele não falava sério, é claro. E ela sabia que ele sabia que ela sabia que ele não falava sério. Mas assim era Colin. O senso de humor e um sorriso facilitavam qualquer coisa. E – maldito fosse! – aquilo funcionou, pois ela suspirou, sorriu e, antes de se dar conta, disse:

– Já chega! Sigamos para a casa da sua mãe.

Ele deu um largo sorriso.

– Acha que ela vai servir biscoitos?

Penelope revirou os olhos.

– Eu *sei* que ela vai servir biscoitos.

– Que bom – retrucou ele, partindo a passos rápidos e praticamente a arrastando junto. – Eu amo muito a minha família, mas vou mesmo é pela comida.

CAPÍTULO 4

É difícil imaginar que haja qualquer notícia a respeito do baile dos Bridgertons mais importante que a determinação de Lady Danbury em descobrir a identidade desta autora, mas os seguintes itens precisam ser observados:

O Sr. Geoffrey Albansdale foi visto dançando com a Srta. Felicity Featherington.

A Srta. Felicity Featherington também foi vista dançando com o Sr. Lucas Hotchkiss.

O Sr. Lucas Hotchkiss foi visto dançando com a Srta. Hyacinth Bridgerton.

A Srta. Hyacinth Bridgerton também foi vista dançando com o visconde de Burwick.

O visconde de Burwick também foi visto dançando com a Srta. Jane Hotchkiss.

A Srta. Jane Hotchkiss também foi vista dançando com o Sr. Colin Bridgerton.

O Sr. Colin Bridgerton também foi visto dançando com a Srta. Penelope Featherington.

E para finalizar essa incestuosa brincadeira de roda, a Srta. Penelope foi vista conversando com o Sr. Geoffrey Albansdale. (Teria sido perfeito demais se ela tivesse dançado com ele, concorda, caro leitor?)

CRÔNICAS DA SOCIEDADE DE LADY WHISTLEDOWN,
12 DE ABRIL DE 1824

Quando Penelope e Colin adentraram na sala de visitas, Eloise e Hyacinth já tomavam chá, junto com Violet e Kate. A primeira encontrava-se sentada diante do serviço de chá e a outra, esposa de Anthony, o atual visconde, tentava, sem muito sucesso, manter Charlotte, a filha de 2 anos do casal, sob controle.

– Olhem só quem encontrei na Berkeley Square – anunciou Colin.

– Penelope – cumprimentou Violet com um sorriso acolhedor. – Sente-se. O chá ainda está morno e a cozinheira fez os famosos biscoitos amanteigados.

Colin partiu em direção à comida, mal parando para cumprimentar as irmãs.

Penelope acomodou-se em uma poltrona vizinha à de Violet.

– Biscoitos estão gostosos – disse Hyacinth, empurrando um prato em sua direção.

– Hyacinth – chamou Violet, numa voz que denotava leve desaprovação –, tente falar com frases completas.

A menina olhou para a mãe com expressão de surpresa.

– Biscoitos. Estão. Gostosos. – Ela inclinou a cabeça para o lado. – Substantivo. Verbo. Adjetivo.

– Hyacinth.

Penelope percebeu que Violet tentava demonstrar dureza enquanto ralhava com a filha, embora não estivesse tendo muito sucesso.

– Substantivo. Verbo. Adjetivo – repetiu Colin, limpando uma migalha do rosto sorridente. – Frase. Está. Correta.

– Só se você for semianalfabeto – retorquiu Kate, pegando um biscoito. – Estes biscoitos estão *mesmo* gostosos – falou para Penelope com um sorriso sem graça tomando-lhe os lábios. – Este já é o meu quarto.

– Eu adoro você, Colin – declarou Hyacinth, ignorando Kate por completo.

– É claro que ama – murmurou ele.

– Pessoalmente, prefiro colocar artigos antes dos substantivos nos meus escritos – decretou Eloise, muito superior.

Hyacinth resfolegou.

– Nos seus *escritos*?

– Eu redijo muitas cartas – retrucou ela, fungando. – Além de escrever um diário, que posso lhe garantir ser um hábito muito benéfico.

– De fato nos mantém muito disciplinadas – contribuiu Penelope, aceitando um pires com uma xícara das mãos estendidas de Violet.

– Você também escreve um diário? – perguntou Kate, sem olhar para ela, uma vez que acabara de saltar da poltrona para agarrar a filha antes que a menina escalasse uma mesinha de canto.

– É uma pena, mas não – respondeu Penelope, balançando a cabeça. – Exige disciplina demais para o meu gosto.

– Não acho que seja sempre necessário colocar um artigo antes de um substantivo – insistiu Hyacinth, incapaz, como sempre, de abrir mão do próprio argumento.

Para infortúnio do restante do grupo, Eloise era tão tenaz quanto a irmã.

– É possível deixar de lado o artigo se estiver se referindo ao substantivo em questão de uma maneira geral – disse, franzindo os lábios com desdém –, mas, neste caso, uma vez que se referia a biscoitos *específicos*...

Penelope não estava certa disso, mas teve a impressão de ter ouvido Violet gemer.

– ... então, especificamente – continuou Eloise, arqueando as sobrancelhas –, você está errada.

Hyacinth se virou para Penelope.

– Tenho certeza de que ela não usou *especificamente* de forma correta nessa última frase.

Penelope pegou mais um biscoito.

– Eu me recuso a entrar nessa conversa.

– Covarde – murmurou Colin.

– Não, apenas faminta. – Ela se virou para Kate. – Estão *muito* gostosos.
Kate assentiu.

– Ouvi boatos de que sua irmã talvez fique noiva – comentou em seguida.

Penelope piscou, surpresa. Não havia imaginado que a ligação de Felicity com o Sr. Albansdale fosse de conhecimento público.

– E como você soube desse boato?

– Por Eloise, é claro – explicou Kate, com grande simplicidade. – Ela sempre sabe de tudo.

– E o que eu não sei – completou a garota, com um sorriso fácil – Hyacinth normalmente sabe. É muito conveniente.

– Vocês têm certeza de que uma das duas não é Lady Whistledown? – brincou Colin.

– Colin! – exclamou Violet. – Como pode até mesmo pensar numa coisa dessas?

Ele deu de ombros.

– Sem dúvida ambas são inteligentes o bastante para realizar uma façanha dessas.

Eloise e Hyacinth ficaram radiantes.

Nem mesmo Violet pôde ignorar o elogio.

– Sim, bem... – falou depois de uma pausa – Hyacinth é jovem demais, e Eloise... – Ela olhou para a filha em questão, que a observava com uma expressão divertida. – Bem, Eloise não é Lady Whistledown, tenho certeza.

Eloise olhou para Colin.

– Eu não sou Lady Whistledown.

– Que pena – lamentou ele. – Ou estaria podre de rica a essa altura.

– Sabe – começou Penelope, pensativa –, essa talvez fosse uma boa forma de descobrir a identidade dela.

Cinco pares de olhos se viraram em sua direção.

– Ela só pode ser alguém com mais dinheiro do que deveria ter em teoria – explicou Penelope.

– Um bom argumento – concordou Hyacinth –, a não ser pelo fato de que eu não tenho a menor ideia de quanto dinheiro as pessoas deveriam ter.

– Eu também não, é claro – concordou Penelope. – Embora, na maioria das vezes, seja possível ter uma ideia *geral*. – Diante do olhar perdido de Hyacinth, ela acrescentou: – Por exemplo, se eu de repente saísse e comprasse um conjunto de brilhantes, isso seria muito suspeito.

Kate cutucou Penelope com o cotovelo.

– E então, comprou algum conjunto de brilhantes nos últimos tempos, hein? Umas mil libras me poderiam ser úteis...

Penelope revirou os olhos antes de responder, porque, como a atual viscondessa de Bridgerton, Kate sem dúvida não precisava de mil libras.

– Posso lhe garantir que não possuo um único diamante – disse. – Nem mesmo um anel.

Kate deixou escapar um "puxa" de desagrado fingido.

– Bem, então você não nos serve para nada.

– Não é tanto pelo dinheiro – declarou Hyacinth. – É mais pela glória.

Violet tossiu dentro de sua xícara de chá.

– Espere um instante, Hyacinth – falou em seguida. – O que acabou de dizer?

– Pense só nos louros que uma pessoa mereceria por enfim desmascarar Lady Whistledown – sugeriu Hyacinth. – Seria a glória.

– Você está dizendo que não se importa com o dinheiro? – perguntou Colin, com uma expressão de afabilidade forçada.

– Eu jamais diria *isso* – retrucou Hyacinth com um sorriso insolente.

Ocorreu a Penelope que, de todos os Bridgertons, Hyacinth e Colin eram os mais parecidos. Talvez fosse bom Colin passar tanto tempo fora do país. Se ele e a irmã caçula algum dia unissem forças, provavelmente conquistariam o mundo.

– Hyacinth, eu a proíbo de transformar a busca pela identidade de Lady Whistledown no seu objetivo de vida – decretou Violet com firmeza.

– Mas...

– Não estou dizendo que não possa ponderar sobre a questão e fazer algumas perguntas – apressou-se em acrescentar Violet, erguendo uma das mãos para impedir quaisquer outras interrupções. – Por Deus, seria de se esperar que, depois de quase quarenta anos de maternidade, eu não precisasse mais impedi-los de fazer qualquer coisa com que cismassem, por maior que fosse a tolice.

Penelope levou a xícara aos lábios para encobrir o sorriso.

69

– Mas é que você sabe ser bastante cabeça-dura em determinadas ocasiões – concluiu Violet.

Em seguida, pigarreou com toda a delicadeza.

– Mamãe!

Violet continuou como se Hyacinth jamais tivesse se pronunciado:

– E eu não quero que se esqueça de que o seu principal objetivo neste momento deve ser encontrar um marido.

Hyacinth pronunciou a palavra "Mamãe" novamente, embora dessa vez tenha sido mais um gemido do que um protesto.

Penelope olhou de soslaio para Eloise, que tinha os olhos fixos no teto, claramente tentando não sorrir. Eloise resistira a anos de implacáveis tentativas da mãe de lhe encontrar um marido e não se importava nem um pouco com o fato de ela parecer ter desistido e voltado-se para Hyacinth.

Na verdade, Penelope estava surpresa por Violet enfim ter aceitado o status de solteira de Eloise. Jamais escondera que o seu maior objetivo na vida era ver os oito filhos casados e felizes. Tivera sucesso com quatro. Primeiro, Daphne se casara com Simon e se tornara duquesa de Hastings. No ano seguinte, Anthony desposara Kate. Houvera uma certa calmaria depois disso, mas tanto Benedict quanto Francesca haviam se casado no intervalo de um ano: Benedict com Sophie e Francesca com um escocês, o conde de Kilmartin.

Francesca, infelizmente, ficara viúva apenas dois anos após o casamento. Agora, dividia o tempo entre a família do marido, na Escócia, e a sua, em Londres. Quando estava na cidade, porém, insistia em ficar na Casa Kilmartin em vez de na Casa Bridgerton ou no Número Cinco. Penelope não a culpava por isso. Se fosse viúva, também iria querer usufruir de toda a sua independência.

Hyacinth costumava suportar as investidas casamenteiras da mãe com bom humor, já que, como ela mesma dissera a Penelope, de fato pretendia se casar em algum momento. Assim, permitia que Violet tivesse todo o trabalho para que ela pudesse escolher o próprio marido quando o pretendente correto surgisse.

E foi com essa disposição amigável que ela se levantou, beijou a mãe no rosto e lhe prometeu, com obediência, que seu principal objetivo seria procurar um marido. Enquanto falava, lançou um sorriso insolente e malicioso para os dois irmãos presentes. Mal retornara à sua poltrona quando perguntou ao grupo:

– E então, acham que ela vai ser pega?

– Continuamos falando sobre a tal Whistledown? – gemeu Violet.

– Ainda não ouviram a teoria de Eloise? – indagou Penelope.

Todos olharam para ela e, em seguida, para Eloise.

– Hã... e qual é a minha teoria mesmo? – perguntou Eloise.

– Faz apenas... bem, não sei, talvez uma semana – começou Penelope. – Estávamos as duas conversando sobre Lady Whistledown quando eu disse que não achava que sua identidade pudesse continuar em segredo para sempre, que em algum momento ela haveria de cometer um erro. Então, Eloise falou que não estava tão certa assim, porque já faz dez anos que ela mantém a coluna e que, se fosse cometer um erro, isso já deveria ter acontecido. Então eu disse que não, que ela não passa de um ser humano. Que, em algum momento, vai escorregar, porque ninguém pode fazer um segredo durar para sempre, então...

– Ah, lembrei! – interrompeu Eloise. – Estávamos na sua casa, no seu quarto, e eu tive uma ideia brilhante! Disse a Penelope que apostava que Lady Whistledown já havia cometido um erro e que nós é que éramos idiotas demais para perceber.

– Acho que isso não é muito elogioso para conosco – murmurou Colin.

– Bem, quando eu disse *nós*, estava me referindo à sociedade como um todo, não só a nós, os Bridgertons – objetou Eloise.

– Então, talvez a única coisa da qual precisemos para desmascarar Lady Whistledown seja vasculhar exemplares antigos da coluna – refletiu Hyacinth.

Os olhos de Violet foram tomados por um certo pânico.

– Hyacinth, não estou gostando dessa sua expressão.

A menina sorriu e deu de ombros.

– Eu poderia me divertir tanto com mil libras...

– Que Deus nos ajude – foi a única resposta da mãe.

– Penelope – chamou Colin de repente –, você não terminou de nos contar sobre Felicity. É verdade que ela vai ficar noiva em breve?

Penelope terminou o chá que estava bebericando. Colin tinha uma forma de olhar, com os olhos verdes tão focados e atentos, que a pessoa tinha a sensação de que os dois eram os únicos em todo o universo. Infelizmente para Penelope, isso também parecia ter o poder de reduzi-la a uma idiota gaguejante. Quando estavam no meio de uma conversa, ela em geral conseguia se controlar, mas quando ele a surpreendia daquele jeito, voltando a atenção para ela no momento em que ela já se convencera de ter se misturado com perfeição ao papel de parede, ficava completamente perdida.

– Hã... Sim, é bastante possível – respondeu. – O Sr. Albansdale tem dado indicações das suas intenções. Mas se ele de fato decidir pedi-la em casamento, imagino que irá à Ânglia Oriental para ter a permissão de meu tio.

– Seu tio? – indagou Kate.

– Meu tio Geoffrey. Ele mora perto de Norwich. É nosso parente do sexo masculino mais próximo, embora, na verdade, não o vejamos com muita frequência. Mas o Sr. Albansdale é bastante tradicional. Acho que não se sentiria confortável pedindo à minha mãe.

– Espero que ele também peça a Felicity – comentou Eloise. – Sempre penso em quão ridículo é um homem pedir a mão de uma mulher ao pai dela antes de pedir à própria. O pai não terá que viver com ele.

– Essa atitude – começou Colin, com um sorriso divertido apenas parcialmente oculto pela xícara – talvez explique por que você continua solteira.

Violet olhou para o filho com severidade e disse seu nome em tom de desaprovação.

– Ah, não, mamãe – falou Eloise. – Eu não me importo. Estou muito confortável como uma solteirona. – Ela olhou para Colin com superioridade. – Prefiro mil vezes ser solteira a ser casada com um chato. Assim – acrescentou, com um floreio – como Penelope!

Sobressaltada ao ver a mão da amiga acenando de repente em sua direção, Penelope se empertigou e concordou:

– Hã... Sim. É claro.

Mas ela tinha a sensação de não ser tão firme em suas convicções quanto Eloise. Diferentemente dela, não recusara seis propostas de casamento. Não recusara nenhuma, porque não recebera nenhuma.

Convencera-se de que não teria aceitado, de qualquer forma, pois seu coração pertencia a Colin. Mas será que aquilo era mesmo verdade ou ela apenas tentava se sentir melhor por ter sido um fracasso tão retumbante no mercado matrimonial?

Se alguém a pedisse em casamento no dia seguinte – um homem gentil e aceitável, que ela jamais viria a amar, mas de quem poderia um dia gostar muito –, será que aceitaria?

Era provável que sim.

Pensar no assunto a deixou triste, porque admitir isso a si mesma significava que realmente perdera qualquer esperança em relação a Colin. Significava que não era tão fiel aos seus princípios como esperava ser. Significava que se dispunha a aceitar um marido menos do que perfeito a fim de ter uma casa e uma família para si.

Não era nada que centenas de mulheres não fizessem todo ano, mas era algo que *ela* jamais pensara em fazer.

– Você ficou tão séria de repente... – comentou Colin.

Penelope despertou de seu devaneio.

– Eu? Ah. Não, não. Só estava perdida em meus próprios pensamentos.

Colin aceitou sua explicação com um breve aceno da cabeça e depois pegou outro biscoito.

– Temos algo mais substancial para comer? – indagou, franzindo a testa.

– Se eu soubesse que você vinha – respondeu Violet, seca –, teria dobrado a quantidade de comida.

Ele se levantou e foi até a campainha dos criados.

– Vou pedir mais. – Depois de dar um bom puxão no cordão, virou-se e perguntou: – Sabe qual é a teoria de Penelope sobre Lady Whistledown?

– Não, não sei – respondeu Violet.

– É muito inteligente, na verdade – comentou ele, parando para pedir sanduíches à criada antes de concluir: – Ela acha que é Lady Danbury.

– Aaaaah. – Hyacinth se mostrou visivelmente impressionada. – Muito perspicaz, Penelope.

Ela assentiu em agradecimento.

– Além de ser exatamente o tipo de coisa que Lady Danbury faria.

– A coluna ou o desafio? – quis saber Kate, agarrando a faixa do vestido de Charlotte antes que a menina conseguisse fugir.

– As duas coisas – respondeu Hyacinth.

– E Penelope disse isso a ela – contou Eloise. – Face a face.

Hyacinth ficou boquiaberta e Penelope soube nesse momento que acabava de subir – e muito – no conceito da jovem.

– Eu queria ter visto isso! – exclamou Violet com um sorriso largo e orgulhoso. – Para ser franca, estou surpresa de não ter dado no *Whistledown* de hoje.

– Acho que Lady Whistledown não falaria sobre as teorias das pessoas a respeito de sua identidade – comentou Penelope.

– E por que não? – indagou Hyacinth. – Seria uma maneira excelente de dar pistas erradas. Por exemplo – continuou, estendendo a mão em direção à irmã numa pose bastante dramática –, digamos que eu achasse que fosse Eloise.

– Não é Eloise! – protestou Violet.

– Não sou eu – repetiu Eloise com um sorriso.

– Mas digamos que eu *achasse* que fosse – insistiu Hyacinth com irritação – e que afirmasse isso em público.

– O que você jamais faria – disse Violet, severa.

– O que eu jamais faria – ecoou Hyacinth tal e qual um papagaio. – Mas, apenas como um exercício de imaginação, digamos que eu o afirmasse. E digamos que Eloise, de fato, fosse Lady Whistledown. Que ela não é – apressou-se em acrescentar antes que a mãe pudesse interrompê-la outra vez.

Violet ergueu as mãos em silenciosa derrota.

– Haveria forma melhor de enganar a todos do que zombando de mim na coluna dela? – concluiu Hyacinth.

– É claro que, se Eloise fosse mesmo Lady Whistledown... – refletiu Penelope.

– Ela não é! – explodiu Violet.

Penelope não conseguiu conter o riso.

– Mas se fosse...

– Sabem, agora eu *realmente* gostaria de ser – comentou Eloise.

– Você estaria rindo muito de todos nós – continuou Penelope. – Mas é claro que, na quarta-feira, não poderia escrever a coluna zombando de Hyacinth por achar que você é Lady Whistledown, porque senão todos saberíamos que só poderia ser você.

– A não ser que *seja* você – brincou Kate, olhando para Penelope. – *Isso* seria um truque muito ardiloso.

– Deixe-me ver se entendi – disse Eloise. – Penelope é Lady Whistledown e ela vai escrever uma coluna na quarta-feira zombando da teoria de Hyacinth de que *eu* sou Lady Whistledown apenas para fazer vocês pensarem que eu sou mesmo Lady Whistledown, porque Hyacinth sugeriu que isso seria um truque inteligente.

– Estou completamente perdido – comentou Colin com ninguém em especial.

– A não ser que Colin fosse Lady Whistledown... – declarou Hyacinth com um brilho endiabrado nos olhos.

– Parem! – pediu Violet. – Eu imploro.

De qualquer forma, àquela altura todos riam demais para que Hyacinth conseguisse prosseguir.

– As possibilidades são infinitas – observou Hyacinth, enxugando uma lágrima.

– Talvez todos devêssemos, simplesmente, olhar para nosso lado esquerdo – sugeriu Colin, sentando-se outra vez. – Quem sabe essa pessoa seja a nossa infame Lady Whistledown.

Todos obedeceram, com exceção de Eloise, que olhou para a direita... direto para Colin.

– Você estava tentando me dizer alguma coisa quando se sentou à minha direita? – perguntou ela com um sorriso divertido.

– De modo algum – murmurou ele, estendendo a mão em direção ao prato de biscoitos e então parando, ao se dar conta de que estava vazio.

Mas ele não deixou que seu olhar cruzasse com o de Eloise ao fazê-lo.

Se alguém além de Penelope notou a sua evasão, não pôde questioná-lo a respeito, pois nesse momento os sanduíches chegaram e ele se tornou indisponível para qualquer conversa.

CAPÍTULO 5

Chegou ao conhecimento desta autora que Lady Blackwood torceu o tornozelo no início da semana enquanto perseguia o entregador deste humilde periódico.

Mil libras sem dúvida são uma bela quantia, embora Lady Blackwood não precise de dinheiro. Além do mais, a situação está se tornando absurda. Com certeza os londrinos têm algo melhor a fazer do que perseguir pobres entregadores numa tentativa infrutífera de descobrir a identidade desta autora.

Ou talvez não tenham.

Esta autora relata as atividades dos membros da alta sociedade há mais de uma década e não encontrou a menor prova de que eles tenham, de fato, coisa melhor a fazer com o seu tempo.

Crônicas da sociedade de Lady Whistledown,
14 de abril de 1824

Dois dias depois, Penelope estava, mais uma vez, atravessando a Berkeley Square a caminho do Número Cinco para ver Eloise. Desta vez, no entanto, era o fim da manhã, fazia sol e ela não encontrou Colin no percurso.

Não soube dizer se isso era ruim.

Ela e a amiga haviam combinado na semana anterior de fazerem compras, mas decidiram se encontrar no Número Cinco para saírem juntas e poderem dispensar a companhia de suas criadas. Era um dia perfeito – parecia mais que estavam em junho do que em abril – e Penelope estava ansiosa pela curta caminhada até a Oxford Street.

Mas, quando chegou à casa de Eloise, foi recebida por um mordomo confuso.

– Srta. Featherington – disse ele, piscando de forma frenética antes de conseguir concluir o raciocínio –, infelizmente a Srta. Eloise não está em casa no momento.

Penelope entreabriu os lábios em sinal de surpresa.

– Aonde ela foi? Combinamos este encontro há mais de uma semana.

Wickham balançou a cabeça.

– Não sei. Mas saiu com a mãe e a Srta. Hyacinth há duas horas.

– Compreendo – retrucou Penelope, franzindo a testa e tentando decidir o que fazer. – Posso esperar, então? Talvez ela tenha apenas se atrasado. Não é do feitio de Eloise esquecer-se de um compromisso.

Ele fez que sim, afavelmente, e indicou o caminho até a sala de visitas do segundo andar. Depois disse que lhe levaria um lanche e lhe entregou a última edição do *Whistledown* para passar o tempo.

Penelope já a lera, claro. O periódico chegava bem cedo e ela tinha o hábito de lê-lo durante o café da manhã. Com tão pouco para lhe ocupar a mente, ela foi até a janela e espiou as ruas de Mayfair. No entanto, não havia nada de novo: eram as mesmas construções que já vira mil vezes, e inclusive as mesmas pessoas caminhando pela rua.

Talvez por estar pensando sobre a mesmice de sua vida, notou o único objeto novo a seus olhos: um livro encadernado que se encontrava aberto sobre a mesa. Até mesmo de alguns metros de distância, percebeu que não estava preenchido com palavras impressas, mas escrito à mão em uma caprichada caligrafia.

Aproximou-se e olhou para baixo sem tocar as folhas. Parecia uma espécie de diário e, no meio da página da direita, havia um cabeçalho destacado do restante do texto por um espaço em cima e um embaixo:

22 de fevereiro de 1824
Montes Troodos, Chipre

Levou uma das mãos à boca. Colin escrevera aquilo! Ele dissera, poucos dias antes, que estivera em Chipre, não na Grécia. Penelope jamais imaginara que ele mantivesse um diário.

Ergueu o pé a fim de dar um passo para trás, mas o corpo não se mexeu. Não devia ler aquilo, disse a si mesma. Aquele era o diário particular de Colin. Ela devia *mesmo* se afastar.

– Afaste-se – murmurou, olhando para os pés recalcitrantes. – Afaste-se.

Os pés não se moveram.

Mas talvez aquilo não fosse tão errado assim. Afinal de contas, será que estaria realmente invadindo a privacidade dele se lesse apenas o que se encontrasse à vista, sem virar a página? Ele *tinha* deixado o diário aberto sobre a mesa, para todo mundo ver.

Mas, também, Colin tinha todos os motivos para achar que ninguém daria com seus escritos se deixasse o cômodo por alguns instantes. Devia saber que a mãe e as irmãs tinham saído pela manhã. A maioria das visitas era conduzida à sala de estar formal, no primeiro andar. Até onde Penelope sabia, ela e Felicity eram as únicas não Bridgertons recebidas na sala informal. E, como Colin não a estava esperando (ou, o que era mais provável, não estava pensando nela em absoluto), não teria imaginado haver o menor perigo em deixar o diário aberto enquanto ia cuidar de outra coisa por um momento.

Por outro lado, ele o *havia* deixado aberto.

Aberto, santo Deus! Se houvesse quaisquer segredos relevantes naquele diário, Colin sem dúvida tomaria o cuidado de escondê-lo ao sair do aposento. Afinal de contas, não era idiota.

Penelope inclinou o corpo para a frente.

Ah, que droga. Não conseguia ler daquela distância. Conseguira compreender o cabeçalho porque havia muito espaço em branco em torno dele, mas o resto do texto era impossível de ser decifrado de longe.

De alguma forma, ela achava que não se sentiria tão culpada se não tivesse que se aproximar mais do diário para lê-lo. Apesar, é claro, de já ter atravessado o aposento para chegar aonde estava no momento.

Tamborilou o dedo na lateral do rosto, bem ao lado do ouvido. Esse era um bom argumento. Já atravessara o aposento, o que significava que o pior de seus pecados naquele dia provavelmente já fora cometido. Um passinho a mais não era nada comparado à extensão da sala.

Chegou um pouco mais para a frente, decidindo que aquilo contava apenas como um meio passo, então se aproximou mais e olhou para baixo, começando a leitura bem no meio de uma frase.

na Inglaterra. Aqui, a areia se ondula entre tons de bege e branco e tem uma consistência tão fina que desliza sobre o pé nu como o sussurro da seda. A água é de um azul inimaginável na Inglaterra: água-marinha com um lampejo do sol e azul-cobalto profundo quando as nuvens cobrem o céu. E é cálida – surpreendente e estarrecedoramente cálida, como uma água de banho que tenha sido aquecida, talvez, meia hora antes. As ondas são suaves e quebram na praia com delicados jatos de espuma, fazendo cócegas na pele e transformando a mais perfeita areia numa delícia macia que escorrega e desliza entre os dedos dos pés até que outra onda chegue para limpar aquela bagunça toda.

É fácil entender por que dizem que este é o local de nascimento de Afrodite. A cada passo, quase espero vê-la como no quadro de Botticelli, surgindo do mar, perfeitamente equilibrada sobre uma gigantesca concha, os longos cabelos ruivos fluindo à sua volta.

Se algum dia já nasceu uma mulher perfeita, sem dúvida foi aqui. Estou no paraíso. E, no entanto...

E, no entanto, a cada brisa cálida e a cada céu sem nuvens sou lembrado de que este não é meu lar e que nasci para viver em outro lugar. Isso não abranda o desejo – não, a compulsão! – de viajar, de ver, de conhecer. Mas alimenta o estranho anseio por tocar um gramado coberto de orvalho úmido ou de sentir a brisa fria no rosto, ou mesmo de recordar a alegria de um dia perfeito depois de uma semana de chuva.

O povo daqui não tem como conhecer tal alegria. Seus dias são sempre perfeitos. É possível apreciar a perfeição quando ela é constante na vida de alguém?

22 de fevereiro de 1824
Montes Troodos, Chipre

É impressionante que eu sinta frio. O mês, é claro, é fevereiro, e, como um inglês, estou bastante acostumado com o frio de fevereiro (assim como com o de qualquer mês), mas não estou na Inglaterra. Encontro-me em Chipre, no coração do Mediterrâneo, e há apenas dois dias estive em Paphos, no litoral sudoeste da ilha, onde o sol bate forte e o mar é salgado e morno. Daqui, pode-se ver o pico do monte Olimpo, ainda coberto de uma neve tão branca que é capaz de cegar quando o sol reflete nela.

A escalada até aqui foi traiçoeira, com o perigo se escondendo por trás de muitas curvas. A estrada é rudimentar e, no caminho, encontramos

Penelope deixou escapar um suave grunhido de protesto ao se dar conta de que a página terminara no meio de uma frase. Quem ele teria encontrado? O que teria acontecido? Que perigo era aquele?

Ficou encarando o diário, *morta* de vontade de virar a página para ver o que acontecia em seguida. Mas, quando começara a ler, conseguira justificar seu ato dizendo a si mesma que não estava de fato invadindo a privacidade de Colin. Afinal de contas, ele é que deixara o livro aberto. Ela apenas vira o que ele deixara exposto.

Virar a página já era totalmente diferente.

Estendeu a mão, depois a recolheu. Aquilo não era certo. Não podia ler o diário dele. Bem, não além do que já lera.

Por outro lado, estava claro que aquelas eram palavras que mereciam ser lidas. Era um crime que Colin as guardasse para si. Palavras deviam ser celebradas.

– Ora, pelo amor de Deus! – murmurou consigo mesma.

Estendeu a mão em direção ao canto da página.

– *O que você está fazendo?*

Penelope virou-se.

– Colin!

– Eu mesmo! – vociferou ele.

Ela deu um salto para trás. Jamais o ouvira usar aquele tom. Nem mesmo o imaginara capaz de falar daquele jeito.

Ele atravessou a sala, agarrou o diário e o fechou ruidosamente.

– O que está fazendo aqui? – perguntou.

– Esperando Eloise – conseguiu proferir Penelope, com a boca de repente muito seca.

– Na sala de visitas do segundo andar?

– Wickham sempre me traz para cá. Sua mãe disse a ele que devia me tratar como parte da família. Eu... hã... ele... bem... – Ela se deu conta de que torcia as mãos e se forçou a parar. – O mesmo acontece com a minha irmã Felicity. Por ela e Hyacinth serem tão amigas. Eu... Eu sinto muito. Pensei que soubesse.

Ele atirou o livro encadernado em couro sobre uma poltrona próxima e cruzou os braços.

– E você tem o hábito de ler os escritos particulares dos outros?

– Não, é claro que não. Mas o livro estava aberto e... – Ela engoliu em seco, reconhecendo que a desculpa era péssima no instante em que proferiu as palavras. – É um aposento público – murmurou ela, de alguma forma achando que tinha que finalizar a sua defesa. – Talvez você devesse tê-lo levado quando saiu.

– Não se costuma levar um livro ao lugar aonde eu fui – disse ele, ainda visivelmente furioso com ela.

– Mas não é um livro muito grande – insistiu Penelope, perguntando-se por que, por que, *por que* continuava a falar quando estava tão claramente errada.

– Pelo amor de Deus – explodiu ele. – Você *quer* que eu diga a palavra *urinol* na sua presença?

Penelope sentiu as faces esquentarem.

– É melhor eu ir – falou. – Por favor, diga a Eloise...

– *Eu* irei – retrucou Colin, quase rosnando. – De qualquer forma, esta tarde me mudo daqui. Assim, aproveito e parto agora, porque pelo visto você já se apossou da casa.

Penelope jamais achara que palavras pudessem causar dor física, mas, bem naquele momento, teve a sensação de tomar uma facada no coração. Não se dera conta, até aquele exato instante, de quanto significava o fato de Lady Bridgerton ter aberto a casa para ela.

Ou de quanto doeria saber que Colin se ressentia da sua presença ali.

– Por que precisa tornar tão difícil lhe pedir desculpas? – deixou escapar, seguindo-o de perto enquanto ele recolhia o restante dos seus pertences.

– E quer me dizer por que eu deveria facilitar as coisas? – devolveu ele, sem encará-la.

Tampouco diminuiu o passo ao falar.

– Porque seria o mais gentil a se fazer – retrucou Penelope.

Isso chamou a atenção dele. Colin se virou para fitá-la, os olhos cintilando com tanta fúria que Penelope deu um passo em falso para trás. Colin era gentil, sereno. Nunca perdia a compostura.

Até aquele momento.

– Porque seria o mais gentil a se fazer? – vociferou ele. – Foi nisso que você pensou enquanto lia o meu diário? Que seria gentil ler os textos particulares de outra pessoa?

– Não, Colin, eu...

– Não há nada que justifique isso – exclamou ele, cutucando-a no ombro com o indicador.

– Colin! Você...

Ele se virou para continuar recolhendo seus pertences, dando as costas para ela da maneira mais rude que conseguiu enquanto decretava:

– Não há nada que possa justificar o seu comportamento.

– Não, é claro que não, mas...

– AI!

Penelope sentiu o sangue se esvair de seu rosto. O grito de Colin era de dor verdadeira. O nome dele escapou de seus lábios num sussurro apavorado enquanto ela corria para o seu lado.

– O que... Ah, meu Deus!

O sangue jorrava de um corte na palma de sua mão.

Penelope nunca era muito articulada em momentos de crise, mas conseguiu dizer:

– Ah! Ah! O tapete!

Em seguida, saltou para a frente com uma folha de papel que encontrou em cima de uma mesa próxima e colocou-a sob a mão dele para aparar o sangue, antes que arruinasse o tapete de valor inestimável.

– Que enfermeira atenciosa – disse Colin, com a voz vacilante.

– Bem, você não vai morrer – explicou ela –, e o tapete...

– Está tudo bem – afirmou ele. – Eu estava brincando.

Penelope ergueu os olhos para fitá-lo. Ele lhe pareceu extremamente pálido.

– Acho melhor você se sentar – sugeriu ela.

Ele assentiu, soturno, e arriou sobre uma poltrona.

Penelope experimentou um embrulho no estômago, como se estivesse em alto-mar. Jamais se sentira muito bem ao ver sangue.

– Talvez seja bom eu me sentar, também – murmurou, apoiando-se na mesinha baixa que se encontrava à frente dele.

– Você está bem? – perguntou ele.

Ela fez que sim, engolindo em seco para afastar a onda de náusea.

– Precisamos arrumar algo para enrolar em seu dedo – declarou ela, fazendo uma careta ao olhar para a mão dele.

O papel não era absorvente e deixava o sangue se esvair enquanto Penelope tentava de todas as formas impedir que pingasse pelos lados.

– Tenho um lenço no bolso – informou Colin.

Com todo o cuidado, ela enfiou a mão no bolso da camisa dele, tentando não se concentrar nas cálidas batidas de seu coração enquanto tateava desajeitadamente em busca do pequeno retalho de fazenda cor de creme.

– Está doendo? – indagou, envolvendo o lenço em sua mão. – Não, não diga nada. É claro que está doendo.

Ele conseguiu lhe dar um sorriso muito vacilante.

– Está doendo, sim.

Ela espiou o corte, forçando-se a olhá-lo de perto apesar de o sangue fazer o seu estômago se revirar.

– Acho que não precisará de pontos.

– Você entende alguma coisa sobre ferimentos?

Ela fez que não.

– Nada. Mas não me parece muito sério. A não ser por... hã, esse sangue todo.

– É pior do que parece – brincou ele.

Ela olhou para o rosto dele, horrorizada.

– Outra piada – esclareceu Colin. – Bem, na verdade, não. A sensação é realmente pior do que a aparência, mas posso lhe garantir que é suportável.

– Me desculpe – disse ela, aumentando a pressão sobre o corte para estancar o sangue. – A culpa foi minha.

– Por eu ter cortado a mão?

– Se não o tivesse deixado tão furioso...

Ele se limitou a balançar a cabeça, fechando os olhos devido à dor.

– Não seja tola, Penelope. Se eu não tivesse me zangado com você, teria me zangado com outra pessoa, em algum outro momento.

– E, é claro, teria uma faca de cartas ao seu lado quando isso acontecesse – murmurou ela, levantando os olhos para ele enquanto se debruçava por cima do corte.

Quando ele a encarou, seu olhar estava cheio de humor e, talvez, um leve toque de admiração.

E alguma outra coisa que ela achou que jamais veria: vulnerabilidade, hesitação e até mesmo insegurança. Penelope se deu conta, chocada, de que ele não sabia como os seus textos eram bons. Não tinha a menor ideia e, na realidade, estava envergonhado por ela tê-los visto.

– Colin – começou ela, pressionando o lenço com mais força ainda, instintivamente. – Eu preciso lhe dizer: você...

Ela parou ao ouvir passos se aproximando pelo corredor.

– É Wickham – falou, olhando em direção à porta. – Ele insistiu em trazer alguma coisa para eu comer. Pode manter a pressão aqui, por enquanto?

Colin assentiu.

– Não quero que ele saiba que me machuquei. Vai acabar contando à minha mãe e eu nunca mais terei paz.

– Bem, tome aqui, então. – Ela se levantou e atirou o diário em sua direção. – Finja que está lendo isto.

Colin mal teve tempo de abri-lo e colocá-lo sobre a mão machucada antes que o mordomo entrasse carregando uma enorme bandeja.

– Wickham! – exclamou Penelope, virando-se para olhá-lo. – Como sempre, trouxe muito mais comida do que sou capaz de comer. Por sorte, o Sr. Bridgerton está aqui me fazendo companhia. Tenho certeza de que, com a ajuda dele, conseguirei dar conta de todos esses quitutes.

Wickham assentiu e removeu as tampas dos pratos. Havia carnes, queijos e frutas, além de uma jarra alta de limonada.

Penelope abriu um largo sorriso.

– Espero que não tenha pensado que eu conseguiria comer isto tudo sozinha.

– Lady Bridgerton e as filhas devem chegar daqui a pouco. Achei que poderiam estar com fome também.

– Comigo aqui, não vai sobrar nada para elas – afirmou Colin com um sorriso jovial.

Wickham fez uma discreta reverência em sua direção.

– Se eu soubesse que estava aqui, Sr. Bridgerton, teria triplicado as porções. Quer que eu faça um prato para o senhor?

– Não, não – retrucou Colin, abanando a mão que não estava machucada. – Vou levantar assim que... hã... acabar de ler este capítulo.

– Avisem se precisarem de qualquer outra coisa – acrescentou Wickham, antes de deixar o aposento.

– Aaaai – gemeu Colin assim que ouviu os passos de Wickham se afastarem pelo corredor. – Maldição! Quer dizer, droga! Como dói!

Penelope pegou um guardanapo da bandeja.

– Tome, vamos substituir esse lenço. – Ela tirou o pedaço de pano da mão dele, mantendo os olhos fixos no tecido em vez de no ferimento. Com isso, seu estômago não ficou tão embrulhado. – Sinto dizer que o seu lenço está arruinado.

Colin apenas fechou os olhos e balançou a cabeça. Penelope era inteligente o bastante para entender que isso queria dizer que ele não se importava. E era sensível o suficiente para não falar mais nada sobre o assunto. Não havia nada pior do que uma mulher tagarela.

Ele sempre gostara de Penelope, mas como podia ter deixado de perceber, até aquele momento, quão inteligente ela era? Supunha que, se tivessem lhe perguntado sua opinião, teria dito que era esperta, mas na verdade nunca tinha pensado muito sobre o assunto.

No entanto, tornava-se cada vez mais claro para ele que a jovem era, de fato, muito inteligente. E talvez a irmã tivesse comentado, certa vez, que também era uma leitora voraz.

E, provavelmente, crítica.

– Acho que o sangramento diminuiu – disse ela, envolvendo o guardanapo limpo em torno de sua mão. – Na verdade, tenho certeza, pois já não fico tão enjoada cada vez que olho para o ferimento.

Ele teria preferido que ela não tivesse lido o seu diário, mas já que tinha...

– Hã, Penelope... – começou ele, surpreso com a nítida hesitação na própria voz.

Ela ergueu os olhos.

– Desculpe. Estou apertando demais?

Por um instante, Colin só piscou. Como era possível que jamais tivesse notado como os olhos dela eram grandes? Sabia que eram castanhos, é claro, e... Não, pensando bem, se fosse sincero, teria que admitir que, se alguém lhe perguntasse, antes daquela manhã, qual era a cor dos olhos dela, ele não teria sido capaz de responder.

Mas, de alguma maneira, sabia que jamais se esqueceria outra vez.

Ela diminuiu a pressão.

– Assim está melhor?

Ele fez que sim.

– Obrigado. Eu mesmo o faria, mas é a minha mão direita e...

– Não precisa dizer mais nada. É o mínimo que posso fazer depois de... depois de...

Penelope olhou discretamente para o lado e ele percebeu que ela estava prestes a pedir desculpas de novo.

– Penelope – tentou ele mais uma vez.

– Não, espere! – bradou ela, os olhos escuros cintilando com... paixão?

Sem dúvida não era o tipo de paixão com o qual ele estava acostumado. Mas havia outros tipos, certo? Paixão pelo aprendizado. Paixão pela... literatura?

– Eu tenho que lhe dizer isto – recomeçou ela, com urgência. – Eu sei que ler o seu diário foi uma intromissão imperdoável da minha parte. Eu só estava... entediada... esperando... e não tinha nada para fazer, então vi aquilo e fiquei curiosa.

Ele abriu a boca para interrompê-la, para falar que o que estava feito estava feito, mas ela não parava e ele foi obrigado a escutá-la.

– Eu deveria ter me afastado assim que percebi do que se tratava – continuou Penelope –, mas, no instante em que li uma frase, não consegui mais parar! Colin, foi maravilhoso! Era como se eu estivesse lá. Pude sentir a água, e sabia exatamente a temperatura que tinha. Foi tão inteligente da sua parte descrevê-la daquela forma... Todo mundo sabe como é a água de banho meia hora depois de a banheira ter sido preparada.

Por um momento, Colin não conseguiu fazer nada além de fitá-la. Nunca vira Penelope tão animada, e era muito estranho – muito bom, na verdade – que tanta animação se devesse ao seu diário.

– Você... você gostou? – perguntou ele, por fim.

– Se eu gostei? Colin, eu adorei! Eu...

– Ai!

Em sua animação, ela começara a apertar a mão dele um pouco forte demais.

– Ah, me desculpe – disse ela distraidamente. – Colin, eu preciso saber. Qual era o perigo? Não aguento ficar sem saber.

– Não foi nada – retrucou ele, com modéstia. – A página que você leu não foi das melhores.

– De fato, foi quase toda descritiva – concordou ela –, mas a descrição foi muito envolvente e evocativa. Eu consegui ver a cena. Ainda assim, não foi... Ah, meu Deus, como posso explicar?

Colin percebeu que estava muito ansioso para que ela conseguisse se expressar.

– Às vezes – continuou Penelope –, quando lemos uma passagem descritiva, ela é um tanto... bem, não sei... distante. Clínica, até. Você deu vida à ilha. Outras pessoas talvez dissessem que a água era morna, mas você a ligou a algo que todos conhecemos e compreendemos. Me deu a sensação de estar lá, mergulhando o dedo do pé bem ao seu lado.

Colin sorriu, ridiculamente satisfeito com o elogio.

– Ah! E antes que eu me esqueça, houve outra coisa brilhante que eu queria mencionar.

Agora ele estava sorrindo como um imbecil. Brilhante, brilhante, brilhante. Que palavra *boa*.

Penelope se aproximou um pouco dele ao dizer:

– Também mostrou ao leitor como você reagiu à cena e como ela o afetou. Tornou-se algo além da mera descrição, porque soubemos qual foi a sua reação.

Colin sabia que estava pedindo para ser elogiado, mas não se importou muito com isso ao perguntar:

– O que quer dizer?

– Bem, se você olhar para... Posso ver o diário outra vez para refrescar a memória?

– É claro – murmurou ele, entregando-o a ela. – Espere, deixe-me encontrar a página certa para você.

Assim que Colin lhe deu o caderno, Penelope vasculhou as linhas até encontrar o trecho que procurava.

– Bem aqui. Veja só esta parte, onde você se lembra de que a Inglaterra é a sua casa.

– É engraçado como viajar pode fazer isso com uma pessoa.

– Fazer o quê? – quis saber ela, com os olhos cheios de interesse.

– Fazer uma pessoa apreciar o próprio lar – disse ele, baixinho.

Ela o encarou com olhos sérios, questionadores.

– E, ainda assim, você gosta de partir.

Ele assentiu.

– Não consigo evitar. É como uma doença.

Ela riu e sua risada soou inesperadamente melodiosa.

– Não seja ridículo – falou. – Uma doença é algo nocivo. Está claro que suas viagens alimentam a sua alma. – Ela baixou os olhos para a mão dele e puxou o guardanapo com todo o cuidado para inspecionar o ferimento. – Já está quase melhor – declarou.

– Quase – concordou ele.

Na verdade, suspeitava que o sangramento tivesse estancado por completo, mas relutava em permitir que a conversa chegasse ao fim. Sabia que, no instante em que Penelope terminasse de cuidar dele, iria embora.

Ele não achava que ela quisesse partir, mas, de alguma forma, sabia que isso aconteceria. Consideraria que era o mais apropriado e, provavelmente, também acreditaria que era isso que ele desejava.

Nada poderia estar mais longe da verdade, ele percebeu, surpreso.

E nada poderia tê-lo assustado mais.

CAPÍTULO 6

Todos têm segredos.
Sobretudo eu.

CRÔNICAS DA SOCIEDADE DE LADY WHISTLEDOWN,
14 DE ABRIL DE 1824

– Eu teria gostado de saber que você escrevia um diário – comentou Penelope, voltando a pressionar o guardanapo sobre a palma da mão dele.

– Por quê?

– Não sei ao certo – respondeu ela, dando de ombros. – É sempre interessante descobrir algo que não se imagina sobre uma pessoa, não acha?

Colin não disse nada por vários instantes, então, de repente, deixou escapulir:

– Você gostou mesmo?

Ela olhou para ele, achando graça, e Colin ficou horrorizado. Lá estava ele, considerado um dos homens mais populares e sofisticados da alta sociedade, reduzido a um colegial tímido, prestando atenção a cada palavra pronunciada por Penelope Featherington, apenas para receber alguns elogios.

Penelope Featherington, pelo amor de Deus...

Não que houvesse qualquer coisa de errado com ela, é claro. Era só que ela era... bem... Penelope.

– É claro que gostei – afirmou ela com um sorriso suave. – Acabei de lhe dizer isso.

– Qual foi a primeira coisa que lhe chamou a atenção no texto? – indagou ele, decidindo agir como um tolo completo, uma vez que já estava a meio caminho disso.

Ela deu um sorriso malicioso.

– Na verdade, a primeira coisa que me chamou a atenção foi que a sua letra é bem mais caprichada do que eu teria imaginado.

Ele franziu a testa.

– Como assim?

– Não consigo imaginá-lo debruçado sobre a escrivaninha praticando caligrafia – respondeu ela, tentando controlar o riso.

Jamais houvera um momento tão propício à indignação quanto aquele.

– Pois saiba que eu passei muitas horas naquela sala de aula, desde muito pequeno, debruçado sobre a escrivaninha, como você disse de forma tão delicada.

– Tenho certeza que sim – murmurou ela.

– Humpf.

Ela baixou os olhos, claramente tentando não sorrir.

– Sou muito bom em caligrafia – acrescentou ele.

Agora aquilo se transformara numa brincadeira, e era bastante divertido desempenhar o papel do colegial petulante.

– Mas é claro que é – replicou ela. – Gostei sobretudo dos seus agás. São muito bem-feitos. Muito bem... traçados.

– Exatamente.

Ela fez a mesma expressão de seriedade dele.

– Exatamente.

Ele desviou o olhar do dela e, por um instante, sentiu uma timidez inexplicável.

– Fico contente que tenha gostado do diário – falou.

– Achei lindo – afirmou ela com delicadeza. – Encantador e... – Ela desviou o olhar, ruborizando. – Vai me achar tola.

– Não vou não – prometeu ele.

– Bem, eu acho que um dos motivos pelos quais gostei tanto foi que pude sentir, de alguma forma, o seu prazer em escrevê-lo.

Colin passou um longo momento em silêncio. Jamais lhe ocorrera que escrever fosse algo prazeroso para ele. Era algo que simplesmente fazia.

Fazia-o porque não conseguia se imaginar sem aquilo. Como viajar para terras estrangeiras e não manter um registro do que via, do que vivenciava e, talvez o mais importante, do que sentia?

Mas, pensando em retrospecto, se deu conta de que experimentava uma estranha satisfação sempre que escrevia uma frase que saía perfeitamente correta, que expressava seus sentimentos com perfeição. Lembrava-se com nitidez do momento em que escrevera a passagem que Penelope lera. Estivera sentado na praia ao anoitecer, o sol ainda quente sobre a pele e a areia – de alguma forma grossa e macia ao mesmo tempo – sob os pés descalços. Fora um instante maravilhoso, repleto daquela sensação cálida e indolente que só é possível no auge do verão (ou nas praias perfeitas do Mediterrâneo), e ele pensava na melhor forma de descrever a água.

Ficara sentado ali por um longo tempo – sem dúvida por cerca de meia hora – com a caneta posicionada sobre o diário, esperando a inspiração. Então, de repente, notara que a temperatura era exatamente igual à de uma água de banho já ficando morna. Nesse momento, seus lábios se abriram num sorriso largo e maravilhado.

Sim, ele gostava de escrever. Engraçado como nunca se dera conta disso antes.

– É bom ter algo que nos dê prazer – opinou Penelope, baixinho. – Algo satisfatório, que preencha as horas com a sensação de um objetivo a ser alcançado. – Ela cruzou as mãos sobre o colo e olhou para baixo, aparentemente muito interessada nos nós dos próprios dedos. – Nunca entendi as supostas alegrias de uma vida indolente.

Colin sentiu vontade de levantar o queixo dela, de olhar dentro de seus olhos ao lhe perguntar: *E o que você faz para preencher as suas horas com a sensação de ter um objetivo?* Mas não se moveu. Teria sido atrevido demais e o obrigaria a admitir a si mesmo quanto se interessava pela resposta.

Assim, ele decidiu fazer a pergunta, mas manteve as mãos paradas.

– Nada, na verdade – respondeu ela, ainda examinando as unhas. Então, após uma pausa, ergueu os olhos tão de repente que ele quase ficou tonto. – Eu gosto de ler – revelou. – Leio bastante. E bordo um pouco, de vez em quando, embora não seja muito boa. Gostaria que houvesse mais do que isso, mas, bem...

– O quê? – insistiu Colin.

Penelope balançou a cabeça.

– Não é nada. Você deve ser grato pelas suas viagens. Eu o invejo bastante.

Fez-se um longo silêncio, não constrangedor, mas ainda assim estranho, e, por fim, Colin disse, bruscamente:

– Não é o bastante.

O tom de voz dele pareceu tão inadequado na conversa que Penelope não pôde fazer nada além de fitá-lo.

– O que quer dizer? – perguntou, por fim.

Ele deu de ombros.

– Um homem não pode viajar para sempre. Isso comprometeria todo o divertimento inerente ao ato de viajar.

Ela riu, então olhou para ele e se deu conta de que ele falava sério.

– Eu sinto muito – retrucou. – Não foi minha intenção ser grosseira.

– Você não foi grosseira – disse ele, depois bebeu um gole da limonada. Quando pousou o copo na mesa, um pouco do líquido se derramou; ficou claro que ele não tinha o costume de usar a mão esquerda. – As duas melhores partes de uma viagem – começou a explicar, limpando a boca com um dos guardanapos limpos – são o momento da partida e o da volta para casa. Além do mais, eu sentiria muita falta da minha família se partisse indefinidamente.

Penelope não tinha resposta, pelo menos nada que não soasse como um clichê, portanto apenas esperou que ele continuasse.

Por um momento Colin ficou calado, depois deu um sorriso de escárnio e fechou o diário com um sonoro baque.

– Isto não serve para nada. É só para mim.

– Não precisa ser – disse ela, com delicadeza.

Se ele a escutou, não deu a menor indicação.

– É ótimo ter um diário para escrever durante uma viagem – continuou ele –, mas, quando chego em casa, não tenho nada para fazer.

– Acho difícil acreditar nisso.

Ele não respondeu. Em vez disso, limitou-se a pegar um pedaço de queijo da bandeja. Então, depois de engoli-lo com mais um gole de limonada, seu comportamento mudou por completo. Ele pareceu mais alerta, mais apreensivo, ao lhe indagar:

– Tem lido o *Whistledown*?

Penelope piscou, aturdida com a súbita mudança de assunto.

– Sim, é claro, por quê? Todo mundo lê, não é?

Ele desconsiderou a pergunta com um aceno de mão.

– Já notou como ela me descreve?

– Bem, quase sempre de maneira favorável, não?

Ele começou a acenar com a mão outra vez – de forma bastante desdenhosa, na opinião dela.

– Sim, sim, mas não é essa a questão – falou distraidamente.

– Se alguma vez tivesse sido comparado a uma fruta cítrica que passou do ponto, talvez achasse que a questão é essa – replicou Penelope, um tanto irritada.

Ele se retraiu, depois abriu e fechou a boca duas vezes antes de dizer:

– Se isso a faz se sentir melhor, eu não me lembrava de que ela a tinha chamado assim até agora. – Ele parou, pensou por um instante, então acrescentou: – Na verdade, continuo sem lembrar.

– Não tem importância – respondeu ela, assumindo sua melhor expressão de "veja como eu tenho um ótimo espírito esportivo". – Posso lhe garantir que já passou. Além do mais, sempre tive um apreço especial por laranjas e limões.

Mais uma vez ele abriu a boca para falar, mas parou, em seguida olhou direto para ela e finalmente se pronunciou:

– Espero que não ache o que vou dizer insensível ou insultante, dado que, no fim das contas, tenho muito pouco do que me queixar.

O que queria dizer, segundo Penelope entendeu, que talvez *ela* tivesse muito do que se queixar.

– Mas vou lhe dizer mesmo assim – continuou ele, com o olhar cristalino e sincero –, porque acho que talvez compreenda.

Era um elogio. Um elogio estranho e incomum, mas ainda assim um elogio. Penelope não queria mais nada a não ser colocar a mão por cima da dele. Como não podia fazer isso, assentiu com a cabeça e falou:

– Você pode me dizer qualquer coisa, Colin.

– Meus irmãos – começou ele –, eles... – Colin se deteve e lançou um olhar inexpressivo em direção à janela antes de finalmente se virar para ela e prosseguir: – Eles realizaram grandes coisas. Anthony é visconde e Deus sabe que eu não gostaria de ter essa responsabilidade, mas ele tem um objetivo na vida. Toda a nossa herança está nas mãos dele.

– Mais do que isso, até, imagino – observou Penelope, baixinho.

Ele a fitou com um ar de interrogação.

– Eu acho que seu irmão se sente responsável pela família toda – explicou ela. – Imagino que seja um fardo pesado.

Colin tentou manter o rosto impassível, mas o estoicismo nunca fora uma de suas características e ele deve ter demonstrado seu assombro, pois Penelope quase pulou da cadeira e se apressou em acrescentar:

– Não que eu ache que ele se importe! Faz parte de quem ele é.

– Exatamente! – exclamou Colin, como se acabasse de descobrir algo muito importante, ao contrário daquela... daquela discussão inútil a respeito da própria vida.

Ele não tinha nada do que se queixar. *Tinha consciência* disso.

– Você sabia que Benedict pinta? – perguntou.

– É claro – respondeu ela. – Todos sabem. Há um quadro dele na National Gallery. E creio que estejam planejando expor outro em breve. Outra paisagem.

– É mesmo?

Ela fez que sim.

– Foi o que Eloise me contou.

Ele se retraiu outra vez.

– Então deve ser verdade. Não acredito que ninguém tenha me contado.

– Bem, você esteve fora... – recordou Penelope.

– O que estou tentando dizer – continuou ele – é que os dois têm um objetivo em suas vidas. Eu não tenho nada.

– Isso não pode ser verdade – retrucou ela.

– Acho que quem sabe disso sou eu.

Penelope se recostou, perplexa com a rispidez dele.

– Eu sei o que as pessoas pensam de mim – prosseguiu Colin.

Embora Penelope houvesse dito a si mesma que permaneceria em silêncio para ouvir o que ele tinha a dizer, não conseguiu evitar interrompê-lo:

– Todo mundo gosta de você. Todos o adoram.

– Eu sei – gemeu ele, parecendo angustiado e aflito ao mesmo tempo. – Mas... – Passou os dedos abertos pelos cabelos. – Meu Deus, como falar isso sem parecer um imbecil?

Penelope arregalou os olhos.

– Estou cansado de me considerarem um sujeito encantador e sem nada na cabeça – disse ele, por fim.

– Não seja tolo – respondeu ela imediatamente.

– Penelope...

– Ninguém o considera burro.

– Como você poderia saber is...

– Porque estou presa em Londres há muito mais tempo do que qualquer pessoa deveria ficar – interrompeu ela, ríspida. – Talvez eu não seja a mais popular da cidade, mas depois de dez anos já ouvi mais boatos, mentiras e opiniões idiotas do que precisava, e nunca, nem uma vez, ouvi quem quer que fosse se referir a você como um burro.

Ele a fitou por um momento, um tanto atordoado diante de tão acalorada defesa.

– Eu não quis dizer *burro* exatamente – começou ele, com a voz baixa e, esperava, humilde. – Quis dizer mais... sem substância. Até Lady Whistledown se refere a mim como um sedutor.

– E o que há de errado nisso?

– Nada – replicou ele, irritado –, se ela não o fizesse dia sim, dia não.

– A coluna só é *publicada* dia sim, dia não.

– É justamente a isso que estou me referindo – devolveu ele. – Se ela pensasse que eu tenho qualquer outra coisa de interessante além dos meus lendários encantos, não acha que a esta altura já teria mencionado?

Penelope passou um longo momento em silêncio, então refletiu:

– O que ela pensa é mesmo tão importante?

Ele deixou o corpo pender para a frente e bateu com as mãos nos joelhos, dando um grito de dor ao se lembrar (tarde demais) do ferimento.

– Você não está entendendo a questão – reclamou ele, fazendo uma careta ao voltar a pressionar a palma da mão. – Eu não dou a mínima para o que Lady Whistledown pensa. Mas, queiramos ou não, ela representa o restante da sociedade.

– Acho que muitas pessoas discordariam de você.

Ele ergueu uma das sobrancelhas.

– Incluindo você?

– Na realidade, acho Lady Whistledown bastante astuta – disse ela, cruzando as mãos comportadamente sobre o colo.

– A mulher a chamou de melão maduro!

Duas bolotas vermelhas lhe coloriram as faces.

– Uma fruta cítrica madura demais – corrigiu ela por entre os dentes. – Posso lhe garantir que há uma enorme diferença.

Colin decidiu, naquele momento, que a mente feminina era algo estranho e incompreensível – algo que um homem jamais deveria tentar compreender. Não havia uma única mulher viva que conseguisse ir do ponto A ao B sem parar diversas vezes pelo caminho.

– Penelope – falou, olhando para ela estupefato –, a mulher a insultou. Como pode defendê-la?

– Ela não disse nada que não fosse verdade – respondeu a jovem, cruzando os braços. – E, na verdade, tem sido bastante gentil desde que minha mãe passou a permitir que eu escolhesse as minhas próprias roupas.

Colin gemeu.

– Tenho certeza de que estávamos falando de outra coisa. Diga-me que não tínhamos a *intenção* de discutir o seu guarda-roupa.

Penelope estreitou os olhos.

– Creio que estávamos discutindo sua insatisfação com a vida de homem mais popular de Londres.

Ela ergueu a voz ao pronunciar as quatro últimas palavras e Colin se deu conta de que estava sendo repreendido. Claramente. O que considerou muito irritante.

– Não sei por que achei que compreenderia – vociferou, odiando o tom meio infantil da própria voz, mas incapaz de evitá-lo.

– Me desculpe – disse ela –, mas é difícil ficar aqui sentada ouvindo você dizer que sua vida não é nada.

– Eu não falei isso.

– Falou sim!

– Eu disse que não *tenho* nada – corrigiu ele, tentando não se encolher ao constatar quão idiota aquilo soava.

– Você tem mais do que qualquer pessoa que eu conheço – retrucou ela, cutucando-o no ombro. – Mas, se não se dá conta disso, talvez tenha razão: sua vida não é nada.

– É muito difícil explicar – insistiu ele, num murmúrio petulante.

– Se o que deseja é dar um novo rumo a sua vida – começou ela –, então, pelo amor de Deus, escolha alguma coisa e faça. O mundo lhe pertence, Colin. Você é jovem, rico, e é *homem*. – A voz de Penelope tornou-se amarga, ressentida. – Pode fazer o que quiser.

Ele franziu a testa, o que não a surpreendeu. Quando as pessoas se convenciam de que tinham problemas, a última coisa que desejavam era ouvir uma solução óbvia e objetiva.

– Não é tão simples assim – afirmou ele.

– Claro que é.

Ela o fitou por um longo momento se perguntando, talvez pela primeira vez na vida, quem era ele, exatamente.

Achava que soubesse tudo a seu respeito, mas não tinha a menor ideia de que escrevia um diário. Nem de que era temperamental. Muito menos de que estava insatisfeito com a vida.

E sem dúvida não imaginava que era petulante e mimado o suficiente para sentir essa insatisfação quando qualquer um sabia que não tinha motivo para tal. Que direito ele tinha de se considerar infeliz com a vida? Como ousava se queixar, sobretudo para ela?

Penelope se levantou e alisou o vestido num gesto desajeitado e defensivo.

– Da próxima vez que quiser reclamar sobre os percalços e as atribulações de ser adorado por todos, tente ser uma solteirona encalhada por um dia. Veja qual é a sensação e depois me avise se deseja continuar se lamentando.

Então, enquanto Colin continuava esparramado no sofá, olhando para Penelope como se ela fosse uma criatura bizarra de três cabeças, doze dedos e uma cauda, ela deixou o aposento.

Foi, pensou ela, enquanto descia os degraus externos que levavam à Bruton Street, a saída mais esplêndida de toda a sua existência.

Era mesmo uma pena que o homem que ela acabara de deixar fosse o único em cuja companhia ela quisera ter permanecido.

༄

Colin se sentiu péssimo o dia todo.

A mão doía horrivelmente, apesar do conhaque que ele despejara sobre a pele e goela abaixo. O corretor que cuidara do contrato da aconchegante casinha com varanda que ele encontrara em Bloombury lhe informara que o inquilino anterior ainda não tinha deixado o lugar e que Colin não poderia se mudar naquele dia, conforme planejado. Será que seria aceitável?

E, para piorar tudo, ele suspeitava que talvez tivesse cometido um dano irreparável à sua amizade com Penelope.

Isso o fazia se sentir péssimo, uma vez que a) dava enorme valor à sua relação com ela e b) não se dera conta de quanto valorizava a amizade com ela, o que c) o deixava num leve estado de pânico.

Penelope sempre estivera presente em sua vida. Amiga de sua irmã, era aquela que vivia à margem nas festas; por perto, mas nunca realmente fazendo parte das coisas.

No entanto, o mundo parecia estar diferente. Só tinha voltado à Inglaterra havia duas semanas, mas já podia perceber que Penelope mudara. Ou talvez ele tivesse mudado. Ou talvez ela não tivesse, mas a forma como ele a olhava, sim.

Ela era importante. Não havia outra forma de expressar.

E, depois de ela simplesmente estar ali havia dez anos, era um tanto bizarro que tivesse tanta importância para ele.

Ficara incomodado com o fato de terem se despedido, naquela tarde, de maneira tão desajeitada. Não se lembrava de ter se sentido desconfortável com Penelope alguma vez na vida – não, isso não era verdade. Naquela ocasião... Por Deus, quantos anos fazia? Seis? Sete? A mãe começara a atormentá-lo para que se casasse, o que não era novidade alguma, a não ser pelo fato de, daquela vez em especial, ter sugerido Penelope como noiva potencial. No dia em questão, Colin não estava no clima para lidar com o espírito casamenteiro da mãe como em geral lidava: devolvendo as brincadeiras.

Então Violet se recusara a parar. Passara o dia inteiro falando sobre Penelope, depois a noite toda, ao que parecera, até Colin enfim deixar o país. Nada de radical, apenas uma pequena viagem ao País de Gales. Mas, pensando bem, o que dera na mãe dele?

Quando ele voltara a Londres, ela quisera ter uma conversa com ele, é claro – só que, dessa vez, porque a irmã, Daphne, estava grávida de novo e desejava fazer o anúncio quando toda a família estivesse reunida. Mas como ele poderia ter adivinhado? Assim, não ansiava pela visita, já que tinha certeza de que envolveria uma série de sugestões nada sutis sobre casamento. Então, ao encontrar com os irmãos, eles haviam começado a atormentá-lo exatamente sobre o mesmo assunto, daquela maneira que só irmãos conseguem fazer, e, quando ele se deu conta, estava afirmando, em um tom de voz muito alto, que não ia se casar com Penelope Featherington!

O problema foi que, por algum motivo, Penelope estava bem ali, parada no vão da porta, com a mão sobre a boca, os olhos arregalados de dor, vergonha e, provavelmente, uma dezena de outras emoções desagradáveis que ele ficaria envergonhado demais para pesquisar mais a fundo.

Aquele fora um dos piores momento de sua vida. Um, na verdade, que ele fazia o possível para não lembrar. Não acreditava que Penelope estivesse interessada nele – pelo menos não mais do que as outras moças –, mas ele a envergonhara. Mencioná-la, especificamente, ao fazer um anúncio daqueles...

Aquilo fora imperdoável.

Ele pedira desculpas, é claro, e ela as aceitara, mas Colin jamais se perdoara por completo.

E, agora, ele a insultara outra vez. Não de forma direta, sem dúvida, mas deveria ter pensado melhor antes de se queixar da própria vida.

Diabos, como aquilo soara idiota, até mesmo para ele. Que motivo ele tinha para reclamar? Nenhum.

E, no entanto, ainda sentia aquele vazio insistente. Um anseio, na verdade, por algo que não conseguia definir. Tinha inveja dos irmãos, por terem encontrado suas paixões, por estarem construindo seu legado.

A única marca que Colin deixara no mundo se encontrava nas colunas sociais de Lady Whistledown.

Que piada.

Mas tudo era relativo, não era? Comparado a Penelope, tinha pouco do que se queixar.

Isso provavelmente significava que devia ter mantido as próprias inquietações apenas para si. Não gostava de pensar em Penelope como uma solteirona encalhada, mas supunha que era isso mesmo que ela era. E aquela não era uma posição muito respeitável na sociedade inglesa.

Na verdade, era uma situação sobre a qual muita gente se queixaria com amargura.

Mas Penelope sempre se mostrara bastante resignada – talvez não satisfeita com o seu destino, porém ao menos aceitando-o.

E quem poderia saber? Talvez ela tivesse anseios e sonhos de uma vida além da que compartilhava com a mãe e com a irmã na casa da Mount Street. Talvez tivesse planos e objetivos mas os guardasse para si por trás de um véu de dignidade e bom humor.

Talvez houvesse mais a seu respeito do que parecia.

Talvez, pensou ele com um suspiro, ela merecesse um pedido de desculpas. Ele não sabia exatamente por que deveria se desculpar; não estava certo de que houvesse um motivo preciso.

Mas a situação exigia *alguma* coisa.

Ora, diabos. Agora teria de comparecer ao sarau dos Smythe-Smiths naquela noite. Tratava-se de um evento anual sofrido e dissonante; sempre que se acreditava que todas as meninas da família haviam crescido, alguma prima nova surgia para tomar o seu lugar, cada qual mais desafinada do que a anterior.

Mas era lá que Penelope estaria naquela noite, o que significava que era onde Colin teria de estar, também.

CAPÍTULO 7

Colin Bridgerton esteve cercado por um bom número de moças no sarau dos Smythe-Smiths na noite de quarta-feira, todas elas demonstrando uma enorme preocupação com a sua mão machucada.

Esta autora não sabe como ocorreu o ferimento – na verdade, o Sr. Bridgerton vem se mantendo irritantemente discreto a respeito dele. E, por falar em irritação, o cavalheiro em questão pareceu bastante incomodado com tanta atenção. Na verdade, esta autora o ouviu dizer ao irmão, Anthony, que gostaria de ter deixado o (palavra irrepetível) curativo em casa.

Crônicas da sociedade de Lady Whistledown,
16 de abril de 1824

Por que, por que, por que ela fazia aquilo consigo mesma?

Ano após ano, o convite chegava via mensageiro e ano após ano Penelope jurava que nunca, em nome de Deus, nunca mais compareceria a outro sarau dos Smythe-Smiths.

E, no entanto, ano após ano ela se via sentada na sala de música da família, tentando desesperadamente não se encolher (pelo menos não de forma perceptível) enquanto a última geração de meninas Smythe-Smiths trucidava as composições do pobre Sr. Mozart.

Era doloroso. Horrível, pavoroso, hediondo. Na verdade, não havia outra forma de descrever a experiência.

Mais assombroso era o fato de que Penelope, de alguma forma, sempre acabava na primeira fileira, ou próxima a ela, o que era ainda mais martirizante. E não apenas para os ouvidos. A cada poucos anos, uma das meninas Smythe-Smiths parecia se dar conta de que estava participando do que só podia ser chamado de crime contra as leis auditivas e, enquanto as outras atacavam violinos e pianos com um vigor inabalável, esse ser ímpar tocava com uma expressão de dor que Penelope conhecia muito bem.

Era a expressão que se fazia quando se desejava estar em qualquer outro lugar que não aquele. Podia-se tentar ocultá-la, mas o desconforto sempre ficava evidente nos lábios rijos e esticados. E nos olhos, é claro.

Deus sabia que Penelope fora amaldiçoada com aquela expressão muitas vezes.

Talvez fosse por isso que jamais conseguia ficar em casa nas noites do referido sarau. Alguém tinha de sorrir de forma encorajadora e fingir estar gostando da música. Além do mais, só precisava ouvir aquilo uma vez ao ano.

Ainda assim, era impossível não pensar na fortuna que poderia ser ganha com a fabricação de discretos tampões de ouvidos.

O quarteto de meninas se preparava – uma confusão de notas dissonantes e escalas que só prometiam piorar assim que elas começassem a tocar de fato. Penelope escolhera um lugar no meio da segunda fileira, para completa aflição da irmã, Felicity.

– Mas há dois lugares ótimos no canto, ao fundo – sibilou ela, em seu ouvido.

– Agora é tarde – devolveu Penelope, acomodando-se na cadeira levemente acolchoada.

– Que Deus me ajude – gemeu Felicity.

Penelope pegou o programa e começou a folheá-lo.

– Se não nos sentarmos aqui, outra pessoa haverá de se sentar.

– É isso que eu quero!

Penelope se aproximou da irmã de maneira que apenas ela a ouvisse.

– Podem contar conosco para sorrirmos e sermos educadas. Imagine se alguém como Cressida Twombley se sentar aqui e passar o tempo todo dando risadinhas de desdém.

Felicity olhou à sua volta.

– Cressida Twombley não seria vista aqui nem morta.

Penelope escolheu ignorar a observação.

– A última coisa da qual elas precisam é de alguém aqui na frente que goste de fazer comentários pouco lisonjeiros. As pobres meninas ficariam tão ofendidas...

– Vão ficar ofendidas de qualquer maneira – murmurou Felicity.

– Não, não vão – discordou Penelope. – Pelo menos não aquela, aquela ou aquela – falou, apontando para as duas dos violinos e a do piano. Mas aquela – continuou, fazendo um discreto sinal em direção à jovem sentada com um violoncelo entre os joelhos – já está se sentindo péssima. O mínimo que podemos fazer é não piorar as coisas permitindo que uma pessoa maldosa e cruel se sente aqui.

– Ela só vai ser arrasada mais para o final da semana, por Lady Whistledown – sussurrou Felicity.

Penelope abriu a boca para dizer mais alguma coisa, mas naquele exato instante se deu conta de que Eloise chegara e acabara de ocupar o assento do seu outro lado.

– Eloise – exclamou Penelope, obviamente encantada. – Pensei que tivesse planejado ficar em casa.

A jovem fez uma careta.

– Não sei como explicar, mas não consigo não vir. É mais ou menos como um acidente de carruagem. É impossível *não* olhar.

– Ou escutar – observou Felicity –, como parece ser o caso.

Penelope sorriu. Não foi capaz de evitar.

– Será que as ouvi falar de Lady Whistledown quando cheguei? – indagou Eloise.

– Eu estava comentando com Penelope – retrucou Felicity, debruçando-se por cima da irmã sem um pingo de elegância para conversar com Eloise – que as meninas vão ser destruídas por Lady Whistledown mais para o final da semana.

– Não sei – respondeu Eloise, pensativa. – Ela não costuma implicar com as Smythe-Smiths todos os anos. Não sei por quê.

– Eu sei – cacarejou uma voz vinda de trás delas.

As três se viraram em suas cadeiras, então tiveram um pequeno sobressalto quando a bengala de Lady Danbury chegou perigosamente próxima de seus rostos.

– Lady Danbury – grunhiu Penelope, incapaz de resistir ao impulso de tocar o próprio nariz, apenas para se certificar de que continuava no lugar.

– Eu já consegui entender Lady Whistledown – afirmou a velha senhora.

– É mesmo? – provocou Felicity.

– Ela tem o coração mole – continuou a outra. – Está vendo aquela – falou, apontando a bengala na direção da violoncelista, quase furando a orelha de Eloise ao fazê-lo – bem ali?

– Sim – respondeu Eloise, esfregando a orelha –, embora eu já não ache que vá conseguir escutá-la.

– Provavelmente uma bênção – comentou Lady Danbury antes de retornar ao assunto. – Pode me agradecer mais tarde.

– Estava dizendo algo sobre a violoncelista? – perguntou Penelope com bastante habilidade, antes que Eloise fizesse algum comentário inapropriado.

– É claro que estava. Olhem só para ela – prosseguiu Lady Danbury. – Está extremamente infeliz. E tem razão. É a única que tem alguma noção de quão péssimas elas são. As outras três têm a sensibilidade musical de um mosquito.

Penelope olhou para a irmã com uma expressão de completa superioridade.

– Podem escrever o que digo – continuou Lady Danbury. – Lady Whistledown não dirá uma palavra sobre este sarau. Não vai querer magoar aquela ali. O resto...

Felicity, Penelope e Eloise se abaixaram no instante em que a bengala passou.

– Ora, ela não dá a menor importância ao resto.

– É uma teoria interessante – comentou Penelope.

Satisfeita, Lady Danbury recostou-se em sua cadeira.

– Não é mesmo?

Penelope assentiu com a cabeça.

– E acho que tem razão.

– Humpf. Quase sempre tenho.

Ainda virada na cadeira, Penelope olhou primeiro para Felicity, em seguida para Eloise, e disse:

– É o mesmo motivo pelo qual eu venho a esses saraus infernais ano após ano.

– Para ver Lady Danbury? – indagou Eloise, piscando aturdida.

– Não. Por causa de meninas como ela – revelou Penelope, apontando para a violoncelista. – Porque eu sei exatamente como ela se sente.

– Não seja tola, Penelope – retrucou Felicity. – Você nunca tocou piano em público e, mesmo se tocasse, é muito boa pianista.

Penelope virou-se para a irmã.

– Não tem a ver com a música, Felicity.

Nesse momento uma coisa muito estranha aconteceu com Lady Danbury. Sua expressão se transformou por completo. Os olhos ficaram sem brilho, tristes. Os lábios, em geral levemente rijos nos cantos, e sarcásticos, se suavizaram.

– Eu também fui aquela menina, Srta. Featherington – confidenciou, tão baixinho que tanto Eloise quanto Felicity foram forçadas a se aproximar, Eloise proferindo um "Como disse?" e Felicity com um bem menos polido "O quê?".

Mas Lady Danbury só tinha olhos para Penelope.

– E é por isso que eu venho, ano após ano – prosseguiu a velha senhora –, assim como você.

Por um instante, Penelope sentiu uma estranha conexão com ela. O que era uma loucura, pois não tinham nada em comum além do gênero – nem idade, posição social ou qualquer outra coisa. E, no entanto, era quase como se a condessa a tivesse escolhido – com que objetivo, Penelope jamais teria como adivinhar. O certo é que parecia decidida a atiçar um fogo sob a vida ordeira e muitas vezes entediante da jovem.

E Penelope não podia negar que estava, de alguma forma, funcionando.

Não é ótimo descobrirmos que não somos exatamente o que pensávamos ser?

As palavras ditas por Lady Danbury poucas noites antes ainda ecoavam na cabeça de Penelope. Quase como uma litania.

Quase como um desafio.

– Sabe o que eu acho, Srta. Featherington? – indagou Lady Danbury, o seu tom enganosamente suave.

– Não faço a mais vaga ideia – retrucou Penelope com bastante franqueza, e respeito.

– Acho que *você* poderia ser Lady Whistledown.

Felicity e Eloise arfaram.

Penelope entreabriu os lábios, surpresa. Ninguém jamais pensara em acusá-la de tal coisa antes. Era inacreditável... impensável... e...

Bastante lisonjeiro, na verdade.

Ela sentiu a boca formar um sorriso malicioso, então se inclinou para a frente como se estivesse prestes a compartilhar novidades muito importantes.

Lady Danbury chegou para a frente. Felicity e Eloise também.

– Sabe o que *eu* acho, Lady Danbury? – disse Penelope, numa voz sedutoramente suave.

– Bem – retrucou Lady D., com um brilho astucioso nos olhos –, eu poderia responder que estou sem fôlego de tanta ansiedade, mas você já me falou, certa vez, que achava que *eu* era Lady Whistledown.

– E é?

A velha senhora abriu um sorriso ardiloso.

– Talvez.

Felicity e Eloise sufocaram outro grito, ainda mais premente desta vez. Penelope sentiu o estômago dar uma cambalhota.

– A senhora está admitindo que é? – sussurrou Eloise.

– É claro que não! – ladrou Lady Danbury, se empertigando e batendo com a bengala no chão com força suficiente para fazer com que as quatro musicistas amadoras parassem o aquecimento. – E, mesmo que fosse verdade, e eu não estou dizendo que seja, por acaso eu seria tola o suficiente para admitir?

– Então por que disse...

– Porque, sua tolinha, estou tentando explicar um argumento.

Eloise ficou em silêncio até Penelope ser forçada a perguntar:

– E que argumento seria esse?

Lady Danbury lhes lançou um olhar exasperado.

– Que qualquer pessoa poderia ser Lady Whistledown – exclamou, batendo com a bengala no chão com vigor renovado. – Qualquer uma.

– Bem, exceto *eu* – atalhou Felicity. – Tenho certeza absoluta de que não sou eu.

Lady Danbury não se dignou nem a olhar para ela.

– Deixem-me lhes dizer uma coisa – falou.

– Como se pudéssemos impedi-la – observou Penelope, com tanta doçura que pareceu um elogio.

E, na verdade, *era* um elogio. Ela tinha bastante admiração por Lady Danbury. Admirava qualquer pessoa que conseguisse dizer o que pensava em público.

A velha senhora riu.

– Você é bem mais profunda do que se percebe à primeira vista, Penelope Featherington.

– É verdade – concordou Felicity, sorrindo. – Ela sabe ser bastante cruel, por exemplo. Ninguém acreditaria nisso, mas quando éramos pequenas...

Penelope lhe deu uma cotovelada nas costelas.

– Viu só? – reclamou Felicity.

– O que eu ia dizer – continuou Lady Danbury – era que todos estão agindo de maneira completamente errada com relação ao meu desafio.

– E como sugere que ajamos, então? – indagou Eloise.

A senhora acenou com a mão bem à frente do rosto de Eloise.

– Primeiro tenho de explicar o que as pessoas estão fazendo de errado – começou. – Ficam olhando para os suspeitos óbvios. Gente como a sua mãe – declarou, virando-se para Penelope e Felicity.

– Nossa mãe? – ecoaram ambas.

– Ora, por favor – zombou Lady Danbury. – Esta cidade jamais conheceu pessoa tão intrometida. É exatamente o tipo de pessoa de quem todo mundo desconfia.

Penelope não tinha a menor ideia do que responder. A mãe *era*, de fato, uma notória fofoqueira, embora fosse difícil imaginá-la como Lady Whistledown.

– É por isso – continuou Lady Danbury, com um olhar muito astuto – que não pode ser ela.

– Bem, *isso* – retrucou Penelope, com um toque de sarcasmo – e o fato de que Felicity e eu podemos afirmar, com certeza, que não é ela.

– Ora, se sua mãe fosse Lady Whistledown, teria encontrado uma forma de impedir que vocês soubessem.

– Minha mãe? – disse Felicity, com sérias dúvidas. – Não creio.

– O que eu estava tentando *argumentar* – insistiu Lady Danbury, ficando impaciente –, antes de todas essas interrupções infernais...

Penelope achou ter ouvido Eloise resfolegar.

– ... era que se, Lady Whistledown fosse alguém óbvio, já teria sido descoberta, não acham?

Todas ficaram em silêncio, até se tornar claro que a velha senhora aguardava uma resposta, então as três assentiram com um ar pensativo e o vigor esperado.

– Deve ser uma pessoa de quem ninguém suspeitaria – sugeriu Lady Danbury. – Só pode ser.

Penelope assentiu. A teoria de Lady Danbury estranhamente fazia sentido.

– É por isso – prosseguiu a velha senhora, triunfante – que eu não sou uma candidata provável!

Penelope piscou repetidamente, aturdida, sem entender muito bem a lógica.

– Como disse?

– Ora, *por favor*. – Lady Danbury olhou para Penelope com o mais absoluto desdém. – Acha mesmo que foi a primeira pessoa a suspeitar de mim?

Penelope se limitou a balançar a cabeça.

– Eu continuo achando que é a senhora.

Isso lhe rendeu uma dose de respeito. Lady Danbury assentiu em sinal de aprovação enquanto dizia:

– Você é mais insolente do que parece.

Felicity se inclinou para a frente e falou, numa voz conspiratória:

– Isso é verdade.

Penelope deu um tapa na mão da irmã.

– Felicity!

– Acho que o sarau vai começar – avisou Eloise.

– Que Deus nos ajude – retrucou Lady Danbury. – Não sei por que... Sr. Bridgerton!

Penelope tinha se virado de frente para o pequeno palco, mas tornou a se voltar para trás a tempo de ver Colin percorrer a fileira e se sentar ao lado de Lady Danbury, pedindo desculpas ao esbarrar nos joelhos das pessoas pelas quais ia passando.

Os pedidos de desculpa eram acompanhados, é claro, por um de seus sorrisos fatais, e nada menos do que três senhoras simplesmente ficaram completamente derretidas em suas cadeiras.

Penelope arqueou as sobrancelhas. Era lamentável.

– Penelope – sussurrou Felicity –, por acaso você acabou de rosnar?

– Colin – disse Eloise –, eu não sabia que vinha.

Ele deu de ombros, o rosto iluminado por um sorriso de lado.

– Mudei de ideia no último instante. Afinal, sempre fui um grande amante de música.

– Isso explica a sua presença aqui – comentou Eloise num tom bastante irônico.

Em resposta, Colin se limitou a arquear a sobrancelha. Em seguida se virou para Penelope e disse:

– Boa noite, Srta. Featherington. – Depois acenou com a cabeça para Felicity e cumprimentou: – Srta. Featherington.

Penelope levou um instante para encontrar a voz. Os dois haviam se despedido de forma bastante estranha naquela tarde, e agora, ali estava ele com um sorriso simpático.

– Boa noite, Sr. Bridgerton – conseguiu dizer, por fim.

– Alguém sabe qual é o programa desta noite? – indagou ele, mostrando-se muito interessado.

Penelope foi obrigada a admirar aquilo. Colin tinha a capacidade de olhar para uma pessoa como se nada no mundo pudesse ser mais importante do que aquilo que ela fosse dizer. Era um talento e tanto. Sobretudo naquele momento, em que todos sabiam que ele não dava a menor importância para o que as meninas Smythe-Smiths teriam escolhido tocar.

– Acredito que seja Mozart – opinou Felicity. – Elas quase sempre tocam Mozart.

– Encantador – retrucou Colin, recostando-se na cadeira, como se tivesse acabado de comer uma excelente refeição. – Sou um grande fã do Sr. Mozart.

– Nesse caso – falou Lady Danbury, acotovelando-o nas costas –, talvez queira fugir daqui enquanto a possibilidade ainda existe.

– Não seja tola – disse ele. – Estou certo de que as meninas darão o melhor de si.

– Ah, não há dúvida de que as meninas darão o melhor de si – atalhou Eloise, em um tom de mau agouro.

– Shhh – fez Penelope. – Acho que vão começar.

Ela não estava particularmente ansiosa para ouvir a versão Smythe-Smith de *Eine Kleine Nachtmusik*, admitiu para si mesma. Mas se sentiu muito pouco à vontade com Colin. Não sabia ao certo o que dizer a ele, e o que quer que *devesse* dizer não devia ser dito na frente de Eloise, Felicity e, sobretudo, Lady Danbury.

Um mordomo surgiu e apagou algumas velas de forma a sinalizar que as meninas estavam prontas para começar. Penelope se preparou e engoliu em seco para tentar entupir os canais auditivos (não funcionou), então a tortura começou.

E continuou... e continuou... e continuou.

Penelope não sabia o que era pior: a música ou a consciência de que Colin estava sentado bem atrás dela. Sentiu um arrepio na nuca ao pensar nisso e começou a se remexer como uma louca, os dedos tamborilando, implacáveis, sobre o veludo azul-escuro do vestido.

Quando o quarteto Smythe-Smith finalmente terminou de tocar, três das meninas se mostraram radiantes com o aplauso educado e a quarta – a violoncelista – parecia querer se esconder.

Penelope deixou escapar um suspiro. Pelo menos ela, em todas as suas temporadas fracassadas, jamais havia sido forçada a exibir as suas deficiências diante de toda a alta sociedade como aquelas meninas. Sempre lhe havia sido permitido se ocultar nas sombras, ficando em silêncio nos limites do salão, observando as outras moças se alternarem na pista de dança. Sim, a mãe a carregava para lá e para cá, tentando colocá-la no caminho desse ou daquele cavalheiro disponível, mas isso não era nada – nada – comparado ao que as meninas Smythe-Smiths eram forçadas a enfrentar.

Embora, para ser sincera, três das quatro parecessem ignorar alegremente sua inépcia musical. Penelope limitou-se a sorrir e a bater palmas. Sem dúvida ela não ia acabar com a festa das moças.

E, se a teoria de Lady Danbury estivesse correta, Lady Whistledown não haveria de escrever uma única palavra sobre o sarau.

Os aplausos logo diminuíram e em poucos instantes todos circulavam pelo salão, puxando conversa uns com os outros, de olho na mesa de petiscos escassos no fundo do aposento.

– Limonada – murmurou Penelope para si mesma.

Perfeito. Estava sentindo muito calor – ora, no que estava pensando ao usar veludo numa noite tão quente? –, e uma bebida gelada era exatamente o que precisava. Além disso, Colin estava entretido numa conversa com Lady Danbury, fazendo daquele o momento ideal para ela fugir dali.

Mas, assim que pegou um copo com a bebida, ouviu a voz dolorosamente familiar dele às suas costas, murmurando o seu nome.

Ela se virou e, antes de ter a menor ideia do que fazia, disse:

– Eu sinto muito.

– Sente?

– Sinto – garantiu ela. – Pelo menos, acho que sim.

Ele estreitou os olhos, e pequenas rugas se formaram nos cantos.

– Esta conversa só faz ficar mais intrigante a cada segundo.

– Colin...

Ele lhe estendeu o braço.

– Não quer dar uma volta comigo pelo salão?

– Eu não acho...

Colin aproximou o braço ainda mais dela – só 2 ou 3 centímetros, mas a mensagem era clara.

– Por favor – insistiu.

Ela fez que sim e pousou o copo na mesa.

– Está bem.

Caminharam em silêncio por quase um minuto, então Colin disse:

– Eu gostaria de me desculpar com você.

– Fui eu que saí da sala de forma tempestuosa – observou Penelope.

Colin inclinou a cabeça de leve e ela percebeu o sorriso indulgente que brincava nos lábios dele.

– Eu não diria que foi "tempestuosa" – retrucou ele.

Penelope franziu a testa. Não deveria ter ido embora mostrando-se tão ofendida, mas agora que o fizera, sentia-se estranhamente orgulhosa. Não era todos os dias que uma mulher como ela tinha a oportunidade de fazer uma saída tão dramática.

– Bem, eu não deveria ter sido tão grosseira – murmurou ela, sem muita sinceridade dessa vez.

Ele arqueou uma das sobrancelhas, obviamente decidido a continuar o que tinha a dizer.

– Eu gostaria de me desculpar por ser um fedelho mimado e chorão.

Penelope chegou a tropeçar nos próprios pés.

Ele a ajudou a recuperar o equilíbrio, então continuou:

– Sei que há muitas coisas na minha vida pelas quais eu deveria ser grato. Pelas quais eu *sou* grato – corrigiu-se, um pouco acanhado. – Fui imperdoavelmente grosseiro ao me queixar com você.

– Não – insistiu ela –, passei a noite toda pensando no que disse, e embora eu... – Ela engoliu em seco, então passou a língua pelos lábios.

Passara o dia todo procurando as palavras adequadas e acreditava que as tivesse encontrado, mas agora que ele estava ali ao seu lado, não conseguia pensar em nada.

– Está precisando de mais um copo de limonada? – perguntou Colin, educadamente.

Ela fez que não.

– Você tem todo o direito de sentir o que quiser – disse de forma atabalhoada. – Pode não ser o que eu sentiria se estivesse no seu lugar, mas todos os seus sentimentos são legítimos. No entanto...

Ela se deteve e Colin se viu desesperado para saber o que ela estava prestes a falar.

– No entanto o quê, Penelope? – encorajou-a.

– Não é nada.

– Para mim, é.

A mão dele estava sobre o braço dela, então ele o apertou de leve para que ela soubesse que ele falava sério.

Por um longo momento, Colin não achou que Penelope fosse de fato responder, então, quando pensou que o rosto fosse rachar com o sorriso fingido que abriu – estavam em público, afinal, e não seria de bom-tom gerar comentários e especulações demonstrando ansiedade e agitação –, ela suspirou.

Foi um som encantador, estranhamente reconfortante, suave e sábio. E fez com que ele desejasse olhá-la com mais atenção, olhar dentro de sua mente, escutar os ritmos de sua alma.

– Colin – começou ela –, se você se sente frustrado com a sua situação atual, deveria fazer algo para mudá-la. Na verdade, é simples assim.

– É o que faço – disse ele, encolhendo o ombro mais distante dela com indiferença. – Minha mãe me acusa de fazer minhas malas e deixar o país apenas por capricho, mas a verdade é que...

– Você faz isso quando se sente frustrado – completou ela.

Ele fez que sim. Ela o compreendia. Colin não sabia ao certo como aquilo acontecera, ou mesmo se fazia algum sentido, mas Penelope Featherington o compreendia.

– Eu acho que você deveria publicar os seus diários – opinou ela.

– Eu não posso.

– Por quê?

Ele parou e soltou o braço dela. Na verdade, não tinha resposta além do estranho ribombar de seu coração.

– Quem iria querer ler? – perguntou, por fim.

– Eu iria – respondeu ela, com sinceridade. – Eloise, Felicity... Sua mãe, Lady Whistledown, sem dúvida – acrescentou, com um sorriso travesso. – Ela escreve um bocado a seu respeito.

O bom humor dela era contagiante, e Colin não conseguiu conter um sorriso.

– Penelope, se as únicas pessoas que comprarem o livro forem as que eu conheço, não conta.

– Por que não? Você conhece muitas pessoas. Ora, se considerar só os Bridgertons...

Ele agarrou a mão dela. Não soube por quê, mas agarrou.

– Penelope, pare.

Ela riu.

– Acho que Eloise comentou que vocês também têm montes e montes de primos e...

– Já chega – advertiu ele, embora estivesse sorrindo ao dizê-lo.

Penelope olhou para a mão dele segurando a sua e falou:

– Muita gente vai querer ler sobre suas viagens. Talvez, no início, seja apenas por você ser uma figura conhecida em Londres, mas não vai demorar até todos se darem conta de que é um ótimo escritor. Então, vão clamar por mais.

– Não quero ser um sucesso por causa do nome Bridgerton – retrucou ele.

Ela soltou a mão da dele e a pousou no quadril.

– Você ouviu tudo o que eu disse? Eu acabei de falar...

– Do que vocês dois estão falando?

Era Eloise, com uma expressão muito, muito curiosa.

– De nada – murmuraram os dois, ao mesmo tempo.

Eloise resfolegou.

– Não me insultem. Não pode não ser de nada. Penelope está com um ar de quem vai começar a cuspir fogo a qualquer instante.

– Seu irmão está apenas sendo obtuso – disse Penelope.

– Ora, não há nada de novo nisso – brincou Eloise.

– Espere aí! – exclamou Colin.

– Mas a respeito de quê ele estava sendo obtuso – insistiu Eloise, ignorando-o por completo.

– Trata-se de um assunto particular – respondeu Colin, de má vontade.

– O que o torna ainda mais interessante – retrucou Eloise.

Ela olhou para a amiga, em expectativa.

– Eu sinto muito – disse Penelope –, realmente não posso contar.

– Não acredito que você não vai me contar! – exclamou Eloise.

– Não – respondeu Penelope, sentindo-se estranhamente satisfeita consigo mesma. – Não vou.

– Não acredito – repetiu Eloise, virando-se para o irmão. – Não acredito.

Colin deu o mais discreto dos sorrisos.

– Acredite.

– Você, guardando segredos de mim.

Ele ergueu as sobrancelhas.

– Por acaso achou que eu lhe contava tudo?

– É claro que não. – Ela fez uma careta. – Mas achei que Penelope contasse.

– Só que este segredo não é meu para que eu lhe conte – defendeu-se Penelope. – É de Colin.

– Acho que o planeta acaba de começar a girar para o outro lado – resmungou Eloise. – Ou talvez a Inglaterra tenha se chocado com a França. Só sei que este não é o mesmo mundo que eu habitava hoje de manhã.

Penelope não conseguiu se conter. Soltou uma risadinha, divertida.

– E você está rindo de mim! – acrescentou Eloise.

– Não, não estou – garantiu Penelope, rindo. – Realmente não estou.

– Sabe do que você está precisando? – indagou Colin.

– Eu? – indagou Eloise.

Ele assentiu.

– De um marido.

– Você é tão mau quanto a mamãe!

– Eu poderia ser bem pior, se quisesse.

– Não tenho a menor dúvida disso – devolveu Eloise.

– Parem, parem! – pediu Penelope, rindo muito a essa altura.

Os dois olharam para ela em expectativa, como se perguntassem: *e agora?*

– Estou tão satisfeita por ter vindo esta noite... – disse ela, as palavras saindo da boca a despeito de sua vontade. – Não consigo me lembrar de uma noite mais agradável do que esta. Sinceramente, não consigo.

Muitas horas depois, enquanto Colin fitava o teto do quarto de seu novo apartamento em Bloomsbury, ocorreu-lhe que se sentia exatamente da mesma forma.

CAPÍTULO 8

Colin Bridgerton e Penelope Featherington foram vistos conversando no sarau Smythe-Smith, embora ninguém saiba dizer, ao certo, o que discutiam. Esta autora se arriscaria a dizer que a conversa girava em torno da identidade desta, uma vez que todos pareciam estar falando sobre isso antes, depois e (um tanto grosseiramente, na estimada opinião desta coluna) durante a apresentação.

Outras notícias: o violino de Honoria Smythe-Smith foi danificado quando Lady Danbury o atirou de cima da mesa, sem querer, enquanto agitava a bengala.

Lady Danbury insistiu em comprar outro para substituir, mas então declarou que não tem o hábito de comprar nada que não seja do melhor, assim, Honoria terá um violino Ruggieri, importado de Cremona, na Itália.

No entendimento desta autora, somando-se o tempo de fabricação, de envio, além da longa lista de espera, levará uns seis meses para que o violino chegue até nós.

CRÔNICAS DA SOCIEDADE DE LADY WHISTLEDOWN,
16 DE ABRIL DE 1824

Há momentos na vida de uma mulher em que seu coração dá uma cambalhota no peito, em que o mundo parece atipicamente cor-de-rosa e perfeito, em que uma sinfonia pode ser ouvida no toque de uma campainha.

Penelope Featherington vivenciou esse momento dois dias após o sarau Smythe-Smith.

Só foi preciso uma batida à porta de seu quarto, seguida da voz do mordomo, lhe informando:

– O Sr. Colin Bridgerton está aqui para vê-la.

No mesmo instante, ela caiu da cama. Briarly, que trabalhava para a família Featherington havia tempo suficiente para nem mesmo piscar diante da falta de graça de Penelope, murmurou:

– Devo dizer a ele que a senhorita não está?

– Não! – Penelope praticamente guinchou, e se colocou de pé aos tropeços. – Quer dizer, não – acrescentou num tom mais suave. – Mas vou precisar de dez minutos para me arrumar. – Ela olhou para o espelho e estremeceu diante da aparência desgrenhada. – Quinze.

– Como desejar, Srta. Penelope.

– Ah, e por favor prepare uma bandeja com quitutes. O Sr. Bridgerton deve estar com fome. Ele está sempre com fome.

O mordomo assentiu outra vez.

Penelope ficou imóvel enquanto Briarly se retirava, então, completamente incapaz de se conter, começou a dançar pulando de um pé para o outro, emitindo um som estranho que mais parecia um ganido e que tinha certeza – ou pelo menos esperava – que jamais produzira.

Também, não conseguia se lembrar da última vez em que um cavalheiro a visitara, muito menos um pelo qual estivesse tão apaixonada havia quase metade da vida.

– Acalme-se – disse ela, espalmando as mãos e fazendo um gesto muito parecido com o que usaria para conter uma pequena e ingovernável multidão. – Você precisa permanecer calma. Calma – repetiu, como se isso fosse, de fato, resolver alguma coisa. – Calma.

Mas, por dentro, seu coração dançava.

Respirou fundo algumas vezes, foi até a penteadeira e pegou a escova. Só levaria alguns instantes para prender os cabelos outra vez. Sem dúvida Colin não iria fugir se ela o deixasse aguardando por algum tempo. Ele devia esperar que ela levasse alguns minutos para se arrumar, não?

Ainda assim, ajeitou os cabelos em tempo recorde e, ao entrar na sala de visitas, apenas cinco minutos haviam transcorrido desde o anúncio do mordomo.

– Que rapidez – observou Colin, com um sorriso maroto.

Ele estava de pé ao lado da janela, olhando para a Mount Street, e se virou quando ela apareceu.

– Ah, você acha? – disse Penelope, esperando que o calor que sentia na pele não estivesse se traduzindo num rubor.

Uma mulher devia manter um cavalheiro esperando, embora não por muito tempo. Ainda assim, não fazia sentido ter esse tipo de comportamento logo com Colin. Ele jamais se interessaria por ela de forma romântica, e, além do mais, eram amigos.

Amigos. Parecia um conceito tão estranho e, no entanto, era isso que eram. Sempre haviam sido conhecidos que se tratavam com familiaridade, mas, desde que Colin voltara do Chipre, tinham se tornado amigos.

Era mágico.

Mesmo que ele jamais a amasse – e ela achava que isso não aconteceria –, aquilo era melhor do que o que tinham antes.

– A que devo o prazer? – perguntou Penelope, sentando-se no sofá de tecido adamascado amarelo levemente desbotado da mãe.

Colin acomodou-se de frente para ela numa cadeira de espaldar reto bastante desconfortável. Inclinou o corpo para a frente, apoiou as mãos nos joelhos e Penelope soube, no mesmo instante, que havia algo errado. Aquela não era a pose adotada por um cavalheiro numa visita social. Ele lhe pareceu perturbado demais, intenso demais.

– É bastante sério – disse ele, o rosto soturno.

Penelope quase se levantou.

– Aconteceu alguma coisa? Alguém adoeceu?

– Não, não, nada do tipo. – Colin fez uma longa pausa, expirou profundamente, então passou as mãos pelos cabelos desalinhados. – É sobre Eloise.

– O que é?

– Não sei como dizer isto... Tem algo para comer?

Penelope teve vontade de torcer o pescoço dele.

– Pelo amor de Deus, Colin!

– Me desculpe. É que não comi nada o dia todo.

– Uma novidade, estou certa – comentou Penelope, impaciente. – Já pedi a Briarly que nos trouxesse algo. Agora, poderia me contar o que há de errado ou quer que eu morra de impaciência?

– Eu acho que ela é Lady Whistledown – disse ele, atabalhoadamente.

Penelope ficou boquiaberta. Não sabia ao certo o que esperava ouvir, mas não era aquilo.

– Penelope, você me escutou?

– Eloise?

Ele fez que sim.

– Não pode ser.

Colin se levantou e começou a caminhar de um lado para outro, tão nervoso que não conseguia ficar sentado.

– Por que não?

– Porque... porque... Porque não há a menor possibilidade de ela fazer uma coisa dessas há dez anos sem eu saber.

A expressão dele se transformou de perturbação em desdém em um instante.

– Não creio que você esteja a par de tudo o que Eloise faça.

– É claro que não – devolveu Penelope, lançando-lhe um olhar bastante irritado –, mas posso lhe dizer com absoluta certeza que Eloise jamais esconderia de mim um segredo dessa magnitude durante dez anos. Ela simplesmente não seria capaz.

– Penelope, ela é a pessoa mais enxerida que conheço.

– Bem, isso é verdade – concordou Penelope. – Com exceção de minha mãe. Mas isso não é o suficiente para condená-la.

Colin parou de caminhar de um lado para outro e plantou as mãos nos quadris.

– Ela vive anotando coisas.

– Por que acha isso?

Ele ergueu a mão e esfregou as pontas dos dedos energicamente umas nas outras.

– Manchas de tinta. Sempre.

– Muitas pessoas usam canetas e tinta. Você, por exemplo, escreve diários. Estou certa de que fica com os dedos sujos de tinta de vez em quando.

– Sim, mas eu não desapareço quando escrevo nos meus diários.

Penelope sentiu sua pulsação se acelerar.

– O que quer dizer com isso? – perguntou, ficando sem fôlego.

– Quero dizer que ela se tranca no quarto hora após hora e que é depois desses períodos que os dedos ficam cheios de tinta.

Penelope ficou em silêncio por um período agonizantemente longo. A "prova" de Colin era, de fato, significativa, sobretudo somada à conhecida e bem documentada tendência de Eloise à intromissão.

Mas ela não era Lady Whistledown. Não podia ser. Penelope apostaria a própria vida.

Por fim, ela cruzou os braços e, parecendo uma criança teimosa, disse:

– Não é ela. Não é.

Colin voltou a se sentar, parecendo derrotado.

– Eu gostaria de ter essa certeza.

– Colin, você precisa...

– Droga, onde está a comida? – resmungou ele.

Ela deveria ter ficado chocada, mas de alguma forma a falta de educação dele a divertiu.

– Tenho certeza que Briarly já está chegando com ela.

Ele se esparramou numa cadeira.

– Estou com fome.

– Sim, imagino – comentou Penelope, contraindo os lábios.

Ele deixou escapar um suspiro, cansado e preocupado.

– Se ela for Lady Whistledown, vai ser um desastre. Simplesmente um desastre.

– Não seria tão ruim assim – retrucou Penelope, com cuidado. – Não que eu ache que ela seja, porque não acho! Mas, se fosse, seria tão terrível assim? Eu, particularmente, gosto bastante de Lady Whistledown.

– Sim, Penelope – respondeu Colin, de forma um tanto ríspida –, seria terrível. Ela estaria arruinada.

– Não acho que estaria *arruinada*...

– É claro que estaria. Tem ideia de quantas pessoas aquela mulher já insultou ao longo dos anos?

– Não sabia que você detestava Lady Whistledown tanto assim – observou Penelope.

– Eu não a detesto – contestou Colin, com impaciência. – Mas isso não importa. Todo mundo a detesta.

– Não creio que isso seja verdade. Todos compram o seu jornal.

– É claro que compram! Todos compram o seu maldito jornal.

– Colin!

– Desculpe – murmurou ele, embora não parecesse estar sendo sincero. Mesmo assim, Penelope assentiu.

– Seja lá quem for Lady Whistledown – disse Colin, balançando o dedo em sua direção com tanta veemência que ela chegou o corpo para trás –, quando ela for desmascarada, não poderá mostrar o rosto em Londres.

Penelope pigarreou com discrição.

– Não tinha me dado conta de que você se importava tanto com as opiniões da sociedade.

– E não me importo. Bem, não muito, pelo menos. Qualquer um que lhe disser que não se importa é um mentiroso e um hipócrita.

Penelope achou que Colin estava certo, embora tenha ficado surpresa por ele admiti-lo. Ao que parecia, os homens gostavam de fingir ser totalmente independentes, não afetados pelos caprichos e opiniões da sociedade.

Ele inclinou o corpo para a frente, os olhos verdes queimando de intensidade.

– Isto não tem a ver comigo, Penelope. Tem a ver com Eloise. E, se ela for execrada pela sociedade, ficará arrasada. – Ele se recostou na cadeira, mas seu corpo inteiro irradiava tensão. – Sem falar do que aconteceria com minha mãe.

Penelope deu um suspiro lento.

– Eu realmente acho que você está se indispondo a troco de nada – falou.

– Espero que tenha razão – retrucou Colin, fechando os olhos.

Não sabia ao certo quando começara a desconfiar da irmã. Talvez depois que Lady Danbury lançara seu agora famoso desafio. Ao contrário de grande parte de Londres, Colin jamais se interessara pela verdadeira identidade de Lady Whistledown. A coluna era divertida e ele sem dúvida a lia, assim como todo mundo, mas, a seu ver, Lady Whistledown era apenas... Lady Whistledown, e isso era só o que ela precisava ser.

Mas o desafio de Lady Danbury o fizera começar a pensar, e, como todos os Bridgertons, sempre que enfiava uma ideia na cabeça, era incapaz de esquecê-la. De alguma forma, lhe ocorrera que a irmã possuía o temperamento e as habilidades perfeitos para escrever uma coluna como aquela, então, antes de conseguir se convencer de que estava delirando, notara as manchas de tinta em seus dedos. Desde então, fora praticamente à loucura, sem conseguir pensar em mais nada que não fosse a possibilidade de Eloise ter uma vida secreta.

Ele não sabia o que o irritava mais: que Eloise pudesse ser Lady Whistledown ou que tivesse conseguido esconder isso dele por mais de uma década.

Que coisa mais enervante, ser enganado pela própria irmã. Gostava de pensar que era mais esperto do que isso.

Mas precisava se concentrar no presente. Porque, se as suas suspeitas estivessem corretas, como a família iria lidar com o escândalo quando Eloise fosse descoberta?

E ela seria, *sim*, descoberta. Com toda Londres ansiando pelo prêmio de mil libras, Lady Whistledown não tinha a menor chance.

– Colin! Colin!

Ele abriu os olhos, perguntando-se quanto tempo fazia que Penelope o estava chamando.

– Eu realmente acho que você deveria parar de se preocupar com Eloise – disse ela. – Há muitas pessoas em Londres, e Lady Whistledown poderia ser qualquer uma delas. Ora, considerando sua atenção aos detalhes – ela fez um gesto com a mão para lhe lembrar das pontas dos dedos sujos de tinta de Eloise –, *você* poderia ser Lady Whistledown.

Ele lhe lançou um olhar bastante condescendente.

– A não ser pelo pequeno detalhe de eu ter estado fora do país metade do tempo.

Penelope decidiu ignorar o sarcasmo.

– Sem dúvida você escreve bem o bastante para ser ela.

Colin teve vontade de dizer algo cômico e levemente ríspido para refutar os argumentos fracos que ela apresentava, mas a verdade era que, em seu íntimo, tinha ficado tão encantado com o elogio à sua escrita que a única coisa que conseguiu fazer foi ficar ali parado, exibindo um sorriso torto.

– Você está bem? – perguntou Penelope.

– Perfeitamente bem – respondeu ele, voltando a si e tentando adotar um semblante mais sóbrio. – Por quê?

– Porque, de repente, me pareceu estar passando mal. Com vertigem, talvez.

– Estou bem – repetiu ele, talvez um pouco mais alto que o necessário. – Só estou pensando no escândalo.

Penelope deixou escapar um suspiro cansado que o irritou, porque ele não via motivo para ela se impacientar tanto.

– Que escândalo? – perguntou ela.

– O escândalo que irá explodir quando ela for descoberta – disse Colin, por entre os dentes.

– Ela não é Lady Whistledown! – insistiu Penelope.

De repente, Colin se empertigou na cadeira, os olhos brilhando com uma nova ideia.

– Sabe, não acho que tenha importância o fato de ela ser ou não Lady Whistledown.

Penelope o fitou, perplexa, durante três segundos inteiros antes de olhar ao redor do aposento e murmurar:

– Onde está a comida? Acho que estou zonza. Você não passou os últimos dez minutos completamente *enlouquecido* pela possibilidade de que seja?

Como se aquela fosse a sua deixa, Briarly entrou na sala com uma pesada bandeja. Penelope e Colin observaram em silêncio enquanto o mordomo a apoiava na mesa.

– Gostariam que eu os servisse? – indagou ele.

– Não, não é preciso – respondeu Penelope. – Nós mesmos podemos fazer isso.

Briarly assentiu e, assim que terminou de arrumar os talheres e encher dois copos com limonada, saiu.

– Ouça – começou Colin, levantando-se para empurrar a porta até que ela estivesse quase fechada (caso alguém resolvesse discutir as sutilezas das convenções sociais, tecnicamente a porta continuava aberta).

– Não quer algo para comer? – indagou Penelope, estendendo-lhe um prato que enchera com diversos petiscos.

Ele pegou um pedaço de queijo, devorou-o em apenas duas mordidas, então continuou:

– Mesmo que Eloise não seja Lady Whistledown, e, aliás, ainda acho que seja, não importa. Porque, se eu suspeito dela, então alguma outra pessoa também irá suspeitar.

– E o que isso quer dizer?

Colin esteve a ponto de chacoalhar Penelope pelos ombros, mas deteve-se bem a tempo.

– Não importa! Será que não vê? Se alguém apontar o dedo para ela, ela estará arruinada.

– Não se ela não for Lady Whistledown! – exclamou Penelope, parecendo se esforçar muito para descerrar os dentes.

– E como ela poderia provar? – devolveu Colin. – Uma vez que um boato tem início, o estrago já está feito. Cria vida própria.

– Colin, há cinco minutos não estou mais entendendo você.

– Preste atenção. – Ele se virou para encará-la e foi tomado por uma intensidade tal que não poderia ter desviado os olhos dela ainda que a casa estivesse desabando ao seu redor. – Suponhamos que eu dissesse a todo mundo que seduzi você.

Penelope ficou muito, muito quieta.

– Você estaria arruinada para sempre – continuou ele, agachando-se perto da beirada do sofá, de forma que ficassem mais ou menos da mesma altura. – Não importaria que nós nem ao menos tivéssemos nos beijado. *Isso*, minha cara Penelope, é o poder da palavra.

Ela pareceu estranhamente paralisada. E, ao mesmo tempo, ruborizada.

– Eu... eu não sei o que dizer – gaguejou.

E, então, algo muito estranho aconteceu. Colin se deu conta de que ele mesmo não sabia o que dizer. Porque se esqueceu de boatos, e do poder da palavra, e daquela podridão toda, e a única coisa na qual conseguia pensar era a parte que envolvia beijar e...

E...

E...

Deus do céu, ele queria beijar Penelope Featherington.

Penelope Featherington!

Era como querer beijar a própria irmã.

A não ser pelo fato – lançou-lhe um olhar discreto e ela lhe pareceu encantadora, e ele se perguntou como não o havia notado mais cedo – de que ela não era sua irmã.

Definitivamente, não era sua irmã.

– Colin?

O nome dele era um mero sussurro nos lábios dela, que piscava sem parar de forma adorável e confusa. Como era possível que jamais houvesse notado o intrigante tom de castanho dos olhos dela? Eram quase dourados próximo à pupila. Nunca vira nada parecido e, no entanto, os vira centenas de vezes.

Ele se empertigou subitamente. Era mais seguro que não estivessem naquele ângulo. De cima, era mais difícil ver os olhos dela.

Penelope se levantou.

Maldição.

– Colin? – disse ela, a voz quase inaudível. – Posso lhe pedir um favor?

Pode ter sido intuição masculina ou insanidade, mas uma voz muito insistente dentro dele gritava que, fosse lá o que ela quisesse, só poderia ser má ideia.

Ele era, no entanto, um idiota.

Tinha de ser, pois sentiu os lábios se entreabrirem e, em seguida, ouviu uma voz muito parecida com a sua dizer:

– É claro.

Ela contraiu os lábios e, por um instante, Colin achou que fosse beijá-lo, mas então se deu conta de que só fizera isso para formar uma palavra:

– Poderia...

Apenas uma palavra. Nada além de uma palavra começando com *po*. A sílaba *po* sempre se assemelhava a um beijo.

– Poderia me dar um beijo?

CAPÍTULO 9

Toda semana parece haver um convite mais cobiçado que todos os outros, e o desta semana é, sem dúvida, o da condessa de Macclesfield, que irá oferecer um grande baile na segunda-feira à noite. Lady Macclesfield não é uma anfitriã frequente em Londres, mas é muito popular, assim como o seu marido, e espera-se que muitos solteiros compareçam, incluindo o Sr. Colin Bridgerton (supondo que não sucumba à exaustão após quatro dias passados com os dez netos dos Bridgertons), o visconde de Burwick e o Sr. Michael Anstruther-Wetherby.

Esta autora imagina que um grande número de senhoritas jovens e solteiras também confirmará presença depois da publicação desta coluna.

CRÔNICAS DA SOCIEDADE DE LADY WHISTLEDOWN,
16 DE ABRIL DE 1824

A vida como ele a conhecia chegara ao fim.

– O quê? – perguntou, ciente de que piscava sem parar.

O rosto de Penelope assumiu um tom de rubro mais profundo do que ele jamais imaginara ser possível, e ela se virou.

– Deixe para lá – murmurou. – Esqueça que eu disse qualquer coisa.

Colin achou aquilo uma ótima ideia.

Mas então, quando pensou que seu mundo talvez tivesse retomado o curso normal (ou pelo menos um que ele pudesse fingir ser o normal), Penelope subitamente virou-se, os olhos brilhando com uma luz apaixonada que o espantou.

– Não, não vou deixar para lá – bradou ela. – Passei a vida inteira deixando as coisas para lá, sem dizer às pessoas o que quero de verdade.

Colin tentou falar alguma coisa, mas o bolo que se formou em sua garganta o impediu. Ele poderia cair morto a qualquer instante. Tinha certeza disso.

– Não vai significar nada, eu prometo – continuou ela. – Eu jamais esperaria alguma coisa de você, mas é que eu poderia morrer amanhã e...

– *O quê?*

Os olhos dela estavam imensos, liquefeitos em seu castanho profundo, suplicantes e...

Ele sentiu sua certeza se dissolver.

– Eu tenho 28 anos – disse Penelope, com a voz baixa e triste. – Sou uma solteirona e nunca fui beijada.

– Hã... err... b-bem...

Colin tinha certeza que sabia falar: apenas alguns minutos antes, fora uma pessoa perfeitamente articulada. Mas, agora, não conseguia formar uma única palavra.

E Penelope continuava a falar, as faces de um encantador tom rosado, os lábios se movendo tão rápido que ele não pôde evitar imaginar qual seria a sensação de tê-los sobre a sua pele. Em seu pescoço, em seu ombro, em seu... Em outras partes.

– Vou ser uma solteirona aos 29 anos – continuou ela –, e uma solteirona aos 30. E poderia morrer amanhã, e...

– Você não vai morrer amanhã! – conseguiu exclamar ele, de alguma forma.

– Mas poderia! E isso me mataria, porque...

– Você já estaria morta – argumentou ele, pensando que sua voz soava um tanto estranha e incorpórea.

– Não quero morrer sem ter sido beijada – concluiu ela.

Colin podia pensar em cem razões pelas quais beijar Penelope Featherington era uma péssima ideia, e a primeira delas era o fato de que ele *queria* beijá-la.

Abriu a boca na esperança de que algum som emergisse e que talvez fosse um argumento inteligível, mas nada saiu, apenas o som de sua respiração.

Então, Penelope fez a única coisa que podia acabar com a sua convicção. Ergueu os olhos para encará-lo e pronunciou duas únicas e simples palavras:

– Por favor.

Ele estava perdido. Havia algo de partir o coração na forma como ela o olhava, como se talvez fosse morrer se ele não a beijasse. Não de coração partido, não de vergonha – era quase como se precisasse dele para se nutrir, para lhe alimentar a alma, preencher-lhe o coração.

E Colin não conseguiu se lembrar de mais ninguém que tivesse precisado dele com tanto fervor.

Aquilo o encheu de humildade.

Também o fez desejá-la com uma intensidade de deixar as pernas bambas. Olhou para ela e, de alguma forma, não viu a mulher que vira tantas vezes antes. Penelope estava diferente. Ela brilhava. Era uma sereia, uma deusa, e ele se perguntou como era possível que ninguém jamais o tivesse percebido.

– Colin? – sussurrou ela.

Ele deu um passo à frente. Foi um passo pequeno, mas quando tocou o queixo dela e inclinou o seu rosto para cima, os lábios dos dois ficaram a poucos centímetros de distância.

Seus hálitos se misturaram e o ar ficou cálido e pesado. Penelope estremeceu, e Colin não pôde ter certeza de que ele mesmo não estivesse tremendo.

Imaginou-se dizendo algo insolente e cômico, como o sujeito brincalhão que tinha a reputação de ser. *O que você quiser*, talvez, ou *Toda mulher merece ao menos um beijo*. Mas, ao eliminar a distância quase inexistente entre eles, percebeu que não havia palavras que pudessem captar a intensidade do momento.

Palavras para a paixão. Palavras para a necessidade.

Não havia palavras para a epifania daquele momento.

E assim, numa sexta-feira que de outra forma teria sido como qualquer outra, no coração de Mayfair, numa silenciosa sala de estar na Mount Street, Colin Bridgerton beijou Penelope Featherington.

E foi glorioso.

Os lábios dele tocaram os dela a princípio com delicadeza, não porque ele tentasse ser dócil, embora, se tivesse lhe ocorrido a presença de espírito para pensar em tais coisas, provavelmente ele teria lembrado que aquele era o primeiro beijo dela e que, portanto, deveria ser reverente, lindo e todas as coisas com as quais uma moça sonha.

Mas, com toda a sinceridade, nada disso passou pela cabeça de Colin. Na verdade, ele mal pensava. Seu beijo foi suave e dócil porque ele ainda estava surpreso. Ele a conhecia havia anos, e jamais pensara em fazer aquilo. Agora, porém, não poderia soltá-la nem que o mundo se acabasse. Mal conseguia acreditar no que estava fazendo – ou que desejasse tanto aquilo.

Não foi o tipo de beijo ao qual alguém dá início por estar tomado de paixão, emoção, raiva ou desejo. Foi algo mais lento, uma aprendizagem – tanto para Colin quanto para Penelope.

E ele estava aprendendo que tudo o que acreditara saber sobre o ato de beijar era bobagem.

Todo o resto havia sido apenas lábios, línguas e palavras murmuradas, mas sem o menor significado.

Aquilo, sim, era um beijo.

Havia algo no roçar dos lábios, na forma como ele podia ouvir e sentir a respiração dela ao mesmo tempo. Algo no fato de ela permanecer totalmente imóvel e, no entanto, ser possível sentir o seu coração ribombando.

Havia algo no fato de ele saber que era *ela*.

Colin mordiscou, de leve, o canto da boca de Penelope, e então acariciou o local exato onde os lábios dela se uniam. A língua dele mergulhava, delineava, aprendia os contornos de sua boca, saboreando a essência doce e ao mesmo tempo salgada.

Aquilo era mais do que um beijo.

As mãos dele, que estavam espalmadas nas costas dela, ficaram rijas, mais e mais tensas enquanto apalpavam o tecido do vestido. Ele podia sentir o calor do corpo dela na ponta dos dedos, brotando através da musselina.

Ele a puxou para mais perto, depois ainda mais, até seus corpos estarem colados. Podia sentir toda a extensão do corpo dela, e sentiu o seu próprio se incendiar. Percebeu seu membro enrijecer. Deus, como a desejava.

Colin se tornou mais exigente e fez sua língua brincar mais à frente, até Penelope entreabrir os lábios. Ele engoliu o seu suave gemido de aquiescência, então foi adiante para saborear aquela boca. Era doce, um pouco ácida devido à limonada e claramente tão inebriante quanto um bom conhaque, pois ele começava a duvidar da própria capacidade de permanecer de pé.

Percorreu as mãos pelo corpo dela – bem devagar, para não assustá-la. Ela era delicada, curvilínea e exuberante, do modo que sempre achara que uma mulher devia ser. Os quadris eram largos, o traseiro, perfeito, e os seios... por Deus, os seios eram deliciosos, pressionados de encontro ao seu peito. Ele queria muito tomá-los com as mãos, mas forçou-as a permanecer onde estavam (muito bem posicionadas em seu traseiro, de maneira que não era tanto sacrifício assim). Além do fato de que ele, realmente, não deveria apalpar os seios de uma dama tão bem-criada no meio de sua sala de visitas, tinha a dolorosa suspeita de que, se a tocasse daquela maneira, era bastante provável que se perdesse por completo.

– Penelope, Penelope – murmurou, se perguntando por que o nome dela tinha um sabor tão delicioso em seus lábios.

Estava faminto por ela, inebriado de paixão, e queria desesperadamente que ela sentisse o mesmo. Tê-la nos braços era perfeito, mas, até o momento, ela não esboçara a menor reação. Ah, sim, havia oscilado em seus braços e aberto os lábios para acolher a sua invasão, mas, além disso, nada fizera.

E, no entanto, pelo respirar ofegante e pelas batidas aceleradas de seu coração, ele sabia que ela estava excitada.

Colin se afastou um pouco, apenas alguns centímetros, o suficiente para tocar-lhe o queixo e levantar o rosto dela para si. As pálpebras se agitaram até se abrirem, revelando olhos atordoados de paixão, em perfeita consonância com os lábios entreabertos, macios e túmidos pelos beijos dele.

Ela estava linda. Completamente linda, de tirar o fôlego. Não sabia como jamais notara isso em todos aqueles anos.

Será que o mundo estava cheio de homens cegos ou apenas estúpidos?

– Você também pode me beijar – sussurrou ele, encostando a testa, de leve, na dela.

Penelope não fez nada além de piscar.

– Um beijo envolve duas pessoas – murmurou ele, aproximando os lábios dos dela, embora apenas por um instante fugaz.

Ela correu a mão pelas costas dele.

– E o que eu devo fazer? – perguntou.

– O que quiser.

Penelope levou uma das mãos ao rosto dele bem devagar. Os dedos deslizaram de leve pela face, roçaram o queixo e então se afastaram.

– Obrigada – sussurrou ela.

Obrigada?

Ele ficou imóvel.

Não era isso que queria ouvir. Não queria receber um "obrigada" por aquele beijo.

Aquilo o fez sentir-se culpado.

E superficial.

Como se tivesse feito aquilo por piedade. E a pior parte era que, se tudo tivesse acontecido poucos meses antes, teria sido, *de fato*, por piedade.

O que isso dizia a seu respeito?

– Não me agradeça – disse ele, rispidamente, afastando-se de repente.

– Mas...

– Eu disse *não* – repetiu ele, dando-lhe as costas como se não pudesse olhá-la quando, na verdade, não podia suportar a si mesmo.

E o mais impressionante era que ele não sabia muito bem por quê. Aquela sensação desesperada e insistente – seria culpa? Porque não era para ele tê-la beijado? Porque não era para ele ter gostado?

– Colin – retrucou ela –, não fique com raiva de você mesmo.

– Não estou – vociferou ele.

– Eu lhe pedi que me beijasse. Eu quase o forcei...

Que forma eficaz de fazer um homem se sentir másculo...

– Você não me forçou – disparou ele.

– Não, mas...

– Ora, pelo amor de Deus, Penelope, *já chega*!

Ela recuou, com os olhos arregalados.

– Me desculpe – sussurrou.

Ele baixou os olhos para as mãos dela e viu que tremiam. Colin fechou os olhos, agoniado. Por que, por que, por que estava sendo um idiota completo?

– Penelope... – começou.

– Não, está tudo bem – disse ela, depressa. – Não precisa falar nada.

– Não, eu preciso, sim.

– Eu realmente preferiria que não falasse.

E então ela lhe pareceu tão digna... O que o fez sentir-se ainda pior. Ela estava parada, ali, com as mãos cruzadas de forma recatada à sua frente, olhando para baixo – não exatamente para o chão, mas tampouco para o rosto dele.

Penelope achava que ele a beijara por piedade.

E ele era um patife, porque uma pequena parte de si queria que ela pensasse isso. Porque dessa forma talvez ele pudesse se convencer de que era verdade, que não passara de pena, que não havia possibilidade de ser mais do que isso.

– É melhor eu ir – disse ele bem baixo, e, no entanto, sua voz ainda soou alta demais na sala silenciosa.

Penelope não tentou impedi-lo.

Ele fez um gesto em direção à porta.

– É melhor eu ir – repetiu, apesar de os pés se recusarem a se mexer.

Ela assentiu.

– Eu não... – começou a dizer Colin, e então, horrorizado com as palavras que quase saíram de sua boca, se dirigiu à porta.

Mas Penelope, é claro, perguntou:

– Não o quê?

E ele não soube o que responder, porque o que começara a dizer fora: *Eu não a beijei por pena.* Se ele quisesse que ela soubesse, se quisesse se convencer, isso só poderia significar que ansiava pela sua boa opinião, o que só poderia querer dizer...

– Eu preciso ir – falou atabalhoadamente, já em desespero, como se deixar aquela sala fosse a única forma de impedir que seus pensamentos percorressem uma estrada tão perigosa.

Atravessou a distância que ainda restava até a porta, esperando que ela falasse algo, que chamasse o seu nome.

Mas ela não o fez.

E ele se foi.

E nunca se odiou tanto na vida.

⁂

Colin estava de péssimo humor antes de o lacaio surgir à sua porta com uma convocação de sua mãe. Depois, seu humor piorou.

Maldição. Ela ia voltar àquela conversa sobre ele ter de se casar. As convocações dela eram *sempre* sobre isso. E ele não estava com o menor ânimo para tal assunto.

Mas era sua mãe. E ele a amava. Isso significava que não poderia ignorá-la. Assim, resmungando sem parar e praguejando bastante durante o processo, calçou as botas, vestiu o casaco e se dirigiu à porta.

Estava morando em Bloomsbury, que não era a parte mais elegante da cidade para um membro da aristocracia, embora a Bedford Square, onde alugara uma pequena, porém elegante, casa com varanda, fosse sem dúvida um endereço caro e respeitável.

Colin gostava bastante de morar ali, onde os vizinhos eram médicos, advogados, intelectuais e gente que *realizava* mais do que comparecer a festa após festa. Não estava pronto para trocar sua herança por um trabalho – era ótimo ser um Bridgerton, afinal –, mas havia algo de estimulante em observar profissionais com seus afazeres, advogados rumando para o leste em direção ao Palácio de Justiça e médicos para noroeste, no sentido de Portland Place.

Teria sido fácil atravessar a cidade em sua pequena carruagem: retornara à cavalariça apenas uma hora antes, após voltar da casa das Featheringtons. Mas estava sentindo a necessidade de um pouco de ar puro, sem falar em sua teimosia, que o levava a querer demorar o máximo possível para chegar à casa da mãe.

Se a intenção de Violet era lhe dar mais um sermão sobre as virtudes do matrimônio, seguido de um longo discurso sobre os atributos de cada senhorita solteira de Londres, maldição!, então ela podia perfeitamente esperar por ele.

Colin fechou os olhos e gemeu. Seu humor devia estar até pior do que imaginava, para amaldiçoar a própria mãe, que ele (e todos os Bridgertons, na verdade) tinha em mais alta estima e afeição.

A culpa era de Penelope.

Não, a culpa era de Eloise, pensou, cerrando os dentes. Melhor culpar uma irmã.

Não, a culpa era dele mesmo, admitiu, atirando-se de volta na cadeira da escrivaninha. Se estava de mau humor, pronto para arrancar a cabeça de alguém com as próprias mãos, a culpa era só dele.

Não devia ter beijado Penelope. Não importava o fato de ter desejado isso, embora ele nem ao menos tivesse se dado conta de sua vontade até um pouco antes de ela o mencionar. Ainda assim, não devia ter feito isso. Embora, quando de fato pensava a respeito, não soubesse ao certo por que não deveria tê-la beijado.

Ele se levantou, então caminhou com passos pesados até a janela e encostou a testa na vidraça. A Bedford Square encontrava-se em silêncio, com apenas alguns homens caminhando pelas calçadas. Pareciam ser operários, provavelmente trabalhando na construção do novo museu na parte leste. (Tinha sido por isso que Colin alugara uma casa no oeste da praça: as obras eram bastante barulhentas.)

Ele olhou para o norte, na direção da estátua de Charles James Fox. Ali estava um homem com um objetivo. Liderara os Whigs, pessoas que apoiavam o Partido Liberal, durante anos. Nem sempre fora muito querido – de acordo com alguns membros da alta sociedade –, mas Colin começava a crer que ser tido em alta conta por todos era algo superestimado. Deus sabia que ninguém era mais querido do que ele, e, apesar disso, agora se sentia frustrado, descontente, mal-humorado e pronto para descontar em qualquer um que cruzasse o seu caminho.

Deixou escapar um suspiro enquanto se afastava da janela. Era melhor ir logo, sobretudo porque planejava caminhar até Mayfair. Embora, na realidade, não fosse tão longe assim. Provavelmente não mais do que trinta minutos, se mantivesse um ritmo enérgico (e sempre o fazia), a menos que as calçadas estivessem repletas de gente lenta. Meia hora era mais do que a maioria dos membros da alta sociedade gostava de ficar ao ar livre em Londres quando não estava fazendo compras ou passeando com elegância pelo parque, mas Colin sentia a necessidade de clarear a mente. E, embora a atmosfera de Londres não fosse das mais puras, ia ter de servir.

Do jeito que ia a sua sorte naquele dia, no entanto, ao chegar à esquina das ruas Oxford e Regent, os primeiros pingos de chuva começaram a cair em seu rosto. Ao virar na Hanover Square para pegar a St. George, chovia torrencialmente. E já estava tão próximo da Bruton Street que teria sido ridículo tentar parar um carro de aluguel para o resto do caminho.

Então, foi em frente.

Depois do primeiro instante de irritação, porém, teve uma sensação estranha em relação à chuva. Estava quente o bastante para que ele não se sentisse gelado até os ossos, mas ainda assim os pingos grossos lhe pareceram uma espécie de penitência.

Tinha a impressão de que talvez fosse o que merecia.

A porta da casa da mãe se abriu antes mesmo que Colin pisasse no primeiro degrau. Wickham devia estar à sua espera.

– O senhor aceitaria uma toalha? – entoou o mordomo, entregando-lhe um enorme tecido branco.

Colin aceitou, perguntando-se como Wickham tivera tempo de ir pegar aquela toalha. Não podia ter adivinhado que Colin seria tolo o bastante para caminhar na chuva.

Não foi a primeira vez que lhe ocorreu que os mordomos deviam possuir poderes estranhos e místicos. Talvez fosse uma exigência da posição. Colin secou os cabelos, causando grande consternação em Wickham, que exalava dignidade e provavelmente esperara que Colin se retirasse para algum aposento privado e levasse pelo menos meia hora para recompor a aparência.

– Onde está minha mãe? – perguntou ele.

Wickham contraiu os lábios de tensão e olhou direto para os pés de Colin, que agora criavam pequenas poças.

– No escritório – respondeu –, mas está conversando com a sua irmã.

– Qual delas? – perguntou Colin, dando um ensolarado sorriso só para irritar Wickham, que sem dúvida também tentara irritá-lo ao omitir o nome da irmã.

Como se fosse possível dizer apenas "sua irmã" a um Bridgerton e esperar que ele soubesse de quem se tratava.

– Francesca.

– Ah, sim. Ela voltará à Escócia em breve, não?

– Amanhã.

Colin devolveu a toalha a Wickham, que a olhou como se fosse um imenso inseto.

– Não a incomodarei, então. Quando ela terminar a conversa com Francesca, apenas lhe avise que estou aqui.

Wickham assentiu.

– Gostaria de trocar de roupa, Sr. Bridgerton? Creio que temos alguns trajes de seu irmão Gregory no quarto dele.

Colin sorriu. Gregory estava terminando o último período letivo em Cambridge. Era onze anos mais novo que Colin e era difícil acreditar que pudessem usar as mesmas roupas, mas talvez fosse chegada a hora de aceitar o fato de seu irmão mais novo ter finalmente crescido.

– É uma excelente ideia – respondeu. Lançou um olhar pesaroso para a manga encharcada. – Deixarei estas roupas aqui para serem lavadas e as buscarei mais tarde.

Wickham assentiu outra vez.

– Como desejar.

Em seguida, desapareceu pelo corredor até alguma parte desconhecida da casa.

Colin subiu a escada de dois em dois degraus até os aposentos da família. Enquanto ia ensopando o corredor com seus passos, ouviu uma porta se abrir. Virou-se e deu de cara com Eloise.

Não era a pessoa que queria ver. Ela imediatamente trouxe de volta todas as recordações de sua tarde com Penelope. De sua conversa. Do beijo.

Sobretudo do beijo.

E, pior, da culpa que sentira depois.

Da culpa que ainda sentia.

– Colin – disse Eloise, alegremente –, eu não sabia que... O que aconteceu? Você veio *andando*?

Ele deu de ombros.

– Gosto de chuva.

Ela o encarou, curiosa, inclinando a cabeça para o lado como sempre fazia quando tentava decifrar alguma coisa.

– Está com um humor estranho hoje.

– Estou ensopado, Eloise.

– Não precisa ser grosseiro por causa disso – resmungou ela, fungando. – Eu não o forcei a atravessar a cidade debaixo de chuva.

– Não estava chovendo quando saí – sentiu-se obrigado a dizer.

Irmãos são capazes de fazer aflorar a criança de 8 anos que vive em nós.

– Com certeza o céu estava nublado – devolveu ela.

Pelo jeito, Eloise também estava com a criança de 8 anos aflorada.

– Podemos continuar esta discussão quando eu estiver seco? – perguntou ele, impaciente.

– É claro – respondeu ela, mostrando-se bastante compreensiva. – Esperarei bem aqui.

Colin vestiu as roupas de Gregory sem pressa, levando mais tempo no nó da gravata do que levava há anos. Por fim, quando se convenceu de que Eloise devia estar rangendo os dentes, despontou no corredor.

– Soube que foi ver Penelope esta tarde – disse ela, sem preâmbulos.

Ele não esperava ouvir isso.

– Como você sabe? – perguntou ele, cautelosamente.

Sabia que a irmã e Penelope eram próximas, mas Penelope sem dúvida não teria contado a Eloise sobre *aquilo*.

– Felicity contou a Hyacinth.

– E Hyacinth contou a você.

– É claro.

– Algo precisa ser feito a respeito das fofocas que correm nesta cidade – murmurou Colin.

– Não acho que isto conte como fofoca, Colin – retrucou Eloise. – Afinal, você não está *interessado* na Penelope.

Se ela estivesse falando de qualquer outra mulher, Colin teria esperado que finalizasse com um afetado *Está?* e um olhar de soslaio

Mas se tratava de Penelope, e, embora Eloise fosse a sua melhor amiga e, portanto, a sua maior defensora, nem mesmo ela conseguia imaginar que um homem da reputação e popularidade de Colin pudesse se interessar por uma mulher da reputação e (falta de) popularidade de Penelope.

O humor dele mudou de ruim para péssimo.

– De qualquer forma – continuou Eloise, ignorando por completo o estado de espírito sombrio do irmão, em geral tão alegre e jovial –, Felicity disse a Hyacinth que Briarly lhe contou que você havia feito uma visita. Fiquei me perguntando sobre o que seria.

– Não é da sua conta – retrucou Colin, bruscamente, esperando que ela deixasse o assunto por isso mesmo, sem acreditar de fato que o faria.

De qualquer forma, deu um passo em direção às escadas, preservando um pouco do otimismo de sempre.

– É sobre o meu aniversário, não é? – sugeriu Eloise, correndo à frente dele de forma tão repentina que a ponta do sapato dele se chocou com o dela.

Ela fez uma careta de dor, mas Colin não demonstrou qualquer solidariedade.

– Não, não é sobre o seu aniversário – respondeu ele, de maneira áspera. – O seu aniversário só é...

Ele se deteve. Droga!

– ... na semana que vem – continuou, rosnando.

Eloise deu um sorriso malicioso. Em seguida, como se tivesse se dado conta de que chegara à conclusão errada, ela entreabriu os lábios, consternada, enquanto voltava um pouco o raciocínio e seguia em outra direção.

– Então – prosseguiu ela, deslocando o corpo de leve, de maneira a obstruir melhor o caminho dele –, se você não foi até lá para falar sobre o meu aniversário e não há nada que possa dizer agora para me convencer do contrário, por que foi ver Penelope?

– Não se pode mais ter um assunto particular nesta vida?

– Não *nesta* família.

Colin decidiu que o melhor a fazer era adotar sua personalidade amistosa, embora não estivesse se sentindo nem um pouco bem-humorado em relação à irmã naquele momento. Assim, abriu seu sorriso mais afável, inclinou a cabeça e perguntou:

– Estou ouvindo nossa mãe me chamar?

– Eu não escutei nada – retrucou Eloise, atrevidamente. – E o que há de errado com você? Está com uma expressão muito estranha.

– Estou ótimo.

– Você não está ótimo. Está com um ar de quem acabou de sair do dentista.

– É sempre ótimo receber elogios da família – murmurou ele.

– Se você não pode confiar que a sua família seja franca com você – devolveu ela –, então em *quem* poderá confiar?

Com um movimento suave, ele se recostou na parede e cruzou os braços.

– Prefiro a lisonja à franqueza.

– Não prefere, não.

Por Deus, que vontade ele tinha de lhe dar um tapa. Era algo que não fazia desde os 12 anos. E fora castigado por isso. Que se lembrasse, tinha sido a única vez que o pai batera nele.

– O que eu quero – falou, arqueando uma das sobrancelhas – é o fim imediato desta conversa.

– O que você quer é que eu pare de lhe perguntar por que foi ver Penelope Featherington – alfinetou Eloise –, mas nós dois sabemos que não é muito provável que isso aconteça.

E foi então que ele soube. Soube, no fundo do coração, que sua irmã era Lady Whistledown. Todas as peças se encaixavam. Não havia pessoa mais teimosa e obstinada, ninguém que podia – e iria – utilizar o seu tempo para ir a fundo em todo e qualquer pequeno boato e insinuação.

Quando Eloise queria uma coisa, não sossegava até consegui-la. Não tinha a ver com dinheiro, ganância ou bens materiais. No que dizia respeito a ela, tinha a ver com conhecimento. Gostava de saber das coisas e alfinetava, alfinetava e alfinetava até que a pessoa lhe dissesse exatamente o que ela queria ouvir.

Era um milagre que ninguém tivesse descoberto antes.

Do nada, ele disse:

– Preciso conversar com você.

Agarrou-a pelo braço e a arrastou até o quarto mais próximo, que por acaso era o dela.

– Colin! – guinchou Eloise, tentando se desvencilhar dele, em vão. – O que está fazendo?

Ele bateu a porta, soltou-a e cruzou os braços, com uma expressão ameaçadora.

– Colin? – repetiu ela, muito desconfiada.

– Eu sei o que você tem aprontado.

– O que eu tenho...

E então, maldita fosse, ela começou a rir.

– Eloise! – trovejou ele. – Estou falando com você!

– Claramente – retrucou ela, com dificuldade.

Ele não recuou, continuou fuzilando-a com o olhar.

Ela olhava para o outro lado, quase dobrada ao meio de tanto rir. Por fim, disse:

– O que você...

Mas ao olhar para ele outra vez, apesar de sua tentativa de ficar séria, explodiu na gargalhada outra vez.

Se a irmã estivesse bebendo alguma coisa, pensou Colin sem achar a menor graça, o líquido teria saído pelas suas narinas.

– Que diabo se apossou de você?! – vociferou ele.

Isso finalmente chamou a atenção dela. Ele não soube dizer se foi o tom de voz ou o fato de ter praguejado, mas Eloise voltou a si no mesmo instante.

– Minha Nossa, como você está sério – observou ela, baixinho.

– Por acaso pareço estar brincando?

– Não – respondeu Eloise. – Embora no início estivesse. Me desculpe, Colin, mas esse olhar raivoso, esses berros e tudo o mais não fazem muito o seu estilo. Você parecia o Anthony.

– Você...

– Na verdade – corrigiu-se ela, olhando-o de forma menos cautelosa que o apropriado –, parecia você mesmo tentando imitar o Anthony.

Ele ia matá-la. Bem ali no quarto dela, na casa da mãe, ia cometer um sororicídio.

– Colin? – disse ela, hesitante, como se só então tivesse notado que ele agora, em vez de apenas zangado, estava furioso.

– Sente-se. – Ele fez um gesto brusco com a cabeça em direção a uma cadeira. – Já.

– Você está bem?

– *Sente-se!* – rugiu ele.

Eloise obedeceu. Rápido.

– Não consigo me lembrar da última vez em que você levantou a voz – sussurrou ela.

– E eu não consigo me lembrar da última vez em que tive motivo para fazê-lo.

– O que foi?

Ele decidiu que era melhor ser direto.

– Colin? – disse ela.

– Eu sei que você é Lady Whistledown.

– *O quêêêêêê?*

– Não adianta negar. Eu vi...

Eloise se levantou de um salto.

– Exceto pelo fato de que não é verdade!

De repente, ele já não estava mais tão furioso. Em vez disso, sentiu-se cansado, velho.

– Eloise, eu vi a prova.

– Que prova? – perguntou ela, a voz ficando aguda pela incredulidade. – Como pode haver prova de algo que não é verdadeiro?

Ele agarrou uma de suas mãos.

– Olhe para os seus dedos.

Ela fez o que o irmão pediu.

– Qual é o problema com eles?

– Manchas de tinta.

Eloise ficou boquiaberta.

– Daí você deduziu que sou Lady Whistledown?

– Por que seus dedos estão sujos, então?

– Você nunca usou uma pena?

– Eloise... – Havia um aviso bem claro na voz dele.

– Eu não tenho de lhe explicar por que meus dedos estão manchados de tinta.

Colin repetiu o seu nome.

– Eu não... – começou a protestar a garota. – Eu não lhe devo... Ah, está bem. – Ela cruzou os braços, contrafeita. – Eu escrevo cartas.

Ele a olhou com extrema desconfiança.

– Escrevo, sim! – exclamou ela. – Todos os dias. Às vezes duas vezes por dia, quando Francesca está longe. Sou uma correspondente muito leal. Você devia saber disso. Já escrevi muitas cartas com o *seu* nome no envelope, embora duvide muito que metade delas tenha chegado às suas mãos.

– Cartas? – indagou ele, a voz cheia de dúvida... e escárnio. – Pelo amor de Deus, Eloise, acha mesmo que isso é crível? E para quem é que você anda escrevendo tanto?

Ela ruborizou. Profundamente.

– Não é da sua conta.

Ele teria ficado intrigado com a reação dela se não continuasse tão certo de que mentia sobre ser Lady Whistledown.

– Pelo amor de Deus, Eloise – cuspiu ele –, quem vai acreditar que você anda escrevendo cartas todos os dias? Eu, sem dúvida, não acredito.

Ela o fuzilou com os olhos cinza-escuros cintilando de fúria.

– Não me importa o que você acha – disse ela, numa voz bem baixa. – Não, isso não é verdade. Estou *furiosa* por não acreditar em mim.

– Você não está me ajudando muito a acreditar – retrucou ele, cansado.

Ela se levantou, se aproximou dele e lhe deu um cutucão no peito. Com força.

– Você é meu irmão – vociferou ela. – Deveria acreditar em mim sem questionamentos. Me amar incondicionalmente. É isso que significa fazer parte de uma família.

– Eloise – disse ele, em um suspiro.

– Não tente inventar desculpas agora.

– Eu não ia.

– Isso é até pior! – Ela se dirigiu com passos firmes em direção à porta. – Devia estar ajoelhado implorando o meu perdão.

Ele não achou que conseguiria sorrir, mas, de alguma forma, aquilo bastou.

– Bem, isso não seria muito o meu estilo, seria?

Ela abriu a boca para dizer algo, mas a única coisa que conseguiu emitir foi algo como "Aaaahhhh" com uma voz irada. Em seguida, deixou o quarto de forma bastante tempestuosa, batendo a porta ao sair.

Colin afundou numa poltrona, perguntando-se quando ela se daria conta de que se retirara do próprio quarto.

Essa ironia possivelmente era, refletiu ele, o único vestígio de luz num dia que estava sendo um desastre completo.

CAPÍTULO 10

Caro leitor,

É com o coração surpreendentemente comovido que escrevo estas palavras. Após onze anos narrando os acontecimentos na vida da alta sociedade, esta autora está deixando de lado a sua pena.

Muito embora o desafio de Lady Danbury tenha, sem dúvida, contribuído para a aposentadoria, a culpa não pode recair (por completo) sobre os ombros da condessa. A coluna vem se tornando maçante nos últimos tempos, gerando menos satisfação em escrever e, talvez, ficando menos divertida de ler. Esta autora precisa de uma mudança. Não é algo tão difícil assim de imaginar. Onze anos é muito tempo.

E, na verdade, a recente renovação de interesse pela identidade desta autora tem se mostrado perturbadora. Amigos se viram contra amigos, irmãos contra irmãs, tudo isso numa tentativa fútil de desvendar um segredo insolúvel. Além do mais, essa brincadeira de detetive promovida pela alta sociedade está se tornando claramente perigosa. Na semana passada foi o tornozelo torcido de Lady Blackwood; esta semana a lesão, ao que parece, acometeu Hyacinth Bridgerton, que sofreu um ferimento leve na festa de sábado, realizada na residência londrina dos Riverdales. (Não escapou à atenção desta autora que lorde Riverdale venha a ser sobrinho de Lady Danbury.) A Srta. Hyacinth deve ter suspeitado de algum presente, pois se machucou ao cair para dentro da biblioteca quando a porta foi aberta, sendo que ela se encontrava com o ouvido colado à madeira.

Conversas sendo escutadas atrás de portas, perseguição a entregadores... E esses são apenas os detalhes que alcançaram os ouvidos desta autora! A que ponto chegou a sociedade londrina? Esta autora pode lhe assegurar, caro leitor, que jamais ouviu atrás de porta alguma ao longo de seus onze anos de carreira. Todos os boatos desta coluna foram de proveniência legítima, sem ferramentas ou artimanhas além dos olhos e dos ouvidos.

Au revoir, Londres! Foi um prazer servi-la.

CRÔNICAS DA SOCIEDADE DE LADY WHISTLEDOWN,
19 DE ABRIL DE 1824

N̄ão foi surpresa alguma o fato de a coluna ter sido o assunto do baile Macclesfield.

– Lady Whistledown se aposentou!
– Dá para acreditar?
– O que vou ler no desjejum?
– Como vou saber o que aconteceu se eu perder uma festa?
– Agora nunca mais saberemos quem ela é!
– *Lady Whistledown se aposentou!*

Uma mulher desmaiou, quase batendo a cabeça na quina de uma mesa em seu caminho deselegante até o chão. Ao que parecia, não lera a coluna daquela manhã, ouvindo a notícia pela primeira vez bem ali, no baile. Foi reanimada com sais aromáticos, mas logo perdeu os sentidos outra vez.

– É uma fingida – murmurou Hyacinth Bridgerton para Felicity Featherington no pequeno grupo formado, além delas, pela viúva Lady Bridgerton e Penelope.

Esta última comparecera ao baile, oficialmente, como acompanhante de Felicity devido à decisão da mãe de permanecer em casa por um problema de estômago.

– O primeiro desmaio foi verdadeiro – continuou Hyacinth. – Qualquer um pode ver isso pela maneira desajeitada como ela caiu. Mas isto... – Fez um movimento rápido com a mão em direção à moça no chão, numa demonstração de repulsa. – Ninguém desmaia como uma bailarina. Nem mesmo as bailarinas.

Penelope ouviu a conversa inteira, uma vez que Hyacinth se encontrava a seu lado, à esquerda. Mantendo os olhos o tempo todo na pobre mulher, que agora voltava a si agitando os cílios delicadamente enquanto alguém passava, mais uma vez, os sais aromáticos abaixo de suas narinas, Penelope murmurou:

– Você já desmaiou alguma vez?
– De forma alguma! – exclamou Hyacinth com muito orgulho. – Desmaios são para os fracos de coração e para os tolos – acrescentou. – E se Lady Whistledown ainda estivesse na ativa, podem escrever o que digo, afirmaria exatamente a mesma coisa na próxima coluna.

– Ah, meu Deus! Não há mais palavras para serem escritas – comentou Felicity, com um suspiro triste.

Lady Bridgerton concordou.

– É o fim de uma era – disse. – Sinto-me um tanto perdida sem ela.

– Bem, não faz tanto tempo assim que estamos sem ela – comentou Penelope, sem conseguir resistir. – Recebemos uma coluna esta manhã. Por que se sente perdida?

– É o princípio da coisa – retrucou Lady Bridgerton com um suspiro. – Se esta fosse uma segunda-feira como outra qualquer, eu saberia que iria receber um novo relatório na quarta-feira. Mas agora...

Felicity chegou a fungar.

– Agora estamos perdidas – completou.

Penelope virou-se para a irmã, incrédula.

– Está sendo um pouco melodramática, não?

Felicity deu de ombros exageradamente, de forma teatral.

– Estou? *Estou?*

Hyacinth lhe deu um solidário tapinha nas costas.

– Não acho que esteja, Felicity. Sinto-me da mesma forma.

– É só uma coluna de mexericos – argumentou Penelope, olhando à volta em busca de algum sinal de sanidade entre as companheiras.

Não era possível que achassem que o mundo iria acabar só porque Lady Whistledown decidira pôr fim à sua carreira.

– Você tem razão, é claro – concordou Lady Bridgerton projetando o queixo para a frente e franzindo os lábios num gesto provavelmente destinado a transmitir um ar de praticidade. – Obrigada por ser a voz da razão em nosso pequeno grupo. – Mas, em seguida, pareceu desanimar um pouco e disse: – No entanto, tenho de admitir que já havia me acostumado a tê-la por perto. Seja lá quem for.

Penelope decidiu que já passava do momento de mudar de assunto.

– Eloise não veio?

– Estava indisposta, eu sinto dizer. Dor de cabeça – explicou Lady Bridgerton, com rugas de preocupação preenchendo o rosto que, de outra forma, tinha a pele bem lisa. – Não se sente bem há quase uma semana. Estou começando a ficar preocupada.

Penelope tinha o olhar fixo em uma arandela na parede, mas voltou a atenção imediatamente a Lady Bridgerton.

– Não é nada sério, eu espero.

– Não, não é – respondeu Hyacinth antes mesmo que a mãe conseguisse abrir a boca. – Eloise nunca adoece.

– E é por isso mesmo que estou preocupada – observou Lady Bridgerton. – Ela não tem comido muito bem.

– Não é verdade – retrucou Hyacinth. – Esta tarde mesmo, Wickham lhe levou uma bandeja bem farta. Tinha bolinhos e ovos, e acho que senti o cheiro de presunto. – Ela lançou um olhar irônico a ninguém em especial. – E quando ela deixou a bandeja de volta no corredor, estava vazia.

Hyacinth, decidiu Penelope, tinha um olho surpreendentemente bom para detalhes.

– Ela tem andado de mau humor desde que brigou com Colin – continuou Hyacinth.

– Ela brigou com Colin? – perguntou Penelope, com uma péssima sensação começando a lhe revirar o estômago. – Quando?

– Na semana passada – respondeu Hyacinth.

EM QUE DIA?, Penelope quis gritar, mas com certeza seria estranho querer saber esse detalhe. Teria sido na sexta-feira? Será?

Ela sempre lembraria que seu primeiro, e talvez único beijo, acontecera numa sexta-feira.

Tinha esse estranho hábito. Sempre recordava os dias da semana em que as coisas tinham ocorrido.

Conhecera Colin numa segunda-feira e o beijara numa sexta. Doze anos depois.

Deixou escapar um suspiro. Aquilo lhe pareceu um tanto patético.

– Há algo de errado, Penelope? – perguntou Lady Bridgerton.

Ela olhou para a mãe de Eloise. Seus olhos azuis transmitiam gentileza e preocupação, e algo na maneira como inclinou a cabeça para o lado fez Penelope querer chorar. Andava muito emotiva. Chorando por um mero inclinar de cabeça...

– Estou bem – respondeu, esperando que seu sorriso parecesse sincero. – Só fiquei preocupada com Eloise.

Hyacinth resfolegou.

Penelope decidiu que precisava escapulir dali. Todos aqueles Bridgertons – bem, pelos menos duas delas – estavam levando-a a pensar em Colin ininterruptamente.

Não era nada que ela não tivesse feito a cada minuto nos últimos três dias. Mas, pelo menos, havia sido em particular, podendo suspirar, gemer e resmungar quanto quisesse.

Aquela devia ser a sua noite de sorte, pois, bem naquele instante, ouviu Lady Danbury ladrar o seu nome.

(O que estava acontecendo com o mundo para ela se considerar uma pessoa sortuda por se ver presa num canto com a língua mais ácida de Londres?)

O fato é que Lady Danbury lhe daria a desculpa perfeita para se afastar de seu grupo, e, além do mais, ela começava a se dar conta de que, de uma forma muito estranha, gostava mesmo de Lady Danbury.

– Srta. Featherington! Srta. Featherington!

Felicity imediatamente deu um passo para o lado.

– Acho que ela está se referindo a você – sussurrou, com urgência.

– É claro que está se referindo a mim – disse Penelope, com um leve toque de superioridade. – Considero Lady Danbury uma amiga querida.

Felicity arregalou tanto os olhos que eles quase saltaram do rosto.

– Considera?

– Srta. Featherington! – repetiu Lady Danbury, batendo com a bengala a dois centímetros do pé de Penelope assim que a alcançou. – Não você – falou para Felicity, embora a garota não tivesse feito nada além de sorrir educadamente à aproximação da condessa. – Você – exclamou, dirigindo-se a Penelope.

– Errr... Boa noite, Lady Danbury – cumprimentou Penelope, o que considerou um admirável número de palavras, tendo em vista as circunstâncias.

– Passei a noite toda à sua procura – anunciou a velha senhora.

Penelope achou aquilo um tanto surpreendente.

– É mesmo?

– Sim, quero conversar com você sobre a última coluna da tal Lady Whistledown.

– Comigo?

– Sim, com você – resmungou Lady Danbury. – Não me importaria de conversar com outra pessoa se você me fizesse o favor de encontrar alguém com mais do que meio cérebro.

Penelope engasgou no início de uma risada enquanto fazia um sinal para suas companheiras.

– Hã... Posso lhe garantir que Lady Bridgerton...

Violet estava balançando a cabeça furiosamente.

– Ela está ocupada demais em casar aquela prole gigantesca que tem – retrucou Lady Danbury. – Não dá para esperar que consiga ter uma conversa decente hoje em dia.

Penelope lançou um olhar rápido para Lady Bridgerton, para ver se tinha ficado ofendida com o insulto – afinal, havia uma década que tentava casar a sua prole gigantesca. Mas Violet não parecia nem um pouco incomodada. Na verdade, parecia estar prendendo o riso.

Prendendo o riso e se afastando pouco a pouco, levando Hyacinth e Felicity consigo.

Eram traidoras e furtivas, as três!

Bem, mas Penelope não podia se queixar. Afinal, tinha mesmo desejado escapar das Bridgertons, não tinha? Só não gostava muito da sensação de Felicity e Hyacinth terem achado que haviam, de alguma forma, dado um golpe nela.

– Elas se foram! – comemorou Lady Danbury. – Ótimo. Nem juntas aquelas duas conseguem dizer algo inteligente.

– Ora, isso não é verdade – protestou Penelope. – Tanto Felicity quanto Hyacinth são muito inteligentes.

– Eu nunca falei que não são espertas – devolveu Lady Danbury, ácida. – Só comentei que não têm nada inteligente a dizer. Mas não se preocupe – acrescentou, dando-lhe um tranquilizador (tranquilizador? Quem já tinha visto, alguma vez que fosse, Lady Danbury fazer qualquer coisa tranquilizadora?) tapinha no braço. – Elas não têm culpa. Isso há de mudar. As pessoas são como vinhos. Se começam boas, só fazem melhorar com a idade.

Na verdade, nesse momento Penelope estava olhando discretamente por cima do ombro direito de Lady Danbury na direção de um homem que achou que pudesse ser Colin (mas que não era), porém o comentário da velha senhora atraiu de novo a sua atenção.

– Bons vinhos? – ecoou Penelope.

– Humpf. E eu aqui pensando que você não estava ouvindo.

– Não, é claro que estava. – Penelope sentiu os lábios esboçarem algo que não era exatamente um sorriso. – Eu só me... distraí.

– Procurando aquele rapaz Bridgerton, sem dúvida.

Penelope arfou.

– Ora, não fique tão chocada – falou Lady Danbury. – Está estampado no seu rosto. Só me surpreende o fato de ele não ter notado.

– Imagino que tenha, sim – murmurou Penelope.

– Será? Humpf. – Lady Danbury franziu a testa, os cantos da boca virados para baixo, formando duas longas rugas que desciam até as laterais do queixo. – Se não fez nada a respeito, isso não diz boa coisa sobre ele.

Penelope sentiu um aperto no coração. Havia algo estranhamente doce na fé que a velha senhora depositava nela, como se homens como Colin se apaixonassem por mulheres como ela com frequência. Por Deus, Penelope tivera de lhe implorar para beijá-la. E veja só como aquilo havia terminado. Ele deixara a casa dela furioso e não se falavam havia três dias.

– Bem, não se preocupe com ele – disse Lady Danbury de repente. – Vamos encontrar outro para você.

Penelope pigarreou com delicadeza.

– Lady Danbury, a senhora fez de mim o seu *projeto*?

A senhorinha ficou radiante, abrindo um sorriso brilhante e fulguroso em meio ao rosto enrugado.

– É claro! Fico surpresa por ter levado tanto tempo para descobrir.

– Mas por quê? – perguntou Penelope, verdadeiramente incapaz de compreender.

Lady Danbury deixou escapar um suspiro. O som não era triste; estava mais para pensativo.

– Importa-se de nos sentarmos um pouco? Estes velhos ossos já não são o que foram um dia.

– É claro que não – retrucou Penelope depressa, sentindo-se péssima por não ter levado em consideração a idade de Lady Danbury nem mesmo uma vez enquanto estavam naquele salão de baile abafado.

Mas a condessa era tão vibrante que era difícil imaginá-la adoentada ou fraca.

– Pronto – disse Penelope, tomando-a pelo braço e conduzindo-a até uma poltrona próxima. Quando a velha senhora estava acomodada, Penelope sentou-se ao seu lado. – Está mais confortável agora? Quer alguma coisa para beber?

Lady Danbury assentiu, grata, e Penelope fez um sinal para que um criado lhes trouxesse dois copos de limonada, uma vez que não queria deixar a condessa sozinha parecendo tão pálida.

– Já não sou mais tão jovem como fui um dia – comentou Lady Danbury assim que o lacaio partiu apressado em direção à mesa de bebidas.

— Nenhum de nós é – respondeu Penelope.

Poderia ter soado como um comentário insolente, mas foi pronunciado com ternura e, de alguma forma, a jovem imaginou que Lady Danbury apreciaria o sentimento.

E estava certa. A velha senhora riu baixinho e lançou um olhar de admiração para Penelope antes de dizer:

— Quanto mais velha eu fico, mais me dou conta de quão tola é a maioria das pessoas.

— A senhora só está descobrindo isto agora? – retrucou Penelope, não com a intenção de zombar, mas porque, considerando o comportamento usual de Lady Danbury, era difícil crer que não tivesse chegado a essa conclusão anos antes.

Lady Danbury gargalhou.

— Não, às vezes acho que já sabia disso antes mesmo de nascer. O que estou percebendo agora é que é hora de fazer algo a esse respeito.

— Como assim?

— Não me importo com o que aconteça com os tolos deste mundo, mas pessoas como você... – Na falta de um lenço, ela secou os olhos com os dedos. – Bem, eu gostaria de vê-la encaminhada.

Por vários segundos, Penelope se limitou a fitá-la.

— Lady Danbury – falou enfim, com cautela –, aprecio muito o seu gesto... e o sentimento... mas a senhora sabe que não sou de sua responsabilidade.

— É claro que sei – zombou Lady Danbury. – Não tenha medo, não me sinto responsável por você. Se sentisse, isso não seria tão divertido.

Penelope sabia que estava parecendo uma tola completa, mas a única coisa que conseguiu pensar em dizer foi:

— Não entendi.

Lady Danbury permaneceu em silêncio enquanto o criado retornava com a limonada, então, após tomar alguns pequenos goles, continuou:

— Gosto de você, Srta. Featherington. Não gosto de muita gente. É simples assim. E quero vê-la feliz.

— Mas eu sou feliz – retrucou Penelope, mais por reflexo do que por qualquer outra coisa.

Lady Danbury ergueu uma sobrancelha arrogante, expressão que dominava à perfeição.

— É mesmo? – murmurou.

Ela era? O que significava o fato de ela ter de parar para pensar na resposta? Não era *infeliz*, disso tinha certeza. Tinha amigos maravilhosos, uma confidente na irmã mais nova, Felicity, e mesmo que a mãe e as irmãs mais velhas não fossem mulheres que teria escolhido como amigas íntimas... bem, ainda assim as amava. E sabia que elas também a amavam.

Sua vida não era tão ruim assim. Faltavam-lhe emoção e entusiasmo, mas estava satisfeita.

Embora satisfação não fosse o mesmo que felicidade. Penelope sentiu uma dor aguda, uma punhalada no peito, ao se dar conta de que não tinha como responder à pergunta carinhosamente feita por Lady Danbury de maneira afirmativa.

– Eu já criei a minha família – começou Lady Danbury. – Quatro filhos, todos bem casados. Já encontrei uma noiva até para o meu sobrinho, de quem, verdade seja dita – ela inclinou o corpo para a frente e sussurrou estas três últimas palavras, dando a impressão de que iria revelar um segredo de Estado –, gosto mais do que dos meus próprios filhos.

Penelope não pôde deixar de sorrir. Lady Danbury lhe pareceu tão furtiva, tão travessa... Foi bastante gracioso, na verdade.

– Isso pode surpreendê-la – continuou a velha senhora –, mas sou um pouco intrometida por natureza.

Penelope manteve a expressão escrupulosamente séria.

– Sinto como se ainda tivesse projetos por finalizar – declarou Lady Danbury, erguendo as mãos como em sinal de rendição. – Gostaria de ver uma última pessoa feliz e bem estabelecida antes de partir.

– Não fale desse jeito, Lady Danbury – pediu Penelope, estendendo a mão num impulso para pegar a dela. Deu-lhe um pequeno apertão. – Vai sobreviver a nós todos, tenho certeza.

– Pfff, não seja boba. – Mesmo que seu tom de voz refutasse o que Penelope dissera, Lady Danbury não fez a menor menção de retirar a mão da dela. – Não estou sendo depressiva – acrescentou. – Apenas realista. Já passei dos 70 anos, e não vou lhe contar há quantos anos isso aconteceu. Não me sobra muito tempo neste mundo e isso não me incomoda nem um pouco.

Penelope esperava ser capaz de enfrentar a própria finitude com a mesma tranquilidade.

– Mas gosto de você. Você me lembra a mim mesma. Não tem medo de falar o que pensa.

Penelope só pôde olhá-la, perplexa. Passara os últimos dez anos sem dizer exatamente o que desejava. Com as pessoas que conhecia bem, era aberta, franca e até mesmo um tanto engraçada, mas entre estranhos sua língua travava.

Lembrava-se de um baile de máscaras ao qual comparecera certa vez. Na verdade, já fora a diversos bailes de máscaras, mas aquele tinha sido único porque ela encontrara uma fantasia – nada de especial, apenas um vestido do século XVII – na qual sentira que sua identidade realmente ficara oculta. Talvez fosse a máscara. Era imensa e lhe cobria quase todo o rosto.

Sentira-se transformada. Livre, de repente, do peso de ser Penelope Featherington, percebeu uma nova personalidade aflorar. Não é que tivesse adotado um ar falso; na verdade, era como se o seu verdadeiro eu – aquele que ela não sabia mostrar a ninguém que não conhecesse bem – enfim tivesse se libertado.

Ela rira, fizera piadas. Até flertara.

E jurara que, na noite seguinte, quando as fantasias fossem guardadas e ela mais uma vez colocasse o seu mais belo vestido de noite, se lembraria de como ser ela mesma.

Mas isso não acontecera. Penelope chegara ao baile, cumprimentara as pessoas com um aceno de cabeça, sorrira com educação e, mais uma vez, ficara parada às margens do salão, sem que ninguém a visse e tirasse para dançar.

Ao que parecia, ser Penelope Featherington significava alguma coisa. Seu destino fora decidido anos antes, durante aquela primeira temporada terrível em que sua mãe insistira que ela debutasse, embora a jovem tivesse implorado pelo contrário. A menina gordinha. Desajeitada. A que sempre se vestia com cores que não lhe caíam bem. Não importava que tivesse emagrecido, se tornado graciosa e enfim jogado fora todos os vestidos amarelos. Naquele mundo – a alta sociedade londrina –, ela sempre seria a antiga Penelope Featherington.

A culpa era tão sua quanto de qualquer outra pessoa. Um círculo vicioso, na verdade. Cada vez que entrava num salão de baile e via aquelas pessoas que a conheciam havia tanto tempo, tinha a sensação de encolher, transformando-se na menina tímida e desajeitada de tantos anos antes, em vez de ser a mulher confiante na qual gostava de achar que tinha se transformado – pelo menos no coração.

– Srta. Featherington? – chamou Lady Danbury em uma voz baixa e surpreendentemente gentil. – Há algo errado?

Penelope teve consciência de que levou mais tempo do que devia para responder, mas precisou daqueles segundos a mais para encontrar a voz.

– Acho que não sei falar o que penso – confessou, por fim, virando-se para fitar Lady Danbury apenas ao pronunciar as últimas palavras: – Nunca sei o que dizer às pessoas.

– Você sabe o que dizer a *mim*.

– A senhora é diferente.

Lady Danbury atirou a cabeça para trás e gargalhou.

– Isso que é eufemismo... Ah, Penelope... Espero que não se importe que eu a chame pelo primeiro nome... Se você é capaz de dizer o que pensa para mim, é capaz de fazer isso com qualquer pessoa. Metade dos homens adultos que se encontram neste salão sai correndo para se esconder pelos cantos no instante em que me vê chegar.

– Eles só não a conhecem – retrucou Penelope, dando um tapinha carinhoso em sua mão.

– E tampouco conhecem *você* – observou Lady Danbury, sem rodeios.

– Não – concordou Penelope, com um toque de resignação na voz –, não conhecem.

– Eu diria que não sabem o que estão perdendo, mas isso seria muito arrogante da minha parte – disse a velha senhora. – Não em relação a eles, mas a você, porque, por mais que eu os chame de tolos, o que faço com bastante frequência, alguns são decentes, e é um crime que ainda não a conheçam... Hum, o que será que está acontecendo?

Sem saber por quê, Penelope se sentou com as costas um pouco mais eretas. Perguntou a Lady Danbury:

– Como assim?

Mas estava claro que havia algo no ar. As pessoas sussurravam e faziam gestos em direção ao pequeno palco onde os músicos estavam sentados.

– Ei, você! – exclamou Lady Danbury, enfiando a bengala no quadril de um cavalheiro próximo. – O que está acontecendo?

– Cressida Twombley deseja anunciar alguma coisa – retrucou ele, afastando-se logo em seguida, presumivelmente para evitar qualquer outro diálogo com Lady Danbury ou com a bengala.

– Detesto Cressida Twombley – murmurou Penelope.

Lady Danbury se engasgou com uma risada.

– E você alega que não sabe dizer o que pensa. Não me deixe curiosa. Por que a detesta?

Penelope deu de ombros.

– Sempre se portou muito mal comigo.

Lady Danbury assentiu, com conhecimento de causa.

– Todo valentão tem uma vítima preferida.

– Hoje em dia não é mais tão ruim – disse Penelope. – Mas na época em que éramos debutantes, quando ela ainda era Cressida Cowper, não resistia a nenhuma chance de me atormentar. E as pessoas... bem... – Ela balançou a cabeça. – Deixe para lá.

– Não, por favor, continue – pediu Lady Danbury.

Penelope suspirou.

– Não é nada, sério. É só que eu já notei que muitas vezes as pessoas não fazem questão de defender as outras. Cressida era popular, pelo menos com um determinado grupo, e era temível para as outras meninas da nossa idade. Ninguém ousava ir contra ela. Bem, quase ninguém.

Isso chamou a atenção de Lady Danbury e ela sorriu.

– Quem foi a sua protetora, Penelope?

– Protetores, na verdade. Os Bridgertons sempre saíam em minha defesa. Certa vez, Anthony lhe deu um corte e me levou para jantar. – A voz dela foi ficando mais aguda enquanto recordava o entusiasmo da ocasião. – Ele realmente não deveria ter feito aquilo. Era um jantar formal, e ele deveria ter servido de companhia para alguma marquesa, creio eu. – Ela suspirou, relembrando o momento com carinho. – Foi encantador.

– Ele é um bom homem.

Penelope assentiu com a cabeça.

– A esposa dele me disse que foi o dia em que se apaixonou por ele. Quando o viu ser o meu herói.

Lady Danbury sorriu.

– E o Sr. Bridgerton mais jovem, alguma vez ele já correu em seu socorro?

– Colin? – Penelope nem mesmo esperou que Lady Danbury assentisse antes de acrescentar: – Já, embora nunca de maneira tão dramática. Mas devo dizer que, por mais agradável que seja o fato de os Bridgertons estarem sempre ao meu lado...

– Sim, Penelope?

A jovem suspirou outra vez. Aquela parecia ser uma noite para suspiros.

– Eu gostaria que não tivessem de me defender com tanta frequência. Eu deveria ser capaz de fazer isso sozinha. Ou, pelo menos, me comportar de maneira que não fosse necessária defesa alguma.

Lady Danbury deu um tapinha em sua mão.

– Acho que você se defende bem melhor do que imagina. E quanto a Cressida Twombley... – Lady Danbury fez uma careta de aversão. – Bem, ela teve o que mereceu, se você quer saber. Embora – acrescentou rispidamente – nunca ninguém tenha me perguntado nada.

Penelope não conseguiu conter a risadinha de desdém.

– Veja só a situação dela agora – continuou Lady Danbury, ácida. – Viúva e sem fortuna. Se casou com aquele devasso do Horace Twombley, que conseguiu fazer todo mundo acreditar que tinha dinheiro. Agora só restou a ela essa beleza desgastada.

A sinceridade fez Penelope comentar:

– Mas ainda é bastante atraente.

– Humpf. Para quem gosta de mulheres espalhafatosas. – Lady Danbury estreitou os olhos. – Eu a acho óbvia demais.

Penelope olhou em direção ao palco, onde Cressida aguardava, com enorme paciência, enquanto o salão se aquietava.

– Fico imaginando o que ela vai dizer.

– Nada que possa me interessar – retorquiu Lady Danbury. – Eu... Ah.

Ela parou e seus lábios se curvaram em uma estranha mistura de desaprovação e um meio sorriso.

– O que foi? – indagou Penelope.

Esticou o pescoço para seguir a linha de visão de Lady Danbury, mas um cavalheiro bastante corpulento bloqueava o caminho.

– O seu Sr. Bridgerton está se aproximando – falou Lady Danbury, o sorriso vencendo a carranca de desaprovação. – E parece bastante decidido.

Penelope imediatamente virou a cabeça.

– Pelo amor de Deus, menina, não olhe! – exclamou Lady Danbury, dando-lhe uma cotovelada no braço. – Ele vai saber que você está interessada.

– É provável que já saiba – murmurou Penelope.

E então ali estava ele, esplêndido, parado diante dela, mais parecendo um deus que tivesse se dignado a agraciar a terra com a sua presença.

– Lady Danbury – cumprimentou, fazendo uma reverência suave e graciosa. – Srta. Featherington.

– Sr. Bridgerton – disse Lady Danbury –, que prazer em vê-lo.

Colin olhou para Penelope.

– Sr. Bridgerton – murmurou ela, sem saber o que mais acrescentar.

O que se dizia a um homem que se beijara recentemente? Penelope não tinha a menor experiência no assunto, disso não havia dúvida. Sem mencionar a complicação a mais de ele ter deixado a casa dela enfurecido depois do beijo.

– Eu gostaria de... – começou Colin, antes de parar e franzir a testa, olhando em direção ao tablado. – O que todos estão olhando?

– Cressida Twombley tem alguma declaração a fazer.

A expressão de Colin se transformou em uma careta de reprovação.

– Não consigo pensar em nada que ela tenha a dizer que me interesse ouvir – murmurou.

Penelope não pôde deixar de sorrir. Cressida Twombley era considerada uma líder na sociedade, ou pelo menos o fora quando jovem e solteira, mas os Bridgertons jamais haviam gostado dela e, de alguma forma, isso sempre fizera Penelope se sentir melhor.

Naquele momento uma trombeta soou e o salão foi ficando em silêncio à medida que todos voltavam a atenção para o conde de Macclesfield, de pé no tablado ao lado de Cressida, mostrando-se levemente desconfortável com tanta atenção.

Penelope sorriu. Haviam lhe contado que o conde fora um verdadeiro devasso, mas hoje era um tipo intelectual e dedicado à família. No entanto, ainda era bonito o bastante para ser um devasso. Quase tão bonito quanto Colin.

Mas só quase. Penelope sabia que era suspeita para falar, mas era difícil imaginar uma criatura tão bela quanto Colin quando sorria.

– Boa noite a todos – começou o conde.

– Boa noite! – devolveu uma voz embriagada vinda do fundo do salão.

O conde fez um simpático cumprimento com a cabeça e abriu um tolerante meio sorriso.

– Minha, hã... estimada convidada, Lady Twombley – ele fez um gesto em direção a Cressida –, gostaria de fazer um anúncio. Então, se todos puderem prestar atenção à senhora que se encontra ao meu lado...

Uma onda de sussurros se espalhou pelo salão enquanto Cressida dava um passo à frente, assentindo, como uma rainha, para a multidão. Esperou que todos estivessem em silêncio para dizer:

– Senhoras e senhores, muito obrigada por interromperem as suas festividades para me darem atenção.

– Vamos logo com isso! – gritou alguém, provavelmente a mesma pessoa que respondera ao boa-noite do conde.

Cressida ignorou a interrupção.

– Cheguei à conclusão de que não posso continuar a fraude que tomou conta de minha vida nos últimos onze anos.

O salão foi invadido por sussurros. Todos sabiam o que ela ia dizer e, no entanto, ninguém conseguia acreditar que fosse verdade.

– Portanto – continuou Cressida, aumentando o tom de voz –, decidi revelar o meu segredo. Senhoras e senhores, *eu sou Lady Whistledown.*

CAPÍTULO 11

Colin não conseguia se lembrar da última vez que entrara num salão de baile sentindo tamanha apreensão.

Os últimos dias não tinham sido os melhores de sua vida. Estivera de péssimo humor, e o fato de ser bastante conhecido pelo bom humor só piorara a situação, porque todos se sentiam na obrigação de comentar sua terrível disposição.

Para alguém mal-humorado, não havia nada pior do que ser sujeitado a constantes questionamentos como "Por que você está de mau humor?".

A família parou de perguntar depois que ele rosnou – rosnou! – para Hyacinth quando ela lhe pediu que a acompanhasse ao teatro na semana seguinte.

Até aquele momento Colin não sabia nem que era capaz de rosnar.

Teria de se desculpar com a irmã, o que ia ser uma dor de cabeça, já que Hyacinth simplesmente não sabia aceitar desculpas – ao menos não as que provinham de outros Bridgertons.

Mas a caçula era o menor dos seus problemas. Ela não era a única pessoa que merecia um pedido de desculpas.

E era por isso que seu coração batia tão rápido e ele estava nervoso como nunca ao entrar no salão dos Macclesfields. Penelope estaria ali. Sabia disso porque ela sempre comparecia aos principais bailes, ainda que agora quase exclusivamente como acompanhante da irmã.

Sentir aquele nervosismo ao ver Penelope de certa forma o enchia de humildade. Ela era... Penelope. Sempre estivera ali, sorrindo com polidez nos limites do salão de baile. E ele achara que ela sempre estaria ali. Algumas coisas não mudavam, e Penelope era uma delas.

Só que ela havia, *sim*, mudado.

Colin não sabia quando acontecera ou se alguém além dele se dera conta disso, mas Penelope Featherington não era a mesma mulher que ele conhecia.

Ou talvez tivesse sido *ele* quem havia mudado.

O que o fazia sentir-se ainda pior, porque se fosse esse o caso, isso significaria que Penelope era interessante, encantadora e *beijável* há anos e ele não tivera a maturidade necessária para percebê-lo.

Não, era melhor achar que ela tinha mudado. Colin nunca fora fã da autoflagelação.

Qualquer que fosse o caso, precisava se desculpar, e logo. Tinha que se desculpar pelo beijo, porque ela era uma dama e ele era (na maior parte do tempo, pelo menos) um cavalheiro. E precisava se desculpar por ter se portado como um idiota logo depois, porque era, simplesmente, a atitude certa a ser tomada.

Só Deus sabia o que Penelope achava que ele achava dela agora.

Não foi difícil encontrá-la. Nem se deu o trabalho de procurar entre os casais que dançavam (o que o deixava com raiva – por que os outros homens não a convidavam para dançar?). Em vez disso, concentrou a atenção nas paredes e, com efeito, lá estava ela, sentada ao lado de... ah, Deus... Lady Danbury.

Bem, não havia mais nada a fazer senão ir direto até elas. A julgar pela maneira como Penelope e a velha bisbilhoteira seguravam a mão uma da outra, não esperava que Lady Danbury desaparecesse tão cedo.

Ao chegar até as duas, virou-se primeiro para Lady Danbury e fez uma elegante reverência.

– Lady Danbury – cumprimentou, antes de voltar a atenção para Penelope. – Srta. Featherington.

– Sr. Bridgerton – disse Lady Danbury, com uma surpreendente falta de rispidez na voz –, que prazer em vê-lo.

Ele assentiu com a cabeça, então fitou Penelope, perguntando-se o que ela estaria pensando e se conseguiria enxergá-lo em seus olhos.

Mas o que quer que estivesse pensando – ou sentindo – estava oculto por baixo de uma grossa camada de nervosismo. Ou talvez o nervosismo fosse a única coisa que ela estava sentindo. Não podia culpá-la. Considerando a forma tempestuosa com a qual ele deixara a sala de visitas dela, sem uma explicação... ela só podia estar confusa. E Colin sabia por experiência própria que a confusão sempre levava à apreensão.

– Sr. Bridgerton – murmurou ela, enfim, sua postura transmitindo uma polidez escrupulosa.

Ele pigarreou. Como extraí-la das garras de Lady Danbury? Colin realmente preferia não ter de expor toda a sua humildade diante da velha abelhuda.

– Eu gostaria de... – começou ele, com a intenção de dizer que gostaria de falar com ela em particular.

Lady Danbury podia ser a criatura mais curiosa que ele conhecia, mas não havia outra linha de ação a seguir, e talvez ser deixada no escuro uma vez na vida fizesse bem a ela.

Mas, no instante exato em que ele ia continuar a frase, percebeu que algo estranho acontecia no salão. As pessoas sussurravam e apontavam em direção à pequena orquestra, cujos integrantes haviam acabado de baixar os instrumentos. Além disso, nem Penelope nem Lady Danbury estavam lhe dando a menor atenção.

– O que todos estão olhando? – indagou Colin.

Lady Danbury nem se deu o trabalho de olhar para ele ao responder:

– Cressida Twombley vai fazer uma declaração.

Que coisa mais irritante. Ele nunca gostara de Cressida Twombley. Fora má e intolerante quando solteira e ficara ainda pior depois que se casara. Mas era linda e inteligente, apesar de cruel, de maneira que ainda era considerada uma líder em alguns círculos da sociedade.

– Não consigo pensar em nada que ela tenha a dizer que me interesse ouvir – murmurou Colin.

Espiou Penelope tentar conter um sorriso e lhe lançou um olhar de "peguei você". Mas o olhar também dizia "e concordo plenamente".

– Boa noite a todos – cumprimentou o conde de Macclesfield.

– Boa noite! – gritou algum bêbado no fundo do salão.

Colin se virou para ver quem era, mas a multidão tornou isso impossível.

O conde falou mais um pouco, então Cressida tomou a palavra, momento em que Colin deixou de prestar atenção. O que quer que ela dissesse não ia ajudá-lo a solucionar seu maior problema: descobrir como se desculpar com Penelope. Tentara ensaiar as palavras na cabeça, mas nunca soavam certas, então estava contando com sua tão famosa fluência para conduzi-lo na direção correta quando chegasse a hora. Sem dúvida Penelope compreenderia...

– *Whistledown!*

Colin só ouviu a última palavra do discurso de Cressida, mas não havia a menor forma de ignorar a comoção que tomou todo o salão.

As pessoas sussurravam sem parar, todas ao mesmo tempo e sobre o mesmo tema, o que só acontecia quando alguém era flagrado em público em posição muito embaraçosa e comprometedora.

– O quê? – perguntou ele atabalhoadamente, virando-se para Penelope, que ficou branca como uma vela. – O que ela disse?

Mas Penelope estava sem fala.

Ele olhou para Lady Danbury, porém a velha senhora tinha levado a mão à boca e parecia que iria desmaiar a qualquer momento.

O que era um tanto alarmante, pois Colin seria capaz de jurar que, em seus quase 80 anos, Lady Danbury jamais perdera os sentidos.

– O quê? – insistiu ele, na esperança de que uma das duas despertasse de seu estupor.

– Não pode ser verdade – sussurrou Lady Danbury, por fim, mal conseguindo pronunciar as palavras. – Não acredito.

– O quê?

Ela apontou em direção a Cressida, o dedo indicador tremendo à luz bruxuleante de uma vela.

– Essa senhora não é Lady Whistledown.

Colin virava a cabeça de um lado para outro. Para Cressida. Para Lady Danbury. Para Cressida. Para Penelope.

– *Ela* é Lady Whistledown? – cuspiu ele, finalmente entendendo.

– É o que ela diz – respondeu Lady Danbury, a dúvida estampada no rosto.

Colin também tinha suas dúvidas. Cressida Twombley era a última pessoa que ele teria imaginado ser Lady Whistledown. Que ela era esperta, não havia como negar. Mas não era engenhosa nem espirituosa, a não ser que estivesse zombando dos outros. Lady Whistledown tinha um senso de humor bastante ferino, porém, com exceção de seus comentários infames com relação à moda, nunca parecia implicar com os membros menos populares da sociedade.

No final das contas, Colin era obrigado a admitir que Lady Whistledown tinha bom gosto no que dizia respeito às pessoas.

– Não posso acreditar numa coisa dessas – declarou Lady Danbury em um tom de repulsa. – Se eu tivesse imaginado que *isto* aconteceria, jamais teria lançado aquele desafio abominável.

– Isto é horrível – sussurrou Penelope.

A voz dela tremia, e isso deixou Colin apreensivo.

– Você está bem? – perguntou ele.

Ela fez que não.

– Acho que não. Na verdade, estou um pouco enjoada.

– Quer ir embora?

Penelope balançou a cabeça mais uma vez.

– Se não se importar, vou ficar sentada aqui.

– É claro – assentiu ele, olhando para ela com preocupação.

Continuava terrivelmente abatida.

– Ora, pelo amor de... – blasfemou Lady Danbury, pegando Colin de surpresa, mas, em seguida, ela soltou um verdadeiro impropério, o que ele achou que poderia muito bem ter tirado o planeta do eixo.

– Lady Danbury? – disse ele.

– Ela está vindo nesta direção – murmurou a velha senhora, virando a cabeça para o outro lado. – Eu deveria saber que não escaparia.

Colin olhou para a direção de Cressida, que tentava abrir caminho em meio à multidão, aparentemente para confrontar Lady Danbury e resgatar o seu prêmio. Ia, como era de esperar, sendo abordada a cada passo pelos convidados. Parecia estar adorando o assédio, o que não era nenhuma surpresa – Cressida sempre adorara ser o centro das atenções –, mas também parecia bastante decidida a chegar até Lady Danbury.

– Não há qualquer forma de evitá-la, sinto dizer – observou Colin.

– Eu sei – resmungou ela. – Venho tentando evitá-la há anos e jamais fui bem-sucedida. – Ela olhou para Colin, contrariada. – Achei que estava sendo tão esperta... Pensei que fosse ser divertido expor Lady Whistledown.

– É, bem... foi divertido – disse Colin, mas não estava sendo sincero.

Lady Danbury lhe deu uma estocada na perna com a bengala.

– Não está sendo nem um pouco divertido, seu menino tolo. Olhe só o que eu vou ter de fazer agora! – Ela agitou a bengala em direção a Cressida, que estava cada vez mais perto. – Jamais sonhei em ter de lidar com alguém da laia *dela*.

– Lady Danbury – cumprimentou Cressida, aproximando-se com a barra do vestido roçando no chão. Parou bem em frente à velha senhora. – Que prazer em vê-la.

Lady Danbury nunca fora conhecida por sua graciosidade, mas se superou ao ignorar qualquer tentativa de saudação e dizer direto, asperamente:

– Imagino que esteja aqui para cobrar o seu dinheiro.

Cressida inclinou a cabeça para o lado num gesto encantador e ensaiado.

– A senhora disse que daria mil libras a quem desmascarasse Lady Whistledown. – Ela deu de ombros, num gesto de falsa humildade. – Jamais estipulou que ela não poderia desmascarar a si mesma.

Lady Danbury se levantou, estreitou os olhos e disparou:

– Não acredito que seja você.

Colin gostava de achar que era fino e imperturbável, mas até ele arfou diante daquilo.

Os olhos de Cressida brilharam de fúria, mas ela logo se recompôs e retrucou:

– Eu ficaria chocada se a senhora não reagisse com algum grau de ceticismo, Lady Danbury. Afinal de contas, não é do seu feitio ser crédula e bondosa.

A velha senhora sorriu. Bem, talvez aquilo não fosse um sorriso, mas os seus lábios se moveram.

– Vou encarar isso como um elogio – falou – e deixarei que me convença que foi essa a sua intenção.

Colin assistiu ao impasse atentamente – cada vez mais alarmado –, até Lady Danbury se virar de repente para Penelope, que se levantara poucos segundos depois dela.

– O que acha, Srta. Featherington? – perguntou.

O corpo inteiro de Penelope tremeu, ainda que de leve, enquanto ela gaguejou:

– O q-quê... e-eu, eu... c-como disse?

– O que acha? – repetiu Lady Danbury. – Acha que Lady Twombley é Lady Whistledown?

– Eu... Eu realmente não sei.

– Ora, vamos, Srta. Featherington. – A velha senhora pousou as mãos nos quadris e olhou para Penelope com uma expressão que beirava a exasperação. – Sem dúvida você tem uma opinião sobre o assunto.

Colin involuntariamente deu um passo à frente. Lady Danbury não tinha direito de falar com Penelope daquele jeito. E, além do mais, ele não estava gostando da expressão de Penelope. Parecia se sentir acuada, olhando na direção dele com um pânico que ele jamais vira.

Ele já vira Penelope desconfortável, já a vira magoada, mas jamais em pânico. Então lhe ocorreu que ela odiava ser o centro das atenções. Sim, ela zombava da própria solteirice e do fato de parecer invisível em meio à sociedade, e talvez fosse gostar de receber um pouco mais de atenção, mas aquele tipo de atenção... Todos olhando para ela e esperando que falasse...

Ela estava completamente infeliz.

– Srta. Featherington – disse ele com delicadeza, passando para o seu lado –, a senhorita me parece indisposta. Gostaria de se retirar?

– Gostaria – respondeu ela, mas então algo estranho aconteceu.

Ela mudou. Colin não conseguiu pensar em outra palavra para descrever o que viu. Ela simplesmente mudou. Bem ali, no salão de baile dos Macclesfields, ao lado dele, Penelope Featherington se transformou em outra pessoa.

Sua coluna ficou ereta e ele podia jurar que o calor que emanava de seu corpo aumentou quando ela falou:

– Não. Não, eu tenho algo a dizer.

Lady Danbury sorriu.

Penelope olhou direto para a velha condessa e afirmou:

– Acho que ela não é Lady Whistledown. Acho que está mentindo.

Colin instintivamente puxou Penelope um pouco mais para perto. A expressão de Cressida levava a crer que ela poderia pular em seu pescoço a qualquer instante.

– Eu sempre gostei de Lady Whistledown – continuou Penelope, erguendo o queixo e adotando uma postura quase régia. Fitou Cressida e os olhares das duas se cruzaram quando ela acrescentou: – E meu coração ficaria partido se eu descobrisse que ela era alguém como Lady Twombley.

Colin tomou a mão dela e a apertou. Não conseguiu deixar de fazê-lo.

– Muito bem dito, Srta. Featherington! – exclamou Lady Danbury, batendo palmas de puro contentamento. – Era exatamente isso que eu estava pensando, mas não consegui encontrar as palavras. – Virou-se para Colin com um sorriso. – Ela é muito inteligente, sabe?

– Eu sei – respondeu ele, com um estranho e inédito orgulho brotando dentro de si.

– A maioria das pessoas não nota – prosseguiu Lady Danbury, de maneira que suas palavras só fossem ouvidas pelo rapaz.

– Eu sei – murmurou ele –, mas eu noto.

Teve de sorrir diante do comportamento de Lady Danbury, que tinha certeza que fora proposital, apenas para irritar Cressida, que não gostava de ser ignorada.

– Não admito ser insultada por essa... por essa... por essa *ninguém*! – exclamou Cressida, furiosa. Virou-se para Penelope com um olhar fuzilante e sibilou: – Exijo um pedido de desculpas.

Penelope limitou-se a assentir lentamente e retrucou:

– Você pode exigir o que quiser.

Então, ficou em silêncio.

Colin teve que se esforçar muito para tirar o sorriso do rosto.

Estava claro que Cressida desejava continuar discutindo (e, talvez, cometer um ato de violência no processo), mas se conteve, talvez por ser óbvio que Penelope se encontrava entre amigos. No entanto, sempre fora conhecida por sua segurança e seu equilíbrio, portanto Colin não se surpreendeu quando ela se recompôs, virou-se para Lady Danbury e perguntou:

– O que planeja fazer com relação às mil libras?

Lady Danbury a encarou por um longo instante, então se virou para *Colin* – por Deus, a última coisa que ele queria era se envolver naquela confusão – e indagou:

– O que acha, Sr. Bridgerton? Acha que Lady Twombley está dizendo a verdade?

Colin sorriu.

– A senhora deve estar louca se pensa que vou oferecer a minha opinião.

– O senhor é um homem surpreendentemente sábio, Sr. Bridgerton – retrucou Lady Danbury, em tom de aprovação.

Ele assentiu com modéstia, então arruinou o efeito ao dizer:

– Me orgulho disso.

Ora, não era todos os dias que um homem era chamado de sábio por Lady Danbury. Afinal, a maior parte dos adjetivos usada por ela tinha conotação negativa.

Cressida nem se deu o trabalho de olhar para ele. Como Colin sabia muito bem, ela não era idiota, apenas má, e depois de mais de dez anos frequentando a alta sociedade, devia ter consciência de que ele não gostava muito dela e que sem dúvida não se tornaria vítima de seus encantos. Então, ignorando-o, ela encarou Lady Danbury e manteve a voz perfeitamente calma ao perguntar:

– O que fazemos agora, milady?

A velha senhora ficou em silêncio por um longo instante e em seguida decretou:

– Preciso de provas.

Cressida piscou, aturdida.

– O que disse?

– Provas! – Lady Danbury bateu a bengala no chão com uma força incrível. – Que parte você não compreendeu? Não vou lhe entregar uma fortuna sem ter provas.

– Como se mil libras fosse uma grande fortuna... – comentou Cressida, com petulância.

Lady Danbury estreitou os olhos.

– Então por que está tão ansiosa para recebê-las?

Cressida ficou calada por um instante, mas sua postura, seu rosto, cada fibra de seu ser estavam tensos. Todos sabiam que o marido a deixara em péssima situação financeira, mas aquela era a primeira vez que alguém tocava no assunto com ela de forma tão direta.

– Arranje-me as provas – falou Lady Danbury – e eu lhe darei o dinheiro.

– Está dizendo – retrucou Cressida (e por mais que a detestasse, Colin foi forçado a admirar a sua capacidade de manter a voz serena) – que a minha palavra não é o suficiente?

– Sim, é isso que estou dizendo – ladrou Lady Danbury. – Pelo amor de Deus, menina, ninguém chega à minha idade sem permissão para insultar quem bem entender.

Colin achou ter escutado Penelope engasgar, mas, ao olhá-la de soslaio, ela estava impassível, apenas observando o diálogo. Seus olhos castanhos brilhavam e ela recuperara a cor que perdera quando Cressida fizera o anúncio inesperado. Na verdade, agora Penelope parecia estar verdadeiramente intrigada pelos acontecimentos.

– Muito bem – disse Cressida, a voz grave e letal. – Eu lhe trarei provas no decorrer dos próximos quinze dias.

– Que tipo de provas? – indagou Colin, para logo em seguida se arrepender.

A última coisa que desejava era se envolver naquela confusão, mas a curiosidade tomara conta dele.

Cressida se virou para ele com o rosto notavelmente plácido, a julgar pelo insulto que acabara de escutar de Lady Danbury diante de várias testemunhas.

– Saberá quando eu as entregar – disse ela, irônica.

Então estendeu o braço, esperando que um de seus sabujos o tomasse e a conduzisse para longe.

O que foi de fato impressionante, porque um jovem (um tolo apaixonado, pelo jeito) se materializou ao seu lado como se ela o tivesse invocado com a mera inclinação do braço. Um instante depois, haviam desaparecido.

– Bem, que coisa desagradável – comentou Lady Danbury, quebrando o silêncio meditativo, ou talvez atordoado, em que todos se encontravam havia quase um minuto.

– Eu nunca gostei dela – declarou Colin, para ninguém em especial.

Uma pequena multidão se formara em torno dos três, então as palavras dele não foram ouvidas apenas por Penelope e Lady Danbury, mas ele não se importou.

– Colin!

Ele se virou e deparou com Hyacinth, que arrastava Felicity Featherington consigo enquanto deslizava em meio à aglomeração até chegar ao seu lado.

– O que ela disse? – perguntou sua irmã caçula, sem fôlego. – Tentamos chegar aqui antes, mas estava tão tumultuado...

– Disse exatamente o que você esperaria dela – respondeu ele.

Hyacinth fez uma careta.

– Homens são péssimos em intrigas. Quero as palavras exatas.

– É muito interessante – comentou Penelope, de repente.

Seu tom pensativo chamou a atenção da multidão e, em segundos, todos fizeram silêncio.

– Fale – pediu Lady Danbury –, estamos ouvindo.

Colin esperava que isso fosse deixar Penelope desconfortável, mas a onda de autoconfiança que a tomara alguns minutos antes continuava em ação, pois se empertigou orgulhosamente e disse:

– Por que alguém haveria de se revelar como Lady Whistledown?

– Pelo dinheiro, é claro – retrucou Hyacinth.

Penelope fez que não com a cabeça.

– É de imaginar que Lady Whistledown estaria bastante rica a esta altura. Temos comprado seus jornais há anos.

– Meu Deus, ela tem razão! – exclamou Lady Danbury.

– Talvez só quisesse atenção – sugeriu Colin.

Não era uma hipótese tão impensável: Cressida havia passado a maior parte de sua idade adulta tentando estar no centro das atenções.

– Pensei nisso – admitiu Penelope –, mas será que ela quer mesmo esse tipo de atenção? Lady Whistledown insultou um bom número de pessoas ao longo dos anos.

– Ninguém que signifique qualquer coisa para mim – brincou Colin. Então, ao ver que todos esperavam uma explicação, acrescentou: – Vocês nunca notaram que Lady Whistledown só insulta gente que merece?

Penelope pigarreou delicadamente.

– Ela já se referiu a mim como uma fruta madura demais.

Ele fez um gesto com a mão descartando a inquietude de Penelope.

– Com exceção dos detalhes sobre moda, é claro.

Penelope deve ter decidido não insistir no assunto, pois se limitou a avaliar Colin com um longo e penetrante olhar antes de se virar outra vez para Lady Danbury e dizer:

– Lady Whistledown não tem nenhum motivo para se revelar. Cressida, obviamente, sim.

Lady Danbury ficou radiante, mas depois, de repente, seu rosto se transformou numa careta de desaprovação.

– Acho que preciso lhe conceder os quinze dias de prazo para que apareça com a tal "prova". Para ser justa.

– Eu, particularmente, estou muito interessada em ver o que ela vai inventar – comentou Hyacinth. Então, virou-se para Penelope e acrescentou: – Nossa, você é mesmo muito esperta, sabia?

Penelope ruborizou, modesta, em seguida virou-se para a irmã e disse:

– É melhor irmos andando, Felicity.

– Tão cedo? – retrucou a garota.

Colin, consternado, se deu conta de que articulara, silenciosamente, as mesmas palavras.

– Mamãe queria que chegássemos cedo em casa – explicou Penelope.

Felicity assumiu um ar de perplexidade.

– É mesmo?

– É, sim – disse Penelope, com firmeza. – Além do mais, não estou me sentindo muito bem.

Felicity assentiu, a contragosto.

– Vou pedir a um criado que traga nossa carruagem até a frente da casa.

– Não, não – falou Penelope, colocando a mão sobre o braço da irmã. – Pode deixar que eu providencio isso.

– Eu o farei – anunciou Colin.

Ora, de que servia ser um cavalheiro quando as damas insistiam em fazer tudo sozinhas?

E então, antes mesmo de se dar conta do que estava fazendo, ele facilitara a partida de Penelope e ela acabou indo embora sem que ele tivesse lhe pedido perdão.

Talvez devesse considerar a noite um fracasso por esse único motivo, mas, na verdade, não conseguia pensar dessa forma.

Afinal, passara quase cinco minutos segurando a sua mão.

CAPÍTULO 12

Na manhã seguinte, assim que acordou, Colin lembrou que não se desculpara com Penelope. Estritamente falando, era provável que já não fosse necessário: embora mal tivessem se falado no baile dos Macclesfields, na noite anterior, pareciam ter chegado a uma trégua implícita. Ainda assim, Colin achava que não se sentiria confortável consigo mesmo até pronunciar as palavras "Me desculpe".

Era o correto a fazer.

Ele era um cavalheiro, afinal.

Além do mais, estava com vontade de vê-la naquela manhã.

Foi ao Número Cinco tomar café da manhã com a família, mas queria ir direto para casa após ver Penelope, então subiu na carruagem para fazer a viagem até a casa dos Featheringtons, na Mount Street, apesar de a distância ser curta o bastante para que ele sentisse preguiça de percorrê-la.

Sorriu, satisfeito, e se recostou no assento para observar a encantadora paisagem primaveril que ia se revelando pela janela. Era um daqueles dias perfeitos nos quais tudo parecia correr bem. O sol brilhava, ele se sentia bem-disposto, tivera uma excelente refeição matinal...

Era quase impossível que a vida ficasse melhor do que aquilo.

E estava a caminho para ver Penelope.

Colin escolheu não analisar o motivo pelo qual se sentia tão ansioso para encontrá-la: esse era o tipo de coisa em que um homem solteiro de 33 anos em geral escolhia não pensar. Em vez disso, apenas deliciou-se com o dia: o sol, o ar, até mesmo as três elegantes casinhas por que passou na Mount Street antes de vislumbrar a porta de Penelope. Não havia nada de diferente nem de original em qualquer uma delas, mas era uma manhã tão perfeita que lhe pareceram encantadoras, encostadas umas nas outras, altas, estreitas e imponentes, com sua fachada de pedras Portland cinzentas.

Era um dia maravilhoso, cálido e sereno, ensolarado e tranquilo...

A não ser pelo fato de que, quando começou a se levantar do assento, um pequeno movimento do outro lado da rua chamou a sua atenção.

Penelope.

Ela estava na esquina das ruas Mount e Penter, onde não poderia ser vista por ninguém que estivesse olhando de dentro da residência dos Featheringtons. E estava subindo numa carruagem de aluguel.

Interessante.

Colin franziu a testa. Aquilo *não* era interessante. Que diabo ele estava pensando? Não era *nada* interessante. Talvez pudesse ser se ela fosse, digamos, um *homem*. Ou se a carruagem em que acabara de entrar pertencesse aos Featheringtons, em vez de ser um maltrapilho transporte de aluguel.

Mas não, aquela era Penelope, que não era um homem, em absoluto, e que entrava numa carruagem sozinha, talvez em direção a algum destino completamente inadequado, porque, se estivesse prestes a fazer algo apropriado e normal, estaria a bordo de um transporte da família Featherington. Ou, melhor, na companhia de uma de suas irmãs, de uma dama de companhia ou de qualquer outra pessoa, e não, maldita fosse, sozinha.

Aquilo não era interessante, era uma idiotice.

– Mas que mulher tola – murmurou Colin, saltando da carruagem com a intenção de correr em direção ao carro de aluguel, escancarar a porta e arrastá-la para fora.

Porém, no instante em que colocou o pé direito para fora, foi tomado pela mesma loucura que o levava a perambular pelo mundo.

A curiosidade.

Ele murmurou vários impropérios, todos direcionados a si mesmo. Não pôde se controlar. Era tão atípico de Penelope desaparecer daquela forma, num carro de aluguel, que Colin *precisava* saber aonde ela estava indo.

Assim, em vez de tentar colocar algum juízo na cabeça dela, mandou que o chofer seguisse a carruagem, que foi para o norte, em direção à movimentada Oxford Street, onde, refletiu Colin, provavelmente Penelope pretendia fazer compras. Podia haver inúmeras razões pelas quais ela não estava usando a carruagem dos Featheringtons. Talvez estivesse quebrada ou, quem sabe, um dos cavalos tivesse adoecido, ou talvez ela fosse comprar um presente para alguém e quisesse fazer segredo.

Não, aquilo não fazia muito sentido. Penelope jamais sairia para fazer compras por conta própria. Levaria uma dama de companhia, uma das irmãs, ou até uma das irmãs *dele*. Caminhar pela Oxford Street sozinha era pedir para ser alvo de fofocas. Uma mulher naquela posição certamente seria o assunto da próxima coluna de Lady Whistledown.

Se Lady Whistledown ainda existisse, ele lembrou. Era difícil se acostumar à vida sem ela. Ainda não se dera conta de quanto se habituara a ver seu jornal sobre a mesa do café da manhã quando estava na cidade.

E, por falar em Lady Whistledown, estava mais certo do que nunca de que ela só podia ser Eloise. Naquela manhã, fora ao Número Cinco para o desjejum com o único intuito de questioná-la, mas fora informado de que a irmã continuava indisposta e que não se juntaria à família.

Colin não deixara de notar, no entanto, que uma bandeja repleta de comida fora levada ao quarto dela. O que quer que estivesse fazendo mal à irmã, não havia afetado o seu apetite.

Ele não mencionara as suas suspeitas à mesa do café: não via motivo para perturbar a mãe, que sem dúvida ficaria horrorizada diante da ideia. Era difícil acreditar, porém, que Eloise, cuja disposição para fofocar sobre um escândalo só era menor que sua empolgação em descobrir um, perderia a oportunidade de comentar a revelação de Cressida Twombley na noite anterior.

A não ser que *Eloise* fosse Lady Whistledown, motivo pelo qual estaria no quarto, bolando o próximo passo.

As peças todas se encaixavam. Teria sido deprimente se Colin não fosse tomado por um estranho entusiasmo em descobri-la.

Após alguns minutos, enfiou a cabeça para fora da carruagem para se certificar de que o chofer não tinha perdido o veículo de Penelope de vista. Lá estava ela, bem à sua frente. Ou, pelo menos, ele acreditava ser ela. A maioria dos automóveis de aluguel era parecida, então teria de confiar que estava atrás do correto. No entanto, ao olhar para fora, constatou que haviam seguido bem mais para o leste do que havia se dado conta. Na verdade, acabavam de passar pela Soho Street, o que significava que estavam quase em Tottenham Court Road, o que queria dizer que...

Por Deus, será que Penelope estava indo até a casa dele? A Bedford Square ficava praticamente logo depois da esquina.

Foi tomado por uma deliciosa sensação, porque não conseguiu imaginar o que ela estaria fazendo naquela parte da cidade senão indo vê-lo. Quem mais uma mulher como Penelope conheceria em Bloomsbury? Não podia imaginar que sua mãe lhe permitisse se relacionar com pessoas que trabalhavam para viver, e os vizinhos de Colin, embora fossem bem-nascidos, não faziam parte da aristocracia e em raros casos pertenciam até mesmo à pequena nobreza. Eram médicos, advogados ou...

Colin fez uma careta de desaprovação. Acabavam de passar por Tottenham Court Road. Mas que diabo ela estaria fazendo tão para o leste? Talvez o condutor não conhecesse a cidade muito bem e tivesse achado melhor pegar a Bloomsbury Street até a Bedford Square, apesar de ficar um pouco fora do caminho, mas...

Ele ouviu um barulho muito estranho e se deu conta de que era o som dos próprios dentes rangendo. Acabavam de passar pela Bloomsbury Street e agora dobravam à direita em High Holborn.

Mas que diabo! Estavam praticamente na região de City. Por Deus, o que Penelope planejava fazer ali? Aquilo não era lugar para uma mulher. Ele mesmo jamais ia até lá. O mundo da alta sociedade ficava bem mais para oeste, nos sagrados prédios de St. James e Mayfair. Não em City, com suas ruas estreitas, serpenteantes e medievais, e sua perigosa proximidade com as casas de cômodos do East End.

Colin ficava cada vez mais perplexo à medida que iam em frente... e em frente... e em frente... até que percebeu que estavam dobrando na Shoe Lane. Esticou a cabeça para fora da janela. Só estivera ali uma vez, aos 9 anos, quando seu tutor o arrastara, junto com Benedict, para lhes mostrar onde o Grande Incêndio de Londres tivera início, em 1666. Colin lembrava-se de ter ficado um pouco desapontado ao saber que o culpado fora um simples padeiro que não molhara as cinzas do forno da forma correta. Um incêndio como aquele só podia ter sido criminoso.

No entanto, aquela tragédia não era nada comparada ao que ele sentia agora. Era bom que Penelope tivesse uma excelente razão para ir até ali sozinha. Ela não devia ir a *lugar nenhum* desacompanhada, muito menos a City.

Então, justo quando Colin estava convencido de que ela iria prosseguir até a costa de Dover, a carruagem atravessou a Fleet Street e parou. Colin ficou imóvel, esperando para ver o que Penelope ia aprontar, embora cada fibra do seu ser gritasse para ele saltar da carruagem e abordá-la ali mesmo na calçada.

Por intuição ou por loucura, de alguma forma ele sabia que, se falasse com ela naquele momento, jamais descobriria o verdadeiro motivo de ela estar ali.

Quando ela já tinha se afastado o suficiente para que ele pudesse saltar sem ser notado, desceu da carruagem e a seguiu rumo ao sul, em direção a uma igreja que mais parecia um bolo de noiva.

– Pelo amor de Deus – murmurou Colin, sem se dar conta da quantidade de blasfêmias que proferia –, isso não é hora de ser religiosa, Penelope.

Ela desapareceu igreja adentro e ele foi atrás, diminuindo o ritmo apenas ao chegar à porta da frente. Não queria surpreendê-la cedo demais. Não sem antes descobrir o que ela pretendia. Não acreditava nem por um instante que Penelope tivesse sentido um súbito desejo de aumentar a frequência à igreja com visitas no meio da semana.

Entrou na igreja, andando o mais silenciosamente possível. Penelope seguia pelo corredor central, encostando a mão esquerda de leve em cada um dos bancos, como se estivesse...

Contando?

Colin franziu as sobrancelhas quando ela escolheu o banco que queria e andou até o meio dele. Sentou-se imóvel por um instante, então enfiou a mão dentro da bolsa e sacou um envelope. Fez um movimento quase imperceptível com a cabeça para a esquerda, depois para a direita, e Colin imaginou sua expressão ao fazer isso, os olhos escuros dardejando nas duas direções enquanto procurava saber se havia outras pessoas ali. Ele estava a salvo no fundo da igreja, oculto nas sombras, quase encostado na parede. Além do mais, ela estava muito concentrada em ser discreta e não virou a cabeça o suficiente para vê-lo às suas costas.

Havia bíblias e livros de oração enfiados em pequenos bolsos às costas dos bancos, e Colin observou enquanto Penelope enfiava sorrateiramente o envelope atrás de um deles. Então ela se levantou e se dirigiu de novo ao corredor central.

Nesse momento, ele deu o bote.

Saiu das sombras e caminhou direto até ela, sentindo uma cruel satisfação ao ver o horror estampado em seu rosto ao deparar com ele.

– Col... Col... – gaguejou Penelope.

– Acho que está querendo dizer Colin – retrucou ele, estendendo cada sílaba enquanto a pegava pelo cotovelo.

O toque era suave, mas firme, e não havia a menor forma de ela achar que poderia escapar.

Inteligente como era, ela nem mesmo tentou.

Mas, inteligente como era, tentou se fazer de inocente.

– Colin! – conseguiu finalmente dizer. – Mas que... mas que...

– Surpresa?

Ela engoliu em seco.

– Isso.

– Tenho certeza que sim.

Penelope lançou um olhar rápido em direção à porta, depois à nave, em seguida a todos os lugares exceto o banco em que escondera o envelope.

– Eu... Eu nunca o vi por aqui antes.

– Eu nunca vim aqui.

Penelope abriu e fechou a boca várias vezes antes de conseguir dizer:

– Na verdade, é ótimo que esteja aqui, porque na verdade... na verdade... err... você conhece a história de St. Bride?

Ele ergueu uma das sobrancelhas.

– É onde estamos?

Penelope claramente tentava sorrir, mas o resultado foi uma expressão mais embasbacada e boquiaberta. Em geral isso o teria divertido, mas ainda estava zangado com ela por ter saído sozinha, sem considerar a própria segurança ou bem-estar.

Mas, acima de tudo, estava furioso por ela ter um segredo.

Por mais irracional que fosse, ele simplesmente não tolerava esse fato. Aquela era Penelope. Ela devia ser um livro aberto. Ele a conhecia. Sempre a conhecera.

E, agora, parecia que se enganara a esse respeito.

– Sim – respondeu ela, enfim, nervosa. – É uma das igrejas de Christopher Wren, as que ele construiu após o Grande Incêndio e que estão espalhadas por toda parte aqui em City. Esta é a minha preferida. Eu realmente adoro o campanário. Não acha que parece um bolo de noiva?

Ela tagarelava, o que nunca era um bom sinal. Em geral significava que a pessoa tinha algo a esconder. Já tinha ficado bastante óbvio que Penelope estava sendo dissimulada, mas a rapidez atípica de sua fala dizia a ele que o segredo era muito, muito importante.

Fitou-a por um bom tempo, apenas para torturá-la, até enfim perguntar:

– É por isso que acha ótimo que eu esteja aqui?

Ela se mostrou confusa.

– O bolo de casamento... – instigou ele.

– Ah! – guinchou ela, com o vermelho profundo da culpa se insinuando em sua pele. – Não! De modo algum! É só que... O que quero dizer é que esta é a igreja para os escritores. E editores. Acho. Com relação aos editores, digo.

Ela tentava de tudo, em vão. E sabia disso. Colin o percebia em seus olhos, em seu rosto, na maneira como ela retorcia as mãos ao falar. Mas Penelope continuava tentando manter a farsa, e ele se limitou a lhe lançar um olhar sarcástico enquanto ela prosseguia:

– Mas tenho certeza em relação aos escritores. – Então, com um floreio que talvez tivesse sido triunfante se ela não tivesse estragado tudo engolindo em seco sem parar, acrescentou: – E você é escritor!

– Então está querendo dizer que esta é a igreja para mim?

– É... – Ela lançou um olhar rápido para a esquerda. – Estou.

– Ótimo.

Penelope engoliu em seco.

– É mesmo?

– É, sim – afirmou ele, imprimindo um tom sereno e informal às palavras com a intenção de apavorá-la.

Ela relanceou mais uma vez à esquerda... em direção ao banco no qual escondera o envelope. Até ali, conseguira manter a atenção longe da prova incriminadora. Ele quase sentiu orgulho dela por isso.

– Uma igreja para mim – repetiu ele. – Que ideia encantadora.

Penelope começou a arregalar os olhos, assustada.

– Acho que não entendi o que quer dizer.

Ele tamborilou um dos dedos no queixo, então estendeu a mão num gesto pensativo.

– Acho que venho desenvolvendo um gosto especial pela prece.

– Prece? – ecoou ela, com a voz fraca. – Você?

– Sim, eu.

– Eu... Bem... eu... eu...

– Sim? – disse ele, começando a gostar daquilo de forma um tanto doentia.

Jamais fizera o gênero irritadiço e rancoroso. Claramente nunca soubera o que estava perdendo. Havia algo de muito satisfatório em fazê-la se contorcer.

– Penelope? Queria dizer alguma coisa?

Ela voltou a engolir em seco.

– Não.

– Que bom. – Ele deu um sorriso afável. – Sendo assim, acho que preciso de alguns momentos a sós.

– Como?

Ele deu um passo para o lado, na direção do banco.

– Estou numa igreja. Logo, gostaria de rezar.

Ela também deu um passo para o lado.

– Como disse?

Colin olhou para Penelope com um ar de indagação.

– Falei que gostaria de rezar. Não é algo tão difícil de entender.

Percebeu que ela lutava de todas as formas para não morder a isca. Tentava sorrir, mas o maxilar estava tenso, e ele podia apostar que os dentes iriam se transformar em pó a qualquer instante de tanto ranger.

– Não achei que você fosse uma pessoa especialmente religiosa – comentou ela.

– E não sou. – Ficou em silêncio por um instante e acrescentou: – Minha intenção é rezar por *você*.

Agora ela engolia em seco descontroladamente.

– Por mim? – guinchou.

– Porque – começou ele, depois aumentou o tom de voz a cada palavra, sem conseguir se conter – a prece é a única coisa capaz de salvá-la!

Em seguida, empurrou-a para o lado e se dirigiu ao local onde ela escondera o envelope.

– Colin! – gritou Penelope, correndo, desesperada, atrás dele. – Não!

Ele arrancou o envelope de trás do livro de orações com um puxão, sem o olhar por ora.

– Quer me contar o que é isto? Antes que eu mesmo veja?

– Não – respondeu ela, a voz sumindo no meio da palavra.

O coração dele se partiu à visão do pavor nos olhos dela.

– Por favor – implorou Penelope. – Por favor, me dê isso.

Então, quando ele nada fez além de encará-la muito sério, ela sussurrou:

– É meu. É um segredo.

– Um segredo que vale o seu bem-estar? – retrucou ele, quase rugindo. – A sua vida?

– Do que você está falando?

– Tem alguma ideia de como é perigoso uma mulher andar sozinha por aqui? Ou por qualquer lugar?

A única resposta dela foi:

– Colin, por favor.

Estendeu a mão pedindo o envelope, ainda longe do seu alcance.

E, de repente, ele já não sabia mais o que estava fazendo. Aquele não era ele. Aquela fúria insana, aquela ira não podiam ser dele.

E, no entanto, eram.

Mas a parte mais inquietante era... era o fato de Penelope tê-lo deixado assim. E o que ela fizera? Atravessara Londres sozinha? Ele estava irritado com ela por sua falta de preocupação com a própria segurança, mas isso não era nada comparado à raiva que sentia por ela estar escondendo segredos.

Sua raiva era completamente injustificada. Não tinha o menor direito de esperar que Penelope compartilhasse seus segredos com ele. Não tinham compromisso algum um com o outro, nada além da amizade e um único – ainda que comovente, de uma forma bastante inquietante – beijo. Sem dúvida ele não teria lhe mostrado seu diário se Penelope não o tivesse encontrado por acaso.

– Colin – sussurrou ela. – Por favor... não faça isso.

Penelope vira seus escritos secretos. Por que ele não haveria de ver os dela? Será que ela tinha um amante? Toda aquela história sobre jamais ter sido beijada seria mentira?

Por Deus, o que era aquele fogo que queimava em seu estômago? *Ciúme?*

– Colin – repetiu ela, agora engasgando.

Pousou a mão sobre a dele, tentando impedi-lo de abrir o envelope. Fez isso com delicadeza, pois jamais seria capaz de vencê-lo pela força.

Só que não havia a menor forma de ele conseguir se conter naquele momento. Preferiria morrer a lhe devolver aquele envelope sem ver o que continha.

Abriu-o com um rasgão.

Penelope deixou escapar um grito estrangulado e saiu correndo da igreja.

Colin leu o que estava escrito.

Então desabou no banco da igreja, ficando sem ar.

– Ah, meu Deus – sussurrou. – *Ah, meu Deus.*

Ao chegar aos degraus externos da igreja de St. Bride, Penelope estava histérica. Ou, ao menos, o mais histérica que já ficara. Tinha a respiração entrecortada, as lágrimas pinicavam-lhe os olhos, e seu coração...

Bem, seu coração lhe dava a sensação de querer vomitar, se tal coisa fosse possível.

Como ele podia ter feito uma coisa daquelas? Ele a seguira. *Seguira*. Por quê? O que tinha a ganhar com isso? Por que ele...

De repente, ela olhou em volta.

– Ah, droga! – gemeu, sem se importar se alguém a ouviria.

A carruagem partira. Ela dera instruções específicas para que o chofer a aguardasse, mas não o via em lugar nenhum.

Mais um percalço pelo qual podia culpar Colin. Ele a fizera se demorar na igreja e agora a carruagem partira, deixando-a presa ali, na escadaria da St. Bride, a muitos quilômetros de casa. Agora as pessoas a encaravam e ela tinha certeza de que a qualquer instante alguém a abordaria, porque provavelmente ninguém ali nunca vira uma mulher de tão fina estirpe sozinha nas redondezas, muito menos uma que se encontrava tão claramente à beira de um ataque de nervos.

Por que, por que, *por que* fora tão tola em acreditar que ele era o homem perfeito? Passara a metade da vida venerando alguém que nem era real. Porque era muito claro que o Colin que ela conhecia – não, o Colin que ela *pensara* conhecer – não existia. E, quem quer que fosse aquele homem, ela nem sabia ao certo se gostava dele. O rapaz que ela amara com tanta lealdade ao longo dos anos jamais teria se comportado daquela forma. Ele nunca a teria seguido. Bem, teria, sim, mas apenas para garantir sua segurança. No entanto, ele não teria sido tão cruel e sem dúvida não teria aberto a sua correspondência particular.

Ela havia lido duas páginas do diário dele, era verdade, mas o caderno não estava dentro de um envelope lacrado!

Penelope desabou sobre as escadas e sentiu a pedra fria através do tecido do vestido. Não havia muito o que pudesse fazer agora além de ficar ali, sentada, à espera de Colin. Só mesmo uma tola sairia a pé, sozinha, por um lugar tão longe de sua casa. Pensou que poderia fazer sinal para uma carruagem na Fleet Street, mas e se estivessem todas ocupadas? Além do mais, qual era a finalidade de fugir de Colin? Ele sabia onde ela morava e, a não ser que Penelope decidisse se mudar para as Órcades, não era muito provável que fosse conseguir escapar de um confronto com ele.

Deu um suspiro. Colin provavelmente a encontraria nas Órcades, viajante experiente que era. E ela nem ao menos queria ir para as ilhas.

Conteve um soluço. Agora ela não estava nem pensando direito. Por que a ideia fixa nas Órcades?

Nesse momento, ouviu a voz de Colin atrás de si.

– Levante-se – foi só o que ele disse, rápido e com frieza.

Então ela se levantou, não porque ele tivesse mandado (pelo menos foi o que disse a si mesma), e não porque tivesse medo dele, mas porque não podia permanecer sentada nas escadas da St. Bride para sempre, e mesmo que fosse adorar passar os próximos seis meses escondida de Colin, naquele instante ele era sua única forma segura de chegar em casa.

Ele indicou a rua com um gesto rude da cabeça.

– Entre na carruagem.

Ela obedeceu e, enquanto subia, ouviu Colin dar o endereço de sua casa ao chofer, instruindo-lhe a ir "pelo caminho mais longo".

Ah, Deus.

Depois de quase um minuto, ele lhe entregou a folha de papel que estivera dobrada dentro do envelope que ela deixara na igreja.

– Acredito que isto lhe pertença – falou.

Ela engoliu em seco e olhou para o papel. Não que precisasse fazê-lo: sabia as palavras de cor. Escrevera e reescrevera aquelas frases tantas vezes na noite anterior que achava que elas jamais lhe sairiam da memória.

Não há nada que eu deteste mais do que um cavalheiro que acha divertido dar um tapinha condescendente na mão de uma senhora enquanto murmura "Uma mulher tem o direito de mudar de ideia". E, de fato, como acredito que devemos respaldar nossas palavras com ações, me empenho para manter minhas opiniões e decisões firmes e verdadeiras.

É por isso, caro leitor, que quando escrevi minha coluna de 19 de abril, realmente tinha a intenção de que fosse a última. No entanto, acontecimentos fora de meu controle (ou, na verdade, que não contam com a minha aprovação) me forçaram a levar a caneta ao papel uma última vez.

> *Senhoras e senhores, esta autora NÃO É Lady Cressida Twombley. Ela nada mais é do que uma impostora intrigueira, e meu coração ficaria partido ao ver anos de trabalho árduo serem atribuídos a alguém como ela.*
>
> CRÔNICAS DA SOCIEDADE DE LADY WHISTLEDOWN,
> 21 DE ABRIL DE 1824

Penelope dobrou o papel outra vez com toda a concentração, aproveitando o instante para tentar se recompor e descobrir o que devia dizer num momento como aquele. Por fim, tentou sorrir, sem encarar Colin, e brincou:

– Você imaginava?

Ele ficou em silêncio, então ela foi forçada a erguer a vista e, assim que o fez, se arrependeu. Colin lhe pareceu completamente diferente. O sorriso fácil que sempre brincava em seus lábios, o bom humor que permeava seu olhar – tudo isso havia sumido, sendo substituído por rugas profundas e uma frieza absoluta.

O homem que ela um dia conhecera, o homem que ela amara por tanto tempo... Penelope já não sabia quem era.

– Vou interpretar isso como um não – falou, vacilante.

– Sabe o que estou tentando fazer neste instante? – perguntou ele, a voz atemorizante e alta em meio ao barulho ritmado dos cascos dos cavalos.

Ela abriu a boca para dizer que não, mas um único olhar para o rosto dele deixou claro que Colin não desejava uma resposta, então ela segurou a língua.

– Estou tentando decidir o que exatamente me deixa com mais raiva – prosseguiu ele. – Porque há *tantas* coisas que não consigo me concentrar em apenas uma.

Estava na ponta da língua de Penelope sugerir algo – a mentira que ela criara, por exemplo –, mas, pensando bem, aquele parecia ser um excelente momento para ficar calada.

– Em primeiro lugar – disse Colin, com o tom comedido demonstrando que ele de fato tentava se controlar (e isso era, por si só, bastante inquietante, pois ela jamais se dera conta de que ele pudesse perder o controle) –, não posso acreditar que você tenha sido estúpida a ponto de se aventurar sozinha até aqui. E numa carruagem alugada, ainda por cima!

– Como se eu pudesse vir em uma das nossas carruagens... – devolveu Penelope, antes de se lembrar que decidira permanecer em silêncio.

Colin moveu a cabeça dois centímetros para a esquerda. Ela não soube o que aquilo significava, mas não podia ser boa coisa, sobretudo porque o pescoço dele parecia se enrijecer cada vez mais enquanto ele virava a cabeça.

– O que disse? – quis saber ele, ainda naquele terrível tom de voz.

Bem, agora ela devia responder, certo?

– Err... não foi nada – falou, esperando que ele não prestasse tanta atenção ao resto da resposta. – É só que não me deixam sair sozinha.

– Eu sei – ladrou ele. – E há um ótimo motivo para isso.

– Então, se eu quisesse sair sozinha – continuou ela, escolhendo ignorar a segunda frase dele –, não poderia usar uma de nossas carruagens. Nenhum de nossos condutores concordaria em me trazer até aqui.

– Os seus condutores são, claramente, homens sábios e sensatos – vociferou ele.

Penelope não respondeu.

– Tem alguma ideia do que poderia ter acontecido com você? – prosseguiu Colin, a máscara de autocontrole começando a se desmanchar.

– Err... não exatamente, na verdade – admitiu ela, engolindo em seco. – Já estive aqui antes e...

– *O quê?* – Ele fechou a mão ao redor do braço dela com força. – O que você falou?

Penelope não teve coragem de repetir, então se limitou a fitá-lo na esperança de que ele se acalmasse e voltasse a ser o homem que ela conhecia e que tanto amava.

– Só quando preciso deixar uma mensagem urgente para o tipógrafo – explicou. – Envio uma mensagem em código, então ele sabe que tem de pegar o meu bilhete aqui.

– E, por falar nisso – disse Colin, rudemente, agarrando a folha de papel dobrada de suas mãos –, que diabo é isto?

Penelope olhou para ele, confusa.

– Imaginei que estivesse óbvio. Eu sou...

– Sim, é claro que você é a maldita Lady Whistledown e deve estar rindo de mim há semanas enquanto eu insisto que é Eloise.

Colin contorcia o rosto enquanto falava, quase partindo o coração dela.

– Não! – gritou Penelope. – Não, Colin, nunca. Eu jamais riria de você!

Mas o rosto dele deixou claro que ele não acreditava. Seus olhos esmeralda transbordavam humilhação, algo que ela jamais vira, algo que nunca esperara testemunhar. Ele era um Bridgerton. Popular, autoconfiante, autossuficiente. Nada podia envergonhá-lo. Ninguém podia humilhá-lo.

A não ser, ao que parecia, ela.

– Eu não podia lhe contar – sussurrou Penelope, tentando desesperadamente fazer com que aquela expressão desaparecesse. – É claro que você entende que eu não podia lhe contar.

Colin ficou em silêncio por um longo e agonizante momento. Depois, como se ela não tivesse dito nada, como se não houvesse tentado se explicar, ele ergueu a folha de papel incriminadora no ar e a balançou, ignorando por completo o clamor dela.

– Isto é estupidez – exclamou. – Você enlouqueceu?

– Não entendi.

– Você teve a fuga perfeita ao alcance das mãos. Cressida Twombley se dispôs a levar a culpa por você.

E então, de repente, as mãos dele estavam sobre os ombros dela e ele a segurava com tanta força que Penelope mal conseguia respirar.

– Por que não deixou o assunto por isso mesmo, Penelope?

A voz dele era urgente, os olhos ardiam. Era a expressão máxima de sensibilidade que ela já vira em Colin, e lhe partiu o coração o fato de estar sendo direcionada a ela num momento de raiva. E de vergonha.

– Não pude permitir que ela fizesse isso – sussurrou ela. – Não pude permitir que ela fosse eu.

CAPÍTULO 13

– Por que não, droga?

Penelope não conseguiu fazer nada além de fitá-lo durante vários segundos.

– Porque... porque... – Ela se debatia por dentro, perguntando-se como explicar aquilo.

Seu coração estava sendo partido, seu segredo mais apavorante – e emocionante – havia se estilhaçado e ele ainda achava que ela tinha presença de espírito para se *explicar*?

– Eu tenho consciência de que talvez ela seja a maior cadela...

Penelope sufocou um grito.

– ... que a Inglaterra já produziu, ao menos nesta geração, mas, pelo amor de Deus, Penelope – ele passou os dedos pelos cabelos, então a fitou com severidade –, ela ia levar a culpa...

– O crédito – interrompeu Penelope, irritada.

– A culpa – insistiu ele. – Você tem alguma ideia do que vai acontecer com você se as pessoas descobrirem quem é, de fato?

Ela contraiu os lábios com impaciência e irritação diante da condescendência com que estava sendo tratada.

– Já tive mais de uma década para pensar sobre isso.

Ele estreitou os olhos.

– Está sendo sarcástica?

– Nem um pouco – devolveu ela. – Você realmente acha que não passei boa parte dos últimos dez anos contemplando o que aconteceria se eu fosse descoberta? Eu seria uma idiota se não o tivesse feito.

Ele a agarrou pelos ombros e segurou firme até mesmo enquanto a carruagem saltava por cima das pedras irregulares.

– Você ficará arruinada, Penelope. Arruinada! Entende o que estou dizendo?

– Se eu ainda não tivesse entendido – retrucou ela –, posso lhe garantir que você me teria feito compreender agora, após seus longos sermões sobre o assunto enquanto acusava Eloise de ser Lady Whistledown.

Ele a olhou, mal-humorado, obviamente aborrecido com o fato de ter seus erros evidenciados daquela forma.

– As pessoas vão parar de falar com você – prosseguiu. – Vão ignorá-la...

– As pessoas nunca falaram comigo – interrompeu ela, ríspida. – Na metade do tempo, nem notam minha presença. Como acha que fui capaz de manter a farsa por tantos anos, para início de conversa? Eu era invisível, Colin. Ninguém me via, ninguém falava comigo. Eu simplesmente ficava ali escutando e *ninguém percebia*.

– Isso não é verdade. – Mas ele desviou os olhos dos dela ao dizê-lo.

– Ah, é verdade, sim, e você sabe disso. Apenas nega – disse ela, cutucando-o no braço –, porque se sente culpado.

– Não sinto, não!

– Ora, *por favor* – zombou ela. – Tudo o que você faz é por culpa.

– Pene...

– Tudo o que diz respeito a mim, pelo menos – corrigiu-se ela. Sentia a respiração se acelerar, o sangue correr mais rápido e, uma vez na vida, a alma se incendiar. – Você acha que não sei quanto a sua família sente pena de mim? Acha que não percebo que nas festas você e seus irmãos sempre me convidam para dançar?

– Somos educados – disse ele, entre os dentes – e *gostamos* de você.

– *E* sentem pena de mim. Você gosta de Felicity, mas não o vejo dançando com ela sempre que se encontram.

Ele a soltou subitamente e cruzou os braços.

– Bem, eu não gosto dela tanto quanto de você.

Ela piscou, desconcertada com a eloquência dele. Só mesmo Colin para *elogiá-la* no meio de uma discussão. Nada poderia tê-la desarmado mais do que aquilo.

– Além disso – continuou ele, erguendo o queixo com ironia e ar de superioridade –, você ainda não falou sobre a minha questão original.

– Que era?

– Que Lady Whistledown irá arruinar você!

– Pelo amor de Deus – murmurou ela –, você fala como se ela fosse outra pessoa.

– Ora, desculpe se tenho dificuldade em conciliar a mulher à minha frente com a megera que escreve a coluna.

– Colin!

– Ofendida? – zombou ele.

– Sim! Eu trabalhei muito naquela coluna.

Ela fechou as mãos em torno do tecido fino do vestido verde, ignorando as pregas que criava. Precisava fazer alguma coisa com as mãos ou poderia explodir com o nervosismo e a raiva que corriam em suas veias. A única opção que lhe ocorria era cruzar os braços, e ela se recusava a dar uma demonstração tão óbvia de petulância. Além do mais, *ele* estava de braços cruzados e um dos dois precisava agir como se não tivesse apenas 6 anos.

– Eu nem sonharia em denegrir o que você realizou – disse ele, condescendente.

– É claro que sonharia – retrucou ela.

– Não, não sonharia.

– Então o que acha que está fazendo?

– Sendo adulto! – respondeu ele, a voz ficando alta e impaciente. – Um de nós tem de ser.

– Não ouse falar comigo sobre comportamento adulto! – explodiu ela. – Logo você, que sai correndo à menor menção de responsabilidade.

– Que diabo você quer dizer com isso? – vociferou ele.

– Acho que fui bastante óbvia.

Ele recuou.

– Não posso acreditar que esteja falando comigo dessa maneira.

– Não pode acreditar que o esteja fazendo ou que tenha coragem suficiente para isso? – escarneceu ela.

Ele se limitou a encará-la, claramente surpreso com a pergunta.

– Você não me conhece tão bem quanto acha, Colin – concluiu ela. Então, num tom mais baixo, acrescentou: – *Eu* não me conheço tão bem quanto achava.

Ele ficou em silêncio por um longo momento e então, incapaz de mudar de assunto, perguntou entre os dentes:

– O que quis dizer quando falou que eu fujo das responsabilidades?

Ela contraiu os lábios, depois os relaxou enquanto expirava bem devagar.

– Por que você acha que viaja tanto?

– Porque gosto – respondeu ele, sucinto.

– E porque morre de tédio aqui na Inglaterra.

– E por que isso faz de mim uma criança?

– Porque você não se dispõe a crescer e fazer algo que o mantenha num único lugar.

– Como o quê?

Ela ergueu as mãos num gesto do tipo "não é óbvio?".

– Como se casar.

– Está me pedindo em casamento? – zombou ele, abrindo um sorriso bastante insolente.

Ela sentiu as faces ruborizarem, mas se forçou a prosseguir:

– Você sabe que não, e não tente mudar de assunto sendo cruel. – Esperou que ele dissesse alguma coisa, talvez um pedido de desculpas. Tomou o silêncio que se seguiu como um insulto, então simplesmente resfolegou e falou: – Pelo amor de Deus, Colin, você tem 33 anos.

– E você tem 28 – observou ele, em um tom de voz nada gentil.

Foi como levar um soco no estômago, mas ela estava exasperada demais para se recolher à concha como de costume.

– Ao contrário de você – retrucou –, não tenho o privilégio de poder propor casamento a alguém. E, ao contrário de *você* – acrescentou, querendo despertar a culpa da qual o acusara apenas alguns minutos antes –, não tenho uma ampla gama de pretendentes em potencial, então nunca tive o privilégio de poder dizer não.

Os lábios dele ficaram rijos.

– E você acha que contar a todos que é Lady Whistledown vai aumentar o seu número de pretendentes?

– Você está sendo desagradável de *propósito*? – disse ela, com grande esforço.

– Estou tentando ser realista! Algo que você parece não conseguir.

– Eu nunca falei que pretendia contar a todos que sou Lady Whistledown.

Ele agarrou o envelope que continha a última coluna.

– Então o que é isto?

Ela pegou o envelope de volta e retirou a folha de papel de dentro dele.

– Espere um instante – falou, cada sílaba carregada de sarcasmo. – Devo ter pulado a frase que revelava a minha identidade.

– Você acha que esse seu belo discurso vai acalmar o frenesi em torno da identidade de Lady Whistledown? Ah, me desculpe – ele colocou uma mão sobre o coração, com insolência –, talvez eu devesse dizer a *sua* identidade. Afinal, não quero privá-la do seu *crédito*.

– Agora você só está sendo desagradável – comentou ela, uma vozinha no fundo de sua mente lhe perguntando por que não estava chorando àquela altura.

Ali estava Colin, a quem amaria para sempre, e ele agia como se a odiasse. Será que havia qualquer outra coisa no mundo mais digna de lágrimas?

Ou talvez não fosse isso. Talvez toda aquela tristeza que se acumulava em seu coração fosse pela morte de um sonho. Da imagem que criara de

Colin. Construíra a imagem de que ele era perfeito e, com cada palavra que ele cuspia em seu rosto, tornava-se cada vez mais óbvio que o seu sonho estava errado.

– Estou demonstrando um argumento – insistiu ele, agarrando o papel mais uma vez das mãos dela. – Olhe só para isto. É praticamente um convite a maiores investigações. Você está zombando da sociedade, desafiando-a a desmascará-la.

– Não é nada disso que estou fazendo!

– Pode não ser a sua intenção, mas com certeza a consequência será essa. Parecia um bom argumento, mas ela não iria admitir isso.

– É um risco que terei de correr – falou, cruzando os braços e desviando o olhar do dele de forma acintosa. – Passei onze anos sem ser descoberta. Não vejo por que me preocupar agora.

Ela chegou a perder o fôlego pela exasperação.

– Você conhece uma coisa chamada dinheiro? Tem alguma ideia de quantas pessoas adorariam colocar as mãos nas mil libras de Lady Danbury?

– Conheço mais do que você – respondeu ela, irritada. – Além do mais, o prêmio de Lady Danbury não torna o meu segredo nem um pouco mais vulnerável.

– Torna todo mundo mais determinado, e isso a deixa mais vulnerável. Sem mencionar – acrescentou ele, retorcendo os lábios com ironia –, como observou minha irmã mais nova, que há a glória.

– Hyacinth? – perguntou ela.

Ele fez que sim sombriamente, colocando o papel sobre o assento ao seu lado.

– Se Hyacinth acredita que a glória de descobrir a sua identidade é algo a ser invejado, então pode ter certeza de que ela não é a única. Talvez seja esse o motivo pelo qual Cressida criou esse estratagema ridículo.

– Cressida está fazendo isso pelo dinheiro – resmungou Penelope. – Não tenho dúvidas.

– Que seja. Não importa o motivo. A única coisa que interessa é que, assim que você a desmascarar com a sua idiotice – ele deu um tapa sobre o papel, fazendo Penelope estremecer com o barulho –, outra pessoa ocupará o lugar dela.

– Isso não é nada que eu já não saiba – retrucou ela, em grande parte por não tolerar que ele tivesse a última palavra.

— Então, pelo amor de Deus, mulher — explodiu ele —, permita que Cressida se safe com o esqueminha que criou. Ela é a resposta às suas preces.

Penelope o encarou.

— Você não conhece as minhas preces.

Algo no tom de Penelope atingiu Colin bem no coração. Penelope não mudara de ideia, não chegara nem perto disso, mas ele não conseguiu encontrar as palavras certas para preencher o momento. Olhou para ela, então desviou o olhar para a janela e focou, mesmo que de maneira ausente, na cúpula da catedral de São Paulo.

— Nós realmente estamos fazendo o caminho mais longo até em casa — comentou.

Ela não disse nada. Ele não a culpou. Fora um comentário idiota para quebrar o silêncio, nada mais.

— Se você permitir que Cressida... — começou ele, de novo.

— Pare — implorou ela. — Por favor, não diga mais nada. Não posso permitir que ela continue com a farsa.

— Você já pensou de fato no que iria ganhar?

Ela o encarou com olhos severos.

— Acha mesmo que consegui pensar em outra coisa nos últimos dias?

Ele tentou outra tática:

— Será que é tão importante que as pessoas saibam que você é Lady Whistledown? Você sabe quanto foi esperta e que enganou a todos nós. Isso não basta?

— Você não ouviu o que eu falei! — exclamou Penelope, incrédula, como se não conseguisse aceitar a incompreensão dele. — Eu não preciso que as pessoas saibam que era eu. Só preciso que saibam que não era *ela*.

— Mas você claramente não se importa que todos pensem que Lady Whistledown é outra pessoa — insistiu ele. — Afinal, vem acusando Lady Danbury há semanas.

— Eu tinha de acusar *alguém* — explicou ela. — Lady Danbury me perguntou, diretamente, quem eu achava que era, e eu não podia dizer a verdade. Além do mais, não seria tão ruim assim se as pessoas achassem que era ela. Pelo menos eu gosto de Lady Danbury.

— Penelope...

— E como você se sentiria se os seus diários fossem publicados com Nigel Berbrooke como autor? — argumentou ela.

– Nigel Berbrooke mal consegue juntar duas frases – disse ele, com um resfolego de escárnio. – Ninguém acreditaria que ele pudesse escrever os meus diários.

Pensando melhor, ele fez um pequeno aceno com a cabeça, à guisa de desculpas, afinal Berbrooke era casado com a irmã dela.

– Tente imaginar – insistiu ela, entre os dentes. – Ou então o substitua por qualquer pessoa que achar parecida com Cressida.

– Penelope – retrucou ele com um suspiro. – Eu não sou você. Não dá para comparar os dois. Além do mais, se eu fosse publicar os meus diários, acho que eles não iriam me arruinar aos olhos da sociedade.

Ela afundou no assento, calada, e ele soube que seu argumento havia sido bem construído.

– Muito bem, então está decidido. Vamos rasgar isto aqui... – falou Colin, estendendo a mão em direção à folha de papel.

– Não! – gritou Penelope, quase saltando do banco. – Não faça isso.

– Mas você acabou de dizer...

– Eu não disse nada! – retrucou ela, com a voz estridente. – Eu apenas suspirei.

– Ora, pelo amor de Deus, Penelope – reclamou ele, irritado. – Você claramente concordou com...

Ela ficou perplexa diante da audácia dele.

– Quando foi que eu lhe dei permissão para interpretar os meus suspiros?

Ele olhou para a folha incriminadora, manteve as mãos no lugar e se perguntou que diabo devia fazer com ela naquele momento.

– E, de qualquer forma – continuou Penelope, os olhos brilhando com uma raiva e um fogo que a deixavam quase deslumbrante –, até parece que eu não sei de cor cada palavra. Você pode destruir essa folha de papel, mas não pode me destruir.

– Eu bem que gostaria – murmurou ele.

– O que disse?

– Whistledown – retrucou ele, entre os dentes. – Eu gostaria de destruir Lady Whistledown. Você, eu fico satisfeito em deixar do jeito que é.

– Mas eu *sou* Lady Whistledown.

– Que Deus nos ajude.

Nesse momento, algo dentro dela simplesmente atingiu o limite. Toda a fúria, toda a frustração, cada sentimento negativo que mantivera preso ao longo dos anos, tudo isso transbordou em cima de Colin, que, de todos os membros da alta sociedade, talvez fosse o que menos merecia.

– Por que está com tanta raiva de mim?! – gritou ela. – O que fiz de tão grave? Fui mais inteligente que você? Guardei um segredo? Dei boas risadas à custa da sociedade?

– Penelope, você...

– Não – interrompeu ela, com firmeza. – Fique quieto. É a minha vez de falar.

Ele ficou boquiaberto, com o choque e a incredulidade perpassando os seus olhos.

– Eu tenho orgulho do que fiz – conseguiu dizer Penelope, a voz trêmula de emoção. – Não importa o que você disser. Não importa o que qualquer um disser. Ninguém pode tirar isso de mim.

– Eu não estou tentando...

– Eu não preciso que as pessoas saibam da verdade – continuou ela, ignorando o protesto inoportuno dele. – Mas prefiro ir direto para o inferno a permitir que Cressida Twombley, a mesmíssima pessoa que... que...

A essa altura, seu corpo inteiro tremia, enquanto as péssimas recordações se sucediam em sua mente.

Cressida, famosa pela graça e elegância, tropeçando e derramando ponche no vestido de Penelope naquele primeiro ano – o único que a mãe lhe permitira comprar que não era nem amarelo nem laranja.

Cressida, toda doce, implorando aos jovens solteiros que convidassem Penelope para dançar, pedindo com tanto fervor que Penelope só podia se sentir humilhada.

Cressida, anunciando perante uma multidão quanto se preocupava com a aparência de Penelope. "Simplesmente não é saudável pesar mais do que 60 quilos nessa idade."

Penelope nunca soube se Cressida conseguia esconder o sorriso afetado que se seguia às alfinetadas, porque sempre saía em disparada do salão, cega pelas lágrimas, incapaz de ignorar o balanço dos próprios quadris enquanto corria.

Cressida sempre soubera exatamente como atingi-la. Não importava que Eloise continuasse sendo sua protetora ou que Lady Bridgerton tentasse aumentar a sua autoconfiança. Penelope chorara até dormir mais vezes do que conseguia lembrar por causa das investidas maldosas de Cressida Cowper Twombley.

Havia deixado que ela se safasse de tanta coisa no passado, tudo por não ter coragem de se defender. Mas não podia permitir que ela ficasse com *aquilo*. Não a sua vida secreta, não aquele cantinho da sua alma que era forte, orgulhoso e destemido.

Talvez Penelope não soubesse se defender, mas, por Deus, Lady Whistledown sabia.

– Penelope? – chamou Colin, cautelosamente.

Ela olhou para ele, confusa, e levou alguns segundos para lembrar que estavam em 1824, não 1814, e que ela se encontrava numa carruagem com Colin Bridgerton, não agachada no canto de algum salão de baile tentando fugir de Cressida Cowper.

– Você está bem? – perguntou ele.

Ela fez que sim. Ou, pelo menos, tentou.

Ele abriu a boca para dizer alguma coisa, então se deteve, os lábios permanecendo entreabertos por um longo momento. Por fim, apenas colocou a mão sobre a dela e pediu:

– Podemos falar sobre isso depois?

Dessa vez ela conseguiu fazer que sim, de leve. E, de fato, só queria que aquela tarde horrível chegasse ao fim, embora houvesse algo que ainda não podia deixar para trás.

– Cressida não ficou arruinada – comentou, baixinho.

Ele se virou para ela, confuso.

– O que disse?

Penelope falou um pouco mais alto:

– Cressida disse que era Lady Whistledown e não ficou arruinada.

– Porque ninguém acreditou nela – argumentou Colin. – Além do mais – acrescentou, sem pensar –, ela é... diferente.

Penelope se virou para ele bem devagar, com o olhar firme.

– Diferente como?

Algo muito parecido com pânico começou a ribombar no peito de Colin. Ele soubera que não estava dizendo as palavras certas no momento em que elas saíram de seus lábios. Como podia uma frase tão pequena ser tão equivocada?

Ela é diferente.

Ambos sabiam a que ele se referia. Cressida era popular, Cressida era linda, Cressida podia se safar daquilo tudo com a maior facilidade.

Penelope, por outro lado...

Ela era Penelope. Penelope Featherington. Não tinha a influência nem as conexões para salvá-la da ruína. Os Bridgertons ficariam ao seu lado e iam lhe dar apoio, mas nem mesmo eles poderiam impedir sua queda. Qualquer outro escândalo poderia ser administrável, mas Lady Whistledown tinha, num momento ou em outro, insultado praticamente todas as pessoas das Ilhas Britânicas. Assim que as pessoas se refizessem da surpresa, viriam as observações indelicadas.

Penelope não seria elogiada por sua inteligência ou ousadia.

Seria chamada de má, mesquinha e invejosa.

Colin conhecia bem a alta sociedade. Sabia como agiam os seus pares. A aristocracia era capaz de gestos grandiosos individuais, mas coletivamente tinha a tendência de afundar até o mais baixo denominador comum.

O que era realmente muito baixo.

– Entendi – disse Penelope.

– Não – apressou-se ele a se corrigir –, não entendeu. Eu...

– Não, Colin – retrucou ela, com um doloroso tom de sabedoria na voz –, eu entendi, sim. Acho que só esperava que *você* fosse diferente.

Os olhos dele encontraram os de Penelope e, de alguma forma, suas mãos foram parar nos ombros dela, segurando-os com tanta intensidade que ela não poderia desviar o olhar nem mesmo se quisesse. Não disse nada, permitindo que seus olhos perguntassem por ele.

– Pensei que acreditasse em mim – explicou ela –, que conseguisse enxergar além do patinho feio.

O rosto dela lhe era tão familiar... Ele o vira mil vezes antes e, no entanto, até as últimas semanas, não podia dizer que o conhecia de verdade. Será que lembrava que ela tinha uma pequena marca de nascença perto do lóbulo esquerdo? Já havia notado o ardor de sua pele? Ou que os olhos castanhos continham salpicos dourados bem perto da pupila?

Como podia ter dançado com ela tantas vezes e nunca ter notado que os lábios eram cheios, largos e feitos para beijar?

Penelope umedecia os lábios com a língua quando estava nervosa. Colin a vira fazer isso um dia. Certamente o fizera em algum momento ao longo de todos os anos em que se conheciam, mas só agora, à simples visão de sua língua, o corpo dele se enrijeceu de desejo.

– Você não é feia – falou ele, a voz grave e urgente.

Ela arregalou os olhos.

Então, ele sussurrou:

– É linda.

– Não – retrucou ela, baixinho. – Não diga coisas que não quer dizer.

Ele apertou os ombros dela ainda mais.

– Você é linda – repetiu. – Eu não sei como... Não sei quando... – Tocou os seus lábios, sentindo o hálito quente na ponta dos dedos. – Mas é... – sussurrou.

Inclinou o corpo para a frente e a beijou, devagar e com reverência, não mais tão surpreso que aquilo estivesse acontecendo, que a desejasse tão intensamente. O choque desaparecera, substituído pelo simples e primitivo desejo de reclamá-la para si, de marcá-la com ferro em brasa como sua.

Sua?

Ele se afastou e olhou para ela por um instante.

Por que não?

– O que foi? – sussurrou ela.

– Você é linda – disse ele, balançando a cabeça, confuso. – Não sei como ninguém mais enxerga isso.

Algo cálido e encantador começou a tomar o peito de Penelope. Ela não conseguia explicar: era quase como se alguém tivesse esquentado o seu sangue. Começou em seu coração e então, lentamente, percorreu os braços, o ventre, e desceu até as pontas dos dedos dos pés.

Deixou-a tonta. Satisfeita.

E plena.

Não era linda. Sabia disso. Tinha total consciência de que nunca seria mais do que apenas aceitável, e isso nos dias bons. Mas ele a achava linda, e quando olhava para ela...

Penelope se *sentia* linda. Jamais experimentara essa sensação.

Ele a beijou outra vez, os lábios mais famintos dessa vez, mordiscando, acariciando, despertando o seu corpo, acordando a sua alma. O ventre dela começou a formigar e a pele emitia uma sensação de calor e de necessidade nos locais onde as mãos dele tocavam o tecido verde e fino do vestido.

Penelope não parou uma única vez para pensar *Isto é errado*. Aquele beijo era tudo o que ela fora criada para temer e evitar, mas sabia – de corpo, mente e alma – que nada em sua vida jamais estivera tão certo. Havia nascido para aquele homem, e passara muitos anos tentando aceitar o fato de que ele havia nascido para outra pessoa.

Ter uma prova do contrário era o mais profundo prazer que poderia imaginar.

Ela o queria, queria aquilo, queria a forma como ele a fazia se sentir.

Desejava ser linda, ainda que apenas aos olhos de um único homem.

Eram, pensava ela, sonhadora, enquanto Colin a deitava sobre o assento estofado da carruagem, os únicos olhos que importavam.

Ela o amava. Sempre o amara. Até mesmo agora, quando estava tão irada com ele que mal o reconhecia, quando ele estava tão irado com ela que ela nem ao menos sabia se *gostava* dele, o amava.

E queria ser sua.

Na primeira vez em que ele a beijara, Penelope aceitara os seus avanços com deleite passivo, mas agora tinha decidido ser uma parceira ativa. Ainda não conseguia acreditar que estivesse ali com ele, e certamente não se permitia sonhar que algum dia ele passasse a beijá-la com regularidade.

Aquilo podia nunca mais voltar a acontecer. Talvez ela nunca mais sentisse o delicioso peso dele sobre ela, ou a escandalosa comichão da língua dele de encontro à dela.

Tinha *uma* chance. Uma única oportunidade de criar uma lembrança que durasse por toda a vida. Uma chance de atingir o êxtase.

O dia seguinte seria horrível, sabendo que ele encontraria outra mulher com quem riria, faria piadas e até mesmo se casaria, mas hoje...

Hoje pertencia a ela.

E, por Deus, ia tornar aquele beijo inesquecível.

Ergueu a mão e alisou os cabelos dele. Começou hesitante – o fato de estar decidida a ser ativa naquela situação não significava que tivesse a menor ideia do que estava fazendo. Os lábios de Colin, pouco a pouco, esvaziavam a mente dela de toda a razão e inteligência, mas, ainda assim, não pôde deixar de notar que os cabelos dele tinham a mesma textura dos de Eloise, que ela escovara inúmeras vezes durante os anos de amizade das duas. E, que Deus a perdoasse...

Ela riu.

Isso chamou a atenção dele, que ergueu a cabeça com um sorriso divertido.

– O que disse? – perguntou.

Penelope balançou a cabeça, tentando lutar contra a risada, mas consciente de que estava perdendo a batalha.

– Ah, não, tem de me contar – insistiu ele. – Não posso continuar sem saber o motivo da risadinha.

Ela sentiu as faces esquentarem, o que lhe pareceu ridiculamente inoportuno. Ali estava ela, fazendo algo bastante condenável no banco de trás de uma carruagem, e só *agora* tinha a decência de ruborizar?

– Conte-me – murmurou ele, mordiscando a sua orelha.

Ela fez que não.

Os lábios dele encontraram o pescoço dela bem na base, onde sentiu a pulsação de seu sangue.

– Conte.

A única coisa que ela conseguiu fazer foi gemer, arqueando o pescoço e oferecendo-o a ele.

O vestido, que ela nem percebera que estava com os primeiros botões abertos, deslizou até a clavícula ficar exposta, e ela observou com atordoada fascinação os lábios dele percorrerem a linha do osso até o rosto estar aninhado perigosamente próximo aos seus seios.

– Vai me contar? – sussurrou Colin, passando os dentes na pele dela.

– Contar o quê? – arfou ela.

Ele moveu os lábios mais para baixo de forma implacável, e depois mais ainda.

– Por que estava rindo?

Durante vários segundos, Penelope nem mesmo soube do que ele falava.

Colin pôs a mão no seio dela por cima do vestido.

– Não vou deixá-la em paz até que me conte – ameaçou.

A resposta de Penelope foi arquear as costas, colocando o seio ainda mais firmemente na mão dele.

Estava adorando que ele não a deixasse em paz.

– Entendi – murmurou Colin, ao mesmo tempo que empurrou o corpete dela para baixo e roçou o mamilo com a palma da mão.

– Então, talvez eu pare – falou, afastando a mão e depois a erguendo.

– Não – gemeu ela.

– Então me conte.

Ela olhou para o próprio seio, hipnotizada à visão dele nu e livre aos olhos de Colin.

– Conte-me – insistiu ele, soprando de leve, de forma que o hálito chegasse até ela.

Penelope sentiu algo repuxar profundamente dentro dela, em lugares que jamais eram mencionados.

– Colin, por favor – implorou.

Ele deu um sorriso lento e preguiçoso, satisfeito e, de alguma forma, ainda faminto.

– Por favor o quê? – incitou.

– Me toque – sussurrou ela.

Ele deslizou o indicador pelo ombro dela.

– Aqui?

Ela balançou a cabeça freneticamente em uma negativa.

Ele foi descendo pelo braço.

– Estou chegando mais perto?

Ela fez que sim, sem jamais desviar os olhos do seio.

Colin encontrou o mamilo outra vez e traçou com os dedos espirais lentas e torturantes ao seu redor, em seguida sobre ele, enquanto ela o observava, o corpo ficando mais e mais tenso.

A única coisa que Penelope ouvia era a própria respiração escapar quente e pesada de seus lábios.

– Então...

– Colin! – exclamou ela com um grito sufocado.

Ele certamente não poderia...

Colin tomou os lábios dela nos seus e antes mesmo que Penelope pudesse sentir algo mais que o calor que emanava deles, ela ergueu os quadris do assento, surpresa com o próprio comportamento, e os pressionou contra os dele sem nenhuma vergonha. Então, se acomodou outra vez enquanto ele se deitava sobre ela, imobilizando-a e enchendo-a de prazer.

– Ah, Colin, Colin – arfou, agarrando as costas dele, apertando os músculos com desespero, não querendo nada além de segurá-lo, de guardá-lo para si e nunca mais soltá-lo.

Ele puxou a camisa, soltando-a do cós da calça, e ela enfiou as mãos por debaixo do tecido, correndo-as pela pele quente. Nunca tocara um homem daquele jeito; nunca tocara *ninguém* daquele jeito, a não ser, talvez, a si mesma, e não era muito fácil alcançar as próprias costas.

Colin gemeu quando ela o tocou, então enrijeceu o corpo quando os dedos dela começaram a roçar a sua pele. O coração dela deu um salto. Ele gostava daquilo, da maneira como ela o tocava. Penelope não era nem um pouco experiente, mas ele estava gostando, ainda assim.

– Você é perfeita – sussurrou de encontro à sua pele, os lábios deixando um rastro quente enquanto voltavam na direção do queixo dela.

Colin exigiu aquela boca para si, desta vez com fervor ainda maior, as mãos deslizando para segurar o traseiro dela, apalpando, esfregando e apertando-a de encontro ao seu membro ereto.

– Meu Deus, como eu a quero – arfou ele, pressionando os quadris contra os dela. – Quero deixá-la nua, mergulhar dentro de você e nunca mais deixá-la escapar.

Penelope gemeu de desejo, incapaz de acreditar no prazer que aquelas simples palavras lhe causavam. Ele a fazia se sentir tão devassa, tão travessa, e tão, mas tão desejável!

Não queria que aquilo terminasse nunca mais.

– Ah, Penelope – gemeu, os lábios e as mãos cada vez mais frenéticos – Ah, Penelope. Ah, Penelope, ah...

Então ele ergueu a cabeça. De forma muito abrupta.

– *Ah, Deus.*

– O que foi? – perguntou ela, tentando levantar a cabeça do assento.

– Nós paramos.

Ela levou um certo tempo para reconhecer o significado daquilo. Se haviam parado, queria dizer que provavelmente tinham chegado ao seu destino, que era...

A casa dela.

– Ah, Deus! – Ela começou a puxar o corpete do vestido para cima com movimentos frenéticos. – Não podemos pedir ao chofer que continue?

Ela já se provara uma libertina completa mesmo. Parecia não haver nada de mais, àquela altura, em acrescentar "sem vergonha" à sua lista de características.

Ele agarrou o corpete por ela e o colocou no lugar.

– Qual é a possibilidade de sua mãe ainda não ter notado minha carruagem na frente da casa?

– Bem forte, na verdade – disse ela –, mas Briarly com certeza já viu.

– E seu mordomo conseguiria reconhecer a minha carruagem? – indagou ele, incrédulo.

Ela fez que sim.

– Você veio aqui outro dia. Ele se lembra de coisas.

Colin retorceu os lábios de maneira decidida.

– Muito bem, então – falou. – Componha-se.

– Posso correr direto para o meu quarto – disse Penelope. – Ninguém irá me ver.

– Duvido muito – retrucou ele, desanimado, enfiando a camisa para dentro da calça e ajeitando os cabelos.

– Não, eu lhe garanto...

– E *eu* lhe garanto – interrompeu ele – que você será vista, sim. – Ele lambeu os dedos e então os passou pelos cabelos. – Estou apresentável?

– Está – mentiu ela.

Na verdade, estava muito corado, com os lábios inchados e os cabelos totalmente desgrenhados.

– Ótimo.

Ele desceu da carruagem de um salto e estendeu a mão para ela.

– Vai entrar, também? – perguntou Penelope.

Ele a olhou como se ela tivesse enlouquecido de repente.

– É claro.

Ela não se mexeu, perplexa demais com as ações dele para dar às pernas o comando necessário. Não havia nenhum motivo para que ele a acompanhasse até dentro de casa. As convenções sociais não o exigiam e...

– Pelo amor de Deus, Penelope – disse ele, agarrando-lhe a mão e puxando-a para fora do veículo –, você vai ou não vai se casar comigo?

CAPÍTULO 14

Seus pés tocaram o chão.

Penelope era – ao menos na própria opinião – um pouco mais graciosa do que as pessoas costumavam reconhecer. Sabia dançar, tocava piano bem e em geral conseguia atravessar um salão sem esbarrar em um número muito grande de pessoas ou móveis.

Mas quando Colin fez a sua singela proposta, o pé dela – naquele instante apenas na metade do caminho para fora da carruagem – só encontrou o ar, o quadril esquerdo encontrou o meio-fio e a cabeça encontrou as pontas dos pés de Colin.

– Meu Deus, Penelope – exclamou ele, se abaixando. – Você está bem?

– Estou ótima – conseguiu dizer ela, procurando um buraco no qual se enfiar e morrer.

– Tem certeza?

– Não foi nada, verdade – insistiu ela, segurando o rosto certa de que agora exibia a marca perfeita da bota de Colin. – Estou apenas um pouco surpresa, só isso.

– Por quê?

– Por quê?

– Sim, por quê?

Ela piscou, aturdida. Uma, duas, três vezes.

– Err... Bem, talvez tenha a ver com você ter mencionado algo sobre casamento.

Ele a puxou sem a menor cerimônia para colocá-la de pé, quase deslocando o seu ombro enquanto o fazia.

– Bem, o que imaginou que eu diria?

Ela o fitou, incrédula. Será que ele tinha ficado louco?

– Não *isso* – respondeu, por fim.

– Eu não sou um selvagem completo – murmurou ele.

Penelope limpou a poeira e as pedrinhas das mangas do vestido.

– Eu nunca falei que era, só...

– Posso lhe garantir – continuou ele, mostrando-se agora mortalmente ofendido – que jamais me comporto da forma como acabei de me comportar com uma mulher da sua estirpe sem lhe fazer uma proposta de casamento.

Isso deixou Penelope boquiaberta, com os olhos arregalados como os de uma coruja.

– Não tem uma resposta? – perguntou ele.

– Ainda estou tentando entender o que você disse.

Ele plantou as mãos nos quadris e olhou para ela com clara impaciência.

– Você tem de admitir – começou Penelope, dirigindo-lhe um olhar incerto – que pareceu... como foi mesmo que disse... que já fez propostas de casamento antes.

Ele lhe lançou um olhar bastante irritado.

– É claro que não fiz. Agora me dê o braço antes que comece a chover.

Ela ergueu a vista para o céu azul e límpido.

– Nesse ritmo, vamos ficar aqui por dias – explicou ele, impaciente.

– Eu... bem... – Ela pigarreou. – Você certamente pode perdoar a minha confusão diante de tal surpresa.

Colin segurou o braço dela com mais força.

– Vamos logo.

– Colin! – exclamou Penelope, tropeçando nos próprios pés enquanto subia a escada. – Tem certeza...

– Não há momento melhor do que o presente – disse ele alegremente.

Parecia bastante satisfeito, o que a deixou ainda mais confusa, pois teria apostado a fortuna inteira – e como Lady Whistledown havia acumulado uma boa fortuna – que ele não pensara em pedi-la em casamento até o momento em que sua carruagem parara diante da casa.

Talvez até o instante em que tinha pronunciado as palavras.

Colin se virou para ela.

– Temos de bater à porta?

– Não, eu...

Ele bateu, ou melhor, esmurrou a porta, mesmo assim.

– Briarly – falou Penelope, tentando sorrir quando o mordomo abriu a porta para eles.

– Srta. Penelope – murmurou o homem, erguendo uma das sobrancelhas em sinal de surpresa. Cumprimentou Colin com a cabeça. – Sr. Bridgerton.

– A Sra. Featherington está em casa? – perguntou Colin bruscamente.

– Está, mas...

– Ótimo. – Colin foi adentrando na casa, puxando Penelope a reboque. – Onde ela está?

– Na sala de estar, mas devo lhe avisar...

No entanto, Colin já estava na metade do corredor, com Penelope um passo atrás de si. (Não que ela pudesse estar em qualquer outro lugar, visto que ele a segurava, com bastante força, até, pelo braço.)

– Sr. Bridgerton! – gritou o mordomo, parecendo ligeiramente em pânico.

Penelope virou a cabeça para trás enquanto continuava seguindo Colin. Briarly nunca entrava em pânico. Por nada. Se achava que ela e Colin não deviam entrar na sala de estar, devia ter uma boa razão para isso.

Talvez até mesmo...

Ah, *não*.

Penelope tentou interromper o passo, enterrando os calcanhares no chão e deslizando pelo assoalho de madeira enquanto Colin a arrastava pelo braço.

– Colin – disse, engolindo em seco depois. – Colin!

– O que é? – perguntou ele, sem diminuir o ritmo.

– Eu realmente acho... Aaaaah!

Enquanto ela deslizava, tropeçou na barra de um tapete e voou para a frente.

Ele a pegou e a colocou outra vez de pé.

– O quê?

Ela olhou, nervosa, para a porta da sala de visitas. Encontrava-se entreaberta, mas talvez estivesse barulhento demais lá dentro e a mãe ainda não os tivesse ouvido se aproximar.

– Penelope – exigiu Colin, impaciente.

– Err...

Ainda podiam escapar, não? Ela olhou freneticamente à sua volta, como se fosse possível encontrar a solução para os seus problemas em algum lugar do corredor.

– Penelope – repetiu Colin, já batendo com o pé no chão –, que diabo está acontecendo?

Ela olhou para trás de novo, para Briarly, que se limitou a dar de ombros.

– Talvez este não seja o melhor momento para falar com a minha mãe.

Ele ergueu uma das sobrancelhas em uma expressão bastante semelhante à que o mordomo esboçara apenas alguns momentos antes.

– Não está planejando recusar o meu pedido, está?

– Não, é claro que não – disse ela, apressada, embora ainda nem tivesse aceitado realmente o fato de que ele tinha a intenção de pedi-la em casamento.

– Então este é um excelente momento – afirmou ele, o tom deixando claro que não deveria haver mais nenhum protesto.

– Mas é que...

– O quê?

Terça-feira, pensou ela, infeliz. E passava um pouco do meio-dia, o que significava...

– Vamos – disse Colin, prosseguindo caminho.

E antes que ela pudesse detê-lo, ele empurrou a porta.

A primeira coisa que ocorreu a Colin ao entrar na sala de estar foi que, embora o dia não estivesse transcorrendo em absoluto como ele talvez tivesse previsto ao se levantar da cama naquela manhã, estava sendo bastante produtivo. Casar-se com Penelope era uma ideia bem sensata e também muito atraente, se a recente interação dos dois na carruagem servisse de indicativo.

A segunda coisa que lhe ocorreu foi que acabava de entrar no seu pior pesadelo.

Porque a mãe de Penelope não estava sozinha na sala. Absolutamente todos os Featheringtons, jovens e velhos, encontravam-se ali, acompanhados dos cônjuges, e havia até mesmo um gato.

Era o grupo de pessoas mais assustador que Colin já vira. A família de Penelope era... bem... com exceção de Felicity (por quem sempre nutrira certa desconfiança, afinal, como confiar em alguém tão próximo de Hyacinth?), a família dela era... bem...

Ele não conseguia encontrar a palavra certa para descrevê-la. Sem dúvida nada de elogioso (embora quisesse acreditar que podia evitar um insulto direto), mas será que existia algum termo que combinasse levemente com obtusa, demasiado falante, bastante intrometida, maçante e – não se podia esquecer isto, não com o recente acréscimo de Robert Huxley ao clã – excepcionalmente ruidosa?

Então Colin apenas deu aquele seu sorriso lindo, amigável e um pouco travesso. Quase sempre funcionava, e hoje não foi exceção. Os Featheringtons todos sorriram de volta para ele e – graças a Deus – não fizeram nenhum comentário.

Pelo menos, não de imediato.

– Colin – disse a Sra. Featherington, com considerável surpresa. – Que delicadeza a sua em trazer Penelope para casa para a nossa reunião de família.

– Reunião de família? – ecoou ele.

Olhou para Penelope, que estava ao seu lado parecendo passar mal.

– Toda terça-feira – falou ela, com um sorriso fraco. – Eu não mencionei?

– Não – respondeu ele, embora estivesse óbvio que a pergunta havia sido feita em consideração à plateia que os observava. – Não mencionou.

– Bridgerton! – berrou Robert Huxley, casado com a irmã mais velha de Penelope, Prudence.

– Huxley – retrucou Colin, dando um discreto passo para trás.

Era melhor proteger os tímpanos, caso o cunhado de Penelope resolvesse deixar seu lugar perto da janela e se aproximar.

Por sorte, Huxley ficou onde estava, mas outro cunhado, o bem-intencionado porém aéreo Nigel Berbrooke, atravessou o aposento e cumprimentou Colin com um belo tapa nas costas.

– Não o estávamos esperando – comentou ele, jovial.

– Não – murmurou Colin –, não imaginei que estivessem.

– Afinal, é só a família – disse Berbrooke –, e você não faz parte da família. Não da minha, pelo menos.

– Ainda não – falou Colin baixinho, então olhou rapidamente para Penelope, que ruborizou.

Em seguida, ele olhou outra vez para a Sra. Featherington, que lhe pareceu prestes a desmaiar de emoção. Colin gemeu. Não tinha sido sua intenção que ela escutasse este último comentário. Por algum motivo, quisera manter o elemento surpresa antes de pedir a mão de Penelope. Se Portia soubesse de sua intenção antes da hora, era capaz de distorcer a situação (ao menos na própria cabeça) de modo a fazer parecer que ela própria houvesse orquestrado tudo.

E, sem saber explicar por quê, Colin não gostaria nem um pouco disso.

– Espero não estar sendo inconveniente – disse, dirigindo-se à Sra. Featherington.

– Não, é claro que não – retrucou ela, rápido. – Estamos encantados em tê-lo aqui, numa reunião de *família*.

No entanto, sua expressão era bastante estranha, não porque estivesse indecisa a respeito da presença dele ali, mas porque claramente não sabia que passo dar a seguir. Mordeu o lábio inferior, então lançou um olhar furtivo para Felicity.

Colin se virou para Felicity, que fitava Penelope com um pequeno sorriso enigmático. Já Penelope fuzilava a mãe com os olhos, a boca retorcida numa careta de irritação.

Ele alternou a visão entre as três Featheringtons. Sem dúvida havia algo acontecendo ali, e se Colin não estivesse tão ocupado tentando descobrir como se livrar de uma conversa com os parentes de Penelope enquanto tentava fazer uma proposta de casamento, ficaria bastante curioso para saber o motivo dos olhares discretos sendo trocados sem parar entre elas.

A Sra. Featherington lançou um último olhar para Felicity e fez um pequeno gesto que Colin poderia jurar que queria dizer *Sente-se direito*, depois voltou a fixar a atenção nele.

– Não quer se sentar? – indagou com um sorriso amplo, dando um tapinha no assento ao seu lado no sofá.

– É claro – murmurou ele, porque realmente já não havia como sair daquela situação.

Ainda tinha de pedir a mão de Penelope, e embora não quisesse fazer isso na frente de todas as irmãs dela (e dos dois cunhados inúteis), estava preso ali, pelo menos até que surgisse uma oportunidade polida de fugir.

Ele se virou e ofereceu o braço a Penelope.

– Penelope?

– Err... sim, claro – gaguejou ela, colocando a mão no cotovelo dele.

– Ah! – exclamou a Sra. Featherington, como se tivesse se esquecido da presença da filha. – Me desculpe, Penelope. Não a vi. Que tal ir pedir à cozinheira que faça mais comida? Sem dúvida precisaremos, com a presença do Sr. Bridgerton.

– É claro – concordou Penelope, contraindo os lábios.

– Ela não pode tocar a campainha e pedir? – perguntou Colin, bem alto.

– Como? – indagou a Sra. Featherington, com o olhar distraído. – Bem, acho que poderia, mas levaria mais tempo e Penelope não se importa, não é?

Penelope balançou a cabeça bem de leve.

– Eu me importo – declarou Colin.

A Sra. Featherington deixou escapar um pequeno "Ah" de surpresa, então disse:

– Muito bem. Penelope, hã... Por que não se senta ali?

Ela fez sinal para uma cadeira que ficava meio à parte do círculo da conversa.

Felicity, que estava sentada na frente da mãe, se levantou e falou:

– Aqui, Penelope, fique com o meu lugar, por favor.

– Não – exclamou a Sra. Featherington, com firmeza. – Você não tem se sentido muito bem, Felicity. Precisa se sentar.

Colin achou que Felicity era o retrato da saúde perfeita, mas ela obedeceu à mãe.

– Penelope – chamou Prudence, bem alto, de perto da janela. – Preciso falar com você.

Penelope olhou, impotente, de Colin para Prudence, depois para Felicity, em seguida para a mãe.

Colin a puxou para mais perto ainda.

– Eu também preciso falar com ela – disse, com delicadeza.

– Certo. Bem, suponho que haja lugar para vocês dois aqui – concedeu a Sra. Featherington, chegando para o lado, no sofá.

Colin ficou meio indeciso entre as boas maneiras que haviam sido marteladas em sua cabeça desde o nascimento e o enorme desejo de estrangular a mulher que um dia seria a sua sogra. Não tinha a menor ideia do motivo que a levava a tratar Penelope como uma enteada indesejada, mas aquilo precisava parar.

– O que o trouxe até aqui? – berrou Robert Huxley.

Colin levou a mão à orelha – não conseguiu evitar –, então disse:

– Eu ia...

– Minha nossa – interrompeu a Sra. Featherington, alvoroçada –, não queremos interrogar nosso convidado, queremos?

Colin não pensara que a pergunta de Huxley caracterizava um interrogatório, mas não queria insultar a Sra. Featherington ao dizê-lo, por isso se limitou a assentir e dizer algo completamente sem sentido:

– Sim, bem, é claro.

– É claro o quê? – indagou Philippa.

Ela era casada com Nigel Berbrooke e Colin sempre acreditara que formavam um ótimo casal.

– Como? – indagou ele.

– Você disse "É claro" – retrucou Philippa. – O que é claro?

– Não sei.

– Ué, então por que você...

– Philippa – repreendeu a Sra. Featherington, bem alto –, talvez deva ir buscar a comida, já que Penelope se esqueceu de tocar a campainha para pedi-la.

– Ah, me desculpem – disse Penelope rapidamente, começando a se levantar.

– Não se preocupe – falou Colin com um sorriso sereno, agarrando a mão dela e a puxando outra vez para baixo. – Sua mãe disse que Prudence podia ir.

– Philippa – corrigiu Penelope.

– O que tem Philippa?

– Ela disse que Philippa podia ir, não Prudence.

Ele se perguntou o que teria acontecido com o cérebro dela, porque em algum momento entre a carruagem e aquele sofá, ele havia claramente desaparecido.

– Isso tem alguma importância? – perguntou.

– Na verdade, não, mas...

– Felicity – interrompeu a Sra. Featherington –, por que não conta ao Sr. Bridgerton sobre suas aquarelas?

Colin não conseguia imaginar um assunto menos interessante (exceto, talvez, pelas aquarelas de Philippa), mas ainda assim virou-se para a mais nova das Featheringtons com um sorriso simpático e perguntou:

– Como vão as suas aquarelas?

Mas graças a Deus a garota apenas sorriu para ele de maneira igualmente simpática e limitou-se a dizer:

– Acho que vão bem, obrigada.

A Sra. Featherington fez uma expressão de quem acabara de engolir uma enguia viva e exclamou:

– Felicity!

– Sim? – respondeu Felicity, solícita.

– Você não contou a ele que venceu um prêmio. – Ela se virou para Colin. – As aquarelas de Felicity são bastante exclusivas. – Voltou-se outra vez para a filha. – Conte ao Sr. Bridgerton sobre o prêmio.

– Ah, eu acho que ele não está interessado.

– É claro que está – retrucou a Sra. Featherington com algum esforço.

Em uma situação normal, Colin teria dito *É claro que estou*, já que era, afinal de contas, um sujeito muito afável, mas fazer isso seria validar a afirmação da Sra. Featherington e, talvez o mais grave de tudo, estragar o divertimento de Felicity.

E a garota parecia estar se divertindo a valer.

– Philippa – disse a Sra. Featherington –, você não ia atrás da comida?

– Ah, é mesmo! Esqueci completamente. Vamos, Nigel, assim você me faz companhia.

– É para já! – exclamou o homem, exultante.

Com isso, ele e Philippa deixaram a sala, rindo o caminho todo.

Colin reafirmou, então, a certeza de que o casamento dos dois tinha sido uma ótima decisão.

– Acho que vou até o jardim – anunciou Prudence de repente, tomando o braço do marido. – Penelope, por que não vem comigo?

Penelope abriu a boca por alguns segundos antes de decidir o que dizer, o que lhe conferiu uma aparência um pouco parecida com a de um peixe confuso (mas, na opinião de Colin, um peixe bastante cativante, se isso fosse possível). Por fim, empinou o queixo com uma expressão decidida e falou:

– Agora não, Prudence.

– Penelope! – exclamou a Sra. Featherington.

– Preciso que me mostre uma coisa – insistiu Prudence, falando entre os dentes.

– Eu realmente acho que sou necessária aqui – devolveu Penelope. – Posso me juntar a você logo mais, à tarde, se desejar.

– Preciso de você *agora*.

Penelope olhou para a irmã, surpresa, claramente sem esperar tal resistência.

– Me desculpe, Prudence – falou. – Creio ser necessária aqui.

– Bobagem – disse a Sra. Featherington, em um tom muito jovial. – Felicity e eu podemos fazer companhia para o Sr. Bridgerton.

Felicity se levantou de repente.

– Ah, não! – exclamou, os olhos muito redondos e inocentes. – Esqueci uma coisa.

– O que você poderia ter esquecido? – perguntou a Sra. Featherington entre os dentes.

– Err... as minhas aquarelas. – Ela se virou para Colin com um sorriso ao mesmo tempo doce e travesso. – Você queria vê-las, não queria?

– É claro – murmurou ele, decidindo que gostava muito da irmã caçula de Penelope. – Considerando que são tão exclusivas.

– Pode-se dizer que são exclusivamente comuns – afirmou Felicity com um aceno de cabeça muito convicto.

– Penelope – começou a Sra. Featherington, e era claro que tentava esconder a irritação –, poderia me fazer a gentileza de ir buscar as aquarelas de Felicity?

– Ela não sabe onde estão – retrucou Felicity, apressada.

– Por que não lhe diz?

– Pelo amor de Deus – explodiu Colin, finalmente –, deixe que Felicity vá. De qualquer forma, preciso de um momento a sós com a senhora.

O silêncio reinou. Era a primeira vez que Colin Bridgerton perdia a paciência em público. Ao seu lado, ele ouviu Penelope sufocar um pequeno grito, mas, quando olhou para ela, viu que escondia um minúsculo sorriso por trás da mão.

E isso o fez sentir-se muito bem.

– Um momento a sós? – ecoou a Sra. Featherington, levando a mão trêmula até o peito.

Olhou para Prudence e Robert, que continuavam de pé ao lado da janela. Imediatamente os dois deixaram o aposento, ainda que com um bocado de resmungos da parte de Prudence.

– Penelope – chamou a Sra. Featherington –, talvez deva acompanhar Felicity.

– Penelope fica – retrucou Colin, com convicção.

– Penelope? – repetiu a Sra. Featherington, indecisa.

– Sim – confirmou Colin, bem devagar, caso ela continuasse sem compreender o que ele queria dizer. – Penelope.

– Mas...

Colin a olhou com tal ferocidade que ela chegou a se encolher e colocar as mãos sobre o colo.

– Já estou indooo! – cantarolou Felicity, deixando o aposento.

Antes que a garota fechasse a porta às suas costas, porém, Colin a viu dar uma rápida piscadela para Penelope.

E Penelope sorriu, o amor pela irmã mais nova ficando muito evidente em seu olhar.

Colin relaxou. Não se dera conta de como a infelicidade de Penelope o deixara tenso. E ela estava, sem dúvida, sentindo-se a última das criaturas. Por Deus, mal podia esperar para tirá-la do seio daquela família terrível.

A Sra. Featherington esticou os lábios numa débil tentativa de sorrir. Olhou de Colin para Penelope, depois de volta para ele e, por fim, indagou:

– Queria falar comigo?

– Queria – respondeu ele, ansioso por dar logo um fim àquilo. – Eu ficaria imensamente honrado se a senhora me concedesse a mão de sua filha em casamento.

Por um instante, a Sra. Featherington não esboçou reação alguma. Depois ela arregalou os olhos, que ficaram bem redondos, abriu a boca, que ficou bem redonda, inflou o corpo, que ficou... bom, o corpo já era bem redondo. Então começou a bater palmas, incapaz de dizer qualquer coisa além de:

– Ah! Ah! – Em seguida: – Felicity! Felicity!

Felicity?

Portia se levantou de um salto, correu até a porta e gritou feito uma vendedora de peixe:

– Felicity! Felicity!

– Ah, mamãe – gemeu Penelope, fechando os olhos.

– Por que está chamando Felicity? – indagou Colin, pondo-se de pé.

A Sra. Featherington virou-se para ele, confusa.

– O senhor não quer se casar com Felicity?

Colin achou que ia passar mal.

– Não, pelo amor de Deus, eu não quero me casar com Felicity! – vociferou. – Se quisesse me casar com ela, por acaso a teria mandado buscar as malditas aquarelas?

A Sra. Featherington engoliu em seco desconfortavelmente.

– Sr. Bridgerton – falou, retorcendo as mãos. – Eu não compreendo.

Ele a fitou horrorizado, sensação que logo se transformou em repulsa.

– Penelope – disse, agarrando a mão da jovem e puxando-a para si até que estivesse bem colada a ele. – Eu quero me casar com Penelope.

– Penelope – ecoou a Sra. Featherington. – Mas...

– Mas o quê? – interrompeu ele, com a voz muito ameaçadora.

– Mas... mas...

– Está tudo bem, Colin – apaziguou Penelope, apressada. – Eu...

– Não, não está tudo bem – explodiu ele. – Eu jamais dei a menor indicação de estar interessado em Felicity.

Felicity surgiu à porta, levou a mão à boca e sumiu de novo no mesmo instante, sabiamente fechando a porta ao passar.

– Eu sei – retrucou Penelope de forma apaziguadora, lançando um olhar rápido para a mãe –, mas Felicity é solteira e...

– Você também é – observou ele.

– Eu sei, mas estou velha e...

– E Felicity é um *bebê* – cuspiu Colin. – Meu Deus, casar-me com ela seria como me casar com Hyacinth.

– É, a não ser pelo fator incesto – lembrou Penelope.

Ele a encarou como se não tivesse achado aquilo nada engraçado.

– Certo – disse ela, em grande parte para preencher o silêncio. – Foi só um grande mal-entendido, não é mesmo?

Como ninguém respondeu, Penelope olhou para Colin, suplicante.

– Não é?

– É claro – murmurou ele.

Ela se virou para a Sra. Featherington.

– Mamãe?

– Penelope? – murmurou ela.

Penelope sabia que a mãe não lhe fazia uma pergunta. Na verdade, ainda expressava incredulidade por Colin desejar se casar com ela.

E, ah, como aquilo doía, embora já devesse estar acostumada.

– Eu gostaria de me casar com o Sr. Bridgerton – falou, tentando soar o mais digna possível. – Ele me pediu e eu aceitei.

– Ora, é claro que aceitou – retorquiu a mãe. – Teria de ser idiota para não aceitar.

– Sra. Featherington – começou Colin, irritado. – Sugiro que comece a tratar minha futura esposa com um pouco mais de respeito.

– Colin, isso não é necessário – disse Penelope, colocando uma das mãos sobre o braço dele, embora seu coração voasse naquele momento.

Talvez Colin não a amasse, mas se importava com ela. Nenhum homem defenderia uma mulher com tamanha ferocidade se não se importasse ao menos um pouquinho com ela.

– É necessário, sim – retrucou ele. – Pelo amor de Deus, Penelope, eu cheguei com você. Deixei perfeitamente claro que exigia a sua presença na sala e quase empurrei Felicity porta afora para que buscasse as aquarelas. Por que diabo alguém acharia que eu quero me casar com ela?

A Sra. Featherington abriu e fechou a boca diversas vezes antes de dizer, por fim:

– Eu amo Penelope, é claro, mas é que...

– Mas a senhora a conhece? – devolveu Colin. – É encantadora, inteligente e tem um ótimo senso de humor. Quem não gostaria de se casar com uma mulher como ela?

Penelope teria derretido no chão se não estivesse segurando a mão dele.

– Obrigada – sussurrou, sem se importar com a possibilidade de a mãe tê-la ouvido e nem mesmo ligando se Colin a escutara.

De alguma forma, precisava pronunciar a palavra para si mesma.

Ela não achava que fosse tudo aquilo.

Lembrou-se de Lady Danbury, com sua expressão amável e só um pouquinho ardilosa.

Algo mais. Talvez Penelope fosse algo mais, e talvez Colin fosse a única outra pessoa a se dar conta disso, também.

O que só fazia com que o amasse ainda mais.

A mãe pigarreou, então inclinou o corpo para a frente e abraçou Penelope. A princípio foi um gesto hesitante de parte de ambas, mas logo a Sra. Featherington apertou os braços ao redor da filha e, com um grito engasgado, Penelope se pegou retribuindo o afeto com a mesma intensidade.

– Eu a amo, sim, Penelope – disse a Sra. Featherington –, e estou satisfeita por você. – Afastou-se e enxugou uma lágrima. – Vou me sentir solitária sem a sua presença, é claro, porque imaginei que passaríamos o resto da vida juntas, mas isto é o melhor para o seu futuro, e como mãe eu preciso aceitar.

Penelope deu uma leve fungada, então tateou cegamente à procura do lenço de Colin, que ele já sacara do bolso e estendia à sua frente.

– Um dia você irá entender – disse Portia, dando um tapinha no braço da filha. Então se virou para Colin e disse: – Estamos encantados em recebê-lo em nossa família.

Ele assentiu com a cabeça, sem grande entusiasmo, mas Penelope achou que ele fez um belo esforço, considerando a raiva que sentira apenas alguns instantes atrás.

Ela sorriu e apertou a mão dele, ciente de que estava prestes a embarcar na maior aventura de sua vida.

CAPÍTULO 15

— Sabe – começou Eloise, três dias depois de Colin e Penelope fazerem o seu anúncio surpresa –, é mesmo uma pena que Lady Whistledown tenha se aposentado, porque essa teria sido a notícia da década.

– Do ponto de vista de Lady Whistledown, sem dúvida seria – murmurou Penelope, levando a xícara de chá aos lábios e mantendo os olhos colados no relógio de parede da sala de visitas informal de Lady Bridgerton.

Pensou que seria melhor não olhar direto para Eloise. Ela tinha um jeito todo seu de descobrir segredos nos olhos das pessoas.

Era engraçado. Penelope passara anos sem se preocupar – ao menos não muito – que a amiga desvendasse a verdade sobre Lady Whistledown. Mas agora que Colin sabia, de alguma forma parecia que o seu segredo flutuava no ar, como partículas de poeira, apenas esperando para se transformarem numa nuvem de conhecimento.

Agora que um dos Bridgertons a tinha descoberto, talvez fosse só questão de tempo antes que os outros fizessem o mesmo.

– O que quer dizer? – perguntou Eloise, interrompendo os pensamentos nervosos de Penelope.

– Se me lembro bem – começou Penelope, com cautela –, ela escreveu certa vez que teria de se aposentar se eu algum dia me casasse com um Bridgerton.

Eloise arregalou os olhos.

– Escreveu?

– Ou algo do tipo – retrucou Penelope.

– Você está brincando – disse Eloise, descartando a ideia com um aceno de mão. – Ela jamais seria cruel a esse ponto.

Penelope tossiu, sem achar que poderia dar fim ao assunto fingindo estar com uma migalha de biscoito na garganta, mas tentando mesmo assim.

– Não, sério – insistiu Eloise –, o que foi que ela disse?

– Não lembro as palavras exatas.

– Tente.

Penelope tentou ganhar tempo pousando a xícara e pegando outro biscoito. Estavam tomando o chá sozinhas, o que era estranho. Mas Lady Bridgerton havia arrastado Colin para irem tomar alguma providência relacionada ao casamento iminente – marcado para dali a um mês! –, e Hyacinth estava fora fazendo compras com Felicity, que ao ouvir a novidade de Penelope havia atirado os braços ao redor da irmã e dado gritinhos estridentes de alegria até os ouvidos dela ficarem entorpecidos.

Tinha sido um maravilhoso momento entre irmãs.

– Bem – disse Penelope, mordiscando um biscoito –, acho que falou que, se eu me casasse com um Bridgerton, seria o fim do mundo conforme ela o conhecia e, como ela não saberia entender um mundo assim, teria de se aposentar.

Eloise a fitou por um momento.

– E isso não é uma lembrança precisa?

– Não há como esquecer algo assim – comentou Penelope.

– Humpf. – Eloise fez uma careta de desdém. – Bem, eu diria que isso foi terrível da parte dela. Agora mesmo é que eu queria que ainda estivesse escrevendo, porque teria de engolir as próprias palavras.

– Você é uma boa amiga, Eloise – disse Penelope, baixinho.

– Sou, sim – retrucou Eloise, com um suspiro afetado. – Eu sei disso. Das melhores.

Penelope sorriu. A resposta jovial de Eloise deixou claro que não estava com disposição para emoção ou nostalgia. O que era bom. Tudo na vida tinha seu momento e lugar. Penelope dissera o que sentia e sabia que era recíproco da parte de Eloise, ainda que a amiga preferisse brincar e zombar dela naquele momento.

– Devo confessar, no entanto – continuou Eloise, pegando mais um biscoito –, que você e Colin me surpreenderam.

– Nós também *me* surpreendemos – admitiu Penelope, irônica.

– Não que eu não esteja encantada – apressou-se em acrescentar Eloise. – Não há ninguém que eu gostaria mais de ter como irmã. Bem, além das que já tenho, é claro. E se algum dia eu tivesse sonhado que vocês dois demonstrariam qualquer inclinação nessa direção, teria conspirado a favor sem qualquer pudor.

— Eu sei – disse Penelope, sem conseguir segurar o riso.

— Sim, bem... Não sou exatamente conhecida por cuidar da minha própria vida.

— O que é isso nos seus dedos? – indagou Penelope, chegando o corpo para a frente para poder ver melhor.

— O quê? Isso? Ah, nada. – Mas pousou as mãos sobre o colo, ainda assim.

— Não parece não ser nada – insistiu Penelope. – Deixe-me ver. Parece tinta.

— Bem, é claro que parece. É tinta.

— Então por que não disse logo, quando perguntei?

— Porque não é da sua conta – retrucou Eloise, com insolência.

Penelope recuou, chocada com o tom brusco da amiga.

— Me desculpe – disse, secamente. – Não fazia ideia de que tinha tocado em um assunto tão delicado.

— Ah, mas não é – apressou-se em negar Eloise. – Não seja boba. É só que sou desajeitada e não consigo escrever sem sujar os dedos todos. Eu poderia usar luvas, é claro, mas elas ficariam manchadas e eu teria que trocá-las sempre, e posso lhe garantir que não tenho o menor desejo de gastar toda a minha pequena mesada em luvas.

Penelope a fitou, considerando a longa explicação, então perguntou:

— O que andou escrevendo?

— Nada. Apenas cartas.

Penelope percebeu, pelo tom enérgico da amiga, que ela não queria estender o assunto, mas estava sendo tão atipicamente evasiva que Penelope não conseguiu resistir:

— Para quem?

— As cartas?

— Sim – respondeu Penelope, embora achasse que fosse óbvio.

— Ah, para ninguém.

— Bem, a não ser que sejam um diário, não podem ser para *ninguém* – atalhou Penelope, a impaciência acrescentando um tom ríspido à voz.

Eloise olhou para ela com uma leve expressão de afronta.

— Você está um pouco intrometida hoje.

— Só porque você está muito evasiva.

— São para Francesca – disse Eloise, com um pequeno resfolegar.

– Ora, então por que não falou antes?

Eloise cruzou os braços.

– Talvez não tenha gostado de você ficar me questionando.

Penelope ficou boquiaberta. Não conseguia se lembrar de nenhuma vez em que ela e Eloise haviam tido qualquer coisa que se assemelhasse a uma briga.

– Eloise, o que há de errado?

– Não há nada de errado.

– Eu sei que não é verdade.

A garota ficou em silêncio, limitando-se a franzir os lábios e olhar em direção à janela, numa clara tentativa de encerrar o assunto.

– Está zangada comigo? – insistiu Penelope.

– Por que haveria de estar zangada com você?

– Não sei, mas me parece claro que está.

Eloise deixou escapar um pequeno suspiro.

– Não estou zangada.

– Bem, está *alguma* coisa.

– Eu só... eu só... – Ela balançou a cabeça. – Não sei. Estou inquieta, acho. Estranha.

Penelope permaneceu em silêncio enquanto digeria aquilo, então disse, baixinho:

– Há algo que eu possa fazer?

– Não. – Eloise sorriu, soturna. – Se tivesse, pode ter certeza de que eu já teria lhe pedido.

Penelope sentiu uma risada brotando de si. Era tão típico de Eloise fazer um comentário como aquele...

– Acho que... – prosseguiu Eloise, erguendo o queixo, perdida em pensamentos. – Não, deixe para lá.

– Não – retrucou Penelope, estendendo a mão e tomando a da amiga. – Fale.

Eloise puxou a mão e desviou o olhar.

– Você vai me achar tola.

– Talvez – atalhou Penelope, sorrindo –, mas continuará sendo a minha melhor amiga.

– Ah, Penelope, não sou digna disso – disse Eloise, triste.

– Eloise, não diga tamanha loucura. Eu teria enlouquecido por completo, tentando me situar em Londres, em meio à alta sociedade, sem você.

Eloise sorriu.

– Nós bem que nos divertimos, não foi?

– Bem, sim, quando estávamos juntas – admitiu Penelope. – O resto do tempo foi uma tristeza dos infernos.

– Penelope! Acho que nunca a ouvi praguejar antes.

Penelope sorriu, encabulada.

– Escapuliu. Além do mais, não consigo pensar numa forma melhor de descrever a vida de uma moça invisível na alta sociedade.

Eloise deixou escapar uma risada inesperada.

– Eis aí um livro que eu adoraria ler: *Uma moça invisível na alta sociedade*.

– Só se gostar de tragédias.

– Ora, vamos, não pode ser uma tragédia. Tem de ser um romance. Afinal, você vai ter um final feliz.

Penelope sorriu. Por mais estranho que parecesse, ia, *sim*, ter um final feliz. Colin estava sendo um noivo encantador e atencioso, ao menos nos três dias em que vinha desempenhando esse papel. E sem dúvida não era nada fácil: estavam sujeitos a mais especulação e escrutínio do que Penelope poderia ter imaginado.

Mas não estava surpresa; quando ela (como Lady Whistledown) escrevera que o mundo como o conhecia terminaria se uma Featherington se casasse com um Bridgerton, achara estar ecoando o sentimento geral.

Dizer que a alta sociedade ficara chocada com seu noivado seria, no mínimo, um eufemismo.

No entanto, por mais que Penelope gostasse de antecipar as coisas e refletir sobre o casamento iminente, continuava perturbada com o temperamento estranho da amiga.

– Eloise – começou, séria –, quero que me diga o que a está incomodando tanto.

A jovem deixou escapar um suspiro.

– Tinha esperança de que você esquecesse o assunto.

– Aprendi a ser perseverante com uma mestra – retrucou Penelope.

Isso fez Eloise sorrir, mesmo que só por um instante.

– Eu me sinto tão desleal – disse ela em seguida.

– O que você fez?

– Ah, nada. – Ela levou a mão ao peito na altura do coração. – Está tudo aqui dentro. Eu...

Ela parou e olhou para baixo, na direção das franjas do tapete, mas Penelope achava que a amiga não estava enxergando muita coisa. Ao menos nada além do que atormentava sua mente.

– Estou tão feliz por você... – disse Eloise, despejando as palavras em uma explosão estranha, pontuada por pausas embaraçosas. – E acho, do fundo do coração, que não estou com ciúme. No entanto, ao mesmo tempo...

Penelope esperou enquanto ela organizava os pensamentos. Ou talvez estivesse reunindo coragem.

– Ao mesmo tempo – prosseguiu, tão baixinho que Penelope mal conseguia ouvi-la –, acho que sempre imaginei que você ficaria solteira comigo. Eu escolhi esta vida. Sei que escolhi. Eu poderia ter me casado.

– Eu sei – falou Penelope, com a voz também baixa.

– Mas nunca me casei, porque jamais pareceu certo, e eu não quis me acomodar por menos do que os meus irmãos e irmãs conseguiram. E agora, Colin também – continuou ela, fazendo um sinal na direção de Penelope.

Penelope não mencionou que Colin não dissera que a amava. Não parecia o momento certo ou, francamente, o tipo de coisa que desejasse compartilhar. Além do mais, mesmo que não a amasse, ela ainda achava que se importava com ela, e isso era o bastante.

– Eu jamais desejaria que *você* não se casasse – explicou Eloise. – Só achei que não fosse acontecer. – Ela fechou os olhos, com uma expressão de agonia. – Não foi isso que eu quis dizer. Não foi minha intenção insultá-la.

– Não, não insultou – atalhou Penelope, com sinceridade. – Eu também nunca achei que me casaria um dia.

Eloise assentiu, triste.

– E, de alguma forma, isso fazia com que tudo ficasse... bem. Eu tinha quase 28 anos e era solteira, você já tinha 28 anos e era solteira, e nós sempre teríamos uma à outra. Mas agora você tem o Colin.

– Também tenho você. Pelo menos, espero que sim.

– É claro que tem! – exclamou Eloise. – Mas não vai ser a mesma coisa. Você precisa ser fiel ao seu marido. Ou, pelo menos, é o que todos dizem – acrescentou ela com um brilho travesso nos olhos. – Colin virá em primeiro lugar, e é assim que deve ser. E, para ser sincera – acrescentou, o sorriso tornando-se um pouco zombeteiro –, eu teria de matá-la se fosse diferente. Afinal, ele é o meu irmão preferido. Realmente, não seria justo que ele tivesse uma mulher desleal.

Penelope riu alto ao ouvir aquilo.

– Você me odeia? – indagou Eloise.

Penelope balançou a cabeça.

– Não – retrucou, baixinho. – Se for possível, eu a amo ainda mais, pois sei como foi difícil falar sobre isso comigo.

– Fico tão feliz por ter dito isso! – comemorou Eloise, com um suspiro alto e dramático. – Estava morrendo de medo que você falasse que a única solução seria eu também arrumar um marido.

A ideia havia, de fato, passado pela cabeça de Penelope, mas ela fez que não e afirmou:

– É claro que não.

– Que bom. Porque a minha mãe não para de falar isso.

Penelope sorriu.

– Eu ficaria surpresa se ela não o fizesse.

– Boa tarde, senhoras!

As duas ergueram a vista e depararam com Colin entrando na sala. O coração de Penelope deu um pequeno salto ao vê-lo e ela ficou sem fôlego. Já sentia isso havia anos, sempre que ele entrava em algum aposento, mas agora era diferente, mais intenso.

Talvez por ela *saber*.

Saber como era estar com ele, ser desejada por ele.

Saber que ele seria seu marido.

Seu coração deu outro salto.

Colin deixou escapar um gemido alto.

– Vocês acabaram com toda a comida?

– Só havia um prato pequeno de biscoitos – disse Eloise em defesa das duas.

– Não foi isso que me levaram a crer – resmungou ele.

Penelope e Eloise se entreolharam e começaram a rir.

– O que foi? – quis saber Colin, se abaixando para dar um beijo rápido e atencioso no rosto de Penelope.

– Você foi tão dramático... – explicou Eloise. – É só comida.

– Nunca é só comida – retrucou Colin, atirando-se em uma poltrona.

Penelope continuava a se perguntar quando sua bochecha pararia de formigar.

– E então – disse ele, pegando um biscoito comido pela metade do prato de Eloise –, sobre o que as duas estavam falando?

– Lady Whistledown – respondeu Eloise prontamente.

Penelope engasgou com o chá.

– É mesmo? – perguntou Colin, com delicadeza, embora Penelope tivesse detectado uma indiscutível impaciência em sua voz.

– É – confirmou Eloise. – Eu dizia a Penelope que é mesmo uma pena que ela tenha se aposentado, já que o seu noivado teria sido o mexerico mais digno de nota desta temporada.

– Interessante como isso foi acontecer – murmurou Colin.

– Aham – concordou Eloise. – Sem dúvida ela dedicaria uma coluna inteira ao seu baile de noivado amanhã.

Penelope não afastou a xícara da boca.

– Quer mais um pouco? – perguntou-lhe Eloise.

Ela fez que sim com a cabeça e lhe passou a xícara, embora tenha sentido muito a falta do objeto que estivera lhe servindo de escudo. Sabia que Eloise tinha tocado no nome de Lady Whistledown porque não queria que Colin soubesse de seus sentimentos ambíguos com relação ao casamento, mas ainda assim desejava com todas as forças que a amiga houvesse dito qualquer outra coisa em resposta à pergunta do irmão.

– Por que não pede mais comida? – sugeriu Eloise a Colin.

– Já pedi. Wickham me interceptou no corredor e perguntou se eu estava com fome. – Jogou o último pedacinho do biscoito de Eloise na boca. – Sábio, esse Wickham.

– Aonde foi hoje, Colin? – indagou Penelope, ansiosa por desviar o assunto de Lady Whistledown de uma vez por todas.

Ele balançou a cabeça, agoniado.

– Como se fosse possível saber. Mamãe me arrastou de loja em loja o dia inteiro.

– Você não tem 33 anos? – indagou Eloise, toda doce.

Ele lhe respondeu com um olhar fuzilante.

– Eu só acho que você já passou da idade de ter a mamãe o arrastando por aí, só isso – murmurou ela.

– Mamãe nos arrastará por aí mesmo quando formos velhos tolos e senis, e você sabe disso – replicou ele. – Além do mais, está encantada por me ver casado, e eu realmente não consigo estragar o divertimento dela.

Penelope suspirou. Devia ser por isso que amava aquele homem. Qualquer um que tratasse a mãe tão bem sem dúvida daria um ótimo marido.

– E como estão indo os nossos preparativos do casamento? – perguntou Colin a Penelope.

Ela fez uma careta involuntária.

– Nunca me senti tão exausta em toda a minha vida – admitiu.

Ele estendeu a mão e catou uma migalha do prato dela.

– Devíamos fugir.

– Ah, podemos mesmo? – perguntou Penelope, pronunciando as palavras num ímpeto.

Ele piscou, aturdido.

– Na verdade eu estava brincando, embora me pareça uma ótima ideia.

– Vou providenciar uma escada – disse Eloise, batendo palmas de contentamento. – Assim você poderá chegar até o quarto dela e sequestrá-la.

– Tem uma árvore – argumentou Penelope. – Colin não terá a menor dificuldade.

– Meu Deus! – exclamou ele. – Não está falando sério, está?

– Não – suspirou ela. – Mas poderia. Se você estivesse.

– Não posso estar. Tem ideia do que isso faria com a minha mãe? – Ele revirou os olhos. – Sem falar na sua.

Penelope gemeu.

– Eu sei.

– Ela sairia à minha caça e me mataria – disse ele.

– A minha ou a sua?

– As duas. Uniriam forças. – Ele esticou o pescoço em direção à porta. – Onde está a comida?

– Você acabou de chegar, Colin – comentou Eloise. – Aprenda a esperar.

– E eu pensando que Wickham fosse alguma espécie de feiticeiro – resmungou ele – capaz de fazer a comida aparecer com um simples estalar dos dedos.

– Aqui está, senhor!

Era a voz de Wickham, que entrava elegantemente na sala com uma enorme bandeja.

– Viu só? – comentou Colin, erguendo as sobrancelhas primeiro para Eloise e depois para Penelope. – Eu lhes disse.

– Por que será que estou pressentindo que ouvirei essas palavras saindo da sua boca muitas vezes no futuro? – falou Penelope.

– Muito provavelmente porque ouvirá – respondeu Colin. – Você logo descobrirá – e aqui ele lhe lançou um sorriso muito insolente – que estou quase sempre certo.

– Ora, *por favor* – gemeu Eloise.

– Vou ter que concordar com Eloise neste caso – disse Penelope.

– E ficar contra o seu marido? – Ele levou uma das mãos ao coração (enquanto a outra apanhava um sanduíche). – Isso me magoou.

– Você ainda não é meu marido.

Colin se virou para Eloise.

– A gatinha tem garras.

Eloise ergueu as sobrancelhas.

– Não se deu conta disso antes de pedi-la em casamento?

– É claro que sim – respondeu ele, dando uma mordida no sanduíche. – Só não pensei que as usaria contra mim.

Então ele a olhou com uma expressão de tanto desejo e domínio que Penelope ficou completamente derretida.

– Bem – anunciou Eloise, levantando-se de repente. – Vou conceder aos futuros recém-casados alguns momentos de privacidade.

– Mas quanta consideração da sua parte – murmurou Colin.

Eloise olhou para ele com um sorriso irritado.

– Qualquer coisa por você, meu querido irmão. Ou melhor – acrescentou, a expressão tornando-se sarcástica –, qualquer coisa por Penelope.

Colin se levantou e se virou para a noiva.

– Parece que estou despencando na ordem de prioridades.

Penelope sorriu por trás da xícara e disse:

– Jamais ficar no meio de uma rusga entre Bridgertons agora faz parte da minha política pessoal.

– Ha ha! – riu Eloise. – Sinto informar que não conseguirá manter essa política por muito tempo, Srta. Quase-Bridgerton. Além do mais – acrescentou, com um sorriso malicioso –, se está pensando que isto aqui é uma rusga, mal posso esperar que nos veja em plena forma.

– Está querendo dizer que eu nunca vi? – perguntou Penelope.

Tanto Eloise quanto Colin balançaram a cabeça de uma forma que a deixou muito temerosa.

Ah, céus.

– Há algo que eu deva saber? – perguntou Penelope.

Colin deu um sorriso ardiloso.

– Tarde demais.

Penelope olhou para Eloise com uma expressão de impotência, mas a amiga só riu enquanto saía da sala, fechando a porta ao passar.

– *Isso* foi realmente simpático da parte de Eloise – murmurou Colin.

– O quê? – indagou Penelope, com um ar de inocência.

Os olhos dele brilharam.

– A porta.

– A porta? Ah! – exclamou ela. – A porta.

Colin sorriu enquanto se aproximava do sofá para se sentar ao seu lado. Havia algo encantador a respeito de Penelope numa tarde chuvosa. Ele mal a tinha visto desde que ficaram noivos – os preparativos para um casamento tinham um jeito todo especial de fazer isso com um casal –, e, no entanto, ela não saíra de sua mente, nem mesmo durante o sono.

Engraçado como aquilo acontecera. Havia passado anos sem jamais pensar nela de verdade, a não ser que estivesse bem diante dele, e agora ela permeava cada um de seus pensamentos.

Cada um de seus desejos.

Como aquilo havia ocorrido?

Quando ocorrera?

E tinha alguma importância, de fato? Talvez a única coisa que importasse era que ele a desejava e que ela era – ou pelo menos ia ser – sua. Uma vez que colocasse a aliança no dedo dela, os comos, porquês e quandos se tornariam irrelevantes, contanto que aquela loucura que ele sentia jamais passasse.

Levou o dedo ao queixo de Penelope e inclinou seu rosto em direção à luz. Os olhos dela brilhavam de ansiedade e os lábios... Por Deus, como era possível que os homens de Londres jamais tivessem notado como eram perfeitos?

Ele sorriu. Aquela era uma loucura permanente. E ele não podia estar mais satisfeito.

Colin jamais fora contrário ao casamento. Só era contra um casamento entediante. Não era exigente; apenas desejava paixão, amizade, uma conversa estimulante em termos intelectuais e uma boa risada de vez em quando. Uma esposa a quem não quisesse trair.

Surpreendentemente, encontrara isso em Penelope.

Só o que precisava fazer agora era se certificar de que o Grande Segredo dela permanecesse assim. Um segredo.

Porque achava que não aguentaria ver a dor nos olhos de Penelope caso fosse rejeitada pela sociedade.

– Colin? – sussurrou ela com a respiração entrecortada, fazendo com que ele *realmente* desejasse beijá-la.

Ele chegou mais perto.

– Hum?

– Estava tão calado...

– Estava só pensando.

– Em quê?

Ele lhe deu um sorriso tolerante.

– Você anda passando tempo demais com a minha irmã.

– O que isso quer dizer? – indagou ela, os lábios estremecendo de tal forma que ele percebeu que ela jamais deixaria de zombar dele.

Ali estava uma mulher que o manteria sempre em estado de alerta.

– Você parece ter desenvolvido certa tendência à insistência.

– Tenacidade?

– Também.

– Mas isso é bom.

Os lábios dos dois continuavam a poucos centímetros de distância, mas o impulso de darem continuidade à conversa provocante era muito forte.

– Quando você *insiste* em proclamar obediência ao seu marido – murmurou ele –, é uma coisa boa.

– É mesmo?

Colin moveu o queixo muito de leve para cima e para baixo, na insinuação de um sim.

– E quando você agarra o meu ombro com tenacidade quando eu a beijo, isso também é bom.

Ela arregalou os olhos escuros de forma tão encantadora que ele teve de acrescentar:

– Você não acha?

Então ela o surpreendeu.

– Assim? – falou, colocando as mãos nos ombros dele.

Seu tom de voz era desafiador, e os olhos, puro flerte.

Deus, como ele adorava o fato de ela conseguir surpreendê-lo...

– Isso é um começo – falou. – Talvez você tenha de... – ele deslocou uma das mãos de maneira a cobrir a de Penelope, pressionando os dedos dela na própria pele – me abraçar com um pouco mais de tenacidade.

– Entendi – murmurou ela. – Então o que está dizendo é que eu jamais deveria soltá-lo?

Ele pensou naquilo por um momento.

– Isso mesmo – respondeu, dando-se conta de que havia um significado mais profundo nas palavras dela, quer fosse a intenção ou não. – É exatamente o que estou dizendo.

E então as palavras já não eram mais necessárias. Levou os lábios aos dela, a princípio com delicadeza, mas em seguida o ardor tomou conta dele, e Colin a beijou com uma paixão que nem ele mesmo sabia que possuía. Não era uma questão de desejo – ou, pelo menos, não *apenas*.

Era uma questão de necessidade.

Experimentou uma sensação estranha, ardente e feroz que o incitava a reivindicá-la, a de alguma forma marcá-la como sua.

Desejava-a desesperadamente e não tinha a menor ideia de como haveria de resistir um mês inteiro antes do casamento.

– Colin? – arfou Penelope, enquanto ele a deitava de costas no sofá.

Ele beijava seu queixo e seu pescoço, e os lábios estavam ocupados demais para qualquer coisa além de um murmúrio:

– Hum?

– Nós... Ah!

Ele sorriu ao mesmo tempo que mordiscava o lóbulo da orelha dela. Se ela conseguisse terminar uma frase, então ele claramente não a estava deixando tão tonta quanto deveria.

– O que estava dizendo? – sussurrou, então lhe deu um beijo profundo na boca, somente para torturá-la.

Depois afastou os lábios dos dela apenas o suficiente para que ela retrucasse:

– Eu só...

Logo ele a interrompeu com outro beijo e ficou tonto de prazer quando ela gemeu de desejo.

– Me desculpe – falou Colin, correndo as mãos por baixo da bainha do vestido dela e, em seguida, as usando para fazer todo tipo de coisas perversas com as panturrilhas dela. – O que você estava dizendo mesmo?

– Eu? – indagou ela, com os olhos embaçados.

Ele subiu as mãos um pouco mais, até a parte de trás dos joelhos dela.

– Você estava dizendo *alguma* coisa – respondeu ele, pressionando o quadril contra o dela por achar que explodiria em chamas naquele exato momento se não o fizesse. – Eu acho – sussurrou, deslizando a mão pela pele macia de sua coxa – que ia me pedir para tocá-la *aqui*.

Ela arfou, depois gemeu e então, de alguma forma, conseguiu retrucar:

– Acho que não era isso que eu ia dizer.

Ele sorriu de encontro ao seu pescoço.

– Tem certeza?

Ela fez que sim.

– Quer que eu pare?

Ela fez que não. Freneticamente.

Ele se deu conta de que poderia possuí-la naquele instante. Podia fazer amor com ela bem ali, no sofá da mãe, e ela não só permitiria como adoraria.

Não seria uma conquista. Não seria nem mesmo uma sedução.

Seria mais do que isso. Quem sabe até mesmo...

Amor.

Ele ficou paralisado.

– Colin? – sussurrou ela, abrindo os olhos.

Amor?

Não era possível.

– Colin?

Ou talvez fosse.

– Há algo errado?

Não é que ele temesse o amor, ou não acreditasse nele. Apenas... não o esperara.

Sempre pensara que o amor caísse sobre as pessoas como um raio, que um dia, ao flanar por um salão em uma festa, morto de tédio, um homem deparasse com uma mulher e soubesse, no mesmo instante, que sua vida estava mudada para sempre. Fora isso que acontecera com o irmão, Benedict, e Deus sabia que ele e a esposa, Sophie, eram imensamente felizes levando uma vida rústica, no campo.

Mas Penelope... Ela chegara de mansinho, sem ser vista. A mudança havia sido lenta, quase letárgica, e se era amor, bem...

Se era amor, será que ele não *saberia*?

Observou-a com toda a atenção, talvez esperando encontrar a resposta em seus olhos, ou no movimento de seus cabelos, ou na maneira como o corpete do vestido se entortava levemente para um lado. Talvez, se a observasse por tempo suficiente, soubesse.

– Colin? – sussurrou ela, começando a demonstrar um pouco de ansiedade.

Ele a beijou outra vez, agora com uma determinação feroz. Se aquilo era amor, será que não ficaria óbvio quando se beijassem?

Mas se a sua cabeça e o seu corpo funcionavam separados um do outro, então era claro que o beijo estava ligado ao corpo, porque, enquanto a mente era um borrão confuso, a necessidade do corpo estava bastante evidente.

Droga, agora ele estava sentindo pontadas agudas no baixo-ventre. E não podia fazer nada a respeito na sala de estar da casa da mãe, nem mesmo se Penelope participasse de bom grado.

Começou a se afastar dela, deslizando a mão da coxa em direção ao joelho.

– Não podemos fazer isto aqui.

– Eu sei – concordou ela, tão triste que ele manteve a mão em seu joelho e quase desistiu de fazer o que era correto de acordo com as convenções sociais.

Pensou rápido. Era possível fazer amor com ela sem que ninguém os flagrasse. É claro que, em seu estado atual, seria um ato constrangedoramente curto de qualquer forma.

– Quando é o casamento? – rosnou ele.

– Daqui a um mês.

– O que podemos fazer para adiantá-lo para daqui a quinze dias?

Ela pensou por um momento.

– Suborno ou chantagem. Talvez ambos. Nossas mães não mudariam de ideia com tanta facilidade.

Ele gemeu, mergulhando o quadril de encontro ao dela por um delicioso último momento antes de se afastar. Não podia possuí-la agora. Ela iria ser sua esposa. Haveria muito tempo para amassos ao meio-dia em sofás, mas ele queria usar uma cama pelo menos na primeira vez. Devia isso a ela.

– Colin? – disse ela, ajeitando o vestido e os cabelos, embora não houvesse a menor maneira de conseguir que o último ficasse nem remotamente apresentável sem o uso de um espelho, uma escova e talvez até mesmo uma dama de companhia. – Algum problema?

– Eu quero você – sussurrou ele.

Ela o olhou, aturdida.

– Só queria que soubesse disso – continuou. – Não quero que ache que parei porque não a desejo.

– Ah. – Ela fez uma expressão de quem queria dizer alguma coisa; parecia extremamente feliz com as palavras dele. – Obrigada por dizer isso.

Ele tomou a mão dela e a apertou.

– Estou muito desmazelada?

Ele fez que sim.

– Mas é a *minha* desmazelada – sussurrou ele.

E se sentiu muito satisfeito por aquilo.

CAPÍTULO 16

Como Colin gostava de caminhar e costumava fazer isso com frequência para desanuviar a mente, não foi nenhuma surpresa ter passado tanto tempo do dia seguinte atravessando Bloomsbury, Fitzrovia, Marylbone e diversos outros bairros londrinos até erguer a vista e perceber que estava bem no coração de Mayfair, na Grosvenor Square, para ser mais exato, na frente da Casa Hastings, residência na cidade do duque de Hastings, que por acaso era casado com sua irmã Daphne.

Já fazia algum tempo que os dois irmãos não dialogavam sobre nada além da corriqueira conversa de família. Daphne era a irmã que tinha a idade mais próxima da sua e os dois sempre haviam tido uma ligação especial, embora não se vissem mais com muita frequência, tanto por causa das viagens frequentes de Colin quanto da atribulada vida familiar de Daphne.

A Casa Hastings era uma das enormes mansões que pontilhavam Mayfair e St. James. Construída com pedras de Portland, era grande, quadrada e muito imponente em seu esplendor ducal.

O que só fazia com que fosse ainda mais divertido que a atual duquesa fosse a sua irmã, pensou Colin, com um sorriso irônico. Não conseguia pensar em ninguém menos altiva ou imponente. Na realidade, Daphne tinha tido dificuldade em encontrar um marido exatamente por ser tão simpática e afável. Os cavalheiros costumavam vê-la apenas como uma amiga, e não como uma noiva em potencial.

Mas tudo isso mudou quando ela conheceu Simon Bassett, o duque de Hastings, e agora Daphne era uma respeitável senhora da alta sociedade, com quatro filhos de 10, 9, 8 e 7 anos. Colin às vezes ainda achava estranho que a irmã fosse uma mãe de família enquanto ele continuava a ter a vida livre e desimpedida de um homem solteiro. Com apenas um ano de diferença entre eles, os dois irmãos tinham passado pelas diversas fases da vida juntos. Mesmo depois de casada, as coisas não ficaram tão diferentes: ela e Simon continuaram frequentando as mesmas festas que ele e tinham muitos dos mesmos interesses e atividades.

Mas então ela começara a ter filhos, e embora Colin sempre ficasse encantado em ganhar mais uma nova sobrinha ou sobrinho, cada nascimento destacava o fato de que Daphne dera continuidade à sua vida de uma forma muito distinta da dele.

No entanto, ele pensou, sorrindo enquanto o rosto de Penelope invadia os seus pensamentos, em breve isso mudaria.

Filhos. Era uma ideia bastante agradável, na verdade.

Não tinha pensado em visitar Daphne, mas agora que estava ali achou que poderia entrar para cumprimentá-la, então subiu as escadas e bateu à porta com a aldrava de latão. Jeffries, o mordomo, abriu quase de imediato.

– Sr. Bridgerton – disse ele. – Sua irmã não o esperava.

– Não, decidi lhe fazer uma surpresa. Ela está em casa?

– Vou ver – respondeu o homem com um aceno da cabeça, embora ambos soubessem que Daphne jamais se recusaria a receber um membro da própria família.

Enquanto Jeffries informava a Daphne sobre sua presença, Colin aguardou na sala de estar, vagando pelo aposento, inquieto demais para se sentar ou mesmo para ficar parado. Alguns minutos depois, Daphne surgiu à porta parecendo um pouco desarrumada, mas feliz, como sempre.

E por que não deveria estar? Tudo o que ela sempre desejara na vida fora se casar e ter filhos, e ao que parecia a realidade conseguira superar os seus sonhos.

– Olá, minha irmã – cumprimentou Colin, com um sorriso, enquanto atravessava a sala para lhe dar um abraço rápido. – Seu ombro está com...

Ela olhou para o próprio ombro, então sorriu envergonhada ao perceber que havia um enorme borrão cinza-escuro sobre o rosa-pálido do vestido.

– Carvão – explicou, pesarosa. – Estava tentando ensinar Caroline a desenhar.

– Você? – indagou Colin, em tom de dúvida.

– Eu sei, eu sei – respondeu ela. – Ela realmente não poderia ter escolhido professora pior, mas só decidiu ontem que adora arte, então eu sou tudo o que ela tem, assim, de uma hora para outra.

– Porque você não arruma as malas dela e a manda passar uma temporada com Benedict? – sugeriu Colin. – Tenho certeza que ele adoraria lhe dar uma ou duas aulas.

– A ideia já me passou pela cabeça, mas não tenho nenhuma dúvida de que ela já vai ter passado para alguma outra atividade até eu conseguir tomar as devidas providências. – Ela fez um sinal em direção ao sofá. – Sente-se. Está parecendo um felino enjaulado, andando de um lado para outro desse jeito.

Ele obedeceu, embora estivesse se sentindo incomumente irrequieto.

– E, antes que peça – acrescentou Daphne –, já solicitei a Jeffries que providencie um lanche. Sanduíches serão o bastante?

– Deu para ouvir o meu estômago roncar do outro lado da sala?

– Do outro lado da cidade, sinto dizer – retrucou ela, rindo. – Toda vez que troveja, David diz que é a sua barriga, sabia disso?

– Ah, meu Deus – murmurou Colin, embora não parasse de rir.

O sobrinho era mesmo um menino esperto.

Daphne sorriu enquanto se acomodava entre as almofadas do sofá e pousava as mãos elegantemente sobre o colo.

– O que o traz aqui, Colin? Não que precise de um motivo, é claro. É sempre um prazer vê-lo.

Ele deu de ombros.

– Só estava passando.

– Foi ver Anthony e Kate? – indagou ela. A Casa Bridgerton, onde o irmão mais velho morava com a família, ficava em frente à Casa Hastings, na mesma praça. – Benedict e Sophie já estão lá com as crianças, para ajudar a preparar o seu baile de noivado, hoje à noite.

Ele balançou a cabeça.

– Não, sinto dizer que você foi a minha vítima escolhida.

Ela sorriu de novo, mas dessa vez a expressão foi mais suave, atenuada por certa dose de curiosidade.

– Há algo de errado?

– Não, é claro que não – respondeu ele, rapidamente. – Por quê?

– Não sei. – Ela inclinou a cabeça para o lado. – Você me parece estranho, só isso.

– Apenas cansado.

Ela assentiu, compreensiva.

– Por causa dos preparativos para o casamento, imagino.

– Isso – retrucou ele, aproveitando a desculpa, embora não tivesse a menor ideia do que tentava esconder dela.

– Bem, lembre-se de que, seja lá o que você estiver passando – disse ela, com uma expressão irritadiça –, é mil vezes pior para Penelope. É sempre pior para as mulheres. Pode acreditar.

– Para casamentos ou para tudo? – indagou ele, com delicadeza.

– Tudo – falou Daphne, de imediato. – Sei que vocês, homens, acham que têm as coisas sempre sob controle, mas...

– Eu nem sonharia em pensar nisso a sério – disse Colin, sem estar sendo inteiramente sarcástico.

Ela franziu a testa, irritada.

– As mulheres têm muito mais a fazer do que os homens. Sobretudo quando se trata de casamentos. Com todas as provas de vestido que Penelope sem dúvida tem marcadas, já deve estar se sentindo como uma almofada para alfinetes.

– Eu sugeri que fugíssemos para nos casarmos – comentou Colin, com normalidade –, e acho que ela até teve esperança de que eu estivesse falando sério.

Daphne riu.

– Fico tão feliz que esteja se casando com ela, Colin...

Ele assentiu, sem planejar lhe dizer nada, então de repente se pegou falando:

– Daphne...

– Sim?

Ele abriu a boca e...

– Não é nada.

– Ah, não, você não vai fazer isso – retrucou ela. – Agora aguçou a minha curiosidade.

Ele tamborilou no sofá.

– Será que a comida já está chegando?

– Está mesmo com fome ou só tentando mudar de assunto?

– Estou sempre com fome.

Ela ficou em silêncio por alguns segundos.

– Colin, o que ia dizer? – perguntou, por fim, a voz baixa e suave.

Ele se levantou de súbito, inquieto demais para permanecer parado, e pôs-se a caminhar de um lado para outro. Então, parou e se virou para a irmã, para o seu rosto preocupado.

– Não é nada – falou, embora isso não fosse verdade. – Como é que uma pessoa sabe? – perguntou atabalhoadamente, sem ao menos saber que havia completado a frase até ela responder.

– Sabe o quê?

Ele parou diante da janela. Parecia que iria chover. Teria de pegar uma carruagem emprestada de Daphne, a não ser que quisesse chegar em casa encharcado após a longa caminhada. No entanto, nem sabia por que estava pensando nisso, pois o que queria mesmo saber era...

– Como uma pessoa sabe o quê, Colin? – repetiu Daphne.

Ele se virou e resolveu deixar as palavras saírem, livres:

– Como uma pessoa sabe se é amor?

Por um instante ela apenas o fitou, os olhos castanhos arregalados de surpresa, os lábios entreabertos.

– Deixe para lá – murmurou Colin.

– Não! – exclamou ela, levantando-se no mesmo instante. – Fico *satisfeita* por ter perguntado. Muito satisfeita. Só estou... surpresa, devo dizer.

Ele fechou os olhos, indignado consigo mesmo.

– Não acredito que lhe perguntei isso.

– Não, Colin, não seja bobo. É realmente bastante... gentil da sua parte ter perguntado. E não consigo expressar como estou envaidecida por ter me procurado quando...

– Daphne... – retrucou ele.

A irmã tinha um jeito especial de se afastar do assunto, e ele não estava com disposição para as divagações dela.

De repente, Daphne estendeu os braços e o abraçou. Depois, ainda com as mãos em seus ombros, disse:

– Eu não tenho ideia.

– Como?

Ela balançou a cabeça de leve.

– Eu não tenho ideia de como uma pessoa sabe que é amor. Acho que é diferente para cada um.

– Como você soube?

Ela mordeu o lábio inferior por vários segundos antes de responder:

– Não sei.

– *O quê?*

Ela deu de ombros, num gesto de impotência.

– Eu não me lembro. Já faz tanto tempo... Eu apenas... *soube*.

– Então, o que está dizendo – começou Colin, encostando-se no peitoril da janela e cruzando os braços – é que, se uma pessoa não souber que ama outra, é provável que não ame.

– Isso – retrucou ela, com firmeza. – Não! Não foi isso que eu quis dizer de jeito nenhum.

– Então o que quis dizer?

– Eu não sei – respondeu ela, sem muita convicção.

Ele a fitou.

– E há quanto tempo está casada mesmo? – murmurou ele.

– Ora, Colin, não zombe de mim, estou tentando ajudar.

– E eu agradeço a tentativa, mas, realmente, Daphne, você...

– Eu sei, eu sei – interrompeu ela. – Eu sou uma inútil. Mas ouça: você gosta de Penelope? – Então ela sufocou um grito, horrorizada. – Estamos falando de Penelope, certo?

– É claro que estamos – retrucou ele, com impaciência.

Daphne suspirou aliviada.

– Que bom, porque, se não fosse, posso garantir que não teria nenhum conselho para lhe dar.

– Vou embora – anunciou ele, de forma abrupta.

– Não, não vá – implorou ela, colocando a mão sobre o seu braço. – Fique, Colin, por favor.

Ele olhou para a irmã e suspirou, experimentando uma sensação de derrota.

– Estou me sentindo um idiota.

– Colin – disse ela, guiando-o até o sofá e fazendo com que se sentasse. – Ouça: o amor cresce e muda todos os dias. Não é como um raio que cai do céu e transforma você num homem diferente de forma instantânea. Eu sei que Benedict costuma dizer que foi assim com ele, e isso é encantador, mas, bem, Benedict não é *normal*.

Colin teve uma vontade imensa de morder a isca e começar a falar do irmão, mas ficou em silêncio.

– Não foi assim comigo – completou Daphne – e não acho que tenha sido com Simon, embora eu não me lembre de já ter perguntado.

– Devia perguntar.

Ela ficou boquiaberta por um instante, com os olhos arregalados, parecendo um pássaro surpreso.

– Por quê?

Ele deu de ombros.

– Para me contar.

– Por quê? Você acha que é diferente para os homens?

– Assim como tudo.

Ela fez uma careta.

– Estou começando a ter bastante pena de Penelope.

– Bem, acho que você deveria mesmo – retrucou ele. – Sem dúvida vou ser um péssimo marido.

– Não vai, não – disse ela, dando um tapa em seu braço. – Por que diabo haveria de falar uma coisa dessas? Você nunca seria infiel a ela.

– Isso é verdade – concordou ele. Ficou em silêncio por um momento e, quando enfim voltou a falar, a voz saiu baixa: – Mas talvez não a ame como ela merece.

– Ou talvez ame. – Ela atirou as mãos para cima num gesto exasperado. – Pelo amor de Deus, Colin, o simples fato de você estar aqui perguntando à sua *irmã* sobre o amor provavelmente significa que já está na metade do caminho.

– Você acha?

– Se não *achasse*, não teria falado nada – retrucou ela, então deu um suspiro. – Pare de pensar tanto, Colin. Vai achar o casamento algo bem mais fácil se deixar que tudo aconteça naturalmente.

Ele a olhou desconfiado.

– Quando você ficou tão filosófica?

– No momento em que você apareceu aqui e me forçou a pensar no assunto – respondeu ela, de imediato. – Vai se casar com a pessoa certa. Pare de se preocupar tanto.

– Não estou preocupado – disse ele, de forma automática, embora estivesse, sim, preocupado, então nem tentou contestar quando Daphne lhe dirigiu um olhar sarcástico.

No entanto, sua apreensão não era se Penelope era a mulher certa. Disso tinha certeza.

Também não era em relação ao casamento ser bom ou não. Estava certo de que seria.

Não, sua preocupação era ridícula. Estava apreensivo com relação a amar Penelope ou não, mas não porque seria o fim do mundo se amasse (ou *não* amasse), e sim por estar muito incomodado com a sensação de não saber exatamente o que estava sentindo.

– Colin?

Ele olhou para a irmã, que o encarava com uma expressão bastante confusa. Levantou-se, antes que dissesse algo tão embaraçoso que lhe causasse arrependimento, então se abaixou e a beijou no rosto.

– Obrigado – falou.

Ela estreitou os olhos.

– Não sei se está falando sério ou se está zombando de mim por ter sido inútil.

– Você foi *completamente* inútil – concordou ele –, mas ainda assim foi um agradecimento sincero.

– Pelo esforço?

– Podemos dizer que sim.

– Vai à Casa Bridgerton?

– Para quê? Ficar envergonhado na frente de Anthony também?

– Ou de Benedict. Ele também está lá.

O problema das famílias grandes era que nunca faltavam oportunidades para fazer papel de tolo na frente de um irmão.

– Não – retrucou ele, com um sorriso irônico –, acho que vou andando para casa.

– Andando? – ecoou ela, surpresa.

Ele olhou em direção à janela.

– Acha que vai chover?

– Pegue a minha carruagem, Colin, e, por favor, espere os sanduíches. Com certeza vai haver uma montanha deles. Se você for embora antes de chegarem, acabarei comendo metade e depois vou me odiar pelo resto do dia.

Ele assentiu e se sentou outra vez. Foi a melhor coisa que fez. Sempre adorara salmão defumado. Na verdade, levou um prato consigo na carruagem para comer no caminho até sua casa, debaixo da chuva torrencial.

Quando os Bridgertons ofereciam uma festa, faziam-no em grande estilo.

E quando ofereciam um baile de noivado... Bem, se Lady Whistledown ainda estivesse na ativa, teria levado no mínimo três colunas para narrar o evento.

Até mesmo aquele baile de noivado, planejado às pressas (nem Lady Bridgerton nem Lady Featherington estavam dispostas a correr o risco de que os filhos mudassem de ideia após um longo noivado), podia facilmente ser classificado como *o* baile da temporada.

Embora parte disso, pensou Penelope, sombria mas irônica, tivesse pouco a ver com a festa em si e tudo a ver com a especulação de por que diabo Colin Bridgerton escolhera uma ninguém como ela para desposar. Os rumores não foram tão graves nem quando Anthony se casara com Kate Sheffield, que, assim como Penelope, jamais fora considerada um diamante de primeira grandeza. Mas ao menos Kate não fora considerada velha. Penelope não tinha ideia de quantas vezes ouvira a palavra *solteirona* ser sussurrada às suas costas nos últimos dias.

Mas, embora os mexericos fossem um tanto entediantes, não a incomodavam, porque ela continuava navegando em um mar de felicidade.

Era impossível para uma mulher não ficar completamente boba de tanta alegria depois que o homem por quem passara a vida inteira apaixonada a tinha pedido em casamento.

Ainda que ela não conseguisse compreender exatamente *como* tudo aquilo tinha acontecido.

Bem, o importante é que *tinha* acontecido.

Colin era tudo o que qualquer pessoa podia sonhar num noivo. Passou quase a noite inteira a seu lado, e Penelope nem teve a impressão de que o fizera para protegê-la dos boatos. Na verdade, ele parecia ignorar por completo todo o falatório.

Era quase como se... Penelope sorriu. Era quase como se Colin estivesse ao seu lado porque queria.

– Você viu Cressida Twombley? – sussurrou Eloise em seu ouvido enquanto Colin dançava com a mãe. – Está verde de inveja.

– É só o vestido dela – retrucou Penelope com impressionante impassibilidade.

Eloise riu.

– Ah, como eu queria que Lady Whistledown estivesse na ativa. Ia *acabar* com ela.

– Achei que *ela* fosse Lady Whistledown – disse Penelope, com cautela.

– Ora, mas que besteira. Não acredito nem por um instante que Cressida seja Lady Whistledown, e tampouco acredito que você ache isso.

– É, tem razão – concordou Penelope.

Sabia que seu segredo ficaria mais bem protegido se afirmasse acreditar na história de Cressida, mas qualquer um que a conhecesse consideraria isso tão sem sentido que pareceria suspeito demais.

– Cressida só queria o dinheiro – continuou Eloise, com desdém. – Ou, talvez, a notoriedade. Provavelmente, os dois.

Penelope observou a inimiga sendo paparicada pelos súditos do outro lado do salão. Seus seguidores de sempre se amontoavam a seu redor, junto com pessoas novas, que deviam estar curiosas sobre o boato de Lady Whistledown.

– Bem, pelo menos notoriedade ela conseguiu.

Eloise assentiu.

– Não consigo nem imaginar por que foi convidada. Com certeza não há nenhum laço entre vocês duas e nenhum de nós gosta dela.

– Colin insistiu.

Eloise se virou para ela, boquiaberta.

– Por quê?

Penelope suspeitava que o principal motivo fosse a afirmação recente de Cressida de que era Lady Whistledown; a maioria dos membros da alta sociedade não sabia ao certo se ela estava mentindo, mas ninguém se dispunha a lhe negar um convite para um evento, caso tivesse dito a verdade.

E Colin e Penelope teoricamente não tinham motivo algum para saber com certeza.

No entanto, Penelope não podia revelar isso a Eloise, então lhe contou o resto da história, que continuava sendo verdade:

– Sua mãe não queria dar margem a nenhum tipo de boato cortando-a da lista, e Colin também disse...

Ela ruborizou. Na realidade, tinha sido muito gentil da parte dele.

– O quê? – quis saber Eloise.

Penelope não conseguiu falar sem sorrir:

– Ele disse que queria que Cressida fosse forçada a me ver em meu momento de triunfo.

– Ah. Meu. Deus. – Eloise deu a impressão de que precisava se sentar. – Meu irmão está apaixonado.

O rubor de Penelope aumentou ainda mais.

– *Está* – exclamou Eloise. – Só pode. Ah, você tem de me contar. Ele já falou?

Havia algo maravilhoso e terrível em ouvir Eloise se entusiasmar daquele jeito. Por um lado, era sempre ótimo compartilhar os momentos mais perfeitos da vida com a melhor amiga, e a alegria e animação de Eloise eram contagiantes.

Mas, por outro lado, não eram necessariamente justificadas, pois Colin não a amava. Ou, pelo menos, não o dissera.

No entanto, agia como se a amasse! Penelope se agarrava a esse pensamento, tentando se concentrar nele em vez de no fato de ele nunca ter pronunciado aquelas palavras.

Ações eram mais importantes do que palavras, certo?

E as ações dele a faziam se sentir como uma princesa.

– Srta. Featherington! Srta. Featherington!

Penelope olhou para a esquerda e ficou exultante. A voz que tinha ouvido só podia ser de Lady Danbury.

– Srta. Featherington – repetiu a velha senhora, enquanto cutucava as pessoas com a bengala até conseguir passar pela multidão e estar bem na frente de Penelope e de Eloise.

– Lady Danbury, que prazer em vê-la.

– He, he, he. – O rosto de Lady Danbury ficou quase jovem devido à força de seu sorriso. – É sempre um prazer me ver, não importa o que as outras pessoas digam. E você, sua diabinha? Veja só o que você fez.

– Não é o máximo? – comentou Eloise.

Penelope olhou para a melhor amiga. Mesmo com toda a confusão de emoções que expressara, Eloise estava sinceramente feliz por ela. De súbito, o fato de estarem no meio de um salão de baile abarrotado, com todos a olhá-la como se ela fosse algum espécime num experimento de biologia, não teve mais importância. Ela se virou e deu um abraço apertado em Eloise, sussurrando:

– Eu a amo muito.

– Eu sei que ama – murmurou Eloise.

Lady Danbury bateu com a bengala com força no chão.

– Ainda estou aqui, senhoras.

– Ah, desculpe – disse Penelope, envergonhada.

– Não há problema – retrucou Lady Danbury, com um atípico grau de paciência. – Se querem saber, é muito agradável estar diante de duas moças que preferem se abraçar a se esfaquear nas costas.

– Obrigada por vir até aqui me dar os parabéns – falou Penelope.

– Eu não teria perdido isto por nada neste mundo – comentou Lady Danbury. – He, he, he. Este bando de tolos tentando descobrir como você conseguiu que ele a pedisse em casamento quando a única coisa que fez foi ser você mesma.

Penelope entreabriu os lábios e as lágrimas arderam em seus olhos.

– Ora, Lady Danbury, deve ser a coisa mais gentil...

– Não, não – interrompeu a velha senhora, em voz bem alta. – Nada disso. Não tenho tempo ou inclinação para sentimentalismo.

Mas Penelope notou que ela sacara o lenço e secava os olhos discretamente.

– Ah, Lady Danbury – disse Colin, retornando ao grupo e passando o braço pelo de Penelope num gesto de possessividade. – Que prazer em vê-la.

– Sr. Bridgerton – retrucou ela, num breve cumprimento. – Só vim dar os parabéns à sua noiva.

– Ah, mas sem dúvida quem merece os parabéns sou eu.

– Hum, sábias palavras – elogiou Lady D. – Acho que tem razão. Ela é um prêmio muito melhor do que todos percebem.

– Eu percebo – retrucou ele, numa voz tão grave e séria que Penelope achou que poderia desmaiar de emoção. – Agora, com sua licença – acrescentou, com educação –, preciso apresentar minha noiva a meu irmão...

– Eu já conheço seu irmão – interrompeu Penelope.

– Considere isto uma tradição – explicou ele. – Temos de dar as boas-vindas oficiais a você na família.

– Ah. – Ela ficou emocionada diante da ideia de se tornar uma Bridgerton. – Que encantador.

– Como eu ia dizendo – continuou Colin –, Anthony gostaria de fazer um brinde e, em seguida, eu dançarei uma valsa com Penelope.

– Muito romântico – observou Lady Danbury, em tom de aprovação.

– É, bem, eu sou romântico – concordou Colin.

Eloise deixou escapar um resfolegar alto.

Ele se virou para ela com uma sobrancelha arqueada de forma arrogante.

– Mas eu sou.

– Pelo bem de Penelope – replicou sua irmã –, eu espero que seja mesmo.

– Eles são sempre assim? – indagou Lady Danbury a Penelope.

– Na maior parte do tempo.

A velha senhora assentiu.

– Que bom. Meus filhos quase nunca se falam. Não por má vontade, é claro, mas por não terem nada em comum. É triste, na verdade.

Colin deu um pequeno apertão no braço de Penelope.

– Realmente temos de ir.

– É claro – murmurou ela.

Mas, ao se virar para caminhar em direção a Anthony, que estava do outro lado do salão, parado próximo à pequena orquestra, ouviu um tumulto à porta.

– Atenção! Atenção!

O sangue fugiu-lhe do rosto em menos de um segundo.

– Ah, não – sussurrou.

Aquilo não devia acontecer. Não naquela noite, pelo menos.

Segunda-feira, sua mente gritou. Ela pedira ao tipógrafo na segunda-feira. No baile dos Mottram.

– O que está acontecendo? – quis saber Lady Danbury.

Dez meninos correram salão adentro – não eram mais do que moleques, na verdade – carregando maços de papéis e atirando-os para todos os lados como imensos confetes retangulares.

– A última coluna de Lady Whistledown! – gritaram eles. – Leiam agora! Leiam a verdade.

CAPÍTULO 17

Colin Bridgerton era famoso por muitas coisas.

Primeiro pela beleza, o que não era surpresa alguma: todos os homens da família Bridgerton eram famosos por isso.

Era conhecido também pelo sorriso enviesado, capaz de derreter o coração de uma mulher do outro lado de um salão de baile abarrotado e que, certa vez, de fato, levara uma jovem a desmaiar e cair dura no chão. Na verdade, a fizera ficar tonta e, então, bater com a cabeça numa mesa, o que acabou tendo como consequência o desmaio.

Era famoso, além disso, por seu temperamento tranquilo, pela capacidade de deixar qualquer pessoa à vontade com um sorriso afável e um comentário divertido.

Ele *não* era famoso por ser genioso – na realidade, muita gente teria jurado que isso era mentira.

E naquela noite, devido ao seu notável (e, até então, inexplorado) autocontrole, ninguém haveria de conhecer essa sua característica, embora sua futura esposa talvez acordasse no dia seguinte com um *sério* hematoma.

– Colin – arfou ela, olhando para o local em que ele segurava o seu braço.

Mas ele não conseguia soltá-lo. Sabia que a machucara, mas estava tão *furioso* com ela naquele momento que, se não apertasse seu braço com toda a força, perderia a compostura na frente de quinhentos dos seus mais próximos e queridos conhecidos.

No fim das contas, acreditava estar fazendo a escolha certa.

Iria matá-la. Assim que descobrisse alguma forma de tirá-la daquele maldito salão de baile iria, simplesmente, matá-la. Haviam concordado que Lady Whistledown pertencia ao passado, que deixariam o assunto morrer. Não era para aquilo acontecer. Ela estava abrindo as portas para o desastre. Para a ruína.

– Isto é fabuloso! – exclamou Eloise, agarrando um jornal no ar. – Sensacional! Aposto que ela deixou a aposentadoria de lado só para comemorar o seu noivado.

– Não seria simpático? – comentou Colin.

Penelope não respondeu, mas estava muito, muito pálida.

– Ah, meu Deus!

Colin se virou para a irmã, que ficava cada vez mais boquiaberta enquanto lia a coluna.

– Pegue um desses para mim, Bridgerton! – ordenou Lady Danbury, batendo na perna dele com a bengala. – Não acredito que ela tenha publicado num sábado. Essa coluna deve estar ótima.

Colin se abaixou e apanhou dois jornais do chão. Em seguida, entregou um a Lady Danbury e baixou a vista para o que ainda segurava, embora tivesse quase certeza do que leria.

Estava certo.

Não há nada que eu odeie mais do que um cavalheiro que acha divertido dar um tapinha condescendente na mão de uma senhora enquanto murmura "Uma mulher tem o direito de mudar de ideia". E, de fato, como acredito que devemos respaldar nossas palavras com ações, me empenho para manter minhas opiniões e decisões firmes e verdadeiras.

É por isso, caro leitor, que, quando escrevi minha coluna de 19 de abril, realmente tinha a intenção de que fosse a última. No entanto, acontecimentos fora de meu controle (ou, na verdade, que não contam com a minha aprovação) me forçaram a levar a caneta ao papel uma última vez.

Senhoras e senhores, esta autora NÃO É Lady Cressida Twombley. Ela nada mais é do que uma impostora intrigueira, e meu coração ficaria partido ao ver anos do trabalho árduo serem atribuídos a alguém como ela.

CRÔNICAS DA SOCIEDADE DE LADY WHISTLEDOWN,
24 DE ABRIL DE 1824

– Esta é a melhor coisa que eu já vi – exclamou Eloise, num sussurro alegre. – Talvez eu seja, no fundo, uma pessoa ruim, porque nunca me senti tão feliz diante da ruína de alguém.

– Bobagem! – retrucou Lady Danbury. – Eu *sei* que não sou uma pessoa ruim e achei isto delicioso.

Colin ficou em silêncio. Não confiava na própria voz. Não confiava em si mesmo.

– Onde está Cressida? – perguntou Eloise, esticando o pescoço. – Alguém consegue vê-la? Aposto que já fugiu. Deve estar morta de vergonha. Eu estaria, se fosse ela.

– Você jamais seria ela – comentou Lady Danbury. – É decente demais.

Penelope não disse nada.

– Ainda assim – acrescentou Eloise, em tom jovial –, quase dá para sentir pena dela.

– Mas só quase – completou Lady Danbury.

– Ah, sim. Um quase bem pequenininho.

Colin se limitou a ficar ali rangendo os dentes.

– E eu posso ficar com as minhas mil libras! – comemorou Lady Danbury.

– Penelope! – exclamou Eloise, cutucando-a com o cotovelo. – Você ainda não disse uma palavra. Não é maravilhoso?

Penelope fez que sim e respondeu:

– Nem acredito.

Colin apertou o seu braço ainda mais.

– Lá vem o seu irmão – sussurrou ela.

Ele olhou para a direita. Anthony caminhava em sua direção com Violet e Kate logo atrás de si.

– Bem, isso certamente nos deixa em segundo plano – disse ele, parando ao lado de Colin. Cumprimentou as senhoras com um aceno da cabeça. – Eloise, Penelope, Lady Danbury.

– Acho que ninguém vai escutar o brinde de Anthony agora – comentou Violet, olhando em volta.

O burburinho era incessante. As pessoas escorregavam nos jornais que haviam aterrissado no chão sem ninguém tê-los pegado. O falatório era quase irritante, e Colin tinha a sensação de que sua cabeça iria explodir.

Tinha de escapar dali o mais rápido possível.

Sentia o corpo inteiro arder. Parecia paixão, mas na verdade era fúria, ultraje, um sentimento horrível por ter sido traído pela única pessoa que deveria ter ficado ao seu lado sem perguntas.

Era estranho. Sabia que o segredo era de Penelope, e que era ela quem mais tinha a perder. Aquilo tinha a ver com ela, não com ele. Sabia disso racionalmente, pelo menos. Mas, de alguma forma, isso deixara de ter importância. Agora os dois formavam um time, e ela havia agido sem ele.

Não tinha o menor direito de se colocar em posição tão delicada sem consultá-lo primeiro. Colin era seu marido, ou ia ser, e tinha o dever divino de protegê-la, quer ela o desejasse ou não.

– Colin? – ouviu a mãe dizer. – Você está bem? Parece um pouco estranho.

– Faça o brinde – pediu ele, virando-se para Anthony. – Penelope não está se sentindo bem e eu preciso levá-la para casa.

– Você não está se sentindo bem? – perguntou Eloise a Penelope. – O que há? Por que não comentou nada?

Ela conseguiu pronunciar uma desculpa bastante verossímil:

– Um pouco de dor de cabeça, eu sinto dizer.

– Isso, isso, Anthony – concordou Violet. – Vá em frente, faça o brinde para que Colin e Penelope possam dançar logo a valsa. Ela realmente não pode ir embora antes disso.

Anthony assentiu, então fez um gesto para que o irmão e a futura cunhada o seguissem até a frente do salão de baile. Um trompetista fez um guincho agudo com o instrumento, sinalizando para que os convidados fizessem silêncio. Todos obedeceram, talvez por achar que a declaração seria sobre Lady Whistledown.

– Senhoras e senhores – começou Anthony, bem alto, pegando uma taça de champanhe da bandeja de um criado. – Compreendo que todos estejam intrigados com a mais recente intrusão de Lady Whistledown em nossa festa, mas peço que se lembrem do que nos levou a nos reunir aqui esta noite.

Era para ser um momento perfeito, pensou Colin. Era para ser a noite de triunfo de Penelope, a sua noite para brilhar, para mostrar ao mundo quão linda, encantadora e inteligente era.

Devia ser a noite dele também, o momento de tornar suas intenções verdadeiramente públicas, de dizer a todos que a escolhera e, tão importante quanto, que ela o escolhera.

No entanto, a única coisa que ele queria naquele momento era pegá-la pelos ombros e chacoalhá-la até não ter mais força. Ela estava colocando tudo em risco. Estava colocando o próprio futuro em risco.

– Como o chefe da família Bridgerton – continuou Anthony –, sinto grande alegria quando um de meus irmãos escolhe uma noiva. Ou noivo – acrescentou com um sorriso, fazendo um sinal com a cabeça na direção de Daphne e Simon.

Colin olhou para Penelope. Ela estava parada com a coluna muito reta, em seu vestido de cetim azul. Não sorria, o que deve ter parecido muito estranho às centenas de convidados que a fitavam. Mas, talvez, apenas achassem que era nervosismo. Afinal, qualquer pessoa estaria nervosa com tanta gente a encarando.

Se qualquer um estivesse de pé bem ao lado dela, porém, como Colin estava, veria o pânico em seus olhos, o peito subindo e descendo rápido enquanto a respiração se tornava mais acelerada e entrecortada.

Ela estava com medo.

Ótimo. Devia mesmo estar com medo. Com medo do que poderia acontecer com ela se seu segredo fosse revelado. Com medo do que iria acontecer assim que ela e Colin tivessem a oportunidade de conversar.

– Assim, é com grande prazer que ergo minha taça ao meu irmão Colin e sua futura esposa, Penelope Featherington. A Colin e Penelope! – concluiu Anthony.

Colin baixou os olhos para a própria mão e se deu conta de que alguém colocara uma taça de champanhe nela. Ergueu-a na direção dos lábios, mas pensou melhor e, em vez disso, levou-a aos lábios de Penelope. A multidão gritou alucinada e então ele a observou tomar um gole, depois outro, em seguida outro, sendo forçada a continuar bebendo até que ele afastasse a taça de sua boca, o que só fez quando ela terminou.

Quando Colin se deu conta de que aquela exibição infantil de poder o deixara sem bebida, da qual precisava desesperadamente, pegou a taça de Penelope de sua mão e a virou num único gole.

A multidão gritou ainda mais alto.

Ele se abaixou e sussurrou em seu ouvido:

– Agora vamos dançar até o resto dos convidados se juntar a nós e não sermos mais o centro das atenções. Então, vamos lá para fora. E aí vamos conversar.

Penelope moveu o queixo de forma quase imperceptível para assentir.

Colin pegou a mão dela e a conduziu até a pista de dança, colocando a outra mão em sua cintura enquanto a orquestra começava a tocar os primeiros acordes de uma valsa.

– Colin – sussurrou ela. – Não foi minha intenção que isso acontecesse.

Ele deu um sorriso forçado. Afinal, aquela era a primeira dança oficial com sua prometida.

– Agora não – ordenou.

– Mas...

– Daqui a dez minutos, eu terei muitas coisas para lhe dizer, mas por enquanto vamos apenas dançar.

– Eu só queria dizer...

Ele apertou ainda mais a mão dela, num inquestionável aviso. Penelope franziu os lábios e fitou o rosto dele por um breve instante, então afastou o olhar.

– Eu deveria estar sorrindo – sussurrou.

– Então faça isso.

– *Você* deveria estar sorrindo.

– Tem razão – disse ele. – Deveria.

Mas ele não sorriu.

Penelope teve vontade de chorar, mas de alguma forma conseguiu se manter impassível. O mundo inteiro estava olhando – o mundo inteiro dela, pelo menos –, e ela sabia que todos examinavam cada um de seus gestos, atentos a cada expressão que seu rosto assumia.

Ela passara anos tendo a sensação de ser invisível e odiando aquilo. Agora, daria qualquer coisa por alguns instantes de anonimato outra vez.

Não, não qualquer coisa. Não teria aberto mão de Colin. Se tê-lo para si significava passar o resto da vida sob o escrutínio da alta sociedade, então tudo bem. E, se fazia parte do casamento ter de tolerar a sua raiva e o seu desdém num momento como aquele, tudo bem também.

Sabia que ele ficaria furioso com ela por publicar uma última coluna. Estivera apavorada durante todo o tempo que passara na igreja de St. Bride (assim como durante a viagem de ida e de volta), certa de que ele apareceria diante dela a qualquer instante cancelando o casamento porque não podia tolerar a ideia de se casar com uma pessoa que todos saberiam ser Lady Whistledown.

Mas Penelope fora em frente ainda assim.

Tinha consciência de que ele achava que ela estava cometendo um erro, mas simplesmente não podia permitir que Cressida Twombley levasse o crédito pela obra de sua vida. Seria pedir muito que Colin ao menos tentasse enxergar a situação de seu ponto de vista? Teria sido bastante difícil deixar que qualquer pessoa fingisse ser Lady Whistledown, mas Cressida era insuportável. Penelope aguentara desaforos demais da parte dela.

Além disso, sabia que Colin jamais romperia o noivado quando este se tornasse público. Essa era parte da razão pela qual ela instruíra o tipógrafo a distribuir os jornais na *segunda-feira*, no baile dos Mottrams. Bem, isso e o fato de lhe parecer muito errado fazê-lo durante o próprio baile de noivado, sobretudo quando Colin tinha se oposto de forma tão veemente à ideia.

Maldito Sr. Lacey! Sem dúvida ele fizera aquilo para maximizar a circulação e a exposição. Aprendera bastante sobre a alta sociedade lendo o *Whistledown* para saber que o baile de noivado de um Bridgerton seria o evento mais cobiçado da temporada. Por que aquilo seria importante, Penelope não sabia, já que o interesse pelo jornal não significaria mais dinheiro em seu bolso. A coluna estava terminada de verdade, e nem Penelope nem o Sr. Lacey receberiam um único centavo pela sua publicação.

A não ser...

Penelope franziu a testa e deixou escapar um suspiro. O Sr. Lacey devia ter esperança de que ela mudasse de ideia.

Sentiu a mão de Colin apertar ainda mais a sua cintura e ergueu a vista outra vez. Ele a encarou com os olhos surpreendentemente verdes mesmo à luz de velas. Ou talvez fosse o fato de ela saber que eram tão verdes. Devia ter pensado que na penumbra eles seriam cor de esmeralda.

Ele fez um gesto na direção dos outros convidados na pista de dança, agora repleta.

– Hora de fugirmos – disse ele.

Penelope assentiu. Já haviam dito à família dele que ela não se sentia bem e que queria ir para casa, então ninguém desconfiaria por terem partido tão cedo. E, embora não fosse exatamente aconselhável que os dois ficassem sozinhos na carruagem dele, às vezes as regras eram mais flexíveis quando se tratava de casais já noivos, sobretudo em noites tão românticas.

Ela deixou escapar uma risada ridícula e cheia de pânico. A noite ia acabar por ser a *menos* romântica de toda a sua vida.

Colin olhou para ela com uma sobrancelha erguida em uma expressão de dúvida.

– Não é nada – disse Penelope.

Ele apertou a sua mão, embora de forma nada afetuosa.

– Eu quero saber – falou.

Ela deu de ombros, resignada. Não havia nada que pudesse fazer ou dizer que tornasse a noite pior.

– Só estava pensando que era para ter sido uma noite romântica.

– Podia ter sido – disse ele, cruelmente.

Ele soltou a cintura dela, mas continuou segurando a outra mão, tomando-lhe os dedos com delicadeza de forma a avançar com ela por entre a multidão até atravessarem as portas francesas que levavam ao terraço.

– Aqui, não – sussurrou Penelope, olhando com ansiedade em direção ao salão de baile.

Ele nem se deu o trabalho de responder, e puxou-a cada vez mais para dentro da escuridão. Depois de um rápido olhar para se certificar de que não havia ninguém por perto, Colin abriu uma pequena e discreta porta lateral.

– O que é isto? – perguntou Penelope.

Ele continuou em silêncio, limitando-se a conduzi-la para o interior do corredor escuro.

– Suba – falou finalmente, indicando-lhe os degraus.

Penelope não sabia se devia ficar assustada ou entusiasmada, mas subiu as escadas ainda assim, ciente da impetuosa presença de Colin às suas costas.

Depois de vários lanços, ele passou à sua frente, abriu uma porta e olhou para dentro do corredor que levava aos aposentos particulares da família, como agora Penelope se dava conta. Estava vazio, então ele a puxou atrás de si até chegarem a um quarto onde ela jamais entrara.

O quarto dele. Penelope sempre soubera onde ficava. Durante todos os anos em que visitara Eloise, nunca fizera mais do que correr os dedos pela madeira pesada da porta. Já fazia anos que Colin se mudara, mas a mãe insistira em manter o quarto. Segundo Violet, nunca se sabia quando o filho poderia precisar dele, e ela provara ter razão no começo daquela temporada, quando Colin voltara do Chipre sem ter uma casa alugada.

Ele abriu a porta com um empurrão e a puxou para dentro depois de entrar. O quarto estava escuro e ela não via por onde andava, até que de repente percebeu que ele se encontrava bem à sua frente e parou.

Colin tocou os seus braços para ajudá-la a firmar o corpo. Em seguida, em vez de soltá-la, a abraçou no escuro. Na verdade, não foi exatamente um abraço, mas o corpo dele estava encostado por inteiro no dela. Penelope não via nada, mas podia senti-lo, assim como a seu perfume, e ouvir a sua respiração acariciando-lhe a face de leve.

Era agonia.

Era êxtase.

Colin deslizou as mãos devagar pelos seus braços nus, provocando-a, e então, de repente, se afastou.

Em seguida... silêncio.

Penelope não soube ao certo o que esperar. Que ele gritasse com ela, que a repreendesse, que a mandasse se explicar.

Mas ele não fez nada disso. Só ficou ali em pé, no escuro, forçando-a, com seu silêncio, a dizer alguma coisa.

– Você poderia... poderia acender uma vela? – pediu ela, por fim.

– Não gosta da escuridão? – perguntou ele, demorando-se em casa sílaba.

– Não agora. Não desta forma.

– Compreendo – murmurou ele. – Está dizendo, então, que talvez gostasse se fosse assim?

De repente os dedos dele estavam sobre a sua pele, percorrendo a beirada do corpete.

No momento seguinte, não estavam mais.

– Não faça isso – pediu ela, com a voz trêmula.

– Não quer que eu a toque? – A voz dele era zombeteira, e Penelope ficou satisfeita por não poder ver seu rosto. – Mas você é minha, não é?

– Ainda não.

– Ah, é, sim. Você se certificou disso. O timing foi bastante inteligente, na verdade. Esperar até o nosso baile de noivado para fazer o seu comunicado final. Você sabia que eu não queria que publicasse aquela última coluna. Eu proibi! Nós concordamos...

– Nós nunca concordamos!

Ele ignorou a explosão dela.

– Você esperou até...

– Nós nunca concordamos! – bradou Penelope outra vez, precisando deixar claro que jamais voltara atrás na sua palavra. Não importava o que tivesse feito, ela não mentira para ele. Bem, era verdade que tinha mantido o *Whistledown* em segredo por mais de dez anos, mas sem dúvida Colin não fora o único a ser enganado nessa farsa. – E, sim – admitiu ela, porque não lhe pareceu certo começar a mentir agora. – Eu sabia que você não terminaria o noivado. Mas eu esperava...

A voz ficou embargada e ela não conseguiu prosseguir.

– Esperava o quê? – indagou Colin.

– Que você me perdoasse – sussurrou ela. – Ou, ao menos, que compreendesse. Sempre achei que fosse o tipo de homem que...

– Que tipo de homem? – perguntou ele.

– A culpa foi minha, na verdade – disse ela, soando cansada e triste. – Coloquei-o num pedestal. Sempre foi tão bondoso durante todos esses anos... Acho que eu o imaginava incapaz de agir de outra forma.

– E que diabo eu fiz que não tenha sido bondoso? – exigiu ele. – Eu a protegi, pedi a sua mão em casamento, eu...

– Você não tentou enxergar a situação do meu ponto de vista – interrompeu ela.

– Porque você está agindo como uma idiota! – exclamou ele, quase rugindo.

Fez-se silêncio depois disso, o tipo de silêncio que irrita os ouvidos, que corrói a alma.

– Não consigo imaginar o que mais possa ser dito – retrucou Penelope, finalmente.

Colin desviou o olhar, sem saber por quê – não conseguia enxergá-la no escuro, de qualquer forma. Mas havia algo no tom de voz dela que o inquietava. Soava vulnerável, cansada. Desejosa e de coração partido. Fazia com que ele quisesse compreendê-la, ou que ao menos tentasse, embora *soubesse* que ela cometera um erro terrível. Cada vez que a voz dela embargava, a fúria dele se dissipava mais um pouco. Continuava zangado, mas, de alguma forma, perdera o ímpeto de demonstrá-lo.

– Você vai ser descoberta, sabia? – falou, com a voz baixa e controlada. – Humilhou Cressida, e sem dúvida ela está furiosa neste momento. Não sossegará até desmascarar a verdadeira Lady Whistledown.

Penelope se afastou; ele ouviu o farfalhar de seu vestido.

– Cressida não é inteligente o suficiente para me descobrir. Além do mais, não vou escrever nenhuma outra coluna, então não haverá outra oportunidade de cometer algum erro e revelar alguma coisa. – Depois de um instante em silêncio, ela acrescentou: – Eu lhe prometo isso.

– É tarde demais – disse ele.

– Não é tarde – protestou ela. – Ninguém sabe! Ninguém além de você, que tem tanta vergonha de mim que eu não consigo suportar.

– Ora, pelo amor de Deus, Penelope. Não sinto vergonha alguma de você.

– Poderia acender uma vela, *por favor*?

Colin atravessou o quarto e tateou dentro de uma gaveta em busca de uma vela.

– Eu não sinto vergonha de você – reiterou –, mas acho, sim, que está agindo como uma tola.

– Talvez você tenha razão, mas preciso fazer o que acho certo.

– Você não está pensando direito – disse ele, ignorando o argumento dela. Então se virou para olhá-la enquanto acendia uma vela. – Esqueça, se puder, embora eu não consiga, o que acontecerá com a sua reputação se descobrirem sua outra identidade. Esqueça que as pessoas a destruirão, que falarão mal de você pelas costas.

– Não vale a pena se preocupar com gente assim – retrucou Penelope com as costas completamente eretas.

– Talvez não – concedeu ele, cruzando os braços e a fitando. – Mas haverá de doer. Você não vai gostar, Penelope. E eu também não vou.

Ela começou a engolir em seco sem parar. Ótimo. Talvez aquilo tudo estivesse começando a entrar em sua cabeça.

– Mas esqueça isso tudo – continuou ele. – Você passou a última década insultando as pessoas. Ofendendo-as.

– Eu escrevi muitas coisas agradáveis, também – protestou ela, os olhos escuros brilhando com lágrimas não vertidas.

– Sim, mas não são essas as pessoas com as quais terá de se preocupar. Estou falando das que estão furiosas, das que foram insultadas. – Ele deu um passo à frente e a segurou pelos braços. – Penelope, haverá gente desejando machucá-la.

As palavras eram para ela, mas acabaram ferindo o coração *dele*.

Colin tentou imaginar a vida sem ela. Era impossível.

Apenas algumas semanas antes ela fora... O quê? Uma amiga? Uma conhecida? Alguém que ele via, mas que nunca notara de verdade?

E, agora, era sua noiva. Em breve seria sua esposa. Talvez... talvez fosse algo mais do que isso. Algo mais profundo. Algo ainda mais precioso.

– O que eu quero saber – recomeçou ele, forçando-se a se concentrar no tema principal de modo que a própria mente não divagasse por caminhos tão perigosos – é por que você não aproveitou o álibi perfeito se o objetivo é permanecer anônima.

– Porque o objetivo não é permanecer anônima! – exclamou ela, quase gritando.

– Você quer ser descoberta? – indagou ele, perplexo.

– Não, é claro que não – respondeu ela. – Mas esse é o meu trabalho. É a obra da minha vida. É o que tenho como símbolo de toda uma existência, e se não posso levar o crédito por isso, ninguém mais vai.

Colin abriu a boca para retrucar, mas, para a própria surpresa, não tinha nada a dizer. *Obra da minha vida*. Penelope tinha uma obra.

Ele, não.

Talvez ela não pudesse assinar a obra, mas, sozinha em seu quarto, podia olhar os exemplares antigos do jornal, apontar para eles e dizer a si mesma: É isto. É assim que *tem sido a minha vida*.

– Colin? – sussurrou ela, claramente alarmada com o silêncio dele.

Ela era maravilhosa. Ele não sabia como não havia se dado conta disso antes, quando já sabia que era inteligente, encantadora, espirituosa e talentosa. Mas todos esses adjetivos, assim como um monte de outros nos quais ainda nem havia pensado, não davam a verdadeira medida do que ela era.

Era maravilhosa.

E ele estava... Por Deus, estava com inveja dela.

– Vou embora – disse Penelope, baixinho, virando-se e se dirigindo à porta.

Por um instante, ele não reagiu. A mente continuava girando em meio a tantas revelações. Mas, quando viu a mão dela na maçaneta, soube que não podia deixá-la partir. Não naquela noite, nem em nenhuma outra.

– Não – pediu, com a voz rouca, aproximando-se dela em três passos largos. – Não – repetiu. – Quero que fique.

Ela ergueu a vista para olhá-lo, confusa.

– Mas você disse...

Ele tomou o seu rosto ternamente nas mãos.

– Esqueça o que eu disse.

E foi então que ele se deu conta de que Daphne estava certa. O seu amor não tinha sido como um raio caído do céu. Começara com um sorriso, com uma palavra, com um olhar zombeteiro. A cada segundo que passara na companhia dela, crescera até chegarem àquele momento, e de repente ele *soube*.

Ele a amava.

Ainda estava furioso com ela por ter publicado aquela última coluna e tinha vergonha de si mesmo por estar com inveja dela por ter encontrado sua obra e seu objetivo de vida, mas, mesmo com tudo isso, ele a amava.

E se a deixasse passar por aquela porta, jamais se perdoaria.

Talvez aquilo fosse a definição do amor, afinal. Querer uma pessoa, precisar dela e a adorar até mesmo nos momentos de fúria, quando se tinha vontade de amarrá-la à cama só para que ela não saísse e causasse ainda mais problemas.

Aquela era a noite. Aquele era o momento. Ele transbordava de emoção e tinha de lhe dizer isso. Tinha de lhe *mostrar* isso.

– Fique – sussurrou, puxando-a para si com força, faminto, sem desculpas ou explicações. – Fique – repetiu, conduzindo-a até a cama.

E como ela não respondeu, ele pediu pela terceira vez:

– Fique.

Ela assentiu e Colin a tomou nos braços.

Aquela era Penelope, aquele era o seu amor.

CAPÍTULO 18

No momento em que Penelope assentiu – um instante antes, na verdade –, teve consciência de que concordara com mais do que um beijo. Não sabia ao certo o que fizera Colin mudar de ideia, por que num minuto estava tão furioso com ela e no seguinte, tão carinhoso e terno.

Não sabia ao certo, mas a verdade era que não precisava saber.

De uma coisa tinha certeza: ele não estava beijando-a com tanta doçura para castigá-la. Alguns homens até podiam usar o desejo como arma, a tentação como vingança, mas Colin não era um deles.

Simplesmente não fazia parte de sua personalidade.

Por mais libertino e travesso que fosse, apesar de todas as brincadeiras, do jeito zombeteiro e do humor sonso, era um homem nobre. E seria um marido bom e honrado.

Sabia disso tão bem quanto conhecia a si mesma.

Se ele a estava beijando com tanta paixão, deitando-a em sua cama, cobrindo-lhe o corpo com o seu, era porque a desejava, porque se importava com ela o suficiente para superar a raiva.

Importava-se com ela.

Penelope correspondeu ao beijo com cada fibra do seu ser, com cada canto da sua alma. Amava aquele homem havia muitos anos, e o que lhe faltava em experiência era compensado em fervor. Agarrava-lhe os cabelos e se contorcia embaixo dele, sem se importar com a própria aparência.

Agora não estava numa carruagem, e tampouco na sala de visitas da mãe dele. Não havia o temor da descoberta, nenhuma necessidade de parecer apresentável dali a dez minutos.

Aquela era a noite na qual podia demonstrar tudo o que sentia por ele. Corresponderia a seu desejo e, silenciosamente, faria as próprias promessas de amor, fidelidade e devoção.

Quando a noite chegasse ao fim, ele saberia que Penelope o amava. Talvez ela não pronunciasse as palavras – talvez nem mesmo as sussurrasse –, mas ele saberia.

Ou talvez já soubesse. Era engraçado. Fora tão fácil esconder sua identidade secreta como Lady Whistledown, mas tão difícil ocultar os sentimentos cada vez que olhara para ele.

– Quando foi que comecei a precisar tanto de você? – sussurrou Colin, encostando a ponta do nariz no dela.

Penelope fitou os olhos dele, que a encaravam, escuros à luz indistinta da vela, mas muito verdes em sua memória. O hálito dele era quente e despertava partes de seu corpo nos quais ela nunca se permitira pensar.

Os dedos dele viajaram até as costas do seu vestido, movendo-se com habilidade pelos botões até que ela sentiu o tecido afrouxar, primeiro em torno dos seios, depois ao redor das costelas e, em seguida, na cintura.

Então, já não estava mais lá.

– Meu Deus, você é tão linda – sussurrou ele.

Pela primeira vez na vida, Penelope realmente acreditou que podia ser verdade.

Havia algo muito perverso e excitante sobre estar quase nua diante de outro ser humano, mas ela não teve vergonha. Colin a olhava com tanto afeto e a tocava com tanta reverência que Penelope não sentiu nada além de uma avassaladora sensação de que estava destinada àquilo.

Os dedos dele roçaram a pele sensível do seio, primeiro provocando com a unha, depois acariciando de modo mais suave e em seguida retornando à posição original, próximo à clavícula.

Algo dentro dela enrijeceu. Ela não soube dizer se era o toque ou a forma como ele a olhava, mas algo a fez mudar.

Ela se sentiu estranha.

Maravilhosa.

Colin estava ajoelhado ao lado dela na cama, ainda completamente vestido, olhando para seu corpo com uma expressão de orgulho, de desejo, de possessividade.

– Jamais sonhei que você seria assim – sussurrou ele, roçando a palma da mão de leve no mamilo dela. – Nunca imaginei que a desejaria assim.

Penelope sorveu o ar enquanto um espasmo de sensações a percorreu. Mas algo nas palavras dele a inquietaram e ele deve ter percebido isso em seus olhos, porque indagou:

– O que foi? O que há de errado?

– Nada – retrucou ela, então se arrependeu.

O casamento deles deveria se basear na franqueza, e não seria bom para nenhum dos dois se ela escondesse o que sentia de verdade.

– Como imaginou que eu seria? – perguntou, baixinho.

Ele se limitou a fitá-la, claramente confuso com a pergunta.

– Você disse que nunca sonhou que eu seria assim – explicou ela. – Como imaginou que eu seria?

– Não sei – admitiu ele. – Para ser sincero, até as últimas semanas acho que nunca tinha pensado a respeito.

– E desde então? – insistiu ela, sem saber ao certo por que precisava que ele respondesse.

Com um movimento ágil, Colin se esparramou sobre ela, fazendo o tecido do colete roçar sobre o seu ventre e seios, até o nariz tocar o dela e o hálito esquentar a sua pele.

– Desde então – sussurrou ele com a voz rouca –, pensei neste momento mil vezes, imaginei cem pares de seios diferentes, todos encantadores, desejáveis, cheios e implorando a minha atenção, mas nada, e me deixe repetir para você entender bem, *nada* chegou perto da realidade.

– Ah. – Isso foi tudo o que ela conseguiu pensar em dizer.

Ele se livrou do paletó e do colete, ficando só com a fina camisa de linho e a calça, e olhou para ela com um sorriso muito travesso, que fez subir um dos cantos de seus lábios, enquanto Penelope se contorcia embaixo dele, cada vez mais quente e faminta.

Então, quando ela já estava certa de que não aguentaria nem mais um segundo, Colin estendeu os braços e cobriu seus seios com as duas mãos, apertando de leve, sentindo o peso e o formato deles. Ele soltou um gemido rouco, então sorveu o ar enquanto ajustava os dedos de maneira que os mamilos surgissem entre eles.

– Quero que você se sente – murmurou ele –, para poder vê-los cheios, grandes e lindos. E depois quero ficar atrás de você e segurá-los. – Aproximou os lábios do ouvido dela e acrescentou: – E quero fazer isso na frente de um espelho.

– Agora? – guinchou ela.

Ele ficou pensativo por um instante, então balançou a cabeça numa negativa.

– Mais tarde – falou, e depois repetiu num tom bastante decidido: – Mais tarde.

Penelope abriu a boca para lhe perguntar alguma coisa – não tinha a menor ideia do quê –, mas antes que pudesse proferir qualquer coisa, ele sussurrou:

– Vamos começar pelo começo.

Em seguida, levou a boca a um dos seios, provocando-a primeiro com um suave sopro e depois fechando os lábios em torno do mamilo, rindo baixinho enquanto ela gemia, surpresa, arqueando as costas.

Colin continuou a provocação até Penelope estar prestes a gritar, então passou para o outro seio e repetiu todo o processo. Só que dessa vez, ao mesmo tempo, percorreu quase o corpo inteiro dela com uma das mãos

– provocando, tentando, instigando. Tocou seu ventre, seu quadril, seu tornozelo, e depois deslizou perna acima.

– Colin – arfou Penelope, remexendo-se por baixo de seu corpo enquanto ele lhe acariciava a pele delicada detrás dos joelhos.

– Está tentando fugir ou se aproximar? – murmurou ele, sem afastar os lábios do seio dela.

– Eu não sei.

Ele ergueu a cabeça e abriu um sorriso malicioso.

– Ainda bem.

Saiu de cima dela e, bem devagar, tirou o restante das roupas, primeiro a camisa, em seguida as botas e as calças. Não desviou os olhos dos de Penelope nem por um momento. Depois, começou a tirar o vestido dela com todo o cuidado, descendo-o pela cintura, pelos quadris, então ergueu o traseiro macio para deslizar o tecido por baixo dela.

Agora ela estava na frente dele vestindo apenas meias transparentes e macias como um sussurro. Ele parou por um instante e sorriu, com sua masculinidade exigindo que apreciasse o que via, então soltou as meias das pernas dela e deixou-as ondularem até o chão antes de deslizá-las por cima dos dedos de seus pés.

Penelope tremia ao ar da noite, e Colin se deitou a seu lado, pressionando o corpo contra o dela, transferindo-lhe o seu calor enquanto saboreava a maciez sedosa de sua pele.

Precisava dela. Experimentou uma sensação de humildade ao pensar em quanto precisava dela.

Estava rijo, tão inflamado e enlouquecido de desejo que era impressionante ainda conseguir enxergar direito. E, no entanto, ao mesmo tempo que seu corpo clamava por alívio, estava possuído por uma estranha calma, uma inesperada sensação de controle. Em algum momento, aquilo deixara de ser sobre ele. Era sobre ela – não, era sobre *eles*, sobre aquela maravilhosa união, aquele maravilhoso amor que Colin só agora começava a apreciar.

Ele a queria – Deus, como a queria –, mas também queria que ela estremecesse sob ele, que gritasse de desejo, que jogasse a cabeça de um lado para outro enquanto ele a conduzia ao prazer completo.

Queria que ela adorasse aquilo, que o amasse e que soubesse, quando se deitassem nos braços um do outro, suados e exaustos, que pertencia a ele.

Porque ele já sabia que pertencia a ela.

– Avise se não gostar de algo que eu fizer – pediu ele, surpreso com o tremor na própria voz.

– Você não conseguiria fazer algo que me desagrade – sussurrou ela, tocando-lhe a face.

Ela não compreendia. Se ele não estivesse tão preocupado em fazer daquela experiência, a primeira dela, algo inesquecível, teria sorrido. As palavras murmuradas por ela só podiam significar uma coisa: que ela não tinha a menor ideia do que significava fazer amor com um homem.

– Penelope – disse ele, baixinho, cobrindo a mão dela com a sua. – Preciso lhe explicar uma coisa. Eu posso machucá-la. Jamais seria a minha intenção, mas é possível e...

Ela fez que não.

– Você não faria isso – repetiu ela. – Eu o conheço. Às vezes acho que o conheço melhor do que a mim mesma. E você jamais faria qualquer coisa que pudesse me machucar.

Ele cerrou os dentes e tentou não gemer.

– Não de propósito – insistiu, com uma minúscula sugestão de exasperação perpassando a voz. – Mas poderia, e...

– Deixe que eu decida isso – retrucou ela, então pegou a mão dele e a levou aos lábios para um beijo profundo e sincero. – E quanto à outra coisa...

– Que outra coisa?

Penelope sorriu e Colin pôde jurar que ela parecia estar se divertindo à sua custa.

– Você me pediu para avisar se não gostar de algo que você fizer – lembrou ela.

Ele observou o rosto dela com cuidado, subitamente hipnotizado com a maneira como seus lábios iam formando as palavras.

– Eu vou gostar de tudo – garantiu ela. – Prometo.

Uma estranha onda de felicidade começou a transbordar de dentro dele. Não sabia qual deus benevolente escolhera colocar Penelope em sua vida, mas achava que precisaria ser mais atencioso da próxima vez que fosse à igreja.

– Vou gostar de tudo – repetiu ela –, porque estou com você.

Ele tomou o rosto de Penelope entre as mãos e a fitou como se ela fosse a criatura mais maravilhosa da terra.

– Eu te amo – sussurrou ela. – Eu te amo há anos.

– Eu sei – disse ele, surpreendendo-se com as próprias palavras.

Colin achava que sempre soubera daquilo, mas afastara a ideia porque o amor dela o deixara desconfortável. Era difícil ser amado por alguém como Penelope quando não se retribuía o sentimento. Não podia rejeitá-la porque gostava dela e não teria conseguido se perdoar se houvesse menosprezado os seus sentimentos. E não podia flertar com ela, pelas mesmas razões.

Assim, convencera a si mesmo que o que ela sentia não era amor de verdade, e sim uma paixonite. Obrigara-se a pensar que ela não compreendia o que era o verdadeiro amor (como se ele compreendesse!) e que em algum momento conheceria outra pessoa e acabaria tendo uma vida feliz e satisfatória.

Agora, tal ideia – de que ela talvez tivesse se casado com outro – quase o deixava paralisado de pavor.

Estavam lado a lado e ela o olhava com o sentimento estampado nos olhos, o rosto inteiro iluminado de felicidade e de satisfação, como se enfim se sentisse livre por ter pronunciado as palavras. De repente, Colin se deu conta de que aquela expressão não guardava um único traço de expectativa. Ela não dissera que o amava apenas para ouvir o mesmo. Nem mesmo estava à espera de uma resposta, qualquer que fosse.

Ela declarara seu amor simplesmente porque queria. Porque era o que sentia.

– Eu também te amo – sussurrou ele, dando-lhe um beijo profundo nos lábios e depois se afastando para ver a sua reação.

Penelope o olhou por um bom tempo antes de esboçar qualquer resposta. Por fim, após engolir em seco de forma convulsiva, retrucou:

– Não precisa dizer isso só porque eu disse.

– Eu sei – respondeu ele, sorrindo.

Ela apenas o encarou com os olhos bem abertos.

– E você também sabe disso – continuou ele, baixinho. – Você falou que me conhece melhor do que a si mesma, e sabe que eu jamais pronunciaria as palavras se não fossem sinceras.

Naquele momento, deitada nua na cama dele, embalada em seus braços, Penelope se deu conta de que, de fato, *sabia*. Colin não mentia, não quando se tratava de algo importante, e ela não conseguia pensar em nada mais importante do que o momento que compartilhavam.

Ele a amava. Não era nada que ela tivesse esperado, nada que tivesse se *permitido* esperar, e no entanto ali estava, como um milagre brilhante e resplandecente em seu coração.

– Você tem certeza? – sussurrou ela.

Ele fez que sim, puxando-a para mais perto ainda.

– Dei-me conta esta noite. Quando lhe pedi que ficasse.

– Como...?

Mas ela não terminou a pergunta, porque nem ao menos tinha certeza de qual era. Como ele sabia que a amava? Como aquilo havia acontecido? Como o fazia se sentir?

De alguma forma, Colin deve ter entendido o que ela não conseguia colocar em palavras, pois falou:

– Não sei. Não sei quando, não sei como e, para ser sincero, não importa. Só sei que te amo e me odeio por não ter enxergado quem você era de verdade por todos esses anos.

– Colin, não – pediu ela. – Nada de recriminações. Nada de arrependimentos. Não esta noite.

Ele apenas sorriu e colocou um dedo sobre os lábios dela, silenciando o apelo.

– Não creio que você tenha mudado – prosseguiu. – Pelo menos, não muito. Mas então, certo dia, ao olhar para você, percebi que estava enxergando algo diferente. – Deu de ombros. – Talvez *eu* tenha mudado. Talvez *eu* tenha crescido.

Penelope colocou um dedo sobre os lábios dele, silenciando-o da mesma forma que ele fizera com ela.

– Talvez eu também tenha crescido.

– Eu te amo – repetiu ele, inclinando-se para a frente a fim de beijá-la.

Dessa vez ela não teve como responder, porque os lábios dele permaneceram sobre os dela, famintos, exigentes e muito, muito sedutores.

Colin parecia saber exatamente o que fazer. Cada movimento da língua, cada mordiscar, enviava arrepios até a essência de seu ser, e ela se entregou à pura alegria do momento, à chama ardente do desejo. As mãos dele estavam por todas as partes de seu corpo e ela o sentia onipresente, com os dedos percorrendo a sua pele e as pernas abrindo caminho por entre as suas.

Ele a puxou para mais perto, rolando-a para cima de si enquanto se deitava de costas na cama. As mãos dele estavam no traseiro dela, e os dois agora estavam tão próximos que a prova de desejo de Colin se imprimiu, como se a ferro e fogo, sobre a pele dela.

Penelope arquejou diante da espantosa intimidade daquilo, então o seu hálito foi capturado pelos lábios dele, que a beijou mais uma vez com ferocidade e ternura.

Agora, de repente, era ela que estava deitada de costas, com o peso de Colin sobre o seu corpo, prendendo-a contra o colchão, espremendo o ar de seus pulmões. Ele deslocou os lábios para a orelha dela, em seguida para o pescoço, e Penelope arqueou as costas como se de alguma forma pudesse curvar o corpo para chegar ainda mais perto dele.

Não sabia o que devia fazer, mas sabia que precisava se mexer. A mãe já tivera a "conversinha", como a chamara, com ela, e dissera que Penelope devia ficar imóvel embaixo do marido e permitir a ele os seus prazeres.

Mas não havia a menor chance de ela ficar parada, de conseguir impedir os quadris de se movimentarem ou as pernas de enlaçarem as dele. E Penelope não queria permitir a ele os seus prazeres: queria encorajá-los, compartilhá-los.

E também os queria para si. O que quer que fosse aquilo que crescia dentro dela – a tensão, o desejo – precisava de alívio, e Penelope não podia imaginar que aquele momento não fosse ser o mais delicioso de sua vida.

– Diga-me o que fazer – pediu ela, a voz rouca de urgência.

Colin afastou bem as pernas dela, depois deslizou as mãos pelas laterais até chegar às coxas e as apertou.

– Deixe que eu faço tudo – falou, ofegante.

Ela agarrou o traseiro dele e o puxou para mais perto.

– Não – insistiu. – Diga-me.

Ele parou de se mexer por um instante e olhou surpreso para ela.

– Toque em mim – pediu.

– Onde?

– Em qualquer lugar.

Ela relaxou levemente as mãos sobre o traseiro dele e sorriu.

– Mas eu o estou tocando.

– Mova as mãos – grunhiu ele. – Mova as mãos.

Penelope deixou que os dedos percorressem o caminho até as coxas dele e traçou círculos suaves com elas enquanto sentia os pelos macios.

– Assim?

Ele assentiu de forma frenética.

As mãos dela deslizaram para a frente até se aproximarem, perigosamente, do membro.

– Assim?

Ele cobriu uma das mãos dela com a sua de maneira abrupta.

– Agora não – falou, taxativo.

Ela olhou para ele, confusa.

– Você entenderá depois – grunhiu ele, abrindo ainda mais as pernas dela antes de descer a mão entre os corpos dos dois e tocá-la em seu lugar mais íntimo.

– Colin! – arfou ela.

Ele sorriu com malícia.

– Achou que eu não a tocaria assim?

Como se para ilustrar o que queria dizer, começou a remexer um dos dedos pela carne sensível, levando-a a arquear o corpo, contorcendo-se de desejo.

Ele levou os lábios ao ouvido dela.

– Há muito mais – sussurrou.

Penelope não ousou perguntar o quê. Aquilo já era bem mais do que a mãe mencionara.

Colin deslizou um dos dedos para dentro dela, levando-a a ofegar outra vez (o que o fez rir, deliciado). Então, começou a massageá-la lentamente.

– Ah, meu Deus – gemeu Penelope.

– Você já está quase pronta para mim – disse ele, a respiração ficando mais rápida. – Tão molhada, mas tão apertada...

– Colin, o que está...

Ele deslizou outro dedo para dentro dela, acabando com qualquer capacidade que ela ainda tivesse de se expressar de forma inteligível.

Penelope sentiu-se abrir, e estava adorando. Devia ser muito maliciosa, uma libertina na essência, porque a única coisa que queria era abrir as pernas mais e mais, até estar completamente disponível para ele. No que lhe dizia respeito, ele podia fazer o que quisesse com ela, tocá-la da maneira que desejasse.

Contanto que não parasse.

– Não vou conseguir esperar muito mais – arfou ele.
– Não espere.
– Preciso de você.
Ela estendeu os braços e se agarrou a ele, forçando-o a olhar para ela.
– Eu também preciso de você.
De repente, os dedos dele desapareceram. Penelope se sentiu estranhamente oca e vazia, mas apenas por um segundo, pois havia outra coisa na entrada de seu corpo, algo rijo, quente e muito, muito exigente.
– Isto talvez doa – avisou Colin, cerrando os dentes, como se ele mesmo esperasse sentir dor.
– Não importa.
Ele precisava fazer com que a experiência fosse boa para ela.
– Eu irei com calma – falou, embora o seu desejo estivesse agora tão feroz que ele não tinha a menor ideia de como poderia cumprir a promessa.
– Eu o quero – disse ela. – Eu o quero e preciso de alguma coisa, embora não saiba do quê.
Ele empurrou o membro para a frente, apenas 2 centímetros, mas teve a sensação de que ela o engolia por inteiro.
Penelope ficou em silêncio sob o corpo dele, a respiração escapando irregular pelos lábios.
Mais 2 centímetros, mais um passo em direção ao paraíso.
– Ah, Penelope – gemeu Colin, usando os braços para se manter acima dela de maneira a não esmagá-la com o seu peso. – Por favor, me diga que está achando isto bom. *Por favor.*
Porque se ela dissesse que não era e ele tivesse que sair de dentro dela, Colin morreria.
Ela fez que sim, mas falou:
– Eu preciso de um instante.
Ele engoliu em seco, forçando a respiração pelo nariz. Era a única forma possível de se concentrar em não explodir de uma só vez. Penelope precisava relaxar o corpo à volta do membro dele, permitir que os músculos se expandissem. Nunca estivera com um homem, e era tão deliciosamente apertada...
De qualquer forma, ele não podia esperar até terem a oportunidade de fazer aquilo com tanta frequência que ele não precisasse se controlar.

Quando a sentiu relaxar levemente, empurrou um pouco mais, até atingir a prova incontestável da inocência dela.

– Ah, Deus – gemeu ele. – Isto vai doer. Não há nada que eu possa fazer, mas, eu lhe prometo, é só desta vez, e não vai doer demais.

– E como você sabe? – indagou ela.

Ele fechou os olhos, em agonia. Só mesmo Penelope para questioná-lo.

– Confie em mim – respondeu, esquivando-se da pergunta.

Então, deu um impulso para a frente, arremetendo até o fundo, mergulhando em seu calor até saber que tinha atingido a sua meta.

– Ah! – arquejou ela, o rosto em choque.

– Você está bem?

Ela assentiu com a cabeça.

– Acho que sim.

Ele se mexeu um pouco.

– Está bem assim?

Ela assentiu outra vez, mas seu rosto registrava surpresa, talvez algum atordoamento.

Os quadris de Colin começaram a se mover por vontade própria, incapazes de se manterem parados quando ele estava tão claramente perto do clímax. Ela era a própria perfeição, e quando ele se deu conta de que os seus arquejos eram de prazer e não de dor, enfim se deixou levar e se entregou ao desejo avassalador que o percorria como uma onda.

Abaixo dele, Penelope ganhava mais e mais ritmo, e ele rezava para conseguir se segurar até que ela atingisse o orgasmo. Sua respiração era rápida, seu hálito, quente, e ela apertava os ombros dele sem trégua enquanto movimentava os quadris, levando a necessidade de Colin ao ápice.

Então, aconteceu. Um som saiu dos lábios dela, mais doce do que qualquer coisa que ele já tivesse ouvido. Ela gritou seu nome enquanto o corpo inteiro enrijecia de prazer, e Colin pensou: *Um dia eu a observarei. Olharei o seu rosto enquanto chega ao clímax.*

Mas não naquele momento. Ele já estava atingindo o orgasmo e seus olhos estavam fechados com todo aquele êxtase. O nome dela escapou de forma espontânea de seus lábios enquanto ele mergulhava dentro dela mais uma vez e despencava sobre o seu corpo, completamente destituído de forças.

Por um minuto inteiro, o silêncio dominou o ambiente e o único movimento era o subir e descer de seus peitos, lutando para normalizar a respiração, aguardando os corpos se acalmarem para então se entregarem àquele formigamento abençoado que se sente nos braços da pessoa amada.

Ou, pelo menos, foi o que Colin imaginou que fosse aquilo. Já estivera com outras mulheres, mas só se deu conta de que nunca fizera amor quando deitou Penelope em sua cama e deu início àquela dança íntima com um único beijo nos lábios dela.

Ele jamais sentira aquilo.

Era amor.

E ele haveria de agarrá-lo com as duas mãos.

CAPÍTULO 19

Não foi muito difícil adiantar a data do casamento.

Ocorreu a Colin, enquanto voltava para casa, em Bloomsbury (depois de sorrateiramente deixar Penelope, toda descomposta, na casa dela em Mayfair), que talvez houvesse um ótimo motivo para se casarem mais cedo do que o programado.

É claro que seria muito improvável que ela engravidasse após uma única vez. E, mesmo que isso acontecesse, o bebê nasceria depois de oito meses, o que não era nada suspeito num mundo repleto de crianças nascidas apenas seis meses depois do casamento dos pais. Sem contar que primogênitos costumavam atrasar (Colin tinha sobrinhos o suficiente para saber que era verdade), o que faria do bebê um rebento de oito meses e meio, algo nada incomum.

Então, de fato, não havia qualquer necessidade urgente de adiantar o casamento.

A não ser pelo fato de que ele queria.

Assim, teve uma "conversinha" com a mãe e a sogra, durante a qual comunicou muita coisa sem revelar nada de explícito, e elas logo concordaram com o plano dele de apressar o enlace.

Sobretudo por ele *talvez* as ter levado a entender, equivocadamente, que era *possível* que as intimidades entre os dois tivessem ocorrido várias semanas antes.

Ah, bem, mentirinhas inocentes não eram uma transgressão tão grave assim quando contadas para servir a um bem maior.

E um casamento às pressas, refletiu Colin, deitado na cama, noite após noite, revivendo o momento vivido com Penelope e desejando com fervor que ela estivesse ali, a seu lado, *definitivamente* servia a um bem maior.

Violet e Portia, que haviam se tornado inseparáveis nos últimos dias, enquanto planejavam o evento, protestaram com relação à mudança, preocupadas com boatos maliciosos (que nesse caso seriam verdadeiros), mas Lady Whistledown veio em seu auxílio, mesmo que de forma indireta.

Os rumores que giravam em torno de Lady Whistledown e de Cressida Twombley – se de fato as duas eram a mesma pessoa – dominavam Londres como jamais acontecera com outro assunto. Na verdade, o mexerico era tão poderoso que ninguém parou para pensar que a data do casamento Bridgerton-Featherington fora trocada.

O que convinha perfeitamente às duas famílias.

Exceto, talvez, a Colin e Penelope, pois nenhum dos dois se sentia muito à vontade quando o tópico da conversa era Lady Whistledown. Penelope já estava acostumada, é claro: não se passara uma única semana nos últimos dez anos sem que alguém especulasse sobre a identidade de Lady Whistledown na sua presença. Mas Colin continuava tão transtornado e irritado em relação à sua vida secreta que ela mesma passara a se sentir desconfortável. Tentara trazer o tema à tona algumas vezes, mas ele se tornara taciturno e lhe dissera (num tom que não combinava nada com ele) que não queria falar sobre o assunto.

A única conclusão a que podia chegar era que ele sentia vergonha dela. Ou, se não dela, precisamente, então de sua obra como Lady Whistledown. O que de certa forma lhe partia o coração, pois os seus escritos eram uma parte de sua vida da qual ela se orgulhava muito. Penelope havia *realizado* alguma coisa. Ainda que não pudesse assinar o próprio trabalho, tinha se tornado um sucesso estrondoso. Quantos de seus contemporâneos, homens ou mulheres, podiam dizer o mesmo?

Ela talvez estivesse pronta para deixar Lady Whistledown para trás e viver uma nova etapa de sua existência como Sra. Colin Bridgerton, esposa e mãe, mas isso não significava, de maneira alguma, que se envergonhasse do que fizera.

E queria que Colin também se orgulhasse das suas realizações.

Sim, ela acreditava com cada fibra de seu ser que ele a amava. Colin jamais mentiria sobre uma coisa dessas. Podia pronunciar palavras de efeito e oferecer os sorrisos mais provocantes para fazer qualquer mulher feliz e satisfeita sem dizer palavras de amor que não sentisse. Mas talvez fosse possível – na realidade, depois de avaliar o comportamento de Colin, ela agora tinha certeza de que era possível – alguém amar outra pessoa e, ainda assim, sentir vergonha dela. Penelope só não havia esperado que isso doesse tanto.

Passeavam por Mayfair certa tarde, dias antes do casamento, quando ela tentou mencionar o assunto outra vez. Não soube por que fez isso, já que imaginava que a atitude dele não teria mudado por milagre desde a última vez, mas não conseguiu evitar. Além do mais, teve esperança de que o fato de estarem em público, à vista de todos, fosse forçar Colin a manter um sorriso no rosto e ouvir o que ela tinha a dizer.

Ela calculou a distância até o Número Cinco, onde eram aguardados para o chá.

– Eu acho – começou, imaginando que tinha cerca de cinco minutos para falar antes que ele a conduzisse para dentro da casa e mudasse o rumo da conversa – que temos um assunto pendente que precisa ser discutido.

Ele ergueu uma das sobrancelhas e olhou para ela com um sorriso curioso, mas ainda bastante brincalhão. Ela sabia muito bem o que ele tentava fazer: usar a sua personalidade encantadora e espirituosa para conduzir a conversa na direção que desejava. A qualquer minuto, ele diria algo planejado para mudar de assunto sem que ela se desse conta, algo como:

– Mas que coisa mais séria para um dia tão ensolarado.

Ela franziu os lábios. Não era exatamente o que esperara, mas sem dúvida tinha a função que imaginara.

– Colin – disse, tentando manter a paciência –, eu gostaria que não tentasse mudar de assunto toda vez que eu menciono Lady Whistledown.

Ele respondeu com a voz serena, controlada:

– Acho que não a ouvi mencionar o nome dela, ou suponho que deva dizer o *seu* nome. Além do mais, a única coisa que fiz foi elogiar o dia lindo que está fazendo.

Penelope teve uma vontade enorme de parar ali mesmo e obrigá-lo a ouvi-la, mas estavam em público (por sua própria culpa, já que fora ela que escolhera começar a conversa daquela forma), então continuou a caminhar com elegância e tranquilidade, ainda que estivesse com os punhos cerrados de tensão.

– Na outra noite, quando a minha última coluna foi publicada, você ficou furioso comigo – disse ela.

Ele deu de ombros.

– Já passou.

– Eu não acredito.

Ele se virou para ela com uma expressão bastante condescendente.

– Agora vai querer me dizer como me sinto?

Um golpe tão baixo não podia ficar sem resposta:

– Não é isso que se espera de uma esposa?

– Você ainda não é minha esposa.

Penelope contou até três – não, até dez – antes de retrucar:

– Me desculpe se o que fiz o deixou irritado, mas não tive escolha.

– Você teve todas as escolhas do mundo, mas eu não vou discutir isso aqui no meio da rua.

Penelope se deu conta de que já estavam na Bruton Street. Calculara muito mal a rapidez de seus passos. Tinha apenas mais um minuto, no máximo, antes de chegarem ao Número Cinco.

– Eu posso lhe garantir – disse ela – que "você sabe quem" nunca mais deixará a aposentadoria.

– Mal consigo expressar o alívio que sinto.

– Gostaria que não fosse tão sarcástico.

Ele se virou para encará-la com olhos faiscantes. A expressão era tão diferente da máscara de impassividade de alguns momentos antes que Penelope quase deu um passo para trás.

– Cuidado com o que deseja, Penelope – avisou ele. – O sarcasmo é a única coisa que mantém os meus verdadeiros sentimentos escondidos, e pode acreditar que você não vai querer que eles venham à tona à vista de todos.

– Acho que quero, sim – respondeu ela com a voz muito baixa, pois na verdade não tinha tanta certeza assim de que desejava isso.

– Todos os dias, sou forçado a parar e pensar no que farei para protegê--la caso o seu segredo seja descoberto. Eu amo você, Penelope. Que Deus me ajude, mas amo.

Ela teria preferido que ele não implorasse pela ajuda de Deus, mas a declaração de amor foi bastante simpática.

– Em três dias – continuou Colin –, eu serei seu marido. Farei um juramento solene de protegê-la até que a morte nos separe. Compreende o que isso quer dizer?

– Que você vai ter que me salvar de minotauros saqueadores? – sugeriu ela, tentando fazer graça.

A expressão dele deixou claro que não achara aquilo engraçado.

– Gostaria que você não ficasse tão zangado... – murmurou ela.

Colin se virou para Penelope com ar de incredulidade, como se achasse que ela não tinha o direito de falar nada.

– Se estou com raiva, é porque não gostei de descobrir sobre a sua última coluna ao mesmo tempo que todo mundo.

Ela assentiu, mordendo o lábio inferior, e depois disse:

– Peço-lhe desculpas por isso. Sem dúvida você tinha o direito de saber antes, mas como eu poderia ter lhe contado? Você teria tentado me deter.

– Exatamente.

Agora estavam bem próximos do Número Cinco. Se Penelope quisesse lhe perguntar qualquer outra coisa, teria de ser rápida.

– Você tem certeza... – começou, então se interrompeu, sem saber ao certo se devia prosseguir.

– Certeza de quê?

Ela balançou a cabeça de leve numa negativa.

– De nada.

– É óbvio que não é de nada.

– Eu só estava imaginando... – Ela olhou para o lado, como se a imagem da cidade pudesse, de alguma forma, lhe dar a coragem necessária para ir em frente. – Eu só estava imaginando...

– Fale logo, Penelope.

Não era do feitio dele ser tão curto e grosso, e isso a incitou a continuar:

– Eu estava me perguntando se talvez o seu desconforto em relação à minha... err...

– Vida secreta? – sugeriu ele, prolongando cada sílaba.

– Se é assim que quer chamá-la... – retrucou ela. – Ocorreu-me que talvez o seu desconforto não tenha origem inteiramente no desejo de proteger a minha reputação caso eu seja descoberta.

– O que você quer dizer com isso? – quis saber ele.

Ela já verbalizara a pergunta; não havia mais nada a fazer agora senão ser totalmente franca.

– Eu acho que você tem vergonha de mim.

Ele a olhou por um longo momento antes de responder:

– Eu não tenho vergonha de você. Já lhe disse isso uma vez.

– Qual é o problema, então?

Os passos de Colin falharam e, antes que ele se desse conta do que o corpo fazia, estava parado diante do número 3 da Bruton Street. A casa da mãe ficava apenas a duas construções de distância e ele tinha quase certeza de que os aguardavam para o chá havia cinco minutos e...

Não conseguia fazer com que os pés se mexessem.

– Eu não tenho vergonha de você – repetiu, em grande parte por não conseguir dizer a verdade a ela: que tinha inveja de suas realizações, inveja *dela*.

Era um sentimento tão repugnante, uma emoção tão desagradável... Isso o consumia, criando uma vaga sensação de vergonha cada vez que alguém mencionava Lady Whistledown, o que nos últimos tempos ocorria cerca de dez vezes ao dia. E ele não sabia, ao certo, o que fazer a respeito.

Daphne comentara, certa vez, que ele sempre parecia saber o que dizer e como deixar os outros à vontade. Pensara nisso por vários dias depois que a irmã o dissera e chegara à conclusão de que essa sua capacidade devia ter origem na forma como ele percebia a si mesmo.

Era um homem que sempre se sentira muito confortável sendo quem era. Não sabia por que era tão abençoado – talvez bons pais ou, quem sabe, pura sorte. Mas agora experimentava uma sensação de desconforto e isso se mostrava em cada área da sua vida. Vinha sendo rude com Penelope, mal falava em festas...

E tudo isso por causa daquela inveja detestável e da vergonha que a acompanhava.

Ou...

Será que ele teria inveja de Penelope se já não estivesse sentindo uma ausência na própria vida?

Era uma interessante pergunta psicológica. Bem, seria interessante se dissesse respeito a qualquer outra pessoa que não ele.

– Minha mãe está nos esperando – disse ele, ríspido, sabendo que estava fugindo da verdade e se odiando por isso, mas sentindo-se incapaz de agir de outra forma. – E a sua mãe também estará presente, então é bom que não nos atrasemos.

– Já estamos atrasados – observou ela.

Ele tomou o seu braço e a puxou em direção ao Número Cinco.

– Mais um motivo para não perdermos tempo.

– Você está me evitando – acusou ela.

– Como isso é possível se você está bem aqui, de braço dado comigo?

Ela franziu a testa.

– Está fugindo da minha pergunta.

– Vamos falar sobre isso depois – disse ele –, quando não estivermos parados no meio da Bruton Street, com só Deus sabe quem olhando para nós pela janela.

E então, para demonstrar que não aceitaria mais nenhum protesto, colocou a mão em suas costas e a conduziu, sem maiores delicadezas, pela escada que levava à entrada da casa.

Uma semana mais tarde, nada mudara, a não ser o sobrenome de Penelope.

O casamento fora mágico. Uma cerimônia íntima, para a consternação da alta sociedade londrina. E a noite de núpcias... Bem, também fora mágica.

Na verdade, o casamento como um todo era mágico. Colin era um marido maravilhoso: provocativo, gentil, atencioso...

Exceto quando o nome de Lady Whistledown era mencionado.

Então ele se tornava... Na verdade, Penelope não sabia ao certo o que Colin se tornava; só tinha certeza que não era ele mesmo. O comportamento descontraído, a fluência, tudo de maravilhoso que fazia dele o homem que amava havia tantos anos desaparecia.

De certa forma, era quase engraçado. Durante muito tempo, todos os seus sonhos estavam relacionados a se casar com Colin. Em algum momento, esses sonhos haviam incluído lhe contar sobre a sua vida secreta. E como poderia ser diferente? Na imaginação dela, o casamento com ele era uma união perfeita, e isso significava sinceridade absoluta.

Em seus pensamentos, ela o fazia sentar-se e, timidamente, revelava o seu segredo. A princípio ele reagia com incredulidade, em seguida com delicadeza e orgulho. Como ela era extraordinária por ter enganado Londres inteira por tantos anos! Como era espirituosa, por ter escrito inúmeras frases com nuanças tão inteligentes! Ele a admirava por sua criatividade, a elogiava pelo seu sucesso. Às vezes até sugeria se tornar seu repórter secreto.

Aquilo lhe parecera o tipo de coisa da qual Colin teria gostado, um trabalho divertido e insidioso que ele apreciaria.

Mas não foi assim que a situação se desenrolara.

Ele afirmara não ter vergonha dela e talvez acreditasse mesmo nisso, mas Penelope não conseguia se convencer. Vira a expressão dele quando Colin jurara que a única coisa que queria era protegê-la. O sentimento de proteção costuma ser feroz e ardente, e sempre que ele falava sobre Lady Whistledown, seus olhos escureciam e ficavam inexpressivos.

Ela tentava não ficar tão desapontada. Procurava dizer a si mesma que não tinha o direito de esperar que ele correspondesse aos seus sonhos, que a sua forma de vê-lo fora injustamente idealizada, mas...

Ainda desejava que ele fosse o homem que imaginara.

No entanto, sentia-se culpada por cada sensação de desapontamento. Aquele era Colin, pelo amor de Deus! Colin, que chegava mais perto da perfeição do que qualquer ser humano poderia esperar chegar. Ela não tinha o menor direito de encontrar defeitos nele. Ainda assim...

Ainda assim, encontrava.

Queria que ele se orgulhasse dela. Desejava isso mais do que qualquer outra coisa no mundo, mais até do que *o* desejara durante todos aqueles anos, a distância.

Mas, ao mesmo tempo, tinha profunda consideração pelo seu casamento, e, deixando de lado os momentos difíceis, tinha grande consideração também pelo marido. Assim, decidiu parar de falar de Lady Whistledown. Cansou-se da expressão sombria de Colin. Não queria mais ver as rugas de contrariedade ao redor de sua boca.

Não que ela pudesse evitar o assunto para sempre; qualquer evento da alta sociedade parecia trazer à tona alguma menção à sua identidade secreta. Mas não precisava tocar no assunto em casa.

Assim, ao se sentarem para tomar café juntos certa manhã, enquanto liam o jornal daquele dia, ela buscou outros temas.

– Acha que devemos fazer uma viagem de lua de mel? – indagou, espalhando uma generosa camada de geleia de framboesa sobre um bolinho.

Talvez não devesse comer tanto, mas a geleia era deliciosa e, além do mais, Penelope sempre ficava gulosa quando estava ansiosa.

Franziu a testa, primeiro em direção ao bolinho, em seguida para o nada. Não se dera conta de que estava tão ansiosa. Achara ser capaz de empurrar o problema de Lady Whistledown para o fundo da sua mente.

– Talvez mais para o final do ano – respondeu Colin, pegando a geleia. – Pode me passar as torradas, por favor?

Ela o fez, em silêncio.

Ele ergueu a vista, para ela ou para o prato de peixe defumado – Penelope não soube dizer ao certo.

– Você parece ter ficado desapontada – comentou Colin.

Ela pensou que devia se sentir lisonjeada por ele ter desviado os olhos da comida. Ou talvez estivesse fitando o peixe e ela apenas se encontrasse no caminho, o que era mais provável. Era difícil competir com comida pela atenção de Colin.

– Penelope? – chamou ele.

Ela piscou.

– Você me pareceu desapontada – repetiu ele.

– Ah. Sim. Bem, acho que estou mesmo. – Ela lhe ofereceu um sorriso vacilante. – Nunca saí daqui, e você já esteve em todas as partes. Achei que pudesse me levar a algum lugar do qual tivesse gostado especialmente. Como a Grécia, talvez. Ou, quem sabe, a Itália. Sempre quis conhecer a Itália.

– Você iria gostar de lá – murmurou ele, distraído, concentrado mais nos ovos do que nela. – Sobretudo de Veneza, imagino.

– Então por que não me leva?

– Eu levarei – disse ele, espetando um pedaço rosado de bacon e atirando-o na boca. – Mas não agora.

Penelope lambeu um pouco de geleia do bolinho e tentou disfarçar a decepção.

– Se você quer mesmo saber – prosseguiu Colin, com um suspiro –, o motivo pelo qual não quero viajar é... – Ele olhou para a porta aberta e franziu os lábios, irritado. – Bem, não posso falar aqui.

Penelope arregalou os olhos.

– Está querendo dizer... – Ela desenhou um imenso *W* sobre a toalha de mesa.

– Exatamente.

Ela o fitou, surpresa, um tanto aturdida por ele ter levantado o assunto, até porque não pareceu tão contrariado por isso.

– Mas por quê? – indagou.

– Se, por acaso, o segredo for revelado – respondeu ele, atento à presença de algum dos criados, que costumavam circular por ali àquela hora –, eu gostaria de estar na cidade para controlar o dano.

Penelope sentiu-se afundar na cadeira. Nunca era agradável ser chamada de dano, que era o que ele havia feito, ao menos indiretamente. Fitou o bolinho, tentando decidir se estava com fome. Constatou que, na verdade, tinha perdido o apetite.

Ainda assim, o comeu.

CAPÍTULO 20

Alguns dias depois, Penelope retornou de uma tarde de compras com Eloise, Hyacinth e Felicity e encontrou o marido no escritório, sentado atrás da escrivaninha. Ele lia alguma coisa, atipicamente curvado, com uma expressão meditativa.

– Colin?

Ele ergueu a cabeça de súbito. Não devia tê-la ouvido chegar, o que era surpreendente, uma vez que ela não fizera o menor esforço para ser silenciosa.

– Penelope – disse ele, levantando-se enquanto ela entrava no aposento –, como foi o... err... o que quer que tenha ido fazer na rua?

– Compras – respondeu ela, com um sorriso zombeteiro. – Fui fazer compras.

– Isso. Foi isso. – Ele transferiu o peso do corpo de um pé para o outro, discretamente. – Comprou alguma coisa?

– Um gorro – retrucou ela, tentada a acrescentar "e três anéis de diamantes", só para ver se ele estava escutando.

– Muito bem, muito bem – murmurou Colin, claramente ansioso por voltar ao que quer que estivesse sobre a sua mesa.

– O que está lendo? – perguntou Penelope.

– Nada – falou ele, quase sem pensar, então acrescentou: – Bem, na verdade, é um dos meus diários.

Em seguida assumiu uma expressão esquisita, meio envergonhada por ter sido pego e meio desafiadora, quase a incitando a perguntar mais.

– Posso dar uma olhada? – pediu ela, mantendo a voz suave e não ameaçadora.

Era estranho pensar que Colin pudesse se sentir inseguro com relação a qualquer coisa. Qualquer menção aos seus diários, no entanto, parecia suscitar uma surpreendente e tocante vulnerabilidade.

Penelope passara tanto tempo vendo-o como uma torre invencível de felicidade e animação... Era autoconfiante, bonito, querido e inteligente. Como devia ser fácil ser um Bridgerton, ela costumava pensar.

Houvera tantas vezes – mais do que conseguia contar – que voltara para casa após o chá com Eloise e sua família e, encolhida na cama, desejara ter nascido uma Bridgerton... A vida era fácil para eles. Eram inteligentes, atraentes, ricos, e parecia que todo mundo gostava deles.

E nem era possível odiá-los por isso, porque eram todos pessoas *maravilhosas*.

Bem, agora ela fazia parte da família, ainda que por casamento e não por nascimento, e via que era verdade: a vida *era* melhor como um Bridgerton, embora isso tivesse menos a ver com qualquer grande mudança do que com o fato de estar perdidamente apaixonada pelo marido e, por algum fabuloso milagre, ele se sentir da mesma forma.

Ainda assim, a vida não era perfeita, nem para os Bridgertons.

Até mesmo Colin – o menino de ouro, o homem de sorriso fácil e humor contagiante – tinha lá os seus fantasmas. Era perseguido por sonhos jamais realizados e inseguranças secretas. Como havia sido injusta ao ponderar sobre a vida dele e nunca lhe permitir fraqueza alguma...

– Não preciso ler tudo – prosseguiu ela. – Só um ou dois trechos pequenos. Você escolhe quais. Algo de que você goste especialmente.

Ele baixou os olhos para o caderno aberto, fitando-o com ar inexpressivo, como se as palavras estivessem escritas em chinês.

– Eu não saberia o que escolher – resmungou. – Na verdade, é tudo a mesma coisa.

– É claro que não é. Compreendo isso melhor do que ninguém. Eu... – De repente ela olhou à sua volta, viu que a porta estava aberta e foi fechá-la. – Já escrevi inúmeras colunas – continuou –, e posso lhe assegurar que não eram todas a mesma coisa. Algumas, eu adorei. – Ela sorriu, nostálgica, recordando a onda de satisfação e de orgulho que a invadia quando escrevia o que considerava uma edição especial. – Era delicioso, entende o que quero dizer?

Ele fez que não.

– A sensação de *saber* que escolheu as palavras perfeitas – prosseguiu Penelope, tentando explicar. – Só é possível apreciar isso depois de ficar horas olhando para uma folha de papel em branco sem ter a menor ideia do que escrever.

– *Isso* eu entendo – comentou ele.

Penelope tentou não sorrir.

– Eu sei que você também conhece a sensação de prazer. É um escritor esplêndido, Colin. Já li o seu trabalho.

Ele ergueu a vista, assustado.

– Só um pedaço, naquela vez – assegurou-lhe ela. – Eu jamais leria os seus cadernos sem você saber. – Ela ruborizou, recordando que lera escondida o trecho sobre a viagem dele ao Chipre. – Bem, não atualmente, pelo menos – acrescentou. – Mas estava *bom*, Colin. Quase mágico, e, em algum lugar do seu íntimo, você sabe disso.

Ele se limitou a fitá-la, parecendo não saber o que dizer. Era uma expressão que ela já vira diversas vezes, mas nunca *nele*, e era tão estranho... Quis chorar, depois quis abraçá-lo. Acima de tudo, foi tomada por uma intensa necessidade de fazê-lo sorrir de novo.

– Eu sei que você já experimentou a sensação que descrevi – insistiu. – A certeza de que escreveu algo bom. – Ela o olhou, esperançosa. – Entende o que eu quero dizer, não entende?

Colin ficou em silêncio.

– Entende, sim – afirmou ela. – Eu sei que entende. Não pode ser um escritor e não saber.

– Não sou escritor – retrucou ele.

– É claro que é. – Ela fez um gesto em direção ao diário. – A prova é essa. – Deu um passo à frente. – Colin, por favor, me deixe ler um trecho.

Pela primeira vez, ele lhe pareceu em dúvida, o que Penelope considerou uma pequena vitória.

– Você já leu quase tudo o que *eu* escrevi na vida – argumentou ela. – É justo que...

Penelope parou quando viu a expressão no rosto dele. De repente o marido lhe pareceu fechado, distante, inalcançável.

– Colin? – sussurrou.

– Se não se importa, eu preferiria manter isso para mim mesmo – disse ele.

– Não, é claro que não me importo – garantiu ela, mas ambos sabiam que estava mentindo.

Colin permaneceu tão imóvel e silencioso que ela não teve escolha senão pedir licença e deixá-lo sozinho no aposento, fitando a porta, impotente.

Ele a magoara.

Não fora sua intenção, mas isso não importava. Ela lhe estendera a mão e ele fora incapaz de aceitá-la. E a pior parte era que Colin sabia que Penelope não compreendia. Achava que ele sentia vergonha dela. Ele lhe dissera que não, mas como não conseguira lhe contar a verdade – que sentia inveja dela –, imaginava que ela não tinha acreditado nele.

Ora, ele também não teria acreditado. Colin parecera estar mentindo porque, de certa forma, *estava* mentindo. Ou, pelo menos, omitindo uma verdade que o deixava desconfortável. Mas, no instante em que ela lhe lembrara que ele lera tudo o que ela já escrevera, o incômodo crescera dentro dele.

Colin lera tudo o que ela escrevera porque ela havia *publicado* tudo, enquanto as incursões literárias dele permaneciam foscas e sem vida dentro dos seus diários, guardadas num lugar onde ninguém jamais as veria.

Será que o que um homem escrevia tinha importância se ninguém jamais lesse? As palavras tinham sentido se jamais fossem vistas?

Ele jamais considerara publicar os diários até Penelope sugerir isso, várias semanas antes. Agora a ideia o consumia (quando não era consumido por Penelope, é claro). Só que ele morria de medo. E se ninguém quisesse publicar o seu trabalho? E se alguém publicasse, mas apenas porque ele vinha de uma família rica e poderosa? Colin queria, mais do que tudo, brilhar por si mesmo, ser conhecido pelas próprias realizações, não pelo sobrenome, pela posição social, pelo sorriso ou pelo poder de sedução.

Então, ele pensava na possibilidade mais assustadora de todas: e se os seus escritos fossem publicados, mas ninguém gostasse deles?

Como lidaria com aquilo? Como poderia existir como um fracassado? Ou seria pior permanecer como agora: um covarde?

∽

Mais tarde, naquela mesma noite, depois que Penelope se obrigara a levantar da poltrona, bebera uma restauradora xícara de chá e ficara andando de um lado para outro do quarto até enfim se acomodar nos travesseiros com um livro no qual não conseguiu se concentrar, Colin apareceu.

A princípio ele não disse nada, limitou-se a ficar ali parado sorrindo para ela; só que não era um de seus sorrisos de sempre, daqueles que iluminavam o ambiente e levavam quem estivesse presente a sorrir de volta.

Era um sorriso tímido, envergonhado.

Um sorriso de desculpas.

Penelope apoiou o livro no colo.

– Posso? – perguntou, fazendo um gesto em direção ao local vazio ao lado dela.

Ela chegou para o lado.

– É claro – murmurou, e em seguida colocou o livro na mesa de cabeceira.

– Marquei alguns trechos – disse ele, estendendo-lhe o diário. – Se quiser ler para... – Pigarreou para limpar a garganta – dar a sua opinião, eu acharia... – Tossiu. – Eu acharia bom.

Penelope olhou para o diário elegantemente encadernado em couro cor de carmim na mão dele, então ergueu a vista para encará-lo. Colin estava sério, com um ar sombrio, e, embora não movesse um centímetro do corpo, ela sabia que estava nervoso.

Nervoso. Colin. Pareceu-lhe a coisa mais estranha possível.

– Seria uma honra – disse ela, baixinho, puxando o caderno da mão dele com todo o cuidado.

Notou que algumas páginas estavam marcadas e, com cautela, abriu em um dos locais selecionados.

14 de março de 1819
As Terras Altas encontram-se estranhamente castanhas.

– Isso foi quando visitei Francesca na Escócia – interrompeu Colin.

Penelope lhe deu um sorriso indulgente, como uma leve repreensão por tê-la interrompido.

– Desculpe – murmurou ele.

Seria de imaginar, ou pelo menos alguém vindo da Inglaterra imaginaria, que os montes e vales seriam verde-esmeralda. Afinal, a Escócia está localizada na mesma ilha e, segundo todos os relatos, sofre com as mesmas chuvas que afligem a Inglaterra.

Conta-se que estas estranhas colinas bege são chamadas de planaltos e que são áridas, castanhas e ermas. E, no entanto, tumultuam a alma.

– Isso foi quando eu estava em uma altitude bem elevada – explicou ele. – Mais baixo, perto dos lagos, é bastante diferente.

Penelope se virou para ele séria.

– Desculpe – disse Colin mais uma vez.

– Talvez você se sinta mais confortável se não ficar lendo por cima do meu ombro – sugeriu ela.

Ele piscou, surpreso.

– Com certeza, você já conhece todos estes textos. – Diante do olhar perplexo dele, ela acrescentou: – Então, não precisa lê-los de novo. – Esperou uma reação e Colin continuou em silêncio. – Logo, não precisa ficar colado às minhas costas, lendo por cima do meu ombro – concluiu.

– Ah. – Ele se afastou um pouco. – Perdão.

Penelope lhe lançou um olhar ambíguo.

– Levante-se da cama, Colin.

Ele obedeceu e em seguida afundou numa poltrona na outra extremidade do quarto. Cruzou os braços e ficou batendo o pé no chão numa impaciente cadência.

Tap tap tap. Tap tap tap.

– Colin!

Ele ergueu a vista, genuinamente surpreso.

– O que foi?

– Pare de bater o pé no chão!

Ele olhou para os próprios pés como se eles fossem um corpo estranho.

– Eu estava batendo com o pé no chão?

– Estava.

– Ah. – Ele apertou os braços ainda mais de encontro ao peito. – Desculpe.

Penelope se concentrou outra vez no diário.

Tap tap.

Ela ergueu a cabeça.

– Colin!

Ele plantou os pés firmemente de volta sobre o tapete.

– Não pude evitar. Nem percebi o que estava fazendo.

Ele descruzou os braços e os apoiou na poltrona, mas não parecia relaxado: os dedos das duas mãos estavam tensos e arqueados.

Penelope o encarou por vários instantes, checando se de fato ele seria capaz de permanecer quieto.

– Não vou fazer de novo – garantiu ele. – Prometo.

Ela sustentou o olhar por mais um momento e voltou a prestar atenção ao texto.

Como povo, os escoceses detestam os ingleses, e muitos diriam que com razão. Individualmente, no entanto, são calorosos, afáveis e sempre ávidos por compartilhar um copo de uísque, uma refeição quente, ou para oferecer um local bem aquecido para se passar a noite. Um grupo de ingleses – na verdade, qualquer inglês – trajando qualquer tipo de uniforme não terá uma boa acolhida em qualquer vilarejo do país. Mas caso um inglês solitário esteja caminhando por alguma de suas ruas principais, a população local o receberá de braços abertos e com imensos sorrisos.

Foi assim quando cheguei a Inveraray, às margens do Lago Fyne. Uma cidadezinha bem organizada e bem planejada, projetada por Robert Adam quando o duque de Argyll decidiu transferir a cidade inteira para acomodar o seu novo castelo, encontra-se à beira da água, seus prédios caiados de branco enfileirados em ângulos retos (sem dúvida uma disposição estranhamente organizada para alguém como eu, criado em meio às encruzilhadas tortas de Londres).

Eu estava jantando no George Hotel, deleitando-me com um uísque de qualidade excepcional em vez do comum que poderia ser encontrado em qualquer estabelecimento semelhante na Inglaterra, quando me dei conta de que não tinha a menor ideia de como chegaria ao meu pró-

ximo destino, nem mesmo de quanto tempo levaria até lá. Abordei o proprietário (um certo Sr. Clark), expliquei a minha intenção de visitar o Castelo Blair e em seguida não pude fazer nada mais que piscar sem parar, maravilhado e confuso, enquanto os demais ocupantes da pousada se intrometiam na conversa, dando conselhos.

– Castelo Blair? – ribombou o Sr. Clark. (Era mesmo o tipo de homem a ribombar, nada dado a falas mansas.) – Bem, se a sua intenção é ir para lá, com certeza deve seguir para oeste, em direção a Pitlochry, e depois para o norte.

A resposta foi recebida por um coro de aprovações – e um eco igualmente ruidoso de desaprovações.

– Claro que não! – gritou outro, cujo nome era MacBogel, conforme descobri mais tarde. – Desse jeito ele vai ter de atravessar o Lago Tay, e jamais se conheceu receita melhor para o desastre. Melhor rumar direto para o norte e depois virar para oeste.

– Sim – interrompeu um terceiro –, só que, assim, ele terá Ben Navis no caminho. Está querendo dizer que uma montanha é um obstáculo menor do que um laguinho minúsculo?

– Está chamando o Lago Tay de minúsculo? Ouça bem: eu nasci às margens do Lago Tay, e não admito que ninguém o chame de minúsculo na minha presença.

Não tenho a menor ideia de quem disse isso, ou, para ser sincero, qualquer coisa que tenha sido dita a seguir, embora tudo tenha sido pronunciado com grande emoção e certeza.

– Ele não precisa seguir até Ben Navis. Pode virar para oeste em Glencoe.

– Ora, essa é boa! É melhor levar uma garrafa de uísque, então. Não há uma única estrada decente em Glescoe que vá para oeste. Está tentando matar o pobre rapaz?

E assim por diante. Se o leitor se deu conta de que parei de informar quem disse o quê, foi porque a barulheira de vozes era tão intensa que ficou impossível discernir quem era quem, e isso continuou no mínimo por mais dez minutos, até, finalmente, o velho Angus Campbell, que devia ter uns 80 anos, falar e, por respeito, todos se calarem.

– O que ele precisa fazer – arquejou Angus – é viajar até o sul, até Kintyre, rumar outra vez para o norte e atravessar o estuário de Lorne *até Mull, depois seguir em direção a Iona, velejar até Skye, ir até o continente em Ullapool, descer até Inverness, prestar as suas homenagens em Culloden e, dali, pegar o sul até o Castelo Blair, parando em Grampian, se assim escolher, para ver como é feita uma garrafa de uísque decente.*

Um silêncio absoluto se seguiu ao seu pronunciamento. Por fim, um homem corajoso observou:

– Mas isso irá levar meses.

– E quem disse que não? – concordou o velho Campbell, com uma leve belicosidade. – O inglês está aqui para conhecer a Escócia. Quer dizer que ele vai conseguir fazer isso se seguir em linha reta daqui até Pertshire?

Ao ouvir isso, sorri e tomei a minha decisão: seguiria exatamente a rota traçada por ele e, quando voltasse a Londres, teria a certeza de que conhecera a Escócia.

Colin observara Penelope enquanto ela lia. De vez em quando, sua esposa sorria e o coração dele dava um salto. Então, percebeu que o sorriso se tornara permanente e que ela franzia os lábios como se prendesse o riso.

Nesse momento, Colin se deu conta de que ele também sorria.

Ficara muito surpreso com a reação dela na primeira vez em que lera o seu diário: tinha sido uma reação totalmente apaixonada, mas ao mesmo tempo muito analítica e precisa. Agora tudo fazia sentido, é claro. Penelope também era escritora, talvez até melhor do que ele, e tinha plena compreensão do texto escrito.

Era difícil acreditar que levara tanto tempo para pedir a opinião dela. O medo, supunha, o impedira. Medo, preocupação e todas aquelas emoções idiotas que ele fingia não sentir.

Quem teria imaginado que a opinião de uma mulher se tornaria tão importante para ele? Colin se empenhara em escrever os seus diários durante anos, registrando todas as viagens com cuidado, tentando captar além das coisas que via, fazia e sentia. E jamais, nem uma vez, os mostrara a quem quer que fosse.

Até agora.

Nunca tinha havido ninguém a quem desejasse mostrá-los. Não, não era verdade. No fundo, quisera mostrá-los a muitas pessoas, mas o momento nunca lhe parecera oportuno, ou então achara que mentiriam para ele e diriam que haviam adorado apenas para não magoá-lo.

Mas Penelope era diferente. Era escritora. E uma ótima escritora, aliás. Se ela dizia que as suas anotações eram boas, ele quase conseguia acreditar.

Ela franziu os lábios levemente ao tentar virar a página, então franziu a testa quando não conseguiu. Umedeceu o dedo médio com a língua, fez outra tentativa, dessa vez bem-sucedida, e começou a ler outra vez.

E a sorrir, outra vez.

Colin deixou escapar o ar sem se dar conta de que o estivera prendendo.

Por fim, ela baixou o diário sobre o colo, deixando-o aberto na passagem que acabara de ler. Olhou para Colin e falou:

– Você queria que eu parasse de ler ao final do registro, certo?

Não era o que ele esperava que ela dissesse, e isso o confundiu.

– Hã... se você quiser – balbuciou. – Se preferir continuar, acho que não há problema.

Penelope abriu um sorriso capaz de iluminar o cômodo inteiro.

– É *claro* que prefiro continuar – exclamou ela, entusiasmada. – Mal posso esperar para saber o que aconteceu quando você chegou a Kintyre, e Mull, e... – Com uma careta, ela consultou o caderno aberto. – Skye, Ullapool, Culloden e Grampian. – Olhou mais uma vez para o texto. – Ah, sim, e ao Castelo Blair, é claro, se é que algum dia chegou até lá. Imagino que estivesse planejando visitar amigos.

Ele fez que sim.

– Murray – falou, referindo-se a um amigo de escola que era irmão do duque de Atholl. – Mas devo lhe avisar que acabei não seguindo exatamente o caminho recomendado pelo velho Angus Campbell. Primeiro, porque não encontrei estradas que ligassem metade dos lugares que ele mencionou.

– Talvez devêssemos ir até lá na nossa viagem de lua de mel – sugeriu ela, com ar sonhador.

– À Escócia? – perguntou ele, surpreso. – Não quer ir a algum lugar quente e exótico?

– Para alguém que nunca se afastou mais do que 100 quilômetros de Londres, a Escócia é exótica – retrucou ela.

– Eu posso lhe garantir que a Itália é *mais* exótica. E mais romântica – disse ele, sorrindo, enquanto atravessava o quarto e se acomodava na beirada da cama.

Ela ruborizou, o que o deixou encantado.

– Ah – murmurou, levemente envergonhada.

Ele se perguntou por quanto tempo ela ainda ficaria constrangida ao ouvi-lo falar de romance, amor e todas as esplêndidas atividades que acompanhavam ambos.

– Iremos à Escócia em outra ocasião – garantiu. – Costumo ir para o norte de tempos em tempos para visitar Francesca, de qualquer forma.

– Fiquei surpresa por ter pedido a minha opinião – comentou Penelope, após um breve silêncio.

– A quem mais eu pediria?

– Não sei – respondeu ela. – Aos seus irmãos, suponho.

Ele colocou a mão sobre a dela.

– E o que *eles* sabem sobre escrever?

Ela ergueu a cabeça e o fitou com seus olhos castanhos, límpidos e afetuosos.

– Eu sei que a opinião deles é importante para você.

– É verdade – concordou Colin –, mas a sua é mais.

Ele observou o rosto dela com cuidado enquanto avaliava as emoções que o perpassavam.

– Mas você não gosta do que eu escrevo – prosseguiu Penelope, a voz hesitante e, ao mesmo tempo, esperançosa.

Colin tocou a face de Penelope carinhosamente, fazendo-a olhar para ele.

– Nada poderia estar mais longe da verdade – declarou, com uma intensidade abrasadora. – Considero você uma escritora maravilhosa, capaz de chegar à essência de uma pessoa com uma simplicidade e uma especificidade ímpares. Durante dez anos, fez todos rirem. Também os fez se encolherem, sobressaltados. Você os fez *pensar*, Penelope. Não consigo imaginar realização maior. Sem falar que escrevia sobre a *sociedade*, e fazia isso de forma divertida, interessante e espirituosa, quando todos sabemos que esse assunto muitas vezes é mais do que entediante.

Por um longo momento, Penelope não conseguiu dizer nada. Sentira orgulho do próprio trabalho durante anos e sorrira em seu íntimo cada vez que ouvia alguém se referir a uma de suas colunas ou rir de um de seus comentários sarcásticos. Mas não tivera ninguém com quem compartilhar os triunfos.

O anonimato lhe dera uma perspectiva solitária.

Mas, agora, tinha Colin. E, embora o mundo jamais viesse a saber que Lady Whistledown era, na verdade, a sem graça e invisível Penelope Featherington, que tinha escapado por um triz de ser para sempre uma solteirona, *Colin* sabia. Ela começava a se dar conta de que mesmo que não fosse a única coisa que importava, sem dúvida era a mais importante.

Apesar disso, continuava sem compreender as ações dele.

– Por que, então – começou ela, bem devagar –, você fica tão distante e frio sempre que eu menciono o assunto?

Quando ele respondeu, sua voz era pouco mais que um sussurro:

– É difícil explicar.

– Eu sou uma boa ouvinte – retrucou ela, baixinho.

Colin afastou a mão que segurava o rosto dela com tanto carinho e deixou-a despencar sobre o colo. Então, disse a única coisa que Penelope jamais teria esperado:

– Eu tenho inveja de você. – Ele deu de ombros, mostrando-se impotente. – Sinto muito.

– Não entendi o que quer dizer – retrucou ela.

Não teve a intenção de sussurrar, mas não conseguiu falar mais alto que isso.

– Olhe só para você, Penelope. – Ele tomou as mãos dela nas suas e a encarou. – É um enorme sucesso.

– Um sucesso anônimo – lembrou ela.

– Mas *você* sabe, e *eu* sei. Além do mais, não é disso que estou falando. – Ele soltou uma das mãos dela e passou os dedos entre os cabelos enquanto procurava as palavras. – Você realizou algo. Possui uma obra.

– Mas você tem...

– O quê, Penelope? – interrompeu Colin, levantando-se. Então começou a caminhar de um lado para outro. – O que eu tenho?

– Bem, você tem a mim – disse ela, de forma débil.

Mas sabia que não era a isso que ele se referia.

Colin olhou para ela, fatigado.

– Não é disso que estou falando, Penelope...

– Eu sei.

– Preciso de uma meta – afirmou ele. – De um objetivo. Anthony tem um, Benedict também, mas eu só tenho coisas avulsas.

– Colin, não é assim. Você...

– Estou cansado de pensarem em mim como nada além de... – Ele se deteve.

– O quê, Colin? – perguntou ela, um tanto surpresa com a expressão de desgosto que de repente atravessou o rosto dele.

– Droga – praguejou ele, baixinho.

Ela arregalou os olhos. Colin não costumava blasfemar.

– Não posso acreditar – murmurou ele, balançando a cabeça numa negativa, claramente sofrendo.

– No quê? – indagou ela, suplicante.

– Eu me queixei com você – disse ele, incrédulo. – Queixei-me com você a respeito de Lady Whistledown.

Ela fez uma careta.

– Muita gente já fez isso, Colin. Estou acostumada.

– Não posso acreditar. Eu me queixei com você sobre o fato de Lady Whistledown ter me chamado de encantador.

– Ela me chamou de fruta cítrica madura demais – devolveu Penelope, tentando suavizar a conversa.

Ele interrompeu o passo apenas para encará-la, irritado.

– Estava rindo de mim o tempo todo enquanto eu me lamuriava dizendo que as gerações futuras só se lembrariam de mim por causa das colunas de Lady Whistledown?

– Não! – exclamou ela. – Espero que você me conheça melhor do que isso.

Ele balançou a cabeça, incrédulo.

– Não posso acreditar que fiquei reclamando por não ter nenhuma realização própria quando você tinha todas as suas colunas.

Ela se levantou da cama. Era impossível ficar ali, sentada, observando-o andar de um lado para outro como um tigre enjaulado.

– Colin, não tinha como você saber.

– Ainda assim. – Ele suspirou. – Seria uma ironia perfeita, se não fosse dirigida a mim.

Penelope entreabriu os lábios para falar, mas não conseguiu dar voz ao que estava em seu coração. Colin tinha tantas realizações que ela não conseguia nem começar a enumerá-las. Não eram algo palpável, como um exemplar do *Crônicas da sociedade de Lady Whistledown*, mas eram igualmente especiais.

Talvez até mais especiais.

Ela se lembrou de todos os momentos em que ele fizera as pessoas sorrirem, de todas as vezes que passara direto pelas garotas populares em um baile e convidara para dançar a que estava tomando chá de cadeira. Pensou no elo forte e quase mágico que compartilhava com os irmãos. Se essas coisas não eram realizações, então ela não sabia o que mais seria.

No entanto, entendia que não eram o tipo de marco ao qual ele se referia. Tinha consciência do que ele precisava: de um objetivo, uma vocação.

Algo para mostrar ao mundo que ele era mais do que pensavam que fosse.

– Publique as suas memórias de viagem – sugeriu ela.

– Eu não...

– Publique-as – insistiu ela. – Arrisque-se e veja o que acontece.

Ele a encarou, então olhou para o diário, que ela ainda segurava com força.

– Elas precisariam ser editadas – murmurou.

Penelope riu, porque sabia ter vencido. E ele também vencera. Ainda não tinha consciência disso, mas vencera.

– Todo texto precisa ser editado – comentou ela, o sorriso se alargando mais e mais a cada palavra. – Bem, exceto os meus, imagino – brincou ela. – Ou talvez precisassem, sim – acrescentou, dando de ombros. – Mas nunca saberemos, pois não havia ninguém para fazer isso.

Ele ergueu a vista, de repente.

– Como você fazia?

– Como eu fazia o quê?

Ele franziu os lábios, impaciente.

– Você sabe. Como fazia a coluna? Era preciso mais do que apenas escrever. Havia a impressão e a distribuição. Alguém tem de ter sabido sua identidade.

Ela deu um longo suspiro. Guardara aqueles segredos por tanto tempo que se sentia estranha em compartilhá-los, até mesmo com o marido.

– É uma longa história. Talvez você deva se sentar.

Os dois se acomodaram, recostando-se nos travesseiros, com as pernas estendidas à frente.

– Eu era muito jovem quando tudo começou – relatou Penelope. – Tinha apenas 17 anos. E aconteceu por acaso.

Ele sorriu.

– Como algo assim pode acontecer por acaso?

– Escrevi de brincadeira. Estava muito infeliz durante aquela primeira temporada. – Ela o encarou com honestidade nos olhos. – Não sei se lembra, mas eu pesava uns 6 quilos a mais do que hoje, e olhe que não sou esbelta, de acordo com a moda vigente.

– Eu a acho perfeita – retrucou ele, de imediato.

Isso era, pensou Penelope, um dos motivos pelos quais ela própria o achava perfeito.

– Mas, como ia dizendo – continuou –, eu não estava numa fase muito feliz, então redigi um relato bastante mordaz sobre uma festa à qual fora na noite anterior. Então escrevi outro, e mais outro. A princípio não os assinei como Lady Whistledown; apenas os escrevi por diversão e os escondi na minha escrivaninha. Daí, um dia, me esqueci de escondê-los.

Colin inclinou o corpo para a frente, absorto pela narrativa.

– O que aconteceu?

– Toda a família tinha saído, e eu sabia que ficariam fora por algum tempo, porque na época mamãe ainda achava que poderia transformar Prudence num diamante de primeira linha e as compras das duas duravam o dia todo.

Colin rolava a mão pelo ar, indicando que ela devia chegar logo à essência da história.

– De qualquer forma – continuou Penelope –, eu decidi escrever na sala de estar, porque o meu quarto estava úmido e cheirando a mofo, pois alguém, suponho que eu mesma, tinha deixado a janela aberta durante uma tempestade. Mas então eu tive de... Bem, você sabe.

– Não – disse Colin, de forma brusca –, não sei.

– Tive de cuidar de um assunto particular – sussurrou Penelope, ruborizando.

– Ah, certo – retrucou ele, sem prestar a menor atenção, claramente nem um pouco interessado nessa parte da história. – Continue.

– E quando voltei o advogado de meu pai estava lá. E estava lendo o que eu havia escrito! Fiquei horrorizada.

– E aí, o que aconteceu?

– Durante um minuto inteiro eu nem consegui falar. Mas, então, vi que ele estava rindo, e não por achar que eu era boba, mas por considerar o texto *bom*.

– Bem, seus textos *são* bons.

– Agora eu sei disso – retrucou ela com um sorriso irônico –, mas você precisa lembrar que eu tinha 17 anos. E dissera coisas bem horrendas.

– Sobre pessoas horrendas, imagino – disse ele.

– Bem, claro, mas ainda assim... – Ela fechou os olhos enquanto as lembranças afloravam. – Eram pessoas populares. Influentes. Gente que não gostava muito de mim. O fato de serem terríveis não importaria muito se o que eu tinha escrito fosse descoberto. Na verdade, seria bem pior. Eu teria sido arruinada, assim como toda a minha família.

– E o que aconteceu, então? Suponho que a publicação tenha sido ideia dele.

Penelope fez que sim com a cabeça.

– Foi. Ele tomou todas as providências junto ao tipógrafo, que, por sua vez, encontrou os meninos para fazerem a entrega. E também foi ideia dele a distribuição gratuita nas primeiras duas semanas. Disse que precisávamos viciar a alta sociedade.

– Eu estava fora do país quando a coluna começou – disse Colin –, mas minha mãe e minhas irmãs me contaram tudo a respeito.

– As pessoas resmungaram quando o jornal começou a ser cobrado – relatou Penelope. – Mas todas pagaram.

– Uma ideia muito inteligente da parte do seu advogado – murmurou Colin.

– Sim, ele era muito esperto.

Ele reparou no uso do pretérito.

– Era?

Ela assentiu, triste.

– Ele faleceu há alguns anos. Mas sabia que estava doente, então, antes de morrer, me perguntou se eu queria continuar. Eu poderia ter parado, mas não tinha mais nada na vida, e, certamente, nenhum pretendente. – Ela ergueu a vista, rápido. – Eu não quero... Estou querendo dizer...

Colin curvou os lábios num sorriso autodepreciativo.

– Pode me criticar à vontade por não tê-la pedido em casamento há anos.

Penelope retribuiu o sorriso. Como não amar aquele homem?

– Mas só depois de terminar a história – acrescentou ele, com bastante firmeza.

– Certo – assentiu ela, forçando-se a retomar o assunto. – Depois que o Sr... – Penelope ergueu a vista, hesitante. – Não sei ao certo se deveria dizer o seu nome.

Colin sabia que ela estava dividida entre o amor e a confiança que depositava nele e a lealdade por um homem que tinha, muito provavelmente, sido um pai para ela depois que o seu deixara este mundo.

– Tudo bem – disse ele, baixinho. – O nome dele não importa.

Ela soltou a respiração.

– Obrigada – falou, depois mordeu o lábio inferior. – Não é que eu não confie em você. Eu...

– Eu entendo – garantiu ele, tranquilizando-a. – Se quiser me contar em outra ocasião, tudo bem. E se não quiser, não há problema.

Penelope assentiu com os lábios trêmulos, tentando segurar o choro.

– Depois que ele morreu, passei a trabalhar diretamente com o tipógrafo. Idealizamos um sistema de distribuição e os pagamentos continuaram a ser feitos da mesma forma: numa conta aberta em meu nome.

Colin respirou fundo, pensando em quanto dinheiro ela devia ter ganhado ao longo dos anos. Mas como ela poderia tê-lo gastado sem suscitar suspeitas?

– Fez algum saque? – perguntou ele.

Ela assentiu.

– Quando a coluna completou quatro anos, minha tia-avó faleceu e deixou o que tinha para minha mãe. O advogado de meu pai escreveu o testamento. Ela não possuía muita coisa, então nós dois fingimos que o meu dinheiro era dela. – O rosto de Penelope se iluminou enquanto ela balançava a cabeça. – Minha mãe ficou tão surpresa... Jamais imaginara que tia Georgette fosse tão rica. Passou meses sorrindo. Eu nunca a tinha visto daquela maneira.

– Foi muito gentil da sua parte – comentou Colin.

Penelope deu de ombros.

– Era a única forma de eu poder usar o meu dinheiro.

– Mas você o deu à sua mãe – observou ele.

– Ela é minha mãe – retrucou Penelope, como se aquilo explicasse tudo. – Sempre me sustentou. Dava tudo na mesma.

Ele quis dizer mais, mas não o fez. Portia era mãe de Penelope, e se Penelope quisesse amá-la, Colin não tentaria impedi-la.

– Desde então – continuou Penelope –, não toquei mais no dinheiro. Bem, não para mim mesma. Fiz algumas doações para instituições de caridade. – Ela franziu o rosto. – Doações anônimas.

Colin ficou em silêncio por um momento, pensando em tudo o que ela fizera na última década, completamente sozinha, em segredo.

– Se quiser o dinheiro agora – disse ele, por fim –, deve usá-lo. Ninguém irá questionar o fato de você de repente ter recursos. Afinal, é uma Bridgerton. – Ele deu de ombros, com modéstia. – Todos sabem que Anthony estabeleceu um padrão de vida muito confortável para todos os irmãos.

– Eu nem saberia o que fazer com tanto dinheiro.

– Compre alguma coisa nova – sugeriu ele.

Não era verdade que todas as mulheres gostavam de fazer compras?

Ela olhou para ele com uma expressão estranha e quase indecifrável.

– Acho que você não imagina quanto dinheiro eu tenho – retrucou Penelope, com cautela. – Acho que nunca conseguiria gastá-lo por inteiro.

– Guarde-o para os nossos filhos, então – sugeriu Colin. – Tive a sorte de meu pai e meu irmão me proporcionarem todos os recursos, mas nem todos os filhos mais novos têm esse privilégio.

– E filhas – lembrou Penelope. – Nossas filhas devem ter o próprio dinheiro. *Separado* dos dotes.

Colin teve de sorrir. Arranjos do tipo eram raros, mas é claro que Penelope insistiria em algo assim.

– Como você quiser – falou de forma afetuosa.

Penelope sorriu, deixou escapar um suspiro e se ajeitou nos travesseiros. Passou os dedos preguiçosamente sobre o dorso da mão dele, mas seu olhar estava distante e Colin duvidou que ela tivesse consciência dos próprios movimentos.

– Tenho uma confissão a fazer – disse ela em uma voz muito baixa e até mesmo um pouco tímida.

Ele olhou para ela, curioso.

– Maior do que sobre Lady Whistledown?

– Diferente.

– O que é?

Penelope virou o rosto para ele e fitou-o com um olhar intenso.

– Eu tenho me sentido um pouco... – Ela mordeu o lábio enquanto fazia uma pausa e procurava as palavras certas. – Acho que tenho andado impaciente com você nos últimos tempos. Não, não é isso. Na verdade, ando desapontada.

Uma sensação estranha invadiu o peito dele.

– Como assim, desapontada?

Ela deu de ombros de leve.

– Você parecia tão zangado comigo... Por causa de Lady Whistledown.

– Já lhe expliquei que era porque...

– Não, por favor – pediu ela, pousando a mão no peito dele. – Deixe-me terminar. Você sabe que eu pensei que tivesse vergonha de mim. Tentei deixar para lá, mas doeu muito, de verdade. Pensei que soubesse quem você era, e não podia acreditar que se consideraria tão melhor do que eu a ponto de sentir tanta vergonha das minhas realizações.

Ele a olhou em silêncio, esperando que continuasse.

– Mas o mais engraçado é que... – Ela se virou para ele com um sorriso sábio. – Não era porque você estivesse envergonhado. Você simplesmente queria ter algo parecido. Algo que se assemelhasse à minha coluna. Agora parece bobagem, mas tive tanto medo de que você não fosse o homem perfeito dos meus sonhos...

– Ninguém é perfeito – retrucou ele, baixinho.

– Eu sei. – Ela chegou para a frente e lhe deu um beijo impulsivo no rosto. – Você é o homem imperfeito do meu coração, e isso é até melhor. Sempre o considerei infalível, sempre achei que a sua vida fosse perfeita, que você não tivesse preocupações, medos ou sonhos irrealizados. Mas isso não foi muito justo da minha parte.

– Nunca senti vergonha de você, Penelope – sussurrou ele. – Nunca.

Os dois permaneceram em um confortável silêncio até Penelope dizer:

– Lembra que lhe perguntei se poderíamos fazer uma viagem de lua de mel tardia?

Ele fez que sim.

– Por que não usamos um pouco do meu dinheiro para isso?

– *Eu* vou pagar pela viagem de lua de mel.

– Ótimo – exclamou ela, com uma expressão altiva. – Pode tirar da sua mesada trimestral.

Colin olhou para ela, chocado, depois pôs-se a gargalhar.

– Agora também vai querer deixar dinheiro em casa para as emergências do dia a dia? – indagou ele, sorrindo abertamente.

– Não, para as penas – corrigiu ela. – Para poder escrever nos seus diários.

– Hum, gostei disso – refletiu ele.

Ela sorriu e colocou uma das mãos sobre a dele.

– Eu gosto de você.

Ele apertou os dedos dela.

– Também gosto de você.

Penelope suspirou enquanto pousava a cabeça em seu ombro.

– É para a vida ser tão maravilhosa assim mesmo?

– Eu acho que sim – murmurou ele. – Acho de verdade.

CAPÍTULO 21

Uma semana depois, Penelope estava atrás da escrivaninha na sala de visitas, lendo os diários de Colin e fazendo anotações numa folha de papel à parte sempre que tinha uma pergunta ou um comentário. Ele lhe pedira ajuda para editar os textos, tarefa que ela achava emocionante.

Estava, é claro, felicíssima por ele lhe ter confiado uma função tão importante. Significava que confiava em seu julgamento, que a achava inteligente e esperta, capaz de transformar o que escrevera em algo ainda melhor.

Mas sua felicidade não se devia apenas a isso. Penelope também estava precisando de um projeto, de algo para fazer. Nos primeiros dias depois de abrir mão do *Whistledown*, tinha comemorado o tempo livre recém-conquistado. Era como ter férias pela primeira vez em dez anos. Havia lido como uma louca – todos os romances e livros que comprara e jamais tivera a oportunidade de ler. Fizera longas caminhadas, andara a cavalo no parque, sentara-se no pequeno pátio que ficava atrás de sua casa na Mount Street para se deliciar com o agradável clima primaveril e com o calor do sol.

A seguir, vieram o casamento e a infinidade de detalhes que consumiram o seu tempo. Assim, não tivera muitas chances de se dar conta do que talvez estivesse faltando em sua vida.

Quando redigia a coluna, a tarefa em si não levava tanto tempo, mas ela precisava ficar sempre em estado de alerta, observando, escutando. E quando não estava escrevendo, estava pensando em escrever ou tentando desesperadamente chegar a alguma maneira inteligente de formular determinada frase até poder chegar em casa e anotá-la.

Havia sido intelectualmente envolvente, e ela não percebera até aquele momento quanto sentira falta de ser desafiada.

Estava anotando uma pergunta sobre a descrição de Colin de uma *villa* toscana na página 143 do volume 2 de seus diários quando o mordomo deu uma batidinha discreta à porta aberta para alertá-la de sua presença.

Penelope sorriu, encabulada. Tinha a tendência de mergulhar por completo no trabalho, e Dunwoody aprendera com a experiência que, se quisesse chamar a sua atenção, tinha de fazer algum barulho.

– Tem uma pessoa aqui que deseja vê-la, Sra. Bridgerton.

Penelope ergueu a vista, sorrindo. Devia ser uma das irmãs ou, talvez, um dos cunhados.

– É mesmo? Quem?

Ele deu um passo à frente e lhe entregou um cartão. Quando Penelope viu o que estava escrito, sufocou um grito, primeiro devido ao choque, depois à infelicidade. Gravado em preto clássico e imponente sobre fundo creme, havia duas palavras simples: Cressida Twombley.

Cressida Twombley? Por que diabo ela iria visitá-la?

Penelope começou a se inquietar. Cressida jamais apareceria em sua casa a não ser que fosse com um objetivo desagradável. A mulher nunca fazia nada que não fosse para alcançar um objetivo desagradável.

– Quer que eu a mande embora? – indagou Dunwoody.

– Não – respondeu Penelope, com um suspiro. Não era covarde, e Cressida Twombley não iria transformá-la em uma. – Vou recebê-la. Só me dê um instante para guardar os meus papéis. Mas...

Dunwoody parou onde estava e esperou.

– Ah, deixe para lá – murmurou Penelope.

– Tem certeza, Sra. Bridgerton?

– Tenho. Não. – Ela gemeu. Sentia-se perturbada, e esta era mais uma coisa desagradável a ser acrescentada à já longa lista de inconveniências de Cressida: ela estava transformando Penelope numa imbecil gaguejante. – O que quero dizer é que se ela ainda não tiver ido embora depois de dez minutos, poderia inventar alguma emergência que exija a minha presença? A minha presença *imediata*?

– Creio que posso atendê-la.

– Ótimo, Dunwoody – exclamou Penelope, com um sorriso débil.

Aquela podia ser a saída mais fácil, mas Penelope achava que não conseguiria reconhecer o momento perfeito para insistir que Cressida fosse embora, e a última coisa que desejava era ficar presa na sala com ela a tarde inteira. Logo, precisava da ajuda de Dunwoody.

O mordomo assentiu e se retirou. Penelope juntou os papéis em uma pilha, fechou o diário de Colin e colocou-o sobre ela de maneira que a brisa que entrava pela janela não fizesse as folhas voarem de cima da mesa. Então se levantou e foi se sentar no sofá, esperando parecer relaxada e tranquila.

Como se uma visita de Cressida Twombley pudesse ser relaxante.

Um instante depois, Cressida entrou na sala após ser anunciada pelo mordomo. Como sempre, estava linda, com cada fio de cabelo dourado no lugar perfeito. A pele era impecável, os olhos, brilhantes, as roupas seguiam a última moda e a bolsa combinava perfeitamente com elas.

– Cressida, que surpresa! – disse Penelope.

"Surpresa" era a palavra mais educada que ela conseguiu pronunciar, dadas as circunstâncias.

Os lábios de Cressida se curvaram num sorriso misterioso e quase felino.

– Tenho certeza que sim – murmurou.

– Não quer se sentar? – perguntou Penelope, em grande parte porque tinha de fazê-lo.

Passara a vida toda sendo educada; era difícil deixar de sê-lo agora. Fez sinal para uma cadeira próxima, a mais desconfortável da sala.

Cressida sentou-se na beirada. Sua postura era elegante, o sorriso, firme, e ela aparentava uma serenidade impressionante.

– Sem dúvida, está se perguntando o que vim fazer aqui – falou.

Penelope não viu motivo para negar, então assentiu.

– O que está achando da vida de casada? – perguntou Cressida de forma abrupta.

Penelope piscou, aturdida.

– O que disse?

– Deve ser uma mudança de ritmo impressionante.

– Sim, mas uma mudança muito bem-vinda – retrucou Penelope, cautelosamente.

– Claro, claro. Deve ter muito tempo livre agora. Imagino que mal saiba o que fazer com o tempo livre.

Penelope começou a sentir um formigamento se espalhar pelo corpo.

– Não entendi o que quer dizer – falou.

– Não?

Ao ver que Cressida esperava uma resposta, Penelope disse, um tanto irritada:

– Não, não entendi.

Cressida ficou em silêncio por um instante, mas seu ar de gata perigosa era bastante expressivo. Varreu a sala com os olhos e se deteu na escrivaninha à qual Penelope estivera sentada.

– O que são aqueles papéis? – indagou.

Penelope olhou no mesmo instante para as folhas empilhadas debaixo do diário de Colin. Não havia nenhuma forma de Cressida saber que se tratava de algo especial. Penelope já estava sentada no sofá quando ela entrara no aposento.

– Não vejo como os meus documentos pessoais poderiam ser da sua conta – disse.

– Ora, não se ofenda – retrucou Cressida, com uma risadinha que Penelope achou apavorante. – Estava apenas puxando conversa. Tentando saber das coisas que lhe interessam, por educação.

– Compreendo – falou Penelope, apenas para preencher o silêncio que se seguiu.

– Sou muito observadora – continuou Cressida.

Penelope ergueu as sobrancelhas interrogativamente.

– Na verdade, meus aguçados poderes de observação são muito famosos entre os melhores membros da alta sociedade.

– Eu não devo fazer parte desse grupo, então – murmurou Penelope.

Mas Cressida estava envolvida demais com o próprio discurso para ouvir o comentário de Penelope.

– E foi por isso – prosseguiu, com uma expressão pensativa – que achei que talvez fosse capaz de convencer a alta sociedade de que eu era Lady Whistledown.

O coração de Penelope batia forte.

– Então você admite que não é ela? – indagou, com cautela.

– Ora, eu acho que você sabe que não sou.

Penelope começou a ficar sem ar. De alguma forma – ela jamais saberia como –, conseguiu manter a compostura e perguntar:

– Como disse?

Cressida sorriu, mas de maneira sonsa e cruel.

– Quando inventei essa história, pensei que não tinha nada a perder. Ou convenceria todo mundo de que era Lady Whistledown ou ninguém iria acreditar em mim e eu pareceria muito astuta quando dissesse que só estava fingindo ser ela para fazer o verdadeiro culpado se revelar.

Penelope não movia um só músculo.

– Mas as coisas não aconteceram como eu planejei. Lady Whistledown acabou sendo bem mais perversa e cruel do que eu teria imaginado. – Cressida estreitou os olhos até que o seu rosto, sempre tão encantador, assumisse uma expressão sinistra. – A última coluna que ela escreveu me transformou em alvo do ridículo.

Penelope ficou em silêncio, mal conseguindo respirar.

– Então... – continuou Cressida, baixando a voz até que ela se tornasse um sussurro. – Então você... *você* teve a desfaçatez de me insultar na frente de toda a alta sociedade.

Penelope deixou escapar um pequeno suspiro de alívio. Talvez Cressida não soubesse o seu segredo. Talvez tudo aquilo tivesse relação com o fato de ela ter sido insultada por Penelope em público, que a acusara de mentir e dissera... Por Deus, o que fora mesmo que dissera? Algo muito cruel, disso tinha certeza, mas sem dúvida merecido.

– Talvez eu tivesse conseguido tolerar o insulto se tivesse vindo de outra pessoa – prosseguiu Cressida. – Mas de alguém como você... Bem, isso não podia ficar sem resposta.

– Você deveria pensar duas vezes antes de me ofender dentro da minha casa – avisou Penelope, em voz baixa. Então acrescentou, embora detestasse usar o nome do marido para se proteger: – E eu sou uma Bridgerton agora. Carrego o peso de sua proteção.

A advertência de Penelope não teve o menor efeito sobre a máscara de satisfação que moldava o lindo rosto de Cressida.

– Eu acho melhor você ouvir o que eu tenho a dizer antes de fazer ameaças.

Penelope sabia que tinha de escutar. Era mais importante descobrir o que Cressida sabia do que fingir que estava tudo bem.

– Continue – falou.

– Você cometeu um erro essencial – afirmou Cressida, balançando o indicador na direção de Penelope. – Esqueceu que eu *jamais* perdoo um insulto, não foi?

– O que está tentando dizer, Cressida?

Penelope queria que as palavras saíssem num tom forte e decidido, mas elas foram apenas sussurros.

Cressida se levantou e se afastou bem devagar de Penelope, os quadris num leve balanço, quase um rebolado.

– Deixe-me ver se consigo lembrar as suas palavras exatas – continuou ela, batendo com um dos dedos na face. – Ah, não, não precisa me ajudar. Tenho certeza de que recordarei. Ah, sim! – Ela se virou para encarar Penelope. – Creio que tenha dito que sempre gostara de Lady Whistledown. Então, e aqui eu devo lhe dar o crédito devido, pois foi uma frase evocativa e memorável, você falou que o seu coração ficaria partido se ela acabasse sendo alguém como eu – concluiu Cressida, sorrindo.

Penelope sentiu a boca ficar seca, seus dedos começarem a tremer e seu corpo ficar gelado.

Porque, embora não se lembrasse exatamente do que dissera ao desmascarar Cressida, recordava muito bem o que escrevera naquela última e derradeira coluna – a que fora distribuída, por engano, no seu baile de noivado. A que... a que Cressida agora estendia bem à sua frente.

Senhoras e senhores, esta autora NÃO É *Lady Cressida Twombley. Ela nada mais é do que uma impostora intrigueira, e meu coração ficaria partido ao ver anos do trabalho árduo serem atribuídos a alguém como ela.*

Penelope olhou fixamente para as palavras, embora soubesse cada uma delas de cor.

– O que quer dizer? – perguntou, apesar de ter plena consciência de que a tentativa de fingir inocência seria inútil.

– Você é mais inteligente do que isso, Penelope Featherington – respondeu Cressida. – Você sabe que eu sei.

Penelope fitou a folha de papel incriminadora, incapaz de desviar os olhos daquelas palavras fatais:
Meu coração ficaria partido.
Meu coração ficaria partido.
Meu coração ficaria partido.
Meu coração...

– Não vai dizer nada? – provocou Cressida, e apesar de Penelope não estar olhando para ela, pôde sentir o sorriso rancoroso e arrogante.

– Ninguém vai acreditar em você.

– Eu mesma mal posso acreditar – retrucou Cressida. – Você, dentre todas as pessoas. Mas, pelo visto, você era um pouco mais esperta e profunda do que deixava transparecer. Esperta o suficiente – acrescentou enfaticamente – para saber que, uma vez que eu acender a fagulha desse boato, a notícia vai se espalhar como fogo em palha.

Penelope sentiu a mente rodar de forma vertiginosa e desagradável. Ah, Deus, o que diria a Colin? Como haveria de lhe contar? Sabia que tinha de fazê-lo, mas onde encontraria as palavras?

– No início ninguém vai acreditar – falou Cressida. – Quanto a isso, você tem razão. Mas logo todos começarão a pensar e aos poucos as peças do quebra-cabeça se encaixarão. Alguém lembrará que lhe disse alguma coisa que foi parar na coluna. Ou que você esteve em determinada festa na casa de tal pessoa. Ou que viram Eloise Bridgerton xeretando por aí, e será que todos não sabem que vocês contam tudo uma para a outra?

– O que você quer? – perguntou Penelope, a voz baixa e assustada, quando finalmente ergueu a cabeça para enfrentar a inimiga.

– Ah, eis a pergunta que eu estava esperando. – Cressida juntou as mãos atrás das costas e começou a caminhar de um lado para outro. – Venho pensando muito no assunto. Na verdade, protelei a minha visita em quase uma semana até tomar uma decisão.

Penelope engoliu em seco, desconfortável com a ideia de Cressida saber seu segredo mais íntimo havia quase uma semana enquanto ela continuava vivendo alegremente sua vida, sem saber que o céu estava prestes a desabar sobre sua cabeça.

– Eu sabia desde o início, é claro, que queria dinheiro – continuou Cressida. – Mas a questão era: quanto? Seu marido é um Bridgerton, então é evidente que tem recursos suficientes, mas, por outro lado, é um dos filhos mais novos, de modo que não tem os bolsos tão cheios quanto o visconde.

– Quanto, Cressida? – disse Penelope, entre os dentes.

Sabia que Cressida estava estendendo o assunto só para torturá-la e tinha pouca esperança de que ela falasse um valor antes de estar pronta para fazê-lo.

– Aí, eu me dei conta – prosseguiu Cressida, ignorando a pergunta (e provando o que Penelope imaginara) – que você também deve ser bastante rica. A não ser que seja uma tola completa, e considerando o seu sucesso em esconder esse segredinho por tanto tempo, repensei minha opinião a seu respeito e agora acho que você não é nenhuma idiota. Portanto, só pode ter ganhado uma fortuna escrevendo a coluna por todos esses anos. E, levando em conta as aparências – ela olhou com deboche para o vestido vespertino de Penelope –, não a vem gastando. Assim, só posso deduzir que todo o dinheiro esteja escondido numa discreta continha bancária, apenas aguardando ser sacado.

– Quanto, Cressida?

– Dez mil libras.

Penelope sufocou um grito.

– Você é louca!

– Não. – Cressida sorriu. – Apenas muito, muito esperta.

– Eu não tenho dez mil libras.

– Acho que está mentindo.

– Posso lhe assegurar que não estou!

E, de fato, não estava. A última vez que Penelope verificara o seu saldo bancário, tinha 8.246 libras, embora imaginasse que, com os juros, essa quantia tivesse aumentado um pouco desde então. Era uma soma enorme, sem dúvida, o suficiente para qualquer pessoa viver com conforto por várias gerações, mas não eram dez mil libras, e não era nada que ela desejasse entregar de mão beijada a Cressida Twombley.

Cressida sorriu serenamente.

– Tenho certeza que descobrirá o que fazer. Entre o dinheiro que tem guardado e o do seu marido, dez mil libras são uma soma insignificante.

– Dez mil libras nunca são uma soma insignificante.

– De quanto tempo precisa para juntar os recursos? – perguntou Cressida, ignorando a explosão de Penelope. – De um dia? Dois?

– Dois dias? – ecoou Penelope, boquiaberta. – Não conseguiria nem mesmo em duas semanas!

– Arrá! Então tem o dinheiro.

– Não tenho!

– Uma semana – decretou Cressida, com a voz áspera. – Quero o dinheiro em uma semana.

– Não o darei a você – sussurrou Penelope, mais para si mesma.

– Vai dar, sim – devolveu Cressida, confiante. – Se não der, eu a arruíno.

– Sra. Bridgerton?

Penelope ergueu a vista e deu com Dunwoody de pé no vão da porta.

– Há um assunto urgente que exige a sua atenção – disse ele. – Imediatamente.

– Tudo bem – falou Cressida, encaminhando-se para a porta. – Já terminamos aqui. – Ao chegar ao corredor, virou-se de modo que Penelope fosse forçada a encará-la. – Terei notícias suas em breve, certo? – indagou, com a voz suave e inocente, como se não estivesse falando de nada mais importante do que um convite para uma festa ou da data de uma reunião para um evento filantrópico.

Penelope assentiu de leve, apenas para se livrar dela.

Mas não importava. Cressida podia ter ido embora, porém os problemas de Penelope não iam a lugar algum.

CAPÍTULO 22

Três horas depois, Penelope continuava na sala de visitas, sentada no sofá, olhando fixamente para o nada e tentando descobrir como resolveria aquela situação.

Não era uma pessoa agressiva e não conseguia se lembrar da última vez que tivera um pensamento violento, mas naquele momento poderia torcer o pescoço de Cressida Twombley com prazer.

Olhou em direção à porta com uma sensação sombria de fatalidade, esperando o marido chegar em casa, sabendo que a cada segundo se aproximava o momento em que teria de confessar tudo a ele.

Colin não diria "Eu lhe avisei". Jamais seria capaz de algo assim.

Mas pensaria.

Não ocorrera a Penelope, nem mesmo por um minuto, esconder aquilo dele. As ameaças de Cressida não eram o tipo de coisa que se ocultava do marido, e, além do mais, iria precisar da ajuda dele.

Não sabia ao certo o que teria de fazer, mas o que quer que fosse não saberia fazê-lo sozinha.

No entanto, havia algo de que estava certa: não queria pagar nada a Cressida. Não havia a menor possibilidade de sua inimiga se satisfazer com dez mil libras, não quando achava que poderia conseguir mais. Se Penelope cedesse agora, teria que sustentar Cressida pelo resto da vida.

Isso significava que, dentro de uma semana, ela contaria para o mundo que Penelope Featherington era a infame Lady Whistledown.

Penelope achava ter duas escolhas. Podia negar, chamar Cressida de tola e esperar que todos acreditassem nela, ou podia encontrar alguma forma de usar a revelação a seu favor.

Mas, por tudo o que lhe era mais precioso, não sabia como.

– Penelope?

Era a voz de Colin. Queria se atirar em seus braços e, ao mesmo tempo, mal conseguia se virar para ele.

– Penelope? – Agora ele parecia preocupado, os passos se tornando mais rápidos enquanto atravessava a sala. – Dunwoody me contou que Cressida esteve aqui.

Ele se sentou ao lado dela e tocou a sua face. Ela se virou e viu as rugas de preocupação no rosto dele.

Nesse momento, ela finalmente se permitiu chorar.

Era engraçado como fora capaz de se controlar até o ver. Mas agora que ele havia chegado, a única coisa que conseguia fazer era enterrar o rosto no calor de seu peito e se aninhar em seus braços, como se de alguma forma ele pudesse fazer todos os seus problemas desaparecerem apenas com a sua presença.

– Penelope? – disse ele, a voz baixa e preocupada. – O que aconteceu? O que há de errado?

Ela se limitou a balançar a cabeça enquanto tentava reunir coragem para falar e controlar as lágrimas.

– O que ela fez com você?

– Ah, Colin – retrucou ela, de alguma forma conseguindo se afastar dele o suficiente para fitá-lo. – Ela sabe.

Colin ficou pálido.

– Como?

Penelope fungou, em seguida enxugou o nariz com o dorso da mão.

– A culpa é minha – sussurrou.

Ele lhe entregou um lenço sem desviar os olhos dela.

– A culpa não é sua – falou, de forma rude.

Penelope abriu os lábios num sorriso triste. Sabia que o tom ríspido era direcionado a Cressida, mas ela mesma o merecia.

– É, sim – insistiu ela, a voz cheia de resignação. – Aconteceu exatamente o que você disse que aconteceria. Eu não prestei atenção no que escrevi. Cometi um erro.

– O que você fez?

Ela lhe contou tudo, desde o momento em que Cressida aparecera até a chantagem. Confessou que a sua péssima escolha de palavras seria a sua ruína, o que não era nada irônico, pois Penelope realmente se sentia com o coração partido.

Durante o relato, percebeu que a atenção de Colin se dispersava. Ele a escutava, mas era como se não estivesse ali. O olhar estava estranho e distante, mas ao mesmo tempo focado, intenso.

Ele estava planejando alguma coisa. Penelope tinha certeza disso.

Aquilo a apavorou.

E a excitou.

No que quer que Colin estivesse pensando, tinha a ver com ela. Penelope odiava o fato de ter sido a estupidez dela que o enredara naquele dilema, mas não conseguiu evitar o formigamento de entusiasmo que lhe percorria o corpo enquanto o observava.

– Colin? – chamou, hesitante.

Já tinha terminado o relato havia um minuto e ele ainda não dissera nada.

– Vou cuidar de tudo – garantiu ele. – Não quero que se preocupe com nada.

– Posso lhe garantir que isso é impossível – retrucou ela, com a voz trêmula.

– Levo os meus votos matrimoniais muito a sério – replicou ele, com a voz serena de uma forma quase assustadora. – E creio que prometi honrá-la e protegê-la.

– Deixe-me ajudá-lo – pediu ela, impulsivamente. – Juntos, podemos resolver isso.

Um dos cantos dos lábios dele se ergueu numa sugestão de sorriso.

– Você tem uma solução em mente?

Ela balançou a cabeça em negativa.

– Não. Passei o dia todo pensando e não sei... embora...

– Embora, o quê?

Penelope abriu a boca, depois a fechou, então a abriu outra vez e sugeriu:

– E se eu pedisse a ajuda de Lady Danbury?

– Está pensando em pedir a ela que pague Cressida?

– Não. Vou pedir que ela seja eu.

– Como assim?

– Todo mundo já acha que ela é Lady Whistledown – explicou Penelope. – Bem, ao menos a maioria das pessoas. Se ela dissesse...

– Cressida a desmentiria no mesmo instante – interrompeu Colin.

– E quem acreditaria na palavra de Cressida em detrimento da de Lady Danbury? Sei que eu não ousaria contrariar Lady Danbury, qualquer que fosse o assunto. Se ela dissesse que é Lady Whistledown, é provável que eu mesma acreditasse.

– O que a faz pensar que pode convencer Lady Danbury a mentir por você?

– Bem, ela gosta de mim.

– Gosta de você? – ecoou Colin.

– Sim, bastante. Acho que iria gostar de me ajudar, sobretudo por detestar Cressida quase tanto quanto eu.

– Acha que a afeição dela por você a levará a mentir para toda a alta sociedade? – perguntou Colin, em tom de dúvida.

Penelope afundou no estofado.

– Vale a pena perguntar.

Ele se levantou bruscamente e foi até a janela.

– Prometa-me que não irá a ela.

– Mas...

– Prometa.

– Eu prometo, mas...

– Nada de "mas" – decretou Colin. – Se for necessário, recorreremos a ela, mas não até eu ter a chance de pensar em alguma outra coisa. – Ele passou os dedos pelos cabelos. – Deve haver outra solução.

– Temos uma semana – disse ela com a voz suave, embora não tenha considerado as próprias palavras tranquilizadoras e duvidasse de que Colin tivesse.

Ele se virou e se dirigiu decididamente à porta.

– Eu voltarei – falou.

– Mas aonde vai? – quis saber Penelope, levantando-se de repente.

– Preciso pensar.

– Não pode pensar aqui, comigo? – sussurrou ela.

A expressão dele se suavizou e ele voltou ao seu lado. Murmurou o nome dela e lhe tomou o rosto entre as mãos.

– Eu te amo – falou, com a voz baixa e ardente. – Eu te amo agora e te amarei para sempre.

– Colin...

– Eu te amo mais do que tudo. – Ele se inclinou para a frente e a beijou suavemente nos lábios. – Pelos filhos que teremos, pelos anos que passaremos juntos. Por cada um dos meus sorrisos e mais ainda pelos teus.

Penelope se deixou arriar em uma cadeira próxima.

– Eu amo você – disse ele mais uma vez. – Sabe disso, não sabe?

Ela fez que sim, fechando os olhos enquanto roçava o rosto nas mãos dele.

– Tenho coisas para fazer – decretou Colin –, e não vou poder me concentrar se estiver pensando em você, preocupado se está chorando, me perguntando se está magoada.

– Eu estou bem – sussurrou ela. – Agora que lhe contei, me sinto melhor.

– Vou resolver essa situação – prometeu ele. – Só preciso que confie em mim.

Ela abriu os olhos.

– Com a minha vida.

Ele sorriu e ela teve certeza de que as palavras dele eram verdadeiras. Tudo ficaria bem. Talvez não naquele dia nem no próximo, mas logo. A tragédia não podia coexistir no mundo junto com um dos sorrisos de Colin.

– Não creio que chegará a tanto – disse ele afetuosamente, acariciando a face dela uma última vez antes de se afastar. Então foi de novo até a porta e, no último momento, virou-se para a esposa. – Não se esqueça da festa de minha irmã hoje à noite.

Penelope deixou escapar um pequeno gemido.

– Temos mesmo que ir? A última coisa que quero é aparecer em público.

– Temos – disse Colin. – Daphne não oferece bailes com frequência e ficaria muito magoada se não fôssemos.

– Eu sei – concordou Penelope, com um suspiro. – Eu sei. Sabia até mesmo enquanto me queixava. Me desculpe.

Ele sorriu.

– Não tem importância. Você tem direito a um pouco de mau humor hoje.

– É verdade – retrucou ela, tentando retribuir o sorriso.

– Eu volto mais tarde – prometeu ele.

– Aonde você... – começou ela a questionar, mas então se conteve.

Era óbvio que ele não queria responder a nenhuma pergunta naquele momento. Nem mesmo dela.

No entanto, para a sua surpresa, ele respondeu:

– Ver o meu irmão.

– Anthony?

– Sim.

Ela assentiu, encorajando-o, e murmurou:

– Vá. Eu ficarei bem.

Os Bridgertons sempre haviam encontrado forças uns nos outros. Se Colin achava que precisava dos conselhos do irmão, então devia ir.

– Não se esqueça de se arrumar para o baile de Daphne – lembrou ele mais uma vez.

Ela assentiu sem muita disposição e ficou olhando enquanto ele deixava a sala.

Depois que Colin saiu, ela foi até a janela para vê-lo passar, mas ele não apareceu. Devia ter ido direto à cavalariça. Ela suspirou, apoiando-se no parapeito. Não se dera conta de quanto desejara olhar para ele uma última vez.

Desejou saber o que o marido estava planejando.

Desejou ter certeza de que ele sabia o que fazer.

Ao mesmo tempo, sentia-se estranhamente tranquila. Colin daria um jeito na situação. Disse que o faria, e jamais mentia.

Ela sabia que a ideia de pedir a ajuda de Lady Danbury não era a solução perfeita, mas, a não ser que Colin tivesse algo melhor em mente, o que mais poderiam fazer?

Por hora, podia tentar afastar tudo da cabeça. Estava tão chateada, tão cansada, que a única coisa que precisava era fechar os olhos e não pensar em mais nada além dos olhos verdes do marido, do brilho luminoso de seu sorriso.

Amanhã.

Amanhã ajudaria Colin a resolver os problemas deles.

Hoje, ela descansaria. Tiraria um cochilo e rezaria para encontrar uma forma de enfrentar toda a sociedade naquela noite, sabendo que Cressida estaria observando-a e ansiando que ela fizesse qualquer movimento em falso.

Era de esperar que após tantos anos fingindo ser apenas a invisível Penelope Featherington, estivesse acostumada a esconder a verdadeira identidade.

Ela se encolheu no sofá e fechou os olhos.

Tudo era diferente agora, mas isso não queria dizer que tinha de ser pior, certo?

Tudo ficaria bem. Tinha de ficar.

Não tinha?

⌒

Colin começava a se arrepender da decisão de tomar uma carruagem até a casa do irmão.

A princípio, ele pretendera ir caminhando – o vigoroso uso dos músculos das pernas e dos pés parecia ser o único escape socialmente aceitável para a sua fúria. No entanto, admitira que o tempo era precioso e que, mesmo com o trânsito, uma carruagem poderia levá-lo a Mayfair mais rápido do que os próprios pés.

Mas agora as laterais dos veículos pareciam próximas demais, o ar, sufocante, e, *maldição*, seria aquilo um carro de entrega de leite capotado, parando o trânsito?

– Meu Deus – murmurou, olhando a cena.

Havia cacos de vidro espalhados pela rua, leite derramado por toda parte, e ele não saberia dizer quem guinchava mais alto: os cavalos, ainda enredados nas rédeas, ou as mulheres nas calçadas, cujos vestidos haviam ficado completamente molhados.

Colin saltou da carruagem com a intenção de ajudar a liberar o local, mas logo ficou claro que a Oxford Street continuaria intransitável por pelo menos uma hora, com ou sem a sua ajuda. Certificou-se de que os cavalos da carruagem de leite estavam sendo bem tratados, informou ao chofer que continuaria o percurso a pé e partiu.

Fitava de forma desafiadora cada pessoa que passava, sentindo um prazer perverso quando elas desviavam o olhar ao notar sua óbvia hostilidade. Quase desejou que alguém fizesse um comentário só para ter quem agredir. Não importava que a única pessoa que queria de fato estrangular fosse Cressida Twombley; àquela altura, qualquer um teria sido um ótimo alvo.

A raiva o estava deixando desequilibrado, irracional, transformando-o em alguém que não era.

Ainda não sabia ao certo o que sentira quando Penelope lhe contara sobre a chantagem de Cressida. Aquilo era maior do que ira, maior do que fúria. Era físico: corria pelas suas veias, pulsava sob a sua pele.

Queria bater em alguém.

Queria chutar as coisas, atravessar uma parede com o punho.

Ficara furioso quando Penelope publicara a sua última coluna. Na verdade, achara que jamais sentiria raiva maior.

Enganara-se.

Ou talvez fosse apenas um tipo diferente de raiva. Alguém estava tentando machucar a pessoa que ele mais amava.

Como podia tolerar isso? Como podia permitir que acontecesse?

A resposta era simples: não podia.

Tinha de dar um fim àquilo. Precisava *fazer* alguma coisa.

Chegara a hora de agir.

Ergueu a vista, um tanto surpreso por já ter chegado à Casa Bridgerton. Era engraçado não ver mais a construção como lar. Crescera ali, mas agora era a residência do irmão.

Seu lar ficava em Bloomsbury. Seu lar era com Penelope.

Qualquer lugar com Penelope.

– Colin?

Ele se virou. Anthony estava na calçada, obviamente retornando de algum compromisso, e fez um sinal com a cabeça em direção à porta.

– Pretendia bater?

Colin olhou confuso para o irmão, só então se dando conta de que estava parado nos degraus só Deus sabia havia quanto tempo.

– Colin? – chamou Anthony outra vez, franzindo a testa, preocupado.

– Preciso da sua ajuda – retrucou Colin.

Era tudo o que precisava dizer.

◈

Penelope já estava vestida para o baile quando a dama de companhia lhe levou um bilhete de Colin.

– Dunwoody recebeu do mensageiro – informou a jovem.

Então fez uma breve reverência e deixou Penelope sozinha para lê-lo com privacidade.

Ela abriu o envelope e tirou lá de dentro a folha única que continha a caligrafia elegante e caprichada que se tornara tão familiar para ela desde que começara a editar os diários de Colin.

Irei por minha conta ao baile desta noite. Vá para o Número Cinco. Mamãe, Eloise e Hyacinth estão à sua espera para acompanhá-la à Casa Hastings.

Com todo o amor,
Colin.

Para alguém que escrevia diários tão bem, bilhetes não eram seu forte, pensou Penelope com um pequeno sorriso irônico.

Levantou-se e ajeitou o vestido. Escolhera um modelo verde, sua cor preferida, na esperança de que talvez lhe desse coragem. A mãe sempre dissera que, quando uma mulher estava bem-vestida, se sentia bem; achava que Portia tinha razão. Deus sabia que ela passara quase dez anos se sentindo bastante *mal* nos vestidos que a mãe insistira tanto que usasse.

Os cabelos estavam presos num penteado que lhe realçava o rosto, e a dama de companhia havia até passado alguma coisa nos fios (Penelope temera perguntar o quê) que parecia destacar as mechas ruivas.

Cabelos ruivos não estavam muito em voga, é claro, mas, certa vez, Colin dissera que gostava da maneira como a luz das velas realçava os dela, então Penelope decidira que aquele era um caso no qual ela e a moda teriam de discordar.

Quando chegou lá embaixo, a carruagem estava à sua espera e o chofer já havia sido instruído a levá-la ao Número Cinco.

Colin providenciara tudo. Penelope não sabia por que isso a surpreendia, afinal ele não era o tipo de homem que se esquecia dos detalhes. Mas estivera preocupado com outras coisas, então ela estranhou que tivesse gastado tempo enviando instruções aos criados sobre como deveria ser levada à casa da mãe quando ela mesma poderia tê-lo feito.

Ele só podia estar planejando alguma coisa. Mas o quê? Será que ia interceptar Cressida Twombley e despachá-la para alguma colônia penal?

Não, melodramático demais.

Talvez tivesse descoberto algum segredo a seu respeito e planejado uma contrachantagem. Silêncio por silêncio.

Penelope assentia, em sinal de aprovação, enquanto a carruagem percorria a Oxford Street. A resposta só podia ser aquela. Era bem do feitio de Colin inventar algo tão diabolicamente apropriado e inteligente. Mas o que será que teria desencavado sobre Cressida em tão pouco tempo? Em todos os seus anos como Lady Whistledown, jamais ouvira nem mesmo um sussurro de qualquer coisa de fato escandalosa ligada ao nome daquela mulher.

Cressida era má e mesquinha, mas nunca dera um passo que fosse fora das regras estabelecidas pela sociedade. A única coisa ousada de verdade que já fizera fora afirmar ser Lady Whistledown.

A carruagem rumou para o sul, entrando em Mayfair, e, poucos minutos depois, pararam diante do Número Cinco. Eloise devia estar olhando pela janela, pois desceu as escadas quase voando e teria se chocado com a carruagem se o chofer não tivesse descido naquele momento exato, bloqueando a sua passagem.

Eloise ficou saltando de um pé para outro enquanto esperava que o chofer abrisse a porta do veículo. Na verdade, parecia tão impaciente que Penelope ficou surpresa com o fato de a amiga não ter passado direto por ele e aberto a porta por si mesma. Finalmente, ignorando a ajuda do homem, entrou na carruagem sozinha, quase tropeçando na barra do vestido e caindo no chão do carro no processo. Assim que recuperou o equilíbrio, olhou para um lado, depois para o outro, a testa franzida numa expressão furtiva, e fechou a porta com um puxão, quase arrancando o nariz do chofer ao fazê-lo.

– O que está acontecendo? – exigiu saber ela.

Penelope se limitou a encará-la.

– Eu poderia lhe perguntar a mesma coisa.

– Poderia? Por quê?

– Porque quase derrubou a carruagem na sua pressa de entrar!

– Ah – resmungou Eloise, descartando o comentário. – A culpa é toda sua.

– Minha?

– Sim, sua! Quero saber o que está acontecendo. E quero saber agora.

Penelope tinha certeza que Colin não tinha contado à irmã sobre a chantagem de Cressida, a não ser que o seu plano fosse a irmã dar um sermão tão longo em Cressida que duraria até sua morte.

– Não sei do que você está falando.

– Você *tem* de saber do que estou falando! – insistiu Eloise, olhando de volta para a casa. A porta da frente estava se abrindo. – Ora, mas que chateação. Mamãe e Hyacinth já estão chegando. *Conte-me!*

– Contar-lhe *o quê*?

– Por que Colin nos enviou aquele bilhete tão misterioso nos instruindo a grudar em você como *cola* a noite toda.

– Ele fez isso?

– Fez, e ainda sublinhou a palavra *cola*.

– E eu aqui achando que a ênfase fosse toda sua – devolveu Penelope, secamente.

Eloise fez uma careta.

– Penelope, isto não é hora de zombar de mim.

– E quando é?

– Penelope!

– Desculpe-me, não pude resistir.

– Sabe sobre o que é o tal bilhete?

Penelope fez que não. O que não era uma mentira completa, disse a si mesma. Ela realmente não sabia o que Colin planejara para aquela noite.

Nesse momento, a porta se abriu e Hyacinth entrou no veículo.

– Penelope! – exclamou, com grande entusiasmo. – O que está acontecendo?

– Ela não sabe – respondeu Eloise.

Hyacinth olhou para a irmã com um ar irritado.

– É claro que você tinha de correr aqui para fora antes.

Violet enfiou a cabeça para dentro do veículo.

– Elas estão brigando? – perguntou à nora.

– Só um pouco – respondeu Penelope.

Violet se sentou ao lado de Hyacinth, em frente a Penelope e Eloise.

– Bem, eu não conseguiria mesmo detê-las. Mas agora, por favor, nos conte o que Colin quis dizer quando nos instruiu a grudarmos em você como cola.

– Eu lhes garanto que não sei.

Violet estreitou os olhos, como se avaliasse a sinceridade de Penelope.

– Ele foi bastante enfático. Até sublinhou a palavra *cola*...

– Eu sei – retrucou Penelope.

Ao mesmo tempo, Eloise disse:

– Eu contei a ela.

– Sublinhou duas vezes – acrescentou Hyacinth. – Se ele tivesse sido só um pouco mais enfático eu teria ido pessoalmente buscá-la em casa com a carruagem.

– Hyacinth! – exclamou Violet.

Hyacinth deu de ombros.

– É tudo muito intrigante.

– Na verdade – começou Penelope, tentando mudar de assunto –, estou aqui me perguntando o que Colin haverá de vestir.

Isso capturou a atenção de todas.

– Ele saiu de casa com roupas vespertinas – explicou Penelope –, e não voltou. Imagino que sua irmã não aceitaria nada menos que um traje de noite completo para o baile.

– Ele deve ter pegado algum emprestado de Anthony – retrucou Eloise, com ar despreocupado. – Os dois vestem o mesmo tamanho. Gregory também, na verdade. Só Benedict é diferente.

– Cinco centímetros mais alto – comentou Hyacinth.

Penelope fez que sim, fingindo interesse enquanto olhava pela janela. O chofer acabara de diminuir a velocidade, presumivelmente para tentar contornar o grande número de carruagens que abarrotava a Grosvenor Square.

– Quantas pessoas foram convidadas? – quis saber Penelope.

– Acredito que quinhentas – respondeu Violet. – Daphne não dá muitas festas, mas ela compensa em tamanho a falta de frequência.

– Concordo – murmurou Hyacinth. – Detesto multidões. Não vou conseguir respirar direito hoje.

– Sorte minha que você foi a última filha – comentou Violet com afeição, apesar do ar de cansaço. – Eu não teria energia para mais ninguém depois de você, tenho certeza.

– Pena que não fui a primeira – retrucou Hyacinth, com um sorriso insolente. – Pense só na atenção que eu teria tido. Sem falar na fortuna.

– Você já é uma herdeira e tanto – devolveu Violet.

– E sempre arruma uma forma de ser o centro das atenções – zombou Eloise.

Hyacinth se limitou a sorrir.

– Sabia – começou Violet, virando-se para Penelope – que todos os meus filhos estarão presentes esta noite? Não consigo me lembrar da última vez que estivemos todos juntos.

– E no seu aniversário? – perguntou Eloise.

Violet balançou a cabeça.

– Gregory não pôde deixar a universidade.

– Não está esperando que façamos uma fila de acordo com o tamanho para entoar uma canção festiva, está? – perguntou Hyacinth, não totalmente de brincadeira. – Já consigo nos ver: os Bridgertons Cantores. Ganharíamos fortunas nos palcos.

– Você está animada esta noite – comentou Penelope.

A menina deu de ombros.

– Só estou me aprontando para a transformação eminente em cola. Pelo visto isso requer certo tipo de preparação mental.

– Um estado de ânimo grudento? – indagou Penelope, com leveza.

– Exatamente.

– Temos de casá-la logo – disse Eloise à mãe.

– Você primeiro – devolveu Hyacinth.

– Estou trabalhando nisso – retrucou Eloise, misteriosa.

– *O quê?*

O volume da pergunta foi bastante amplificado pelo fato de ter sido pronunciada por três bocas ao mesmo tempo.

307

– É só isso que vou dizer – avisou Eloise com tal seriedade que todas souberam que falava sério.

– Podem acreditar que eu conseguirei mais detalhes – assegurou Hyacinth à mãe e a Penelope.

– Não tenho dúvidas – replicou Violet.

Penelope se virou para Eloise e disse:

– Você não vai ter a menor chance.

Eloise se limitou a erguer o queixo e olhar para fora da janela.

– Chegamos – anunciou.

As quatro esperaram até que o chofer abrisse a porta e, uma por uma, saltaram.

– Minha nossa – exclamou Violet, em tom de aprovação. – Daphne realmente se superou.

Era difícil não parar e olhar. A Casa Hastings estava toda iluminada. Cada uma das janelas havia sido adornada com uma vela, e arandelas externas sustentavam tochas, assim como o grande grupo de criados que recebiam as carruagens.

– Que pena que Lady Whistledown não está aqui – comentou Hyacinth, sem qualquer vestígio de insolência, ao menos dessa vez. – Ela teria adorado.

– Talvez *esteja* aqui – disse Eloise. – Não duvido nada.

– Será que Daphne convidou Cressida Twombley?

– Tenho certeza que sim – retrucou Eloise. – Não que eu ache que ela seja Lady Whistledown.

– Acho que ninguém mais acredita nisso – completou Violet, enquanto subia o primeiro degrau da escadaria. – Vamos, meninas, a noite nos espera.

Hyacinth foi em frente para acompanhar a mãe, enquanto Eloise caminhava ao lado de Penelope.

– Há algo mágico no ar – comentou Eloise, olhando à sua volta, como se nunca tivesse presenciado um baile londrino. – Está sentindo?

Penelope apenas a olhou, temendo deixar escapar todos os seus segredos se abrisse a boca. Eloise tinha razão. Havia algo de estranho e eletrizante na noite, uma energia crepitante, do tipo que se sente um pouco antes de uma tempestade.

– Parece quase um momento decisivo – refletiu Eloise –, como se a vida de uma pessoa pudesse mudar por completo numa única noite.

– Do que você está falando, Eloise? – indagou Penelope, assustada com a expressão da amiga.

– De nada – respondeu Eloise, dando de ombros. Mas um sorriso misterioso continuou em seus lábios enquanto ela passava o braço pelo de Penelope e murmurava: – Vamos. A noite nos espera.

CAPÍTULO 23

Penelope estivera na Casa Hastings muitas vezes, tanto em festas formais quanto em visitas informais, mas nunca vira a imponente construção tão encantadora – ou mágica – quanto naquela noite.

Junto à sogra e às duas cunhadas, ela estava entre os primeiros convidados a chegar. Violet sempre dissera que era grosseiro que membros da família sequer cogitassem chegar elegantemente atrasados. E Penelope achou bom chegar tão cedo: ela teve a oportunidade de ver a decoração sem ter de enfrentar o empurra-empurra da multidão.

Daphne decidira que seu evento não seria temático, ao contrário do baile egípcio da semana passada e do grego da semana anterior a esta. Em vez disso, decorara a casa com a mesma elegância simples com a qual vivia o dia a dia. Centenas de velas bruxuleantes adornavam as paredes e mesas, refletindo os imensos candelabros que pendiam do teto. As janelas estavam envoltas em um pano brilhoso e prateado, o tipo de tecido que se podia imaginar vestindo fadas. Até o uniforme dos criados estava diferente. Penelope sabia que eles costumavam vestir azul e dourado, mas naquela noite o azul vinha adornado com prateado.

Era quase possível para uma mulher se sentir como uma princesa num conto de fadas.

– Eu imagino quanto isto tudo terá custado – comentou Hyacinth, com os olhos arregalados.

– Hyacinth! – ralhou Violet, dando um tapinha no braço da filha. – Você sabe que é deselegante fazer esse tipo de pergunta.

– Eu não perguntei. Só imaginei. Além do mais, é de Daphne que estamos falando.

— A sua irmã é a duquesa de Hastings – retrucou Violet –, e, como tal, tem certas responsabilidades com que arcar. Seria bom que você se lembrasse disso.

— Mas a senhora não concorda – disse Hyacinth, passando o braço pelo da mãe e apertando de leve a mão dela – que é bem mais importante que eu me lembre, simplesmente, que ela é minha irmã?

— Agora ela a pegou – comentou Eloise, com um sorriso.

Violet deixou escapar um suspiro.

— Hyacinth, eu declaro que você será a responsável pela minha morte.

— Não, não serei – replicou a jovem. – Gregory será.

Penelope se pegou prendendo o riso.

— Não vejo Colin em lugar algum – disse Eloise, esticando o pescoço.

— Não? – Penelope varreu o salão com os olhos. – Isso é surpreendente.

— Ele lhe disse que estaria aqui antes de você chegar?

— Não, mas, por algum motivo, achei que estaria.

Violet deu um tapinha tranquilizador em seu braço.

— Estou certa de que chegará em breve, Penelope. Então, logo saberemos que grande segredo é esse que o fez insistir que não desgrudássemos de você. Não – acrescentou, apressada, os olhos arregalados de alarme – que estejamos encarando isto como um *sacrifício*. Você sabe que adoramos a sua companhia.

Penelope lhe lançou um sorriso tranquilizador.

— Eu sei. O sentimento é recíproco.

Havia poucas pessoas à frente delas na fila de recepção, então não demorou muito para que pudessem cumprimentar Daphne e o marido, Simon.

— *O que* está acontecendo com Colin? – perguntou Daphne, sem qualquer preâmbulo, tão logo teve certeza de que os outros convidados não poderiam ouvi-la.

Como a questão parecia, primordialmente, dirigida a ela, Penelope se viu forçada a dizer:

— Eu não sei.

— Ele também lhe mandou um bilhete? – perguntou Eloise à irmã.

Daphne fez que sim.

— Mandou. Segundo ele, é para ficarmos de olho em Penelope.

— Podia ter sido pior – falou Hyacinth. – Nós três devemos grudar nela como cola. – Ela inclinou o corpo para a frente. – E ele sublinhou *cola*.

— E eu achando que não era um sacrifício – ironizou Penelope.

– Ora, e não é – garantiu Hyacinth, com leveza –, mas há algo muito prazeroso em pronunciar a palavra *cola*. Ela escorrega da língua de maneira muito agradável, não acha? Cola. Cooooolaaaa.

– Sou eu, ou ela enlouqueceu de vez? – perguntou Eloise.

Hyacinth a ignorou com um dar de ombros.

– Sem falar no aspecto dramático disso tudo. Parece que somos parte de alguma grande trama de espionagem.

– Espionagem – gemeu Violet. – Que Deus nos ajude.

Daphne inclinou o corpo para a frente, com a expressão grave.

– Bem, ele *nos* disse...

– Não é uma competição, meu amor – interrompeu Simon.

Ela lhe lançou um olhar bastante irritado antes de se virar outra vez para a mãe e as irmãs e continuar:

– Ele nos pediu que não a deixássemos chegar nem perto de Lady Danbury.

– Lady Danbury! – exclamaram todas.

Todas, menos Penelope, que tinha uma boa noção do motivo pelo qual Colin queria que ela ficasse longe da condessa. Devia ter bolado um plano melhor que o dela de convencer Lady Danbury a mentir e dizer a todos que *ela* era Lady Whistledown.

Só podia ser a teoria da contrachantagem. O que mais haveria de ser? Sem dúvida ele tinha descoberto algum segredo terrível sobre Cressida.

Penelope estava quase tonta de alegria.

– Achei que você fosse bastante próxima de Lady Danbury – disse-lhe Violet.

– E sou – retrucou Penelope, tentando mostrar-se perplexa.

– Isso é muito curioso – comentou Hyacinth, batendo com o indicador na face. – Muito curioso mesmo.

– Eloise – chamou Daphne, de repente –, está muito quieta hoje.

– Só não estava quando me chamou de louca – destacou Hyacinth.

– Hummm? – Eloise estava olhando para o nada, ou talvez para algo que se encontrava atrás de Daphne e de Simon, e não estava prestando atenção. – Ah, bem, creio que não tenho nada para dizer.

– Você? – perguntou Daphne, incrédula.

– Exatamente o que eu estava pensando – acrescentou Hyacinth.

Penelope concordava com Hyacinth, mas decidiu guardar a opinião para si. Não era do feitio da amiga permanecer em silêncio por tanto tempo, sobretudo numa noite como aquela, que ficava mais misteriosa a cada segundo.

— Vocês todos vinham fazendo colocações tão boas... — comentou Eloise. — O que eu poderia ter acrescentado à conversa?

Isso pareceu muito estranho a Penelope. O sarcasmo estava dentro do contexto, mas sua melhor amiga *sempre* achava que tinha algo a acrescentar a uma conversa.

Eloise apenas deu de ombros.

— É bom irmos andando — disse Violet. — Estamos começando a atrapalhar os seus outros convidados.

— Eu as verei mais tarde — prometeu Daphne. — E... Ah!

Todas se aproximaram.

— Provavelmente vão querer saber que Lady Danbury ainda não chegou — sussurrou ela.

— O que torna minha tarefa mais simples — comentou Simon, parecendo um tanto entediado com tanta intriga.

— Mas não a minha — queixou-se Hyacinth. — Ainda tenho de grudar nela...

— Como cola — exclamaram todas, inclusive Penelope.

— Por falar em cola... — começou Eloise, enquanto se afastavam de Daphne e Simon. — Penelope, acha que ficará bem com dois tubos, apenas, por um período? Eu gostaria de dar uma volta.

— Eu vou com você — anunciou Hyacinth.

— Não podem ir as duas — disse Violet. — Tenho certeza que Colin não iria querer que Penelope ficasse sozinha *comigo*.

— Posso ir quando ela voltar, então? — perguntou Hyacinth com uma careta. — Não é algo que eu possa evitar.

Violet virou-se para Eloise, em expectativa.

— O que foi? — quis saber a jovem.

— Estava esperando que você dissesse o mesmo.

— Eu sou digna demais — fungou Eloise.

— Ora, por favor... — murmurou Hyacinth.

Violet soltou um gemido.

— Tem certeza que deseja ficar conosco? — perguntou a Penelope.

— Não achei que tivesse escolha — respondeu Penelope, divertindo-se com o diálogo.

— Vá – disse Violet a Eloise. – Mas não demore.

Eloise assentiu e então, para a surpresa de todas, se aproximou de Penelope e lhe deu um abraço rápido.

— Por que isto? – indagou Penelope com um sorriso carinhoso.

— Por nada – retrucou Eloise, retribuindo o sorriso com um muito parecido com os de Colin. – Só acho que esta vai ser uma noite muito especial para você.

— Acha mesmo? – disse Penelope, cautelosamente, sem saber o que a amiga já poderia ter intuído.

— Bem, é óbvio que alguma coisa está prestes a acontecer – declarou Eloise. – Não é do feitio de Colin agir de forma tão misteriosa. E eu queria oferecer o meu apoio.

— Você vai voltar em alguns minutos – observou Penelope. – O que quer que vá acontecer, se é que algo vai acontecer de fato, não é provável que você perca.

Eloise deu de ombros.

— Foi um impulso. Um impulso nascido de muitos anos de amizade.

— Eloise Bridgerton, está ficando sentimental?

— A esta altura da vida? – indagou Eloise, fingindo-se ultrajada. – Não creio.

— Eloise – interrompeu Hyacinth. – Quer ir logo? Não posso esperar a noite toda.

Com um rápido aceno da cabeça, Eloise se afastou.

Durante a hora seguinte, elas apenas caminharam pelo salão, misturando-se aos outros convidados e se deslocando – Penelope, Violet e Hyacinth – como um ser único e gigantesco.

— Três cabeças e seis pernas, é o que temos – observou Penelope, andando em direção à janela com as duas Bridgertons se alvoroçando para chegarem logo ao seu lado.

— O que disse? – perguntou Violet.

— Você realmente queria olhar pela janela ou só estava nos testando? E *onde* está Eloise? – murmurou Hyacinth.

— Em grande parte, eu as estava testando – admitiu Penelope. – E tenho certeza que Eloise foi detida por algum outro convidado. Você sabe tão bem quanto eu que é muito difícil escapar de uma conversa com várias das pessoas presentes aqui.

– Humpf – resmungou Hyacinth. – Pelo jeito ela não conhece muito bem a definição de *cola*.

– Hyacinth, se precisar se ausentar por alguns minutos, vá em frente, por favor – disse Penelope. Então se virou para Violet. – A senhora também. Se precisar ir, prometo ficar bem aqui, neste canto, até o seu retorno.

Violet a olhou, horrorizada.

– E voltar atrás na nossa palavra com Colin?

– Err... Vocês chegaram a prometer alguma coisa a ele? – observou Penelope.

– Não, mas sem dúvida isso estava implícito no pedido dele. Ah, olhe! – exclamou ela, subitamente. – Lá está ele!

Penelope tentou fazer um sinal discreto para o marido, mas todas as suas tentativas de circunspecção foram abafadas pelos vigorosos acenos e gritos de Hyacinth:

– Colin!

Violet gemeu.

– Eu sei, eu sei – disse Hyacinth, sem o menor sinal de arrependimento. – Devo agir mais como uma dama.

– Se sabe, por que não o faz? – queixou-se Violet.

– Qual seria a graça?

– Boa noite, senhoras – cumprimentou Colin, beijando a mão da mãe antes de tomar o seu lugar, elegantemente, ao lado de Penelope, e passar o braço em torno de sua cintura.

– Bem...? – disse Hyacinth, em tom de expectativa.

Colin se limitou a erguer uma das sobrancelhas.

– Não tem nada para nos *contar*? – insistiu ela.

– Tudo em seu devido tempo, querida irmã.

– Você é um homem muito, muito mau – resmungou Hyacinth.

– Não posso negar – murmurou ele, olhando à sua volta. – E onde está Eloise?

– Boa pergunta – resmungou Hyacinth ao mesmo tempo que Penelope dizia:

– Estou certa de que logo estará de volta.

Ele assentiu, sem parecer realmente interessado.

– Mamãe – começou, virando-se para Violet –, como tem passado?

– Você envia bilhetes misteriosos pela cidade inteira e quer saber como eu tenho passado? – retrucou Violet.

Ele sorriu.

– Quero.

Violet começou a balançar o dedo para ele, algo que proibira terminantemente os próprios filhos de fazer em público.

– Ah, não, nada disso, Colin Bridgerton. Não vai se safar assim. Você me deve uma explicação. Eu sou sua mãe. Sua mãe!

– Estou ciente disso – murmurou ele.

– Não vai entrar aqui valsando e me distrair com uma frase inteligente e um sorriso travesso.

– Acha o meu sorriso travesso?

– Colin!

– Mas de fato a senhora trouxe à tona uma excelente questão.

Violet piscou, aturdida.

– Eu trouxe?

– Trouxe. A respeito da valsa. – Ele inclinou a cabeça levemente para o lado. – Creio estar ouvindo o início de uma valsa.

– Não estou ouvindo nada – comentou Hyacinth.

– Não mesmo? Que pena. – Ele agarrou a mão de Penelope. – Vamos, minha esposa. Creio que seja o nosso número de dança.

– Mas ninguém está dançando – observou Hyacinth, entre os dentes.

Ele lhe lançou um sorriso de satisfação.

– Mas logo estarão.

Então, antes que alguém tivesse chance de retrucar, ele deu um puxão na mão de Penelope e logo os dois avançavam pela multidão.

– Você não queria dançar a valsa? – perguntou Penelope, sem fôlego, logo depois de passarem pela pequena orquestra, cujos integrantes pareciam fazer uma pausa prolongada.

– Não, só queria escapar – explicou ele, passando com ela por uma porta lateral.

Alguns momentos mais tarde, depois de subirem uma escadaria estreita, estavam escondidos numa pequena sala, cuja única iluminação provinha das tochas bruxuleantes que ardiam do lado de fora da janela.

– Onde estamos? – perguntou Penelope, olhando à sua volta.

Colin deu de ombros.

– Não sei. Pareceu-me um lugar tão bom quanto qualquer outro.

– Vai me contar o que está acontecendo?

– Não. Primeiro vou beijá-la.

Antes que ela pudesse reagir (não que Penelope tivesse protestado), os lábios dele encontraram os seus num beijo que foi, ao mesmo tempo, faminto, urgente e terno.

– Colin! – arquejou ela, durante o décimo de segundo em que ele parou para respirar.

– Agora não – sussurrou ele, beijando-a outra vez.

– Mas... – A palavra saiu abafada, perdida de encontro aos lábios dele.

Era o tipo de beijo que a envolvia da cabeça aos pés, desde o modo como Colin mordiscava os seus lábios até a forma como ele apalpava o seu traseiro e deslizava as mãos por suas costas. Era o tipo de beijo que poderia facilmente tê-la deixado de pernas bambas, fazendo-a desmaiar no sofá e permitir que ele fizesse qualquer coisa com ela, apesar de estarem apenas a alguns metros de distância de cerca de quinhentos membros da alta sociedade, a não ser...

– Colin! – exclamou ela, de alguma forma conseguindo afastar a boca da dele.

– Shhhh.

– Colin, precisa parar!

A expressão dele era a de um cachorrinho confuso.

– Preciso?

– Sim, precisa.

– Imagino que vá dizer que é por causa de todas as pessoas que estão aqui ao lado.

– Não, embora seja um ótimo motivo para considerar o autocontrole.

– Para considerar e depois... ignorar, talvez? – disse ele, esperançoso.

– Não! Colin... – Ela se desvencilhou dos braços dele e se afastou vários metros, apenas por precaução. – Colin, você precisa me dizer o que está acontecendo.

– Bem – começou ele, lentamente. – Eu a estava beijando...

– Não foi isso que eu quis dizer e você sabe disso.

– Muito bem. – Colin se afastou, com os passos ecoando alto nos ouvidos dela. Quando ele se virou outra vez, a expressão se tornara muito séria. – Decidi o que fazer com relação a Cressida.

– Decidiu? O quê? Quero saber.

Colin fez uma careta.

– Na verdade, acho melhor não lhe contar até o plano já estar em curso.

Ela o fitou com incredulidade.

– Não pode estar falando sério.

– Bem... – Ele olhava para a porta com ansiedade, claramente esperando um motivo para escapar.

– Conte-me – insistiu ela.

– Muito bem.

Ele deixou escapar um suspiro, e outro em seguida.

– Colin!

– Vou dar uma declaração – disse ele, como se aquilo explicasse tudo.

A princípio Penelope ficou em silêncio, achando que tudo ficaria claro se ela esperasse um instante e pensasse a respeito. Mas não funcionou, então ela perguntou bem devagar, com toda a cautela:

– Que tipo de declaração?

Colin assumiu uma expressão decidida.

– Vou contar a verdade.

Ela sufocou um grito.

– A meu respeito?

Ele fez que sim.

– Mas não pode!

– Penelope, acho que é o melhor a fazer.

O pânico começou a brotar dentro dela e seus pulmões lhe deram a sensação de estarem impossivelmente comprimidos.

– Não, Colin, não pode fazer isso! O segredo não lhe pertence para que você o revele!

– Quer sustentar Cressida pelo resto da vida?

– Não, é claro que não, mas posso pedir a Lady Danbury...

– Não vai pedir a Lady Danbury que minta em seu nome – disse ele, com rispidez. – Isso não é condizente com a sua pessoa e você sabe muito bem disso.

Penelope arquejou diante do tom rude de Colin. Mas, no fundo, sabia que ele tinha razão.

– Se estava tão disposta a permitir que alguém usurpasse a sua identidade – continuou ele –, então devia simplesmente ter permitido que Cressida o fizesse.

– Eu não podia – sussurrou Penelope. – Não ela.

– Muito bem. Então chegou a hora de enfrentarmos a realidade.

– Colin – sussurrou ela –, isto vai me arruinar.

Ele deu de ombros.

– Podemos nos mudar para o campo.

Ela balançou a cabeça, tentando desesperadamente saber o que dizer.

Colin tomou as mãos dela.

– Isso tem mesmo tanta importância? – perguntou ele, de forma afetuosa. – Penelope, eu amo você. Contanto que fiquemos juntos, seremos felizes.

– Não é isso – disse ela, tentando desvencilhar as mãos das dele para secar as próprias lágrimas.

Mas ele não as soltou.

– O que é, então?

– Colin, você também ficará arruinado – sussurrou ela.

– Eu não me importo.

Ela o fitou, incrédula. Colin lhe soou tão insolente, tão relaxado com relação a algo que poderia mudar a sua vida de uma forma que ele não era capaz nem de imaginar...

– Penelope, é a única solução – disse ele num tom tão sensato que ela achou quase intolerável. – Ou nós contamos ao mundo, ou Cressida conta.

– Podemos pagar pelo silêncio dela.

– É realmente o que você quer fazer? – perguntou ele. – Dar-lhe todo o dinheiro que você trabalhou tanto para ganhar? Então poderia ter deixado todos acreditarem que ela era Lady Whistledown.

– Não posso permitir que você faça isso – insistiu ela. – Acho que não compreende o que é viver fora da sociedade.

– E você compreende? – devolveu ele.

– Melhor do que você!

– Penelope...

– Está tentando agir como se não importasse, mas não se sente assim. Ficou com tanta raiva de mim quando publiquei aquela última coluna, tudo porque achava que eu não deveria ter arriscado o meu segredo dessa maneira...

– E, no final das contas, eu tinha razão – observou ele.

– Viu só? Continua com raiva de mim por isso!

Colin deu um longo suspiro. A conversa não estava evoluindo da forma que esperara. Sem dúvida ele não imaginara que a esposa lhe jogaria na cara sua insistência anterior de que ela não contasse a ninguém.

– Se você não tivesse publicado aquela última coluna – argumentou ele –, nós não estaríamos nesta posição, é verdade, mas isso agora não tem mais a menor importância, não concorda?

– Colin, se você contar para o mundo que eu sou Lady Whistledown e as pessoas reagirem da forma como acho que reagirão, você nunca verá os seus diários publicados.

O coração dele parou por um momento.

Porque foi nesse instante que ele finalmente a compreendeu.

Ela já lhe dissera que o amava e também demonstrara o seu amor de todas as formas que ele lhe ensinara. Mas esse sentimento nunca estivera tão claro, tão franco, tão cru.

Durante todo o tempo que ela lhe implorara que não contasse a verdade, fora por ele.

Ele engoliu o bolo que começava a se formar em sua garganta, lutou para encontrar as palavras, lutou até mesmo para respirar.

Penelope estendeu o braço e tocou a sua mão, os olhos suplicantes, o rosto ainda molhado das lágrimas.

– Eu jamais poderia me perdoar – falou. – Não quero destruir os seus sonhos.

– Nunca foram meus sonhos até conhecer você – sussurrou ele.

– Não quer publicar os diários? – indagou ela, piscando, perplexa. – Estava fazendo isso só por mim?

– Não – disse ele, porque Penelope não merecia nada além da mais completa sinceridade. – Eu quero, sim. É o meu sonho. Mas é um sonho que você me deu.

– O que não significa que eu possa tomá-lo de você.

– E não vai.

– Sim, eu...

– *Não* – exclamou ele, decidido –, não vai. E ter o meu trabalho publicado... Bem, não chega aos pés do meu verdadeiro sonho, que é passar o resto da vida com você.

– Você sempre terá isso – retrucou ela, baixinho.

– Eu sei. – Ele sorriu e depois acrescentou de forma bastante arrogante: – E então, o que temos a perder?

— Possivelmente mais do que jamais poderemos imaginar.

— E, possivelmente, menos — retrucou Colin. — Não se esqueça de que sou um Bridgerton. E agora, você também. Exercemos certo poder nesta cidade.

Penelope arregalou os olhos.

— O que quer dizer?

Ele deu de ombros, com modéstia.

— Anthony está preparado para lhe dar todo o apoio.

— Contou a Anthony? — arquejou ela.

— Tive de contar. Ele é o chefe da família. E há muito poucas pessoas neste planeta que ousariam se indispor com ele.

— Ah. — Penelope mordeu o lábio inferior, considerando aquilo tudo. Então, porque precisava saber, perguntou: — O que ele disse?

— Ficou surpreso.

— Imagino.

— E bastante satisfeito.

O rosto dela se iluminou.

— É mesmo?

— E achou graça. Disse que só podia admirar alguém que conseguiu guardar um segredo como esse durante tantos anos. E falou que mal podia esperar até contar a Kate.

Ela assentiu.

— Imagino que teremos de dar essa declaração agora. O segredo não é mais só nosso.

— Anthony não contará nada, se eu lhe pedir — disse Colin. — Isso não tem nada a ver com o motivo de eu querer contar a verdade ao mundo.

Ela olhou para ele com um misto de expectativa e desconfiança.

— A verdade é que sinto orgulho de você — explicou Colin, puxando as mãos dela e trazendo-a mais para perto.

Penelope se viu sorrindo, o que foi estranho, pois apenas alguns minutos antes ela não conseguira se imaginar jamais voltando a sorrir.

Colin baixou o rosto até os seus narizes se tocarem.

— Quero que todos saibam como sinto orgulho de você. Quando eu terminar, não haverá uma única pessoa em Londres que não reconhecerá como você é inteligente.

— Talvez continuem me odiando — observou ela.

– Talvez – concordou ele –, mas isso será problema delas, não nosso.

– Ah, Colin – suspirou ela. – Eu amo você. Que maravilha sentir isso.

Ele sorriu.

– Eu sei.

– Não, não sabe. Achei que o amava antes, e tenho certeza de que amava, mas não era nada comparado ao que sinto agora.

– Ótimo – disse ele, com um brilho bastante possessivo surgindo nos olhos. – É assim que eu gosto. Agora, venha comigo.

– Aonde?

– Por aqui – retrucou ele, abrindo uma porta.

Para surpresa de Penelope, ela se viu numa pequena sacada, que dava para todo o salão de baile.

– Meu. Deus. Do. Céu – falou, engolindo em seco, tentando puxá-lo de volta para o quarto.

Ninguém os vira até o momento, então ainda podiam fugir.

– Tsc, tsc – ralhou ele. – Coragem, minha querida.

– Que tal se você publicasse alguma coisa no jornal? – sussurrou ela, com urgência. – Ou contasse a alguém e deixasse que o boato se espalhasse?

– Nada como um grande gesto para comunicar a mensagem.

Penelope começou a engolir em seco sem parar. Definitivamente aquele seria um gesto dos grandiosos.

– Não sou muito boa em ser o centro das atenções – disse ela, tentando normalizar o ritmo da respiração.

Ele apertou a sua mão.

– Não se preocupe. Eu é que vou ser.

Ele fitou a multidão e trocou um olhar com o anfitrião da festa, seu cunhado, o duque de Hastings. Diante do aceno da cabeça de Colin, o duque se dirigiu à orquestra.

– Simon sabe? – arfou Penelope.

– Eu lhe contei quando cheguei – murmurou Colin. – Como acha que eu encontrei a sala com a sacada?

Então, algo notável aconteceu. Um verdadeiro tropel de criados surgiu do nada e começou a entregar compridas taças de champanhe aos convidados.

– Aqui estão as nossas – disse Colin, em tom de aprovação, enquanto pegava duas taças que os aguardavam no canto. – Exatamente como pedi.

Penelope aceitou a dela em silêncio, ainda incapaz de compreender tudo o que estava acontecendo.

– A esta altura as borbulhas já devem ter se desfeito – brincou Colin, num sussurro conspiratório que, ela sabia, tinha o intuito de fazê-la se acalmar. – Mas foi o melhor que consegui fazer, dadas as circunstâncias.

Enquanto Penelope segurava aterrorizada a mão do marido, observava, impotente, Simon silenciar a orquestra e gesticular para que a multidão de convidados voltasse a atenção para o irmão e a irmã, na sacada.

Irmão e irmã, pensou ela, maravilhada. Os Bridgertons realmente inspiravam um elo. Ela jamais pensara ver o dia em que o duque se referiria a ela como sua irmã.

– Senhoras e senhores – começou Colin, a voz forte e confiante ribombando através do salão –, eu gostaria de propor um brinde à mulher mais extraordinária do mundo.

Um discreto murmúrio se espalhou pelo salão e Penelope permaneceu imóvel enquanto todos a observavam.

– Sou um recém-casado – continuou ele, encantando a todos os presentes com seu sorriso enviesado –, e, portanto, todos vocês ainda têm de tolerar meu comportamento de homem apaixonado.

Uma simpática onda de gargalhadas se espalhou pela multidão.

– Eu sei que muitos se surpreenderam quando pedi Penelope Featherington para ser minha esposa. Eu mesmo me surpreendi.

Algumas risadinhas abafadas e indelicadas se fizeram ouvir, mas Penelope se manteve perfeitamente imóvel e orgulhosa. Colin sabia o que estava fazendo. Ela tinha certeza disso. Ele sempre dizia a coisa certa.

– Eu não me surpreendi com o fato de ter me apaixonado por ela – frisou ele, olhando para todos com uma expressão que os desafiava a tecer qualquer comentário –, e sim por isso ter demorado tanto para acontecer. Afinal, eu a conhecia havia tantos anos – continuou, a voz tornando-se mais suave –, mas, de alguma forma, jamais havia me dado o trabalho de notar a mulher linda, brilhante e espirituosa na qual ela se transformou.

Penelope sentiu as lágrimas escorrendo pelas faces, mas não conseguiu se mexer. Mal era capaz de respirar. Esperara que Colin revelasse o seu segredo e, em vez disso, ele estava lhe dando aquele presente incrível, aquela declaração de amor espetacular.

– Assim – prosseguiu ele –, tendo todos vocês como testemunhas, eu gostaria de dizer o seguinte: Penelope... – Virou-se para ela, tomou sua mão livre e exclamou: – Eu amo você! Venero o solo sobre o qual você pisa. – Então, dirigindo-se outra vez à multidão, ergueu a taça e falou: – À minha esposa!

– À sua esposa! – gritaram todos, capturados pela magia do momento.

Colin bebeu e Penelope o imitou, embora não conseguisse deixar de se perguntar quando ele iria lhes contar o verdadeiro motivo daquela declaração.

– Baixe a sua taça, minha querida – murmurou ele, depois a tirou de sua mão e colocou-a de lado.

– Mas...

– Você me interrompe demais – ralhou, em seguida a calou com um beijo apaixonado, bem ali, na sacada, diante de toda a alta sociedade.

– Colin! – arfou ela, assim que ele lhe deu a oportunidade de respirar.

Ele lhe lançou um sorriso malicioso enquanto a plateia rugia a sua aprovação.

– Ah, mais uma coisa! – anunciou Colin para a multidão.

Todos estavam entusiasmados, atentos a cada palavra que ele dizia.

– Vou deixar a festa mais cedo. Agora mesmo, na verdade. – Olhou de soslaio para Penelope com uma expressão muito travessa. – Tenho certeza que compreendem.

Os homens presentes assoviaram e gritaram enquanto Penelope ficava vermelha como um tomate.

– Mas, antes disso, tenho uma última declaração a fazer. Algo simples, para o caso de ainda não acreditarem quando lhes digo que minha esposa é a mulher mais espirituosa, inteligente e encantadora de Londres.

– Nãããão! – gritou uma voz vinda do fundo do salão, que Penelope soube ser de Cressida.

Mas nem mesmo Cressida era páreo para a multidão, que não permitiu que ela passasse nem deu ouvidos aos seus gritos angustiados.

– É possível dizer que minha esposa tem dois nomes de solteira – começou ele, pensativo. – É claro que todos vocês a conheciam por Penelope Featherington, assim como eu. Mas o que ninguém sabia, e nem mesmo eu fui esperto o bastante para descobrir até ela mesma me contar...

Ele fez uma pausa, esperando que o silêncio reinasse no salão.

– ... é que ela também é a brilhante, a espirituosa, a magnífica... Ora, vocês todos sabem de quem estou falando... – continuou ele, fazendo um gesto abrangente com o braço em direção à multidão. – Eu lhes apresento minha esposa, Lady Whistledown! – exclamou ele, com todo o seu amor e orgulho.

Por um instante nenhum dos presentes emitiu qualquer som. Era quase como se ninguém nem ousasse respirar.

Então, começou. *Clap. Clap. Clap.* Devagar, mas de forma metódica, com tanta força e determinação que todos tiveram de se virar para ver quem ousava romper o silêncio escandalizado.

Era Lady Danbury.

Ela tinha dado a bengala para outra pessoa segurar e erguia os braços no alto, aplaudindo sonora, radiante e orgulhosamente.

Em seguida, outra pessoa também começou a aplaudir. Penelope virou a cabeça para ver quem era...

Anthony Bridgerton.

Depois, Simon Basset, o duque de Hastings.

Então, as Bridgertons, e as Featheringtons, e outros, e outros, e cada vez mais gente, até o salão inteiro dar vivas.

Penelope não conseguia acreditar.

No dia seguinte talvez se lembrassem de sentir raiva dela, de ficar irritados por terem sido enganados por tantos anos, mas naquela noite...

Naquela noite, a única coisa a fazer era admirá-la e dar vivas.

Para uma mulher que tivera de realizar o que ela realizara em segredo, aquilo era tudo o que sonhara.

Bem, quase tudo.

Tudo com o que sonhara estava de pé bem ao seu lado, com o braço em torno de sua cintura. Quando ela ergueu os olhos para fitá-lo, para fitar aquele rosto tão amado, Colin a encarou com tanto amor e orgulho que a respiração ficou presa em sua garganta.

– Meus parabéns, Lady Whistledown – murmurou ele.

– Eu prefiro Sra. Bridgerton.

Ele sorriu.

– Excelente escolha.

– Podemos ir? – pediu ela.

– Agora?
Ela fez que sim.
– É claro que podemos – respondeu ele, enfaticamente.
E ninguém viu o casal por vários dias.

EPÍLOGO

Bedford Square, Bloomsbury

Londres, 1825

— Chegou! Chegou!

Penelope ergueu os olhos dos papéis espalhados sobre a sua escrivaninha. Colin estava no vão da porta do seu pequeno escritório, saltando de um pé para o outro como um menino.

– O seu livro! – exclamou ela, levantando-se com toda a rapidez que o corpo desajeitado lhe permitiu. – Ah, Colin, deixe-me ver! Deixe-me ver! Estou ansiosa!

Ele não conseguia parar de sorrir enquanto lhe entregava a obra.

– Ahhhh – disse ela, com reverência, segurando o fascículo fino e encadernado em couro. – Minha nossa... – Levou o livro até a altura do rosto e respirou fundo. – Você não adora esse cheiro de livro novo?

– Olhe só para isto, olhe só para isto – disse ele, impaciente, apontando para o próprio nome na capa.

Penelope ficou radiante.

– Olhe só. E tão elegante, também. – Correu o dedo pelas palavras enquanto lia. – *Um inglês na Itália*, Colin Bridgerton.

Ele parecia prestes a explodir de orgulho.

– Ficou bonito, não ficou?

– Mais do que bonito. Ficou perfeito! Quando sai *Um inglês no Chipre*?

– O editor disse que vão lançar um a cada seis meses. Querem publicar *Um inglês na Escócia* depois.

– Ah, Colin, estou tão orgulhosa de você...

Ele a tomou nos braços e descansou o queixo no topo da cabeça dela.

– Eu não poderia tê-lo feito sem você.

– Poderia, sim – respondeu ela, com convicção.

– Apenas fique quieta e aceite o elogio.

– Muito bem, então – retrucou Penelope, sorrindo, embora ele não pudesse ver o seu rosto –, não poderia. É claro que jamais teria sido publicado sem uma editora tão talentosa.

– Quem sou eu para discordar? – disse ele, beijando-lhe o topo da cabeça antes de soltá-la. – Vá se sentar. Não devia passar tanto tempo de pé.

– Estou bem – garantiu ela, mas obedeceu mesmo assim.

Colin vinha sendo excessivamente protetor desde o instante em que ela dissera que estava grávida; agora, a apenas um mês da data prevista para o nascimento do bebê, ele andava insuportável.

– O que são esses papéis? – perguntou ele, olhando para os rabiscos dela.

– Isso? Ah, nada. – Ela começou a juntar as páginas em pilhas. – Só um pequeno projeto no qual estou trabalhando.

– É mesmo? – Ele se sentou diante dela. – O que é?

– Err... bem... na verdade...

– O que é, Penelope? – insistiu ele, achando cada vez mais graça da gagueira dela.

– Tenho andado ansiosa desde que acabei de editar os seus diários – explicou ela –, e descobri que estava sentindo falta de escrever.

Ele sorria enquanto chegava o corpo para a frente.

– O que está escrevendo?

Sem saber muito bem por quê, ela ruborizou.

– Um romance.

– Um romance? Ora, mas que sensacional, Penelope!

– Acha mesmo?

– Mas é claro que acho. Como se chama?

– Bem, só escrevi algumas páginas – respondeu ela –, e ainda há muito a ser feito, mas acho que se eu não decidir mudar muita coisa, vai se chamar *A moça invisível*.

Os olhos dele se encheram de afeto, ficando quase embaçados.

– É mesmo?

– É um pouquinho autobiográfico – admitiu ela.

– Só um pouquinho?

– Só um pouquinho.

– Mas tem final feliz?

– Ah, é claro – disse ela, fervorosamente. – *Tem* que ter.

– Tem que ter?

Ela estendeu a mão por cima da escrivaninha e a colocou sobre a dele.

– Eu só escrevo finais felizes – sussurrou. – Não saberia escrever qualquer outra coisa.

CONHEÇA O PRÓXIMO LIVRO DA SÉRIE

Para Sir Phillip, com amor

PRÓLOGO

Fevereiro de 1823

GLOUCESTERSHIRE, INGLATERRA

Era realmente irônico que tivesse acontecido em um dia tão ensolarado.

O primeiro dia de sol em – quanto tempo mesmo? – seis semanas inteiras de céu nublado, acompanhado de ocasionais rajadas de chuva ou neve fraca. Até Phillip, que se achava imune aos caprichos do tempo, sentiu seu espírito mais leve, seu sorriso mais aberto. Ele saíra, tivera de sair. Ninguém poderia continuar dentro de casa durante um dia tão esplêndido de sol.

Principalmente no meio de um inverno tão cinzento.

Mesmo agora, mais de um mês depois do que aconteceu, ele ainda não podia acreditar que o sol tivera a ousadia de provocá-lo.

E como pudera ser tão cego de não esperar por isso? Vivia com Marina desde o casamento deles. Tivera oito longos anos para conhecer a mulher. Ele devia ter imaginado. E, para falar a verdade...

Bem, para falar a verdade, ele *tinha* imaginado. Só não quisera admitir. Talvez estivesse só tentando se iludir, até mesmo se proteger. Tentando se esconder do óbvio, esperando que, se não pensasse a respeito, aquilo nunca aconteceria.

Mas aconteceu. E em um dia ensolarado, para piorar. Deus com certeza tinha um senso de humor estranho.

Olhou para seu copo de uísque, que estava, inexplicavelmente, vazio. Devia ter tomado a maldita bebida, e ainda assim não lembrava. Não se sentia embriagado, pelo menos não tanto quanto devia estar. Ou tanto quanto gostaria.

Pela janela olhou o sol, que já estava baixo no horizonte. Aquele tinha sido mais um dia ensolarado, o que provavelmente explicava sua enorme melancolia. Pelo menos, era o que ele esperava. Queria uma explicação... precisava de uma... para aquele terrível cansaço que parecia tomar conta dele.

A melancolia o apavorava.

Mais do que qualquer coisa. Mais do que o fogo, mais do que a guerra, mais do que o próprio inferno. A ideia de se afundar na tristeza, de ser como *ela*...

Marina era uma pessoa melancólica. Fora melancólica a vida inteira, ou pelo menos durante todo o tempo em que a conhecera. Ele não conseguia se lembrar do som da risada dela e, para ser sincero, não tinha nem certeza se algum dia chegara a ouvi-lo.

Era um dia de sol e...

Ele fechou os olhos com força, sem saber se aquilo instigaria a lembrança ou a afastaria.

Era um dia de sol e...

– Estava achando que nunca mais sentiria esse calor em sua pele de novo, não é mesmo, Sir Phillip?

Philip Crane virou o rosto para a luz, fechando os olhos e deixando que o sol o aquecesse.

– É perfeito – murmurou ele. – Ou seria, se não fosse esse frio maldito.

Miles Carter, seu secretário, riu.

– Não está tão frio assim. O lago nem congelou este ano. Só uns pedaços aqui e ali.

Relutantemente, Philip se afastou do sol e abriu os olhos.

– Mas não é primavera.

– Se estava esperando a primavera, senhor, talvez devesse ter consultado o calendário.

Philip olhou meio de lado para ele.

– Eu, por acaso, lhe pago para tamanha impertinência?

– Sim. E generosamente.

Philip riu por dentro enquanto os dois homens aproveitavam um pouco mais o sol.

– Achei que não se importasse com os dias nublados – disse Miles, jogando conversa fora, quando voltaram a caminhar, em direção à estufa de Phillip.

– Não me importo – disse Phillip, caminhando a passos largos com a desenvoltura de um atleta natural. – Mas não é porque não me importo com dias nublados que não prefiro o sol. – Ele parou e pensou por um instante. – Lembre-se de falar com a babá Millsby para levar as crianças para dar uma volta fora de casa hoje. Eles vão precisar de casacos, é claro, chapéus e luvas e todas essas coisas, mas têm de pegar um pouco de sol no rosto. Já ficaram confinados por muito tempo.

– Assim como todos nós – murmurou Miles.

Phillip riu.

– É verdade. – Olhou, então, por cima do ombro para a estufa. Ele provavelmente devia cuidar da correspondência, mas também precisava examinar algumas sementes, e, sinceramente, podia muito bem tratar de seus assuntos com Miles dali a cerca de uma hora. – Vá falar com a babá. Nós dois podemos conversar mais tarde. Afinal, você detesta mesmo a estufa.

– Não nesta época do ano – disse Miles. – O calor é muito bem-vindo.

Phillip arqueou a sobrancelha enquanto inclinava a cabeça em direção a Romney Hall.

– Você está dizendo que a casa que herdei dos meus ancestrais é cheia de correntes de ar?

– Todas as casas antigas são cheias de correntes de ar.

– Isso é verdade – disse Phillip, com um sorriso.

Gostava de Miles. Ele o contratara havia seis meses para ajudá-lo com a papelada e todos os detalhes sobre a administração de sua pequena propriedade que pareciam se acumular. Miles era muito bom. Jovem, mas competente. E seu senso se humor sarcástico com certeza era bem-vindo em uma casa onde nunca havia muita risada. Os criados nunca se atreveriam a fazer piadas com Phillip, e Marina... bem, é desnecessário dizer que Marina não ria muito nem brincava de provocá-lo.

As crianças às vezes faziam Phillip rir, mas era um tipo diferente de humor e, além disso, na maioria das ocasiões ele não sabia o que dizer para elas. Até tentava, mas, perto delas, se sentia muito estranho, muito grande, muito forte, como se isso fizesse algum sentido. E acabava enxotando-as, e lhes dizendo que voltassem para a babá.

Era mais fácil assim.

– Vá logo resolver isso então – disse Phillip, mandando Miles cuidar de uma tarefa que era ele provavelmente quem devia ter feito.

Ainda não tinha visto os filhos naquele dia, e achava que devia procurá-los, mas não queria estragar o dia dizendo-lhes algo severo, o que parecia acontecer sempre.

Iria se encontrar com eles quando estivessem fazendo seu passeio ao ar livre com a babá Millsby. Era uma boa ideia. E então poderia apontar alguma planta e falar com eles sobre ela, e tudo continuaria perfeitamente simples e tranquilo.

Phillip entrou em sua estufa e fechou a porta, respirando fundo o ar agradável e úmido. Tinha estudado botânica em Cambridge, e se formado com louvor como um dos melhores da turma. Na verdade, provavelmente teria seguido uma vida acadêmica se seu irmão mais velho não tivesse morrido em Waterloo, deixando para Phillip o papel de proprietário de terras e aristocrata rural.

Achava que podia ter sido pior. Afinal, podia ser um proprietário de terras e aristocrata da cidade. Pelo menos ali tinha a chance de dar prosseguimento às suas atividades botânicas com relativa tranquilidade.

Inclinou-se sobre a bancada de trabalho, examinando seu último projeto –tentava criar uma variedade de ervilhas que se desenvolvesse ainda mais dentro da vagem. Só que não tinha tido sucesso até o momento. Aquele último lote, além de ter murchado, também havia ficado amarelo, o que, de forma alguma, era o resultado esperado.

Phillip franziu a sobrancelha, depois abriu um sorriso discreto enquanto seguia para os fundos da estufa para reunir seu material. Nunca sofria muito quando seus experimentos não davam o resultado esperado. Na sua opinião, a necessidade nunca fora a mãe da invenção.

Acidentes. Eram quase sempre acidentes. Nenhum cientista admitiria, é claro, mas a maioria das grandes invenções acontecia quando alguém estava tentando resolver um problema completamente diferente.

Deu uma risada enquanto tirava as ervilhas murchas dali. Naquele ritmo, iria descobrir a cura para a gota até o final do ano.

De volta ao trabalho. De volta ao trabalho. Curvou-se sobre suas amostras de sementes, examinando-as com cuidado. Só precisava da semente certa para...

Ele levantou a cabeça e olhou para fora, através do vidro recém-lavado. Uma movimentação pelo campo chamou sua atenção. Um vulto em vermelho.

Vermelho. Phillip riu sozinho, balançando a cabeça. Devia ser Marina. Vermelho era sua cor preferida, algo que ele sempre achara estranho. Qualquer um que passasse algum tempo com ela com certeza acharia que ela preferiria algo mais escuro, mais sombrio.

Acompanhou a esposa com o olhar até ela desaparecer no bosque, então voltou ao trabalho. Era raro Marina se aventurar do lado de fora. Nos últimos dias, ela nem mesmo deixava o abrigo de seu quarto. Phillip ficou feliz por vê-la do lado de fora, no sol. Talvez isso melhorasse seu ânimo. Não por completo, é claro. Phillip achava que nem o sol era capaz disso. Mas talvez um dia quente e ensolarado fosse capaz de tirá-la de casa por algumas horas, de colocar um sorriso discreto em seu rosto.

Deus sabe que isso faria bem às crianças. Eles iam até o quarto da mãe para vê-la quase todas as noites, mas não era o suficiente.

E Phillip sabia que não podia compensar isso.

Suspirou e uma onda de culpa o invadiu. Sabia que não era o pai de que seus filhos precisavam. Tentava se convencer de que estava fazendo o melhor que podia, de que estava se saindo bem na única meta que tinha como pai – *não* se comportar como seu próprio pai.

Mas sabia bem que não era o bastante.

Afastou-se da bancada de trabalho com movimentos decididos. As sementes podiam esperar. Seus filhos provavelmente também podiam, mas isso não queria dizer que deveriam. Era ele quem devia passear com os dois ao ar livre, e não a babá Millsby, que não sabia a diferença entre uma árvore caducifólia e uma conífera, e provavelmente lhes diria que uma rosa era uma margarida e...

Olhou pela janela de novo, lembrando-se de que estavam em fevereiro. A babá Millsby dificilmente encontraria alguma flor com aquele tempo, mas ainda assim isso não era desculpa. *Ele* é quem deveria levar os filhos para passear ao ar livre. Das atividades que podia fazer com as crianças, aquela era a única em que ele era realmente bom, e não devia se esquivar da responsabilidade.

Saiu a passos largos da estufa, mas de repente parou, sem ter percorrido nem um terço do caminho até Romney Hall. Se estava indo buscar as crianças, devia levá-los para ver a mãe. Eles ansiavam pela companhia de Marina, mesmo quando ela não fazia mais do que dar um tapinha na cabeça deles. Sim, eles deviam ir atrás de Marina. Isso seria ainda melhor do que uma caminhada pela natureza.

Mas ele sabia por experiência própria que não podia fazer suposições sobre o estado de espírito da mulher. Só porque ela havia se aventurado a sair não significava que estava se sentindo bem. E ele detestava quando os filhos a viam deprimida.

Phillip então se virou e seguiu em direção ao bosque onde tinha visto Marina desaparecer alguns minutos antes. Caminhava praticamente duas vezes mais rápido do que ela, e não demoraria para alcançá-la e checar como ela estava. Podia voltar ao quarto das crianças antes que elas saíssem com a babá Millsby.

Andava pelo bosque, seguindo facilmente o rastro da esposa. O chão estava úmido, e ela devia estar com botas pesadas, porque suas pegadas tinham ficado nitidamente marcadas na terra, seguindo pelo declive suave e para fora do bosque, e entrando depois em uma área gramada.

– Droga – resmungou Phillip, a voz quase inaudível em razão do vento que aumentava à sua volta.

Era impossível ver as pegadas dela na grama. Ele usou a mão para proteger os olhos do sol e se esforçou para ver até onde a vista alcançava, procurando algum sinal de vermelho.

Nada perto da cabana abandonada, nada no campo de grãos experimentais de Phillip, nem na imensa pedra que ele passara tantas horas escalando quando era criança. Virou, então, para o norte, estreitando os olhos quando finalmente a viu. Ela seguia em direção ao lago.

O lago.

Os lábios de Phillip se entreabriram quando viu que ela caminhava lentamente para a beira d'água. Ele não exatamente congelou, foi mais como se tivesse ficado... suspenso... enquanto sua mente absorvia a estranha cena. Marina não nadava. Phillip nem tinha certeza se ela sabia. Ele achava que ela já devia ter ouvido falar sobre o lago no terreno da propriedade, mas, na verdade, nunca soube se ela já tinha ido até lá, não nos oito anos em que estavam casados. Começou a andar em direção a ela, os pés de alguma forma reconhecendo o que sua mente se recusava a aceitar. Quando Marina entrou na parte rasa, ele acelerou o passo, ainda muito distante para fazer qualquer outra coisa que não fosse gritar por ela.

Mas, se Marina o ouviu, não demonstrou, apenas continuou sua caminhada lenta e decidida em direção à parte mais funda.

– Marina! – gritou ele, saindo em disparada. Ainda estava um bom minuto longe, mesmo correndo o mais rápido que podia. – Marina!

CONHEÇA OS LIVROS DE JULIA QUINN

OS BRIDGERTONS
O duque e eu
O visconde que me amava
Um perfeito cavalheiro
Os segredos de Colin Bridgerton
Para Sir Phillip, com amor
O conde enfeitiçado
Um beijo inesquecível
A caminho do altar
E viveram felizes para sempre

Os Bridgertons, um amor de família

Rainha Charlotte

QUARTETO SMYTHE-SMITH
Simplesmente o paraíso
Uma noite como esta
A soma de todos os beijos
Os mistérios de sir Richard

AGENTES DA COROA
Como agarrar uma herdeira
Como se casar com um marquês

IRMÃS LYNDON
Mais lindo que a lua
Mais forte que o sol

OS ROKESBYS
Uma dama fora dos padrões
Um marido de faz de conta
Um cavalheiro a bordo
Uma noiva rebelde

TRILOGIA BEVELSTOKE
História de um grande amor
O que acontece em Londres
Dez coisas que eu amo em você

DAMAS REBELDES
Esplêndida – A história de Emma
Brilhante – A história de Belle
Indomável – A história de Henry

Os dois duques de Wyndham – O fora da lei / O aristocrata

A Srta. Butterworth e o barão louco

editoraarqueiro.com.br